MAE LLYGAID GAN Y LLEUAD

I Joel

Mae Llygaid gan y Lleuad

ELIN LLWYD MORGAN

Argraffiad cyntaf: Hydref 2007

Dymuna'r cyhoeddwyr gydnabod cymorth ariannol
Cyngor Llyfrau Cymru

Llun y clawr: 'La Page Blanche' gan René Magritte
Cynllun y clawr: Siôn Ilar

Rhif Llyfr Rhyngwladol: 978 184771 009 3

Cyhoeddwyd ac argraffwyd yng Nghymru
gan Y Lolfa Cyf., Talybont, Ceredigion SY24 5AP
gwefan www.ylolfa.com
e-bost ylolfa@ylolfa.com
ffôn 01970 832 304
ffacs 832 782

And I wondered how that same moon outside
over this Chinatown fair,
could look down on Illinois
and find you there.
— 'Shoreleave', Tom Waits

Yr un lleuad sy'n cadw'r nos i ni.
— 'Pan ddof i o'm crwydro adref', Islwyn Ffowc Elis

I'll see you on the dark side of the moon.
— 'Brain Damage', Pink Floyd

Rhan Gyntaf

1

ROEDD Y TYWYDD yn gyfnewidiol wrth i Ielena yrru'n ôl i
Aber ar drothwy blwyddyn golegol arall, yn gawodydd o law
am yn ail ag awyr las a heulwen, yna'n gawodydd o law haul
ac enfysau, a'r rheiny'n fwâu seithliw perffaith a ddiflannai fel
rhith o flaen ei llygaid.

Rhoddodd ei sbectol haul ar ei thrwyn drachefn wrth i'r
haul fflachio'n sydyn o'r tu ôl i gwmwl a'i dallu. Roedd hi
wedi bod fel hyn ar hyd y daith: tynnu a rhoi, tynnu a rhoi,
wrth i'r haul fynd i mewn ac allan. Eitha tebyg i'r ffordd y
teimlai Ielena ei hun mewn gwirionedd: un funud yn ofnus,
a'r funud nesaf yn obeithiol wrth feddwl am y flwyddyn o'i
blaen; un funud yn ddigalon, a'r funud nesaf yn ymylu ar fod
yn orfoleddus.

Roedd hi hanner ffordd trwy Bow Street pan sylweddolodd
ei bod yn gyrru dros ddeugain milltir yr awr mewn ardal 30
milltir yr awr, ac arafodd ar ei hunion, gan beri i'r fan wen y
tu ôl iddi orfod arafu hefyd cyn gyrru'n dynn wrth ei chynffon
trwy weddill y pentre. Bastad. Roedd yn gas ganddi yrwyr a
wnâi hynny, a gyrwyr faniau gwynion oedd rhai o'r troseddwyr
gwaetha.

Cafodd bleser milain wrth roi ei throed ar y sbardun a
gadael y fan ymhell ar ei hôl wedi iddi yrru allan o'r pentref,
gan deimlo ton o orfoledd yn llifo trwyddi; ymchwydd o
ryddid a rhyddhad wrth edrych ymlaen at fod yn sengl yn y
coleg am y tro cynta, heb gariad selog yn glynu wrth ei chwt
fel rhyw fan wen fondigrybwyll. Ond o damia! Dyma hi'r fan
wen y tu ôl iddi eto, y gyrrwr yn amlwg ddim yn mynd i adael
i lefren o eneth gael y gorau arno fo a'i destosterôn.

Ond yna'n sydyn fe drodd y gyrrwr i'r chwith i lawr i
gyfeiriad Comins Coch gan ganu'i gorn, ac wrth edrych yn y

drych ôl daliodd Ielena gip ohono'n gwenu arni – fflach o wên fawr ddireidus a barodd i ryw gyffro siffrwd yng ngwaelod ei bol. Roedd hi'n dal yn ddeniadol, felly, er gwaetha'r ffaith i Edward Gomer roi'r gorau iddi, yn dal i fedru llygad-dynnu dynion, hyd yn oed coc oen fel hwn mewn fan wen. Coc oen digon golygus, serch hynny, fel y sylwodd Ielena pan fflachiodd ei wên lachar arni.

Daliodd Ielena ei gwynt wrth gyrraedd y Waunfawr a dod i olwg y môr islaw. Llwyddai'r panorama o'r dref a'r môr i'w chyfareddu dro ar ôl tro, yn enwedig pan fyddai'r haul yn tywynnu fel y gwnâi rŵan, gan beri i ddiemwntau ddawnsio ar lesni llonydd Bae Ceredigion.

Roedd y traffig yn drwm wrth iddi yrru i lawr rhiw Penglais ac i mewn i dre brysur Aberystwyth. Ceir a phobol ym mhob man. Y Brymis wedi mynd adre a'r myfyrwyr yn eu holau, yn barod am flwyddyn arall o gymdeithasu caled a gweithio cyn lleied â phosib yn achos rhai ohonyn nhw. Doedd dim rhyfedd fod pobol – pobol a dalai drethi a *gweithio* am eu bywoliaeth, er mwyn tad! – yn medru bod mor ddirmygus o 'blydi stiwdants'.

'Fyse'n well i'r diawled neud rhwbeth defnyddiol fel bwrw prentisieth i fynd yn blymars neu'n *electricians*,' chwedl ei thad. 'Ma rheiny'n brin fel aur y dyddie yma.'

'Pam 'set ti di gneud rhwbeth felly 'te?' gofynnodd iddo.

'Am fod gen i ddwy law chwith,' atebodd yntau, â thinc o falchder yn ei lais, fel petai hynny'n rhywbeth i frolio yn ei gylch. 'Yn wahanol i'r rhan fwya o stiwdants – *present company excepted*, wrth gwrs – ma gen i rwbeth yn fy mhen, wel'di.'

'Deuda di, *Mr Modest*.'

Ond roedd yn dweud y gwir; roedd *gan* ei thad dipyn go lew yn ei ben, a'r ffaith iddo wneud mor dda drosto'i hun heb gymwysterau academaidd gwerth sôn amdanyn nhw yn dipyn o gamp.

'Ma fe'n *more than just a pretty face*, t'wel,' chwedl ei ffrind Meryl, a fu â chrysh ar Garmon Davies ers pan welodd ef am y tro cynta wrth iddo ddanfon Ielena'n ôl i Neuadd Pantycelyn ar ôl bod â hi allan am ginio un pnawn Sadwrn. Byddai'n gwneud hynny'n weddol reolaidd, gan ei fod yn gyfle iddo ddifetha'i unig ferch, heb i weddill y teulu fod yno i hawlio'i sylw.

Digwydd cerdded allan drwy un o'r drysau ochor roedd Meryl yr adeg hynny pan wibiodd yr Audi TT *convertible* du â'r plât rhif personol 'G4RI D1' i mewn i'r maes parcio, gan lithro'n esmwyth i le gwag wrth ei hymyl. Roedd hi wedi syllu mewn edmygedd cegagored wrth i Garmon neidio allan o'r car mor heini â dyn hanner ei oed, cyn i Ielena, gan rowlio'i llygaid, ddod allan o'i hochor hithau a'u cyflwyno.

'Gei di ddod efo ni am ginio'r tro nesa,' meddai Garmon, efo winc a sigodd bengliniau Meryl. 'Fydd gen i *ddwy* eneth bropor i gadw cwmni i mi wedyn!'

Roedd Meryl wedi cochi at ei chlustiau, ac Ielena wedi gwaredu fod ei thad yn fflyrtio efo un o'i ffrindiau, hyd yn oed oes oedd o'n fflyrtio digon diniwed.

Byddai Meryl wedi cyrraedd o'i blaen heddiw, a'r ddwy ohonyn nhw'n cychwyn ar antur newydd sbon o rannu tŷ efo'i gilydd. Tŷ yn un o'r strydoedd bach cul rhwng y Castell a Thraeth y De oedd yn eiddo i fodryb Meryl, a eglurai pam bod y tŷ yn fwy moethus a chartrefol na'r rhelyw o fflatiau a thai myfyrwyr.

Pan gyrhaeddodd Ielena, roedd côn traffig wedi'i osod tu allan i'r tŷ ar stryd gyfyng Penmaesglas. Canodd ei chorn a rhedodd Meryl allan yn wên o glust i glust, er i'w gwên bylu rhywfaint pan welodd fod Ielena ar ei phen ei hun.

'O'n i'n meddwl falle bydde Gari D 'da ti,' meddai, heb drio celu'i siom. 'Dyna pam osodes i'r côn 'na tu fas, er mwyn iddo fe ga'l parco'i *sports car* 'na.'

'Wel tydi o ddim yma, felly ga *i* barcio 'ma os ti'm yn meindio,' meddai Ielena'n siort, heb feddwl gofyn i Meryl lle cafodd hi afael ar y côn yn y lle cynta. 'Fi sy'n mynd i rannu tŷ efo ti, cofia, ddim Dad.'

'*Worst luck*,' meddai Meryl, cyn gwenu'n llydan ar ei ffrind. 'Hei, dim ond jocan odw i 'chan. Wedest ti wrtho i ar y ffôn pwy nosweth bo ti'n dod â car nôl 'da ti. Dyw e ddim mor fflash ag un dy dad, 'fyd.'

'*Cast-off* Mam,' meddai Ielena, gan fynd ati i fanwfro'r Golf lliw arian mor agos ag y medrai at ymyl y pafin ar ôl i Meryl symud y côn.

'Pwy, dy dad?'

'Y car 'de'r hulpen! Rŵan, wyt ti am roi hand i mi gario'r stwff 'ma i'r tŷ?'

'Dwi braidd yn fishi yn cael trefen ar 'yn stafell 'yn hunan…' meddai Meryl, mewn ymgais i ddod allan ohoni.

'Hen bwdren wyt ti, Meryl Wyn Thomas!' gwenodd Ielena, gan hwrjo clamp o gês i freichiau'i ffrind.

Gwingodd Meryl. Os oedd un peth yn gas ganddi, ei henw oedd hwnnw. Nid fod unrhyw beth yn bod ar yr enw fel y cyfryw, oni bai am y ffaith ei bod yn hanner Eidales ar ochor ei mam ac yn gynddeiriog am na chafodd hi'r un enw Eidalaidd.

'Gath merch William Williams Pantyblydicelyn enw Eidaledd, a nag o'dd hi hyd yn o'd yn Eidales! Fydde Maria Sophia wedi'n siwto fi'n net 'fyd, ond 'na fe, o'dd raid i fi ga'l enw *boring* fel Meryl Wyn Thomas! Ti'n lwcus, Ielena, ti 'di ca'l enw cynta egsotig *a* chyfenw dy fam yn enw canol.'

Ielena Lowalski Garmon. Ac er mai fel Ielena Garmon y cyflwynai ei hun gan amla am ei fod yn llai o lond ceg, fe ddôi'r enw canol yn handi weithiau pan oedd angen testun sgwrs arni neu awydd creu argraff. Roedd bod yn chwarter Pwyles yn bendant yn fantais ar adegau felly.

'Beth yffach sy 'da ti yn y cês 'ma?' meddai Meryl wrth iddi straffaglu i'w hanner llusgo i fyny'r grisiau. Roedd stafell Ielena ar y trydydd llawr, ac ynddi ffenest a redai ar hyd hanner un wal gan edrych allan dros doeau'r tai cyfagos a'r môr tu hwnt – llawr uchaf y tŷ, drws nesa i'r bathrwm lle'r oedd y perchennog blaenorol wedi glynu cregyn ar un wal a'u peintio'n wyrddlas.

Meryl oedd wedi cael y stafell wely fwya, gan mai trwyddi hi yr oedden nhw wedi cael y tŷ, er iddi gynnig y stafell i Ielena gan fod yn well ganddi weithio yn y llyfrgell.

'So fe'n syniad da gwitho a chysgu yn yr un stafell,' oedd ei rhesymeg. 'Ma'n anoddach windo i lawr os ti'n gneud 'ny.'

Cofiai Ielena synnu at hunanddisgyblaeth Meryl yn y flwyddyn gyntaf wrth iddi dreulio oriau yn Llyfrgell y Gyfraith yn pori trwy gyfrolau trymion, dod yn ei hôl i'r neuadd i gael ei phryd nos, cyn dychwelyd i'r llyfrgell drachefn ambell noswaith. Roedd ganddi'r ddawn honno – sy'n perthyn i ddynion fel arfer – o fedru canolbwyntio'n llwyr ar un peth ar y tro. Tynnu ffin bendant rhwng gweithio ac ymlacio neu gymdeithasu. Fe âi hi'n bell fel cyfreithwraig.

Ond nid adeg i weithio oedd y noson gynta yn ôl yn y coleg, na'r wythnos gynta hyd yn oed.

'Lle ni'n mynd mas heno 'de?' holodd Meryl, a hithau allan o wynt erbyn iddyn nhw gyrraedd y llawr uchaf. Er ei bod yn llai na stafell Meryl, roedd yn well gan Ielena ei llofft ei hun oherwydd ei theimlad o ehangder ac uchder. 'Lan i'r gìg Frizbee yn yr Undeb?'

'Crôl rownd dre gynta i weld pwy welwn ni!' atebodd Ielena, gan obeithio yn erbyn gobaith na fyddai Angharad Befan yn eu plith – neu'n waeth fyth, Edward ac Angharad efo'i gilydd. Nid eu bod nhw'n canlyn, gan fod Angharad yn rhy blaen i blesio chwaeth esthetig Edward mewn merched, er eu bod nhw'n ddigon o ffrindiau i'w gwneud yn bosib iddo ddod i aros efo hi ambell benwythnos ac yntau wedi graddio a gadael Aber.

'Fydd gen i neb o gwmpas i grampio'n steil i heno,' ychwanegodd â thwtsh o frafado yn ei llais.

'Ti 'di dod drosto fe 'te?'

'Do,' atebodd Ielena, gan ymatal rhag ychwanegu *'mwy neu lai'*. Ni fyddai rhyw ffaffian emosiynol felly wrth fodd Meryl, na fu erioed yn rhy hoff o Edward beth bynnag.

'Gwd. Ti'n well off hebddo fe. Merch bert fel ti, allet ti ga'l unrhyw un ti moyn 'set ti'n trial – rywun lot gwell na'r *arrogant dickhead* 'na.'

'Pwy sy'n deud 'mod i isio unrhyw un?' meddai Ielena, gan synnu wrth i gip o yrrwr y fan wen fflachio yn ei phen. 'Dwi'n reit hapus ar ben fy hun, diolch yn fawr.'

'Ma'r *novelty* yn diflannu ar ôl sbel, cofia,' meddai Meryl.

Roedd Meryl yn un o'r merched hynny sy'n trio'n rhy galed i gael cariad, a hynny'n codi ofn ar ddynion, er gwaetha'i thlysni pryd tywyll.

'*Treat 'em mean to keep 'em keen* ydi'r gyfrinach, medden nhw,' meddai Ielena.

'Ond dyna wy'n 'i neud w! Er, so ti fawr o *expert* – neu *sexpert* ddylwn i weud – dy hunan, wyt ti? Ti 'di bod 'da Nedw *Knobhead* ers pan o't ti yn dy gewynne.'

Bachigyn am Edward oedd 'Nedw', a fathwyd gan Edward ei hun, yn y gobaith ei fod yn gwneud iddo swnio fel gwas ffarm gwerinol.

'Dwi ddim yn mynd i nunlle heno os na cha i rywfaint o drefn ar y stwff 'ma i gyd,' atebodd Ielena, gan deimlo braidd yn sorllyd fod Meryl yn awgrymu ei bod hi braidd yn ddi-glem ynglŷn â bachu cariad. Yn sydyn, roedd y syniad o fod yn rhan o'r sîn paru a chymharu unwaith eto'n ddigon i wneud iddi fod eisiau claddu'i phen o dan y cwilt am y noson.

Yr holl gystadlu slei yna wrth bwyso a mesur *'Pwy sy'n cael y mwya o sylw gan ddynion?'*, a meddwl pethau pitw fel *'Be sy mor sbesial amdani hi? Dwi'n lot delach/mwy diddorol na hi!*' Doedd dim cymaint o ots pan oedd hi'n canlyn, gan ei bod hi'n medru gosod ei hun uwchlaw'r fath lol bryd hynny, ond roedd hi ar y farchnad eto rŵan, licio fo neu beidio.

"Na i adel i ti *get on with it* 'de,' meddai Meryl. 'Wy heb orffen ca'l trefen ar 'yn stafell i 'to. Ti'n meddwl by't ti'n barod erbyn saith?'

'Saith? Fydda i byth yn barod erbyn hynny!

'Hanner awr wedi saith 'te,' meddai Meryl.

Edrychodd Ielena ar ei wats ac ochneidio. Dim ond dwy awr i fynd. Diolchodd i Meryl am roi help llaw iddi ac aeth ati i ddadbacio a didoli'i phethau, yn falch o'r prysurdeb er mwyn chwalu'r hen deimlad o ddigalondid oedd yn bygwth ei llethu unwaith eto.

Roedd Ielena'n barod ymhell cyn Meryl wedi'r cyfan, felly aeth ati i baratoi swper syml i'r ddwy ohonynt: pasta penne, caws Feta a ffa dringo mewn saws pesto. Jyst y peth i leinio'u stumogau cyn mynd allan.

'Bwyd ar y bwrdd!' galwodd i fyny'r grisiau chwarter awr yn ddiweddarach. Dim ateb.

'Meryl?' galwodd eto, gan gerdded hanner ffordd i fyny'r grisiau at y landing cyntaf.

'Dod nawr!' atebodd honno, o gyfeiriad y bathrwm ar y llawr uchaf.

'Ti'm yn dal yn y bath?! Fydd dy groen di wedi crebachu i gyd ar y rât yma!'

Ysgydwodd Ielena ei phen wrth ddychwelyd i'r gegin a dechrau bwyta hebddi. Roedd hi wedi anghofio un mor ara deg oedd Meryl, bob amser yn hwyr i bobman: bron iawn nad oedd hi'n ymhyfrydu yn y ffaith, heb sylweddoli gymaint y gallai hynny fynd ar nerfau'r rheiny oedd yn gorfod disgwyl amdani.

Cawod gafodd Ielena – roedd hynny'n iachach a glanach na chael bath – ac yn arbed ynni, chwedl Edward, oedd yn sgut am hynny. Doedd Meryl yn malio'r un botwm corn am bethau felly. Rhyw eistedd ar ben llidiart fyddai Ielena. Dyna un o'r pethau amdani oedd yn mynd ar nerfau Edward, y ffaith ei bod hi'n medru bod mor ddi-farn ynglŷn â materion pwysig a chyfoes. Ac eto, pan fyddai hi'n datgan y dylid saethu pob pedoffeil, neu garcharu Blair a Bush am fod yn droseddwyr rhyfel, byddai'n ei chyhuddo o fod yn rhy emosiynol a simplistig.

'Ti'n swnio fel rhywun sy'n sgrifennu i'r *Sun*,' meddai wrthi.

'Mae'r *Sun* yn hen racsyn jingoistaidd. Dwi'n heddychwraig.'

'Ti'n gwbod be dwi'n feddwl. Y ffordd ti'n symleiddio pob dim.'

'Well na cymhlethu pethe o hyd. A beth bynnag, 'swn i'n werth fy ffortiwn taswn i *yn* sgrifennu i'r *Sun*.'

'Tydi arian ddim yn bopeth, Ielena,' atebodd yntau, yn y ffordd hunangyfiawn honno sydd gan bobol o deuluoedd cefnog.

'Mae o i bobol sy heb lawer. Pam ti'n meddwl fod gymaint o bobol yn gneud y loteri a phrynu *scratch cards*?'

Troi ei drwyn wnaeth Edward. Edward, oedd bron â thorri'i fol eisiau bod yn un o'r werin ac eto'n methu cyddynnu efo pobol gyffredin dros ei grogi. Rhyw werin falch, hen-ffasiwn oedd ei werin o, nid y werin gyfoes go iawn yr oedd o mor ddirmygus ohoni.

'Ielena!' Tarfodd llais Meryl ar draws ei meddyliau wrth iddi floeddio o'r llofft. 'Ma *mobile* ti'n canu! Ti moyn i fi ateb e?'

'Ocê!' gwaeddodd Ielena drwy lond ceg o fwyd. Pam roedd pobol o hyd yn mynnu ffonio amser bwyd? Ei mam, hwyrach, yn ffonio i wneud yn siŵr ei bod hi wedi cyrraedd yn saff.

Mi ddylai fod wedi ffonio adre gynnau mewn gwirionedd, i ddweud ei bod hi wedi cyrraedd yn ddiogel.

Daeth Meryl i mewn wedi'i lapio mewn lliain mawr gwyn â'i chyrls duon yn diferu dros ei sgwyddau, gan ddal y ffôn symudol led braich fel petai'n rhywbeth atgas.

'Edward,' meddai, heb drio cuddio'r dirmyg yn ei llais. 'Wedes i bo ti'n byta, ond ma fe'n *mynnu* ca'l gair 'da ti, medde fe.'

Teimlai Ielena ei hun yn cochi wrth i lu o gwestiynau a theimladau faglu ar draws ei gilydd yn ei phen. Be oedd o isio? Pam oedd o'n ffonio? Oedd o'n hiraethu amdani? Fase hi'n ei gymryd o'n ôl tase fo'n erfyn arni? Neu ai dim ond isio cael rhyw lyfr neu CD yn ôl oedd o? Esgus arall i'w bychanu, efallai, i'w hatgoffa o ryw fefl arall yn ei chymeriad?

'Helô?' meddai'n betrus wrth gymryd y ffôn, a cherdded allan o'r stafell. Nid oedd arni eisiau i Meryl wrando ar eu sgwrs.

'Ielena? Edward sy 'ma.'

O leia doedd o ddim mor hy' â dweud '*Fi* sy 'ma'.

'Ie, dwi'n gwbod. Ddeudodd Meryl.'

'Ti'n iawn?'

'*Champion*, diolch. A tithe?' Roedd yna dinc ffug yn sioncrwydd ei llais.

'Ddim yn rhy dda, deu' gwir. Dwi mewn trwbwl.'

Cerddodd Ielena i ben y grisiau mewn tawelwch a mynd i mewn i'w stafell gan gau'r drws ar ei hôl. '*Sut fath o drwbwl?*' Teimlai fel gwamalu: '*Ti 'di cael geneth dan oed yn feichiog neu rywbeth?*'

'Ielena, ti'n dal yna?'

'Yndw.'

'Dwi mewn trwbwl.'

'Glywes i'r tro cynta. Ond dwn i'm be sgen hynny i'w neud efo fi.'

'Dwi'm yn gwbod at bwy arall i droi, Iel.' Yr hen lwynog cyfrwys iddo fo, yn ychwanegu'r 'Iel' personol, agos-ati yna.

'Be am *Angie*?' gofynnodd, â phwyslais dirmygus ar lysenw Edward iddi.

'Angharad? Pam ddylwn i droi at honno?'

Er ei gwaethaf, rhoddodd calon Ielena sbonc fach fuddugoliaethus.

'Am fod *honno yn* ffrind i ti.'

'Ddim gyment o ffrind â ti.'

'Tyff. Mae'n rhy hwyr rŵan, dydi?' atebodd Ielena'n siort, gan fygu sbonc fach fuddugoliaethus arall.

'Rhy hwyr i be?'

Cochodd Ielena wrth sylweddoli nad oedd o'n bwriadu trio'i chael hi'n ôl wedi'r cyfan.

'Be'n union t'isio, Edward?' gofynnodd yn siarp.

'Isio dy help di.'

'I be 'lly, i dy feilio di allan o'r jêl?'

'Tydi hyn ddim yn jôc, Ielena.'

'Glywis di fi'n chwerthin?'

'Dwi mewn trwbwl go iawn tro 'ma.'

'Deud ti.' Yn swta.

'*Plîs*, Iel...'

'Ffyc off, Edward.' Ac ar hynny fe ddiffoddodd y ffôn, yn ferw o deimladau cymysg. Balchder yn benna am ei bod hi wedi dweud wrtho fo lle i fynd, chwilfrydedd ynglŷn â sut fath o drwbwl yr oedd o ynddo – rhyw brotest iaith eto, yn fwy na thebyg, ac yntau'n actio'r arwr mawr yn ei chanol hi.

Ond yn ffrwtian o dan y cwbl roedd yna deimlad anesmwyth ei bod hi wedi gwrthod rhywun a oedd angen ei chymorth. *Arrogant dickhead* neu beidio.

2

MAE IELENA A Dad wedi mynd. Ielena wedi mynd yn ôl i
Aberystwyth a Dad wedi mynd i Gaerdydd i drio achub
y Steddfod. *Troubleshooter* ydi o, medde fo, sy'n swnio'n
debyg i be oedden nhw'n arfer galw plant drwg yn yr ysgol
ers talwm.

'*Trouble**makers*** o'dd rheiny,' medde Mam.
'*Trouble**shooter*** ydi dy dad.'

'Be 'di hynny'n Gymraeg?'

'Be ti'n feddwl ydi o?' medde hi.

'Saethwr trwbwl,' medde fi, a dyma Mam yn chwerthin.
Mi wnes i chwerthin hefyd achos dwi'n licio gneud i Mam
chwerthin.

'John Wayne y Maes!' medde hi a gneud siâp gwn efo'i
dwylo – '*Piwm! Piwm!*'

'Pwy 'di John Wayne?'

'Cowboi.'

'Fatha Dad?'

'Naci, ddim cweit,' medde hi a chwerthin eto.

Mae Dad wedi cael job i mi yn y Steddfod, yn rhedeg
launderette ar y Maes Carafannau. Sbario i bobol orfod
cario llond bagie o ddillad budur adre efo nhw. Doedd
bosys y Steddfod ddim yn siŵr y base'r syniad yn gweithio
i ddechre, medde Dad, ond mi nath o, a rŵan dwi wedi
cael job yno bob blwyddyn. Os neith Dad lwyddo i achub y
Steddfod, wrth gwrs.

'Sgen Dad wn?' medde fi.

'Nag oes. Ddim saethu fel'na mae o,' medde Mam.

Dwi'n sbio arni, yn disgwyl iddi ddeud wrtha i sut fath o

saethu ydi o 'te.

'Dim saethu trwbwl efo gwn mae o, ond saethu problema. Datrys problema... sortio'r trwbwl allan. Ti'n dallt?'

'Does 'na ddim gwn, felly,' medde fi'n siomedig.

'Na, does 'na ddim gwn,' medde Mam a gwenu'n gam arna i.

Tydw i ddim yn licio'r wên yna, achos tydi hi ddim yn wên go iawn. Tydw i ddim yn licio pan mae pobol yn deud pethe sy ddim yn gwneud synnwyr. Dwi'n gwneud fy ngore i drio dallt pobol, felly'r peth lleia fasen nhw'n medru'i neud fase trio gneud pethe'n haws i fi.

'Sori am dy fwydro di,' medde Mam. 'Ffordd o siarad ydi o, ti'n gwbod.'

'Di Steffan ddim *yn* gwbod!'

'*Dwi* ddim yn gwbod, ti'n feddwl.'

'Na, ddim *dwi* ddim yn gwbod! Di *Steffan* ddim yn gwbod!'

'Iawn, iawn, 'di *Steffan* ddim yn gwbod, 'ta,' medde Mam yn ddifynedd.

Gymerodd hi oesoedd iddyn nhw ddrymio'r rhagenwau 'na i gyd i mewn i 'mhen i – fi, ti, fo, hi, chi, ni, nhw – nes i mi ddysgu'r dam pethe yn y diwedd. Unrhyw beth er mwyn tipyn o lonydd, er mwyn gneud i bobol feddwl 'mod i'n troi'n debycach iddyn nhw, yn nesáu at normalrwydd. Sdim rhyfedd fod Mam yn panicio pan dwi'n smalio'u hanghofio nhw.

Dwi'n caru Mam – yn fwy na'r byd i gyd yn grwn a hanner Birkenhead – ond mae hi'n fy siomi i weithie. Y ffordd mae hi'n medru mynd yn *tense* i gyd pan fydda i'n ymddwyn yn 'od' o flaen pobol, heb sylweddoli – neu falle *yn* sylweddoli ond yn methu codi uwchlaw'r ots pathetig 'na sy gan bobol 'normal' am farn pobol eraill – 'mod i jyst yn mynd i ymddwyn yn fwy od pan fydd hi ar binne...

Taswn i'n medru darllen ei feddylia fo, ai dyma fasai'n mynd trwy'i ben o? Dwi'n meddwl weithia fod gen i ryw syniad, ond ar adega eraill does gen i ddim clem. Yr unig beth y gwn i ydi fod 'na ddyfnder arall-blanedol bron yn 'i ben o, dyfnder sy'n mynd tu hwnt i'n hamgyffred ni Normaliaid.

Beth bynnag, rydan ni wedi cymodi ers gynna. Nid ein bod ni wedi ffraeo go iawn, gan 'mod i wedi hen ddysgu erbyn hyn sut i achub sefyllfa sy mewn peryg o droi'n ffrae. Tydw i ddim yn cofio bob tro, wrth gwrs, yn enwedig pan fydda i wedi blino ac yn ddifynadd, ond fel arfer dwi'n llwyddo i arbed petha rhag mynd yn flêr.

Y peth gora i'w wneud ydi cadw'n cŵl a thrio troi'i sylw fo at rywbeth arall. Fel gynna, pan oedd o'n fy herian i a finna ar fin colli 'nhempar, mi glywais i sŵn y peiriant golchi'n sgytian yn y cefn wrth iddo fynd trwy'i *final spin*. Mi glywodd Steff o hefyd – bron na welais 'i glustia fo'n moeli fel rhai ci ac allan â fo fel siot, i sbio ar y dillad yn chwyrlïo cyn eu gwagio nhw o'r peiriant yn barod i'w sychu a'u didoli. Joban Steff ydi hynny, gan fod dillad a gofalu amdanyn nhw yn un o'i hobïau o – neu'n un o'i obsesiyna fo, ddylwn i ddeud.

Mae hi'n nos rŵan. Noson fwyn, a'r ddau ohonan ni'n ista ar y fainc siglo yn yr ardd yn sbio i fyny ar y sêr a'r lleuad.

'Yli llygaid gino fo,' medda Steff, yn y llais plentyn bach hwnnw y bydd o'n dal i'w ddefnyddio weithia.

'Ti'n iawn 'fyd,' meddwn i a gwasgu'i law o.

Mi ddeudodd o hynny gynta pan oedd o'n ifanc iawn, ac am i mi wirioni bryd hynny mae o'n dal i'w ddeud o hyd heddiw yn yr un dôn blentynnaidd, yn eiddgar i 'mhlesio i eto.

'Ma'r lleuad yn edrych i lawr ar Dad ac Ielena hefyd, tydi?'

A dyna fo eto, wedi deud un o'r petha treiddgar yna sy'n mynd â 'ngwynt i'n llwyr. Mae o'n troi i sbio arna i'n ddisgwylgar efo'i lygaid mawr sy'n newid eu lliw fel llechan liwgar. Glas tywyll ydyn nhw heno, ac arian y lloer wedi'i adlewyrchu ynddyn nhw.

'Yndi, mae o, ti'n iawn, yn edrach i lawr arnan ni ac arnyn nhwtha hefyd.' Benywaidd ydi'r lleuad, dwi'n gwbod, ond mae o'n un o'r geiria hynny sy'n swnio fel y dylsan nhw fod yn wrywaidd, fel 'ffilm' neu 'ysbyty'. Tydi 'lleuad lawn' ddim yn swnio'n iawn rhywsut.

Mae llygaid y lleuad i'w gweld yn glir heno, yn edrych i lawr ar y byd trwy amrannau hanner cau, â rhyw hanner gwên ar ei wyneb rhithiol, gwelw. Ac yn sydyn, mi faswn i'n taeru'i fod o wedi wincio arna i, er 'mod i'n sobor fel sant – heb gael mygyn drwg nac wedi yfed yr un diferyn. Weithiau does dim angen. Weithiau mae modd llithro i'r stad yna o ganu grwndi meddyliol heb gymorth unrhyw gyffur.

Dwi'n gwasgu llaw Steff eto ac yntau'n gorffwys ei ben ar fy ysgwydd. Pwy ddeudodd fod pobol awtistig yn bobol oeraidd sy ddim yn licio cyffwrdd a chael eu cyffwrdd? Welais i rioed greadur mor gariadus â Steff, sy wastad wedi bod yn lot mwy mwythlyd na'i chwaer. Efo fi, beth bynnag, gan mai hogyn ei fam fuodd o rioed, ac Ielena'n hogan ei thad.

Yma'n eistedd ar y fainc siglo yn yr ardd yn syllu ar y lleuad efo fy mab, daw ton o hapusrwydd drosta i, a dwi'n teimlo'r un hapusrwydd yn tonni drosto yntau hefyd. Y telepathi'n tonni trwyddan ni fel y bydd o weithiau pan fyddan ni'n dau ar yr un donfedd, fel dwy blaned yn cofleidio.

3

ROEDD SEIREN AMBIWLANS yn nesáu, a hithau'n trio dofi Steffan wrth iddo fynd i banig am fod oernadu'r ambiwlans yn treiddio trwy ryw nerf orsensitif yn ei ben. Roedd rhan ohoni'n ewyllysio i'r sŵn stopio, er ei bod yn gwybod fod yn rhaid i'r ambiwlans gyrraedd yn fuan er mwyn achub bywyd Edward...

Wrth i Ielena godi i'r wyneb trwy'r haenau o gwsg, sylweddolodd fod cloch y drws yn canu, ac mai dyna oedd nadu byddarol yr ambiwlans yn ei breuddwyd. Ceisiodd ei anwybyddu a mynd yn ôl i gysgu, yn y gobaith y byddai pwy bynnag oedd yno yn rhoi'r gorau iddi a gadael, ond roedd fel petai'n benderfynol o ddeffro pawb yn y tŷ. Lle'r oedd Meryl beth bynnag? Roedd ei stafell hi'n nes at y drws ffrynt – pam na fedrai hi fynd i'w ateb?

Cododd Ielena dan rwgnach, gan dynnu'i gŵn wisgo amdani a llithro'i thraed i mewn i'w sliperi. Wnaeth hi ddim trafferthu tynnu crib trwy'i gwallt na sychu'r huwcyn o'i llygaid – tybiai na fyddai'r ymwelydd yn poeni rhyw lawer am ei hymddangosiad yn ôl y ffordd daer yr oedd o neu hi'n canu'r gloch.

'Ocê, ocê, dwi'n dŵad!' galwodd ar ei ffordd i lawr dwy res o risiau. 'Yr holl ffordd o dop y blydi tŷ i chi gael dallt! Mae Meryl wedi marw yn 'i gwely hyd y gwela i!'

Dim ond yn yr hanner eiliad wrth iddi ddatgloi'r drws y meddyliodd efallai mai Edward oedd yno, a thynnodd fysedd ei llaw rydd yn reddfol trwy'i gwallt hir mewn ymgais i wneud ei hun yn fwy derbyniol. Ond yno ar y pafin safai dau ddyn mewn siwt – un yn dal a dymunol yr olwg, a'r llall yn llai mewn dillad a edrychai'n rhy fawr iddo a chanddo wyneb siarp fel gwenci.

'Ms Ielena Garmon?' gofynnodd y talaf o'r ddau.

Nodiodd Ielena.

'Ditectif Insbector Iestyn Morgan,' meddai gan ddal ei gerdyn adnabod o'i flaen yn ddigon hir iddi fedru ei ddarllen. 'A dyma Ditectif Sarjant Cecil Jones. Fyddai'n bosib i ni gael gair 'da chi os gwelwch yn dda?'

Rhythodd Ielena'n syn arnyn nhw am eiliad, er ei bod wedi dyfalu eisoes mai plismyn oedden nhw.

'Ynglŷn â be?' holodd, gan wybod ar ei hunion fod gan hyn rywbeth i'w wneud ag Edward.

'Un neu ddou o ymholiade, dyna i gyd. Newn ni mo'ch cadw chi'n hir.'

'Well i chi ddod i mewn, felly,' meddai'n anfoddog a'u harwain i'r stafell fyw. 'Sgiwsiwch y llanast. Noson ola ond un Wythnos y Glas neithiwr.'

'Mae'n iawn,' meddai'r Ditectif Insbector, efo digon o ras i beidio ag edrych o'i gwmpas. 'Wy'n ddigon ifanc i gofio bod yn fyfyriwr fy hunan, credwch neu beidio.'

Edrychodd Ielena arno a thrio dyfalu ei oed – yn ei dridegau hwyr, efallai? Roedd yn dipyn iau na'i is-swyddog beth bynnag – er mawr loes i hwnnw mae'n siŵr. Yn wahanol i'w fòs, edrychai'r Rhingyll yn drwynsur ar y poteli cwrw gwag a'r blychau llwch gorlawn ar y bwrdd coffi o'i flaen. Aelod arall o'r giwed gwrthfyfyrwyr, meddyliodd Ielena.

'Steddwch,' meddai wrthyn nhw.

'Diolch,' meddai'r Ditectif Insbector, gan eistedd yn un o'r ddwy gadair esmwyth helaeth. Arhosodd y Ditectif Sarjant ar ei draed.

'Ishte, Cecil,' gorchmynnodd y Ditectif Insbector o dan ei wynt, ac eisteddodd y llall yn anfoddog ar fraich lydan un o'r cadeiriau, fel petai'n ofni y byddai o dan anfantais seicolegol pe bai'n suddo i mewn i'r gadair ei hun.

Eisteddodd Ielena ar gadair gefn-galed gyferbyn â nhw, gan wrthsefyll ei chwrteisi greddfol i gynnig paned iddynt. Doedd dim eisiau ymddangos fel petai'n oreiddgar i blesio, wedi'r cyfan. Onid oedd plismyn yr un mor amheus o bobol gwrtais ag yr oedden nhw o bobol anfoesgar? Onid oedd plismyn yn amheus o bawb, ffwl stop?

'Wedi dod yma i'ch holi chi ynglŷn ag Edward Gomer y'n ni,' meddai'r Ditectif Insbector.

'Be amdano fo?' gofynnodd Ielena fymryn yn amddiffynnol.

'Chi'n mynd mas 'da fe, wy'n cymryd?'

'Nadw. Ddim mwy.' *Dydech chi fawr o dditectifs os nad oeddech chi'n gwybod hynny*, meddyliodd.

'Ers pryd y'ch chi wedi gwahanu?'

'Ers rhai misoedd. Mis Mehefin dwi'n meddwl.'

Fel petai hi ddim yn cofio. Fel petai'r misoedd diwetha 'ma heb fod yn od ar y naw hebddo, a phoenus hefyd ar adegau. Er bod pethau wedi gwaethygu rhyngddyn nhw yn ystod y flwyddyn a aeth heibio – ers iddi hi ddod i Aber a dweud y gwir – yr amseroedd da yr oedd hi'n hiraethu amdanyn nhw ar ôl iddyn nhw orffen. Ynghyd â'r *prestige* o fod yn gariad i Edward Gomer yr Ymgyrchydd Iaith Adnabyddus, wrth gwrs.

'Ms Garmon?'

'Sori?' Roedd hi'n bell i ffwrdd.

'Gofyn o'n i a ydych chi wedi bod mewn cysylltiad ag Edward Gomer ers hynny?'

'Wel do, ers hynny. Ond ddim yn ddiweddar.' Llithrodd y celwydd allan cyn iddi fedru'i atal. Gobeithiai i'r nefoedd na fyddai Meryl yn dod i mewn rŵan a'i rhoi hi mewn twll. Be ddaeth drosti yn dweud celwydd fel 'na? Chwaraeodd efo'r syniad o gywiro'i hun – *Sori, be sy'n bod arna i? Ffoniodd Edward fi wythnos dwytha, dwi'n cofio rŵan* – ond aeth yr eiliad heibio.

Hwyrach y byddai wedi gwneud hynny pe bai'r Ditectif

Insbector yno ar ei ben ei hun, ond roedd yna rywbeth am y llall – rhyw bresenoldeb annymunol yn ei gwylio'n dawel fel petai'n disgwyl ei dal hi'n deud celwydd – a'i gwnâi'n gyndyn o gyfadde'r gwir.

'Pryd oedd y tro dwetha i chi fod mewn cysylltiad ag e?'

Damia! Byddai'n rhaid iddi ddweud celwydd arall mwy penodol rŵan.

'Dwi'm yn cofio'n iawn. Yn ystod gwylie'r ha rywbryd. Ddaeth o draw i nôl peth o'i stwff a dod â phethe nôl i mi 'run pryd. 'Den ni'n byw rhyw dri chwarter awr oddi wrth ein gilydd.' Er bod y tri chwarter awr wedi ymddangos fel pen draw'r byd ers iddyn nhw orffen. Oherwydd nid dim ond am Edward y bu hi'n hiraethu, ond am y daith droellog o Lanarmon i Lanwddyn, am Lyn Efyrnwy a...

'Syniad pwy oedd dod â'r berthynas i ben, Ms Garmon?' gofynnodd y Ditectif Sarjant, y tro cynta iddo yngan gair o'i ben.

'Ydi hynny'n berthnasol?' gofynnodd, gan edrych o'r naill ddyn i'r llall.

Crechwenodd y Ditectif Sarjant, fel petai hynny wedi ateb ei gwestiwn.

'Nag yw,' atebodd y Ditectif Insbector, gan daflu edrychiad du ar ei is-swyddog.

'Pam ydech chi'n holi'r holl gwestiyne 'ma beth bynnag?' gofynnodd Ielena. Tan hynny roedd euogrwydd wedi'i hatal rhag gofyn y cwestiwn. 'Ydi Edward mewn rhyw fath o drwbwl?'

'Be sy'n neud i chi feddwl 'ny?' gofynnodd y Ditectif Sarjant eto. Cwestiwn twp arall.

'Wel, fasech chi ddim wedi dod yma i ddeud wrtha i 'i fod o wedi ennill y loteri, na fasech?'

Gwenodd y Ditectif Insbector, ond nid oedd ei *sidekick* yn

un i werthfawrogi atebion sarcastig, yn amlwg.

'A siawns na fasech chi wedi deud wrtha i erbyn hyn tase rhwbeth wedi digwydd iddo fo.'

Diflannodd y wên oddi ar wyneb y Ditectif Insbector.

'Mi fasech chi, yn basech?' gofynnodd Ielena, â min o banig yn ei llais.

'Nag y'n ni'n siŵr ble ma Edward Gomer ar hyn o bryd. Ry'n ni angen ei holi fe cyn i ni allu'i ddileu e o'n ymholiade...'

'Pa ymholiade?'

'Allwn ni ddim datgelu hynny ar hyn o bryd, mae'n ddrwg gen i.'

'Ond ellwch chi ddim jyst dod yma i fy holi i heb ddeud pam!' protestiodd Ielena, heb wybod mewn gwirionedd pa hawliau oedd ganddi mewn sefyllfa fel hon. Hwyrach y byddai cael Meryl yma efo hi'n fuddiol wedi'r cyfan...

'Ro'n i wedi gobeithio y bydde 'da chi syniad ble mae Edward Gomer, ond gan nag y'ch chi mewn cysylltiad 'da fe mwyach, bydd rhaid i ni drial ffyrdd erill o ga'l gafel arno fe.'

'Sgen 'i rieni fo ddim syniad lle mae o?'

'Ma'n nhw bant yn America ar fusnes am ddeufis. Roedden nhw wedi gadel y tŷ yn 'i ofal e, ond 'sneb wedi'i weld e yno ers rhai dyddie.'

'Hwrach 'i fod o wedi mynd i aros efo ffrindie yn rhwle?'

'Dyna beth wedodd y cymdogion 'fyd, a'ch enwi chi.'

'Y cymdogion?'

'Mr a Mrs Ellis. Y cwpwl sy'n byw drws nesa i rieni Edward. Gyda nhw buodd yr heddlu lleol yn siarad.'

Roedd Ielena yn eu nabod nhw'n iawn. Hen gwpwl hynaws, hen-ffasiwn. Roedden nhw'n amlwg o dan yr argraff ei bod hi ac Edward yn dal i ganlyn, a hynny'n ei chysuro a'i thristáu'r un pryd.

'Sneb wedi siarad efo rhieni Edward, felly?'

'Ddim yn uniongyrchol,' atebodd y Ditectif Insbector yn chwithig.

'Be dech chi'n feddwl?'

'Doedd dim pwynt eu poeni nhw, a nhwthe bant,' atebodd yn gloff.

Ac yntau David Gomer yn batholegydd pwysig, dech chi'n feddwl? Teimlai Ielena fel gofyn, ond bod arni ofn cael cerydd swyddogol am fod yn bowld. Thalai hi ddim i darfu ar ddyn o'r fath galibr â thad Edward, ac yntau ar un o'i deithiau darlithio uchel-ael yn yr Unol Daleithiau, meddyliodd yn chwerw.

'Be, roeddech chi'n meddwl 'i bod hi'n iawn dod yma i 'mhoeni i, ond isio sbario tipyn ar 'u teimlade nhw?'

'Ma'n nhw *yn* rhieni iddo fe,' meddai'r Ditectif Insbector yn ddistaw.

'A finne dim ond yn gariad iddo fo, dech chi'n feddwl?'

'Cyn-gariad,' cywirodd y Ditectif Sarjant hi.

'Ie, ond doeddech chi ddim yn gwybod hynny nes i mi ddeud wrthoch chi. A beth bynnag, rhieni digon sâl ydyn nhw.'

'Be chi'n feddwl?'

'Y teip sy'n poeni mwy am *appearances* na dim byd arall. Tasech chi'n deud wrthyn nhw fod Edward wedi mynd ar goll, mi fasen nhw'n poeni mwy 'i fod o wedi gneud rwbeth sy'n mynd i adlewyrchu'n wael arnyn nhw na phoeni fod rhwbeth wedi digwydd iddo fo. Felly faswn i ddim yn poeni gormod am 'u teimlade nhw taswn i'n chi, achos a deud y gwir wrthoch chi, dwi ddim yn siŵr oes ganddyn nhw rai.'

Gwenodd y Ditectif Sarjant arni, yn fwy diffuant y tro 'ma, fel petai Ielena wedi codi yn ei olwg. Edrychodd ei fòs yn fwy meddylgar, gan nodio'i ben rhyw fymryn cyn codi ar ei draed.

'Wel, diolch i chi am eich amser, Ms Garmon. Mae'n

ddrwg gen i orfod eich cadw chi yn y niwl fel hyn, ond rwy'n siŵr eich bod chi'n gwerthfawrogi...'

'Iawn, iawn...' meddai Ielena heb swnio'n ddiffuant.

'A chofiwch, os bydd Edward Gomer yn digwydd cysylltu â chi yn y cyfamser, bydden ni'n gwerthfawrogi tase chi'n rhoi gwybod i ni, neu ofyn iddo fe gysylltu 'da'r heddlu.'

Edrychodd i fyw ei llygaid wrth ddweud hyn, nes i Ielena deimlo'i hun yn dechrau cochi.

'Dyma fy ngharden i rhag ofn y byddwch chi moyn cael gafel arna i. Mae croeso i chi ffonio unrhyw adeg, cofiwch.'

Wrth i Ielena gymryd y cerdyn oddi arno, digwyddodd eu bysedd gyffwrdd. Roedd ei fysedd ef yn sych a chynnes – bysedd tadol y gallai Ielena'u dychmygu yn cau'n gysurlon am ei bysedd hi. Ond roedd ei bysedd hi'n ludiog a llaith gan chwys. Arwydd o euogrwydd, medden nhw.

Danfonodd Ielena'r ddau dditectif at y drws, ac ar ôl iddyn nhw adael rhedodd i fyny'r grisiau i'w llofft a thyrchu'i ffôn symudol o'i bag llaw. Gwrandawodd ar ffôn Edward yn canu a chanu yn y pen arall nes i lais benywaidd y peiriant ateb ddweud wrthi yn Saesneg y gallai adael neges pe dymunai.

'Edward, Ielena sy 'ma. Sori am neithiwr, jyst teimlo'n flin o'n i. Ffonia fi'n ôl pan gei di gyfle, iawn?' Yna, ar ôl saib: 'Cymer ofal.'

Ond hyd yn oed wrth iddi adael y neges, gwyddai Ielena yn ei chalon na fyddai Edward yn ei ffonio'n ôl. Roedd o wedi erfyn arni i'w helpu, a hithau wedi'i wrthod. Ond pe bai wedi gwrando arno, ac yntau wedi esbonio'i drybini wrthi a dweud wrthi lle'r oedd o, a fyddai hi wedi'i fradychu i'r plismyn bore 'ma? Hoffai feddwl na fyddai. Ac eto, pam dylai hi gadw arno ac yntau wedi'i thrin mor wael?

Neidiodd yn sydyn wrth i rywun gnocio ar ddrws ei stafell.

'Pwy sy 'na?' gofynnodd yn nerfus, gan feddwl yn afresymol fod y ddau dditectif wedi sleifio'n ôl i mewn i'r tŷ.

'Pwy yffach ti'n feddwl sy 'ma, Brad Pitt?' Daeth llais Meryl o ochr arall y drws.

''Swn i ddim balchach,' atebodd Ielena. 'Tyd i mewn, 'nei di, yn lle sefyllian allan fan'na!'

'Meddwl falle bo cwmni 'da ti,' meddai Meryl gan ddod i mewn yn ei phyjamas.

'Fel pwy?'

'Fel yr hic 'na o't ti'n siarad 'da nithwr.'

'Fo oedd yn mwydro 'mhen i!' meddai Ielena, oedd wedi sleifio i'r gwely ar ôl cael llond bol ar y lembo diolwg a diflas a fu'n trio cael hwyl arni neithiwr. Daeth apêl Brad Pitt yn amlwg iddi yn fwya sydyn.

'Pwy oedd yn gadel jyst nawr 'te? Glywes i'r drws ffrynt yn cau.'

'O, y postman o'dd 'na.'

'Beth o'dd e'n moyn?'

'Ti'n gwbod be, Meryl? Dylet ti fynd yn dwrne, sti.'

'Adawodd e barsel, neu beth?'

'Naddo. 'Di cael y tŷ rong o'dd o, iawn? Postman newydd, ma rhaid. Gei di ateb y drws dy hun tro nesa, iawn? Sbario i mi orfod ateb yr holl gwestiyne 'ma!'

'Pen tost 'da ti, o's e bach?' meddai Meryl yn ffug dosturiol. 'Dere, siapa dy stwmps. Ewn ni am *fry-up* i Gaffi Morgan. Ma whant sâm arno i.'

Roedd chwant aros yn ei gwely drwy'r dydd ar Ielena ar ôl noson hwyr a bore cythryblus, ond codi wnaeth hi. Roedd pobol yn eu gwlâu yn cael eu herlid gan yr heddlu.

— 4 —

PUM NOSON AR y wagan. Teimlai Lili'n eitha balch ohoni'i hun, nes iddi gofio'r rheswm pam ei bod hi ar y wagan yn y lle cynta a chywilyddio drachefn.

Roedd hi wedi agor potel o win gwyn efo'i physgod a sglodion nos Sadwrn ac wedi cael cymaint o flas chwaneg arno nes iddi barhau i yfed drwy gyda'r nos. Dwy botel gyfan, namyn yr un gwydraid a chwalodd yn deilchion wrth iddi gerdded i mewn i bostyn drws y bathrwm. Dylai hynny fod wedi bod yn arwydd iddi ei bod hi wedi cael hen ddigon, ond yn hytrach na rhoi'r gorau iddi, y peth cynta wnaeth hi ar ôl sgubo'r darnau o wydr a'u rhoi yn y bin oedd agor potel arall o win.

Dechreuodd y ffilm yr oedd hi wedi bod yn edrych ymlaen at ei gwylio am hanner awr wedi naw, ond erbyn hynny roedd hi'n rhy chwil i fedru gwneud pen na chynffon o'r plot – yn rhy chwil i ganolbwyntio ar ddim ond ar wyneb Jack Nicholson, yn anghyfarwydd o ddifrifol yn y ffilm yma yn hytrach nag yn ddireidus yn ôl ei arfer. Roedd hynny hefyd wedi ei lluchio oddi ar ei hechel.

Byddai wedi bod yn ddigon drwg petai hi wedi bod yn y tŷ ar ei phen ei hun, ond roedd Steffan yno hefyd, yn ffigwr aneglur ar gyrion ei hymwybod drwy'r amser. Yn y diwedd roedd o wedi mynd i'w wely ohono'i hun ar ôl bwyta'r frechdan grasu a siocled poeth yr oedd hi wedi'i baratoi iddo – o leia wnaeth hi ddim smonach o hynny – a'r cof olaf oedd ganddi oedd rhoi sws nos da ar ei dalcen cyn mynd i'w gwely ei hun a syrthio'n anymwybodol ar ei hunion.

Roedd hi'n teimlo'n uffernol drannoeth. Nid yn gymaint oherwydd y cur yn ei phen a'r asid yn ei stumog, ond oherwydd y cywilydd a'r hunan ffieidd-dod a deimlai am wneud y ffasiwn beth. Ac wrth gwrs roedd yn rhaid iddi ffonio Garmon i ddweud wrtho – yr hen ysfa Babyddol i gyffesu'i phechodau yn y gobaith o gael maddeuant, er nad oedd hi wedi bod ar gyfyl yr un offeren ers talwm.

'Ti'n meddwl 'mod i'n alcoholic?' gofynnodd iddo.

'Chdi sy'n gwbod hynny,' atebodd yntau. Nid dyna'r ateb roedd arni hi eisiau ei glywed.

'Be *ti'n* feddwl?'

'Dwi'm 'di meddwl am y peth i fod yn onest efo chdi.'

'Ti'm yn poeni am y peth, 'lly?'

'Ddim felly, nadw.'

'Ti'm yn meddwl 'mod i'n alcoholic, felly?'

'Dwn i'm, Lili,' meddai dan ochneidio. 'Ond dwi *yn* meddwl dy fod ti'n anghyfrifol.'

'Yndw, dwi'n gwbod,' meddai Lili'n ddagreuol. 'Ond taswn i'n alcoholic faswn i ddim yn meddwi ar ddwy botel o win, na faswn?'

'Na faset, am wn i.'

'Be ti'n feddwl, *am wn i?*'

Ochneidiodd Garmon eto. Gwyddai Lili ei bod hi'n mynd ar ei nerfau, ond ni fedrai ei hatal ei hun.

'Dwi'n gwbod am rai pobol sy'n yfad gymaint â hynny bob nos Sadwrn – bob nos hyd yn oed – os nad mwy!' meddai'n hunan amddiffynnol.

'Dwi'm yn ame dim. Ond dydi'r rheiny ddim yn gyfrifol am fachgen awtistig.'

'Ma 'na lot ohonyn nhw'n rhieni i fabis a phlant bach! A beth bynnag, tydi Steff ddim yn hogyn dim mwy – mae o'n ddigon tebol i edrach ar ôl ei hun…' Tawodd yn sydyn, wedi'i dal yn ei thrap ei hun.

'Pam na adewi di iddo fo fynd, felly?' gofynnodd Garmon yn ddigynnwrf.

Ochneidiodd Lili. Doedd arni ddim eisiau mynd dros yr hen ddadl yma eto. Ni ddylai fod wedi sôn am y ddwy botelaid o win chwaith, rhag ofn y byddai Garmon yn ei ddefnyddio yn ei herbyn rywbryd. Nid ei fod o'n debygol o wneud y fath beth dan din, ond fedrai hi byth fod yn siŵr. Roedd hyd yn oed y cyplau mwya triw yn medru troi ar ei gilydd pan oedd chwarae'n troi'n chwerw.

'Newydd gael 'i ddeunaw mae o, Gar,' meddai. 'Ma 'na lot o hogia'n dal i fyw adra tan 'u bod nhw'n 'u tridega.'

'Fysen nhw wedi cael cic allan ar 'u tine gen i ers talwm.'

'A gin inna 'fyd. Ond ma Steff yn wahanol.'

'Dyna pam ma angen iddo fo ddysgu sefyll ar 'i ddwy droed 'i hun.'

'Mae o'n medru gneud hynny adra.'

'Lle ti'n tendiad arno fo rownd y rîl... Dwi'n meddwl amdanat ti hefyd, Lili,' meddai mewn llais tynerach.

'*Dwi'n* iawn.'

'Be sy'n dy yrru di i yfed yn y tŷ ar ben dy hun, felly?'

Unigrwydd. Rhwystredigaeth. Genynnau sychedig fy nhad... Medrai Lili feddwl am sawl esgus, ond yn yr achos yma doedd yr un ohonyn nhw'n ddilys.

'Myrrath. *One off* oedd o. Ac ynglŷn â Steff – ymhen rhyw flwyddyn neu ddwy ella y bydd o'n barod i fynd, ond ddim rŵan. Iawn?'

''Den ni 'di bod dros hyn o'r blaen.'

'Dwi'n gwbod. A dwi'm isio mynd drosto fo eto. 'Swn i'n licio tasach chdi ddim yn codi'r pwnc o hyd.'

'Chdi ffoniodd fi.'

'Sori. Ond ti'n gwbod fel ydw i, yn gorfod deud bob dim wrthach chdi. Dyna pam 'swn i byth yn medru cael affêr,' meddai'n gellweirus, gan newid y pwnc. ''Swn i'n methu byw yn 'y nghroen heb gyfadda'r cwbwl wrthach chdi.'

'Tybed?' meddai Garmon yn chwareus. 'Be taswn i'm isio gwbod?'

'Beryg y baswn i'n deu'tha chdi beth bynnag.'

'Beryg y baset ti.'

Er gwaetha'i dôn ysgafn, synhwyrodd Lili'r syrffed yn ei lais, a daeth geiriau'r gân honno gan Lloyd Cole i'w meddwl:

Must you tell me all your secrets

When it's hard enough to love you knowing nothing?

Ond ni ddywedodd hynny wrth Garmon. '*Lloyd pwy?*' fasai hwnnw wedi'i ddweud yn hollol ddi-glem, ac yn waeth na hynny yn *falch* o'r ffaith ei fod o'n ddi-glem. Roedd Garmon yn un o'r bobol hynny sy'n dueddol o ddiystyru pethau nad oes ganddo ddiddordeb ynddyn nhw. Roedd Dora ei mam yr un fath.

Peth arall oedd gan Garmon a Dora yn gyffredin oedd eu cymedroldeb hunangyfiawn. Er bod y naill yn *fitness freak* a'r llall yn treulio'i dyddiau'n glanhau tŷ oedd eisoes yn lân, a gweddill ei hamser yn gwylio chwaraeon ar deledu lloeren – hyd yn oed chwaraeon fel golff a darts a fyddai wedi gwneud i ewinedd traed Lili gyrlio mewn diflastod.

'Pam na ddysgwch chi chware golff?' gofynnodd Garmon wrth ei fam-yng-nghyfraith un tro, yn methu'n lân â deall unrhyw un a fyddai'n dewis gwylio chwaraeon yn hytrach na chymryd rhan ynddyn nhw.

'Twt na, dwi'n rhy hen i ddechra yn fy oed i,' atebodd Dora ar ei ben.

'Pam nad ewch chi lawr i'r pỳb i chwara pŵl 'ta? Neu ymuno efo tîm darts y genod?' awgrymodd Lili â'i thafod yn ei boch, er bod y syniad o'i mam sidêt yn rafio mewn tafarn fyglyd yn apelio.

'Ych a fi, gas gen i dafarna,' atebodd ei mam yn ôl y disgwyl. 'Doedd genod byth yn mynd i dafarna pan o'n i'n ifanc.'

'Ddylse hi gael mwy o ymarfer corff,' meddai Garmon, heb ystyried fod glanhau tŷ efo'r fath sêl ac obsesiwn ag y gwnâi Dora yn llawn cystal â sesiwn yn y *gym*, os nad gwell.

Tybiai Lili weithiau y byddai Garmon wrth ei fodd petai ganddo le i'w chyhuddo hithau o fod yn segur, ond doedd dim gobaith ganddo o hynny. Fel dawnswraig a hyfforddwraig ddawnsio, roedd gan Lili yr un corff ystwyth, siapus yn ei deugeiniau hwyr ag yr oedd ganddi yn ei hugeiniau – y croen yn fwy crêplyd, efallai, ond doedd hynny ond i'w ddisgwyl.

Ei hwyneb oedd wedi heneiddio fwya, neu felly y tybiai, wrth edrych yn y drych a sylweddoli nad oedd hi'n ddeg ar hugain mwyach. Byddai wedi cael triniaeth Botox flynyddoedd yn ôl oni bai bod arni ofn i rywbeth fynd o'i le, neu iddi gael yr olwg ddifynegiant yna sy'n nodweddiadol o bobol blastig.

Yn wahanol i'w wraig, oedd yn dal i fedru bwyta (ac yfed) yn harti heb ychwanegu pwysau, roedd yn rhaid i Garmon godi cyn cŵn Caer bob bore i redeg pum milltir a byw ar rashions er mwyn cadw'i hun yn fain. Roedd Lili'n ymarfer yn rheolaidd hefyd, ond o leia doedd dim rhaid iddi godi'n annaearol o gynnar i wneud hynny.

Neidiodd Lili wrth glywed curiad cyfarwydd ar y drws cefn. Curiad uchel, hyderus. Brysiodd i'r bathrwm i dwtio tipyn ar ei gwallt cyn mynd i'w agor.

'Paxo! Sut w't ti? Tyd i mewn!' meddai wrth y dyn pryd tywyll yn y crys *lumberjack* coch a safai o'i blaen.

'Ti'n iawn, Polack?'

'Yn well o dy weld di, 'de.'

'Garmon ddim yma?' holodd Paxo gan ei dilyn i mewn i'r gegin.

'Nadi.' Fel petai o ddim yn gwybod, meddyliodd Lili. Go brin y deuai Paxo ar gyfyl y tŷ petai Garmon adre. 'Gymri di banad?'

'Plîs. Ydi'n *main man* i o gwmpas 'te?'

'Steff!' galwodd Lili wrth droed y grisiau. 'Tyd i weld pwy sy 'ma!'

Rhedodd Steff i lawr ar unwaith, mor eiddgar a busneslyd â phan oedd o'n hogyn bach. Gwenodd o glust i glust pan welodd Paxo, a hwnnw'n ymestyn ei ddwylo allan yn barod am eu defod arferol.

'*Gimme five, Steff!*'

Slapiodd Steff gledrau'r dwylo mawr yn galed cyn troi'i ddwylo yntau at i fyny er mwyn i Paxo gael gwneud yr un peth iddo fo.

'Be ti'n neud?'

'Sbio ar *What Not to Wear*,' atebodd Steff, cyn rhedeg yn ei ôl i fyny'r grisiau i orffen gwylio un o'i hoff raglenni.

'Be sgen ti 'i ddeud?' holodd Paxo, gan dderbyn mygaid o de gan Lili a thynnu'i dun baco o'i boced.

'Dim llawar. Garmon i ffwr' yn gweithio – fel arfer. Ielena 'di mynd nôl i'r coleg. Su ma pawb gen ti?'

'Iawn 'sti. Jemima 'di mynd â'r plantos i Lunden am y wîcend i weld 'i theulu.'

'Toedd gen ti'm awydd mynd efo nhw?'

Taflodd Paxo edrychiad arni, cystal â dweud *dim ffiars o beryg*. Tra bod ei drydedd wraig, Lady Jemima Miles, wedi dewis priodi islaw ei dosbarth ac yn byw bywyd cymharol gyffredin yng nghefn gwlad Cymru, roedd ei rhieni'n byw mewn tŷ ysblennydd yn Knightsbridge, a'r rhan fwyaf o'i ffrindiau'n dal i droi yn y cylchoedd cymdeithasol uwch a oedd mor wrthun i Paxo.

'Ro'n i'n meddwl y basach chdi'n licio mynd nôl i Lundan ar ôl byw 'no cyhyd,' meddai Lili, a fu hefyd yn byw yno am gyfnod yn y saithdegau. Cyfnod a fu'n gyfuniad o'r chwerw-felys a'r gwallgo o hapus. 'Fyswn i'n mynd nôl 'no fatha siot ar unrhyw gyfla.'

'Ond ddim yr un Llunden fase fo, naci? I'w Llunden *hi* faswn i'n mynd, lle ma pawb yn actio a siarad fel tasen nhw mewn ffilm Hugh Grant. Tai posh, *plummy accents*, trin pobol fel fi fel *designer accessories*. Ti'n gwbod, *the scruffy Welsh friend*.

'Fatha Spike yn *Notting Hill*?'

'Yn union.'

'Ydi Jemima'n meddwl amdanach chdi fel *designer accessory*?'

Gwenodd Paxo arni'n araf, gan ddangos y bwlch deniadol rhwng ei ddau ddant blaen. Arwydd o drythyllwch, yn ôl Chaucer, wrth ddisgrifio'r Wraig o Gaerfaddon yn ei *Canterbury Tales*. Roedd hithau wedi priodi sawl gwaith hefyd, ac yn hoff o bleserau cnawdol bywyd.

'Wel os ydi hi, dwi'n meddwl amdani hi fel 'yn *bit of posh* i.'

'Tydi hi'm yn posh iawn, heblaw am ei hacen hi,' meddai Lili, a gâi hi'n anodd cysoni'r Jemima flêr, chwit-chwat efo'i hacen tatan boeth.

'Fel'na mae pobol fawr go iawn 'de – gwisgo fel tramps a siarad fatha'r blydi Cwîn.'

Gwenodd Lili wrth i Paxo dynnu bag bach plastig o boced ei grys, tynnu lwmpyn bach brown ohono a dal fflam ei Zippo yn ei erbyn i'w ddoddi, cyn briwsioni peth ohono rhwng bys a bawd a'i sgeintio dros y baco yn ei bapur sigarét. Roedd hi wrth ei bodd yn gwylio'r bysedd praff yn gweithio, yn celfydd greu'r *roll-your-own* perffaith.

Yna rhoddodd Paxo'r spliff yn ei geg a'i danio, gan ddrachtio'r mwg peraroglus, meddwol i mewn a'i ddal am sbel cyn ei chwythu allan drwy'i drwyn yn byffiau cordeddog.

Edrychodd Lili arno, a rhyfeddu at y modd nad oedd y dôp na'r cwrw na'i orffennol gwyllt wedi 'mennu dim arno – yn allanol o leia. Roedd o dros ei hanner cant ac yn cadw'i oed yn hynod o dda. Llond pen o wallt du, cras oedd yn britho'n fwy lluniaidd nag unrhyw *highlights* costus.

'Ti'n ddylanwad drwg arna i, Paxo Williams,' meddai Lili wrth iddo basio'r spliff iddi. Cyfarfu eu bysedd a'u llygaid am rai eiliadau.

'Stwff da,' meddai Lili ar ôl cael mygyn ohono, ei llais yn gryglyd gan flas cynta'r mwg. 'Ddim yn rhy gry. Jyst neis.'

Edrychodd Paxo arni'n flysiog a chymryd y spliff oddi arni drachefn.

'Jyst y peth i leddfu 'nghricmala i,' meddai Lili gan dorri'r swyn, a chwarddodd y ddau.

'Sut ma dy gricmala di beth bynnag?'

'Gwynio dipyn yn y tywydd tamp 'ma, ond dim hannar digon drwg i'w ddefnyddio fel esgus i gymryd cyffuria anghyfreithlon chwaith,' atebodd hithau dan wenu.

'Be am gyffurie cyfreithlon, 'te?'

'Be ti'n feddwl?'

'Pam na ddoi di a Steff am beint efo fi?'

'O, dwn i'm…'

'Tyd 'laen, Polack, ma hi'n nos Wener. Neith o les i chi'ch dau.'

'O, ocê 'ta.'

A disgynnodd Lili oddi ar y wagan. Nid y byddai'n debygol o ddweud wrth ei gŵr am y llithriad bach hwnnw, chwaith.

— 5 —

Roedd Ielena wedi bod mewn cyfyng-gyngor drwy'r dydd, yn pendilio rhwng ei hawydd i ffonio'r Ditectif Insbector, ond ar y llaw arall yn ofni gwneud hynny rhag iddi gael ei chyhuddo o wyrdroi cwrs cyfiawnder neu rywbeth difrifol felly.

Mewn ymgais i dynnu'i meddwl oddi ar ei dilema, roedd hi wedi mynd ati i dacluso a glanhau'r tŷ yn ddiwyd. Clirio'r poteli, eu rinsio a'u rhoi mewn bagiau bin yn barod i'w hailgylchu; gwagio'r blychau llwch; golchi, sychu a chadw llestri; sgwrio, hwfro, tynnu llwch a pholisho nes bod oglau ffres, glân yn llenwi'r lle. Byddai ei Nain Benllech yn falch ohoni.

'Blydi myfyrwyr y'n ni i fod, ychan, nid y menwod manic 'na ar *How Clean is Your House!*' protestiodd Meryl.

'Dos i fyw mewn *digs* 'te,' meddai Ielena wrthi. 'Ma hwn yn dŷ teidi a dwi'n bwriadu'i gadw fo felly. Dwi'm isio ryw hen strêl hyd y lle 'ma.'

Agorodd Meryl ei cheg i ateb yn ôl cyn newid ei meddwl a'i chau'n glep wrth weld y sglein benderfynol yn llygaid ei ffrind. Roedd Ielena'n amlwg ar ryw fath o grwsâd personol yn erbyn dwst a bryntni, meddyliodd.

'Ti'n meddwl by't ti 'di bennu erbyn heno, neu yw hwn yn rhyw fath o *twenty- four hour marathon?*'

'Pam, be sy 'mlaen heno?' holodd Ielena gan daenu'i dystar dros sgrin y teledu.

'So ti'n cofio?' meddai Meryl yn anghrediniol. 'Gìg Anweledig!'

'Dwi'm yn gwbod ddo i i hwnnw.'

'Beth?!'

'Dwi fod i fynd allan efo criw o'r Adran Saesneg heno.'
Deuai'r celwyddau'n haws iddi bob dydd, meddyliodd Ielena gyda phang o euogrwydd.

'Beth – well 'da ti fynd mas 'da'r *Fat Cat from Chiswick* ac *Ollie the Wally* a'r rest o'r gang 'na na mynd i weld Anweledig?!'

'Dy'n nhw'm mor ffantastic â hynny.'

'Yn gwmws.'

'Anweledig o'n i'n feddwl.'

'Odyn ma'n nhw! Wel, ma Ceri Cunnington yn, ta beth. 'Na ti enw llawn *innuendo* os bu 'na un eriod!'

'Dibynnu sut feddwl sgen ti.'

'Wel ma 'da *ti* feddwl brwnt ma'n amlwg, achos ti'n deall am beth wy'n sôn, a ma'n meddwl *i'n* bendant yn frwnt pan mae'n dod i *lead singer* Anweledig! Wy'n ffaelu credu bo ti ddim moyn 'u gweld nhw.'

'Dwi heb benderfynu'n iawn be dwi'n neud eto, ocê? Jyst meddylia amdano fo fel hyn – os na fydda i yno, dyna un eneth yn llai i gystadlu efo ti am sylw Mr Cunnilingus, iawn? Rŵan, w't ti am roi help llaw i mi, ta be?'

'Ar 'yn ffordd lan lofft o'n i a gweud y gwir 'tho ti,' meddai Meryl yn gloff. 'Ma dy weld ti'n neud yr holl gymoni 'ma wedi rhoi pen tost i fi.'

Yr alwad ffôn gan ei mam yn nes ymlaen y prynhawn hwnnw a barodd i Ielena ddod i benderfyniad. Roedd Lili'n hwyliog a byrlymus ar ôl bod allan y noson cynt. Cofiai Ielena ei mam yn dweud un tro ei bod hi'n teimlo fel blodyn yn gwywo pan na fyddai wedi bod allan ers sbel, ond meddyliai Ielena amdani'n fwy fel anifail gwyllt mewn cawell, yn chwyrnu ar bawb o'i chwmpas nes y câi ei gollwng yn rhydd.

'Pwy aeth? Jyst ti a Steff?'

'A Paxo,' meddai Lili, fymryn yn rhy ysgafn. 'Biciodd o draw a'n hudo ni allan.'

'Do, m'wn,' meddai Ielena. '*While the cat's away…*'

'Twt, ti'm yn gwbod be ma dy dad yn 'i neud tua Caerdydd 'na. Mynd i giniawa efo rhyw bobol fusnas i drio cael pres allan o'u crwyn nhw, *medda fo*.'

'Be, ti'n 'i ame fo? Fedra i'm dychmygu Dad yn rafio a meddwi'n dwll yn Clwb Ifor Bach rywsut, fedri di?'

'Na fedra. Ond o leia mae o'n cael mynd allan, tydi? Mae'n iawn i fi a Steff gael tipyn o fywyd cymdeithasol hefyd, 'sti.'

'Dwi'n gwbod hynny,' meddai Ielena'n frysiog. 'Gesoch chi amser da, 'lly?'

'Do. Glywis i stori ryfadd 'fyd…'

'O?' meddai Ielena, gan ddim ond hanner gwrando. Weithiau roedd y clecs a glywsai ei mam yn werth eu clywed, ond ar adegau eraill byddai Ielena'n troi clust fyddar ar ôl sbel a gadael i'w mam barhau i glebran ar ben arall y ffôn.

'Ti'n cofio'r sinach gwrth-Gymreig 'na fuodd yn rhedag Plas Wilias am sbel? Hwnnw roddodd Paxo swadan iddo fo?'

'Tony Skinner? Yndw…' *Yn llawer rhy dda*, meddyliodd Ielena. 'Be amdano fo?'

'Mae o wedi diflannu.'

'Be ti'n feddwl, wedi diflannu?' gofynnodd Ielena, yn glustiau i gyd erbyn hyn.

'Wedi diflannu, 'de. Ath o allan un bora wsnos dwytha a ddath o ddim yn i ôl. Ma'i wraig o'n sicr erbyn hyn bod 'na rwbath wedi digwydd iddo fo.'

'*Wishful thinking* ma siŵr.' Er nad oedd Ielena'n or-hoff o'i wraig chwaith, efo'i malais dan-din tuag ati hi – '*Sorry, I've forgotten your name again, it's a weird foreign name isn't it?*' – a'r ffordd yr oedd hi'n tynnu ar Edward gan fflachio'i gwên a'i bronnau arno – '*Welsh women hate it when English women pull their men, don't they?'*

'Chafodd Edward ddim ffrae efo fo rywdro?' gofynnodd ei mam.

'Do, dwi'n meddwl,' atebodd Ielena'n fwriadol niwlog, er ei bod hi'n cofio'r ffrae'n iawn. 'Ond ti'n nabod Edward, yn tynnu pobol i'w ben.'

'A Skinner 'fyd, yn amlwg. Dau glws efo'i gilydd. Ti 'di clwad ganddo fo'n ddiweddar?'

'Naddo, a dwi'm isio chwaith.' Pam oedd pawb yn mynnu gofyn hynny iddi?

'Wela i'm bai arnach chdi. Pen bach… Beth bynnag, sôn o'n i am y boi Skinner 'ma. Dwi'n synnu fod 'na'm byd 'di bod yn y papura eto. Ma 'na si ar led fod y plismyn yn ymchwilio i'w ddiflaniad o rŵan.'

'Pam?' holodd Ielena, gan drio cadw'i llais yn wastad.

'Am 'u bod nhw'n ama fod 'na rwbath amheus amdano fo, dybiwn i. Ella'i fod o 'di cael i fwrdro…'

'Be ti'n feddwl?' gofynnodd Ielena mewn braw.

'Dim byd, mond rwdlian ydw i. Ma'n siŵr ma 'di gneud rynar mae o a gadal 'i wraig mewn rhyw fath o bicil ariannol. Er, mi fysa *murder mystery* yn fwy difyr, 'yn bysa? 'Nenwedig gan na fysa llawar o neb yn colli dagra dros y diawl.'

'Mmm,' atebodd Ielena heb frwdfrydedd.

'Ocê, ocê. Dwi'n gwbod be sy'n mynd trw dy feddwl di.'

'Wyt ti?' gofynnodd Ielena, gan obeithio i'r nefoedd nad oedd hi.

'Mor pathetig ydw i, yn creu *conspiracy theories* am ddiflaniad rhyw dwat o'dd yn arfar byw yn y dyffryn 'ma.'

'Naci. '

'Be ta?'

'Dim byd.' Penderfynodd Ielena ei bod hi'n bryd newid y pwnc. 'Su ma Steff?'

'Iawn. Ma Paxo 'di cael sôn am job iddo fo.'

'O?'

'Yn y *launderette* yn dre. Deuddydd yr wsnos, i ddechra o leia. Tridia os geith o hwyl arni.'

Croesoswallt oedd y 'dre' i drigolion Dyffryn Ceiriog, hen dre farchnad dros y ffin yn Swydd Amwythig.

'Da. Ydi o'n falch?'

'Ti'n gwbod fel mae o, hannar edrach 'mlaen, hanner nyrfys. Y cradur,' ychwanegodd Lili'n annwyl.

Ie, y cradur. Cannwyll llygaid ei fam. Roedd Ielena wedi hen roi'r gorau i deimlo'n eiddigeddus o'r holl sylw a gofal a gâi ei brawd bach. Wedi hen sylweddoli bod *angen* mwy o sylw a gofal arno fo nag oedd arni hi.

'Rho sws fawr iddo fo gen i,' meddai Ielena. 'Well i mi fynd rŵan, i neud fy hun yn barod ar gyfer heno.'

'Lle ti'n mynd 'lly?' gofynnodd Lili'n eiddgar, a theimlodd Ielena bang o dosturi tuag ati. Mae'n siŵr ei fod o'n beth ofnadwy bod mor ganol oed a chaeth ac eto'n dal i ysu am gael bod yn ifanc ac yn rhydd.

'I gìg Anweledig.'

'O, lwcus! Hei, ella gei di dy facha ar y pishyn 'na sy'n canu efo nhw.'

'Ceri Cunnington? Dwi'm yn meddwl y basa Meryl yn hapus iawn.'

'Tyff! Os ti isio rhywun, dos amdani!'

'Dwi'm hyd yn oed yn ffansïo'r boi!' meddai Ielena gan chwerthin.

Ond ar ôl iddi roi'r ffôn i lawr, sobrodd trwyddi wrth feddwl am yr hyn yr oedd ei mam newydd ei ddweud wrthi ynglŷn â diflaniad Tony Skinner. Oedd hi'n bosib fod gan Edward rywbeth i'w wneud â'r peth? Anodd credu hynny ac yntau'n credu mor gryf mewn ymgyrchu di-drais. Ac eto, wrth gofio'r gwrthdaro rhwng y ddau y noson honno yn y Vyrnwy View Hotel, doedd hi ddim mor siŵr...

Un peth yr oedd hi'n siŵr ohono oedd ei bod hi'n bryd iddi fwrw'i bol – a'i chydwybod – wrth rywun mewn awdurdod.

6

OHERWYDD EI STATWS, roedd gan Iestyn ei swyddfa'i hun. Swyddfa fach, gyfyng, amhosib ei chadw'n daclus, ond ei swyddfa'i hun serch hynny.

Ar ôl i Ielena ei ffonio, aeth ati i gymoni tipyn trwy daflu cwpanau plastig gwag i'r bin a rhoi trefn ar y pentyrrau papur ar ei ddesg. Yna sylwodd ar y pecyn o *All Purpose Wipes* yr oedd y Stripogram wedi'i adael ar ei ddesg rai wythnosau'n ôl bellach.

'*Present* bach i chi, *Sir*,' meddai wrtho yn y llais bach babi dol oedd yn mynd ar ei nerfau, gan smicio'i blew llygad arno. Blew llygad trymlwythog gan fascara oedd yn ei atgoffa o goesau pry copyn mawr tew. A'i gweflau wedyn, dan haen drwchus o *lip-gloss*, yn ei atgoffa o ddwy falwoden. 'Gobeitho bo chi'm yn meddwl bo fi'n ewn, ond ma'n nhw'n *brilliant* i gadw'ch desg chi'n sheino'n neis.'

Tybiai Iestyn y byddai'r *wipes* wedi sychu erbyn hyn – fel diddordeb y Stripogram ynddo yntau ar ôl iddi sylweddoli nad oedd ganddo ef ddiddordeb ynddi – ond roedden nhw'n dal i fod yn llaith ac yn ogleuo o lemwn ffres wrth iddo'u taenu dros ei ddesg a'i gyfrifiadur a synnu cymaint o lwch a baw roedden nhw'n ei godi. Ni fyddai'r menywod glanhau yn cyffwrdd â desgiau'r heddlu rhag ofn tarfu ar waith papur pwysig, felly doedd ryfedd fod desgiau'r rhan fwyaf ohonyn nhw mor anniben.

'*Sir?*'

Neidiodd Iestyn. Y blydi ferch 'na eto, â'i llais babïaidd. Trodd i wynebu'r Stripogram, gan wrthsefyll ysfa gref i'w gorchymyn i dynnu'r wên goeglyd yna oddi ar ei gwep, ynghyd â'r holl bowdwr a phaent tra oedd hi wrthi.

'Sori os codes i ofan arnoch chi, ond ma 'na rywun 'ma i'ch gweld chi...'

Amneidiodd yn awgrymog dros ei hysgwydd ar Ielena.

'Diolch, PC Lewis. Dewch i mewn, Ms Garmon.'

'Falch o weld bo chi'n cael iws o'r *wipes* 'na, *Sir*,' meddai'r Stripogram, gan wenu a throi ar ei sawdl mewn ffordd a awgrymai ei bod hi ar fin diosg ei hiwnifform unrhyw funud. Doedd ryfedd fod y bois wedi bathu'r glasenw 'na arni, meddyliodd.

'Ydi pob plismones mor *glamorous* â hynna?' gofynnodd Ielena.

Edrychodd Iestyn arni i weld ai bod yn sarcastig oedd hi, ond hyd y gwelai roedd y cwestiwn yn un hollol ddiffuant. Dewisodd ei anwybyddu.

'Steddwch, Ms Garmon,' meddai.

'Galwch fi'n Ielena, plîs. Ma Ms Garmon yn swnio mor ffurfiol rywsut,' meddai gan roi chwerthiniad bach nerfus.

'Ymweliad anffurfiol yw hwn, 'te?'

'Ym, dwi'm yn siŵr iawn...' petrusodd Ielena, gan ddechrau cochi ac edrych dros ei hysgwydd trwy'r drws agored.

Camodd Iestyn o'r tu ôl i'w ddesg a chau'r drws. Er ei fod yn ymwybodol o brotocol a goblygiadau posib bod ar ei ben ei hun mewn stafell gyda menyw, tybiai taw sicrhau Ielena bod eu sgwrs yn breifat oedd y flaenoriaeth yn yr achos yma.

'Y gwir amdani ydi na fues i'n hollol onest efo chi'r diwrnod o'r blaen,' meddai Ielena cyn iddo gael cyfle i eistedd drachefn. Pan gododd ei phen i edrych arno roedd y gwrid ar ei hwyneb wedi dyfnhau, ond daliai i edrych i fyw ei lygaid. 'Sori.'

'Mae'n iawn,' gwenodd Iestyn. 'Ry'ch chi 'ma nawr.'

'Roeddech chi'n gwbod beth bynnag, doeddech?'

'Ro'n i'n ame.' Daliodd i wenu arni nes iddi wenu'n ôl arno: gwên fach ansicr, swil.

Yn awr, a hithau'n eistedd yn union gyferbyn ag ef, trawyd Iestyn gan ei harddwch. Roedd wedi sylwi'r diwrnod o'r blaen ei bod hi'n bert, ond roedd yna lot o ferched ifanc digon pert o gwmpas y dyddiau yma, a'r rheiny'n ymwybodol iawn o'u pertrwydd. Bron nad oedd yna rywbeth salw am eu hunan-dyb. Roedd Ielena, ar y llaw arall, i'w gweld yn un o'r creaduriaid prin rheiny nad ydynt yn llawn sylweddoli pa mor brydferth ydyn nhw.

'Mi siarades i efo Edward ar y ffôn wythnos cyn i chi alw,' meddai Ielena o'r diwedd, gan ddal i edrych yn daer ar Iestyn â'i llygaid mawr tywyll. 'Dwn i'm pam na wnes i'm deud wrthoch chi ar y pryd... roedd hi'n haws deud celwydd rywsut... Hwrach y baswn i wedi deud wrthach chi tasech chi wedi bod ar 'ych pen 'ych hun...'

Ceisiodd Iestyn gelu gwên. Nid oedd cysylltiadau cyhoeddus yn un o gryfderau Ditectif Sarjant Cecil Jones. 'Beth wedodd e wrthoch chi?'

'Edward? Deud 'i fod o mewn trwbwl, a gofyn am fy help i.'

'Wedodd o shwt fath o drwbwl?'

Ysgydwodd Ielena ei phen ac edrych i lawr ar ei dwylo. 'Mi ddeudis i wrtho fo lle i fynd cyn iddo fo gael cyfle.'

'A dyna ni?'

'Sori?'

'Wedodd e ddim ble ro'dd e na dim byd fel'ny?'

'Fel ddeudis i, rois i'r ffôn i lawr cyn iddo fo ymhelaethu.'

'Pam, os nag yw 'ny'n gwestiwn rhy dwp i'w ofyn?'

'Achos bod ganddo fo yfflon o wyneb yn gofyn i *mi* am help!' atebodd Ielena'n chwyrn. 'Dwi'n ddigon da iddo fo eto'n fwya sydyn pan mae o mewn trwbwl!'

'Rodd e'n teimlo'i fod e'n gallu'ch trysto chi, mae'n rhaid.'

'Wel roedd o'n rong, toedd? Wnes i'm gwrando arno fo, a dyma fi rŵan yn prepian amdano fo wrth yr heddlu!'

'Weden i ddim fod hyn yn "brepian".'

'Dwi heb ddechre eto, dyna pam.' Edrychodd Ielena arno drwy'r cudynnau o wallt sidanaidd oedd wedi disgyn dros ei hwyneb. 'Ond yn gynta mi faswn i'n licio gwbod pam eich bod chi mor awyddus i holi Edward.'

Oedodd Iestyn, yn amlwg yn gyndyn o'i hateb.

'Oes ganddo fo rwbeth i'w neud efo diflaniad Tony Skinner?'

Lledodd llygaid Iestyn. Dim ond am hanner eiliad, a dim ond y mymryn lleia, ond roedd hynny wedi bod yn ddigon i ateb ei chwestiwn.

'Dwi'n iawn, felly?'

'Odych,' meddai, gan nad oedd diben gwadu. 'Shwt...?'

'Mam ddeudodd wrtha i. Glywodd hi ar y *bush telegraph*.'

'Ond y cysylltiad 'da Edward Gomer?'

'Fi sy'n ame hynny.'

'Pam?'

Ochneidiodd Ielena cyn ateb. 'Gath Edward goblyn o ffrae efo Tony Skinner yn ystod gwylie'r Sulgwyn.' Edrychodd ar Iestyn yn ofalus. 'Ond hwrach eich bod chi'n gwbod hynny'n barod?'

'Pam chi'n gweud 'ny?'

'Ddaru chi'm dangos unrhyw syndod pam ddeudis i wrthoch chi.'

'Ditectif odw i. Rwy i fod yn wrthrychol.'

Cododd Ielena'i haeliau, yn amlwg heb ei hargyhoeddi.

'Am beth o'dd y ffrae 'ma 'te?' mentrodd Iestyn.

'Yr Iaith, wrth gwrs.'

'Pam "wrth gwrs"?'

'Achos bod Skinner mor wrth-Gymreig. Roedd ganddo fo habit o dynnu pobol i'w ben.'

'Rodd e wedi cweryla 'da pobol erill 'fyd?'

Edrychodd Ielena arno, yn ansicr faint a wyddai am gefndir Skinner. Penderfynodd y byddai'n well iddi ddweud y gwir rhag ofn.

'Dyna pam adawodd o Plas Wilias, y gwesty'r o'dd o'n 'i redeg yn Glyn Ceiriog.'

'Unrhyw un yn benodol?'

Oedodd Ielena cyn ateb yn anfoddog. 'Paxo Williams.'

'Paxo Williams?'

'Dwi'm yn siŵr be ydi'i enw iawn o,' atebodd Ielena'n gelwyddog.

'Y Paxo Williams, oedd yn *session musician* 'da Pink Floyd a'r rheiny yn y saithdege?' gofynnodd Iestyn yn gyffrous.

'Ie, 'na chi. Ma rhai ohonyn nhw'n dal i fynd i ambell barti yn 'i dŷ o. Ma Mam a fo'n dipyn o fêts…'

'Chi'n i nabod e'n weddol dda 'te?'

'Yndw. Halen y ddaear.' Ymataliodd rhag ychwanegu, *er nad ydi Dad yn rhy cîn arno fo a'i fod o'n dablo mewn cyffurie.* 'Mae o 'di bod yn dda iawn efo 'mrawd i dros y blynyddoedd. Ma Steff yn awtistig – a tydi pobol ddim yn gwbod sut i drin pobol awtistig yn aml, ond ma 'na ryw *rapport* rhyngddo fo a Paxo.'

'Wedi arfer bod yng nghwmni pobol anghonfensiynol, falle.'

'Dyna ddeudodd Mam 'fyd.'

'Wedsoch chi 'i fod e a Tony Skinner wedi cwmpo mas?'

'Do. Dros flwyddyn yn ôl bellach. Nath Skinner fflipio un noson a dechre cyhuddo pobol o siarad Cymraeg efo'i gilydd jyst er mwyn 'i sbeitio fo. Ath pethe braidd yn flêr wedyn, a rhoddodd Paxo belten iddo fo. Nath Skinner 'i riportio fo i'r heddlu, a mi gafodd Paxo druan *caution* a ffein o bedwar can punt. Doedd ganddyn nhw ddim dewis am fod Skinner wedi achwyn, ond dwi'n meddwl eu bod nhw wedi cael gair bach yn 'i glust o hefyd…'

'Heddlu Wrecsam o'dd y rhain, wy'n cymryd?'

'Ie…' atebodd Ielena, gan edrych yn amheus ar Iestyn – oedd o'n gwybod ai peidio? 'Tydi Paxo ddim yn un sy'n mynd o gwmpas yn dyrnu pobol fel arfer, wchi. Ma rhaid 'i fod o wedi gwylltio'n ofnadwy i neud be nath o, a mi o'dd Skinner 'di bod yn gofyn amdani ers tro.'

'Ym mha ffordd?'

'Torri ar draws sgyrsie pobol, troi'n gas pan o'dd pobol yn 'i anwybyddu fo, deud ryw bethe dan din am y Cymry a'r iaith Gymraeg. Jyst bod yn wancar di-Gymraeg, yn y bôn…' Cochodd Ielena. Doedd hi ddim wedi meistroli dawn ei mam i regi efo *panache* didaro.

'Swnio fel wancyr ffwl stop, i fi.'

Rhythodd Ielena arno'n syn, yn ansicr a oedd o ddifri ai peidio. 'Dyna o'dd y farn gyffredinol beth bynnag. Ddaru lot o bobol gadw draw ar ôl yr helynt 'na efo Paxo. Ath y busnes yn ffliwt a bu rhaid i Skinner a'i wraig 'i hel hi o'no. Ond yn lle mynd nôl i Loegr, ath o i weithio fel *bar manager* i'r Vyrnwy View Hotel yn Llanwddyn.'

'Ble ma teulu Edward Gomer yn byw.' Datganiad yn hytrach na chwestiwn, ond nodiodd Ielena beth bynnag.

'O'n i 'di meddwl y base rhai o'r bobol leol yn boicotio'r lle ar ôl be ddigwyddodd yn y dyffryn, ond roen nhw'n amlwg yn barod i roi'r *benefit of the doubt* i Skinner, neu'n gyndyn o gadw draw o'r dafarn, sy'n nes ati, ma siŵr.'

'Beth am Edward?'

'Mi driodd o berswadio pobol i neud safiad, ond ddaru nhw ddim gwrando arno fo. Tydi o ddim yn foi mor boblogaidd â hynny tu allan i'w gylch 'i hun…'

'Pa gylch?'

'Ei grônis a'i grŵpis o yn Cymdeithas yr Iaith. Ddim pawb o fewn y Gymdeithas, cofiwch, jyst rhyw griw bach clici…' Fflachiodd wyneb annifyr Angharad Befan yn ei meddwl. 'Ond nid pawb sy'n aelode o'r Edward Gomer *Fan Club*.'

'Cwsmeried y Vyrnwy View Hotel?'

'A phobol yr ardal yn gyffredinol. Rhai'n meddwl amdano fo fel "Fi Fawr" o foi, ac erill yn meddwl mai sioe ydi'r busnes eithafwr penboeth 'ma i gyd er mwyn rebelio'n erbyn 'i deulu. Ambell un – fel Mam – yn meddwl nad oes gan y cradur fawr o obaith efo rhieni fel y rhai sy geno fo. Beth bynnag, pan sylweddolodd o nad o'dd pobol yn mynd i wrando arno fo, ddaru o fonni braidd i ddechre…'

'Fonni?'

'Monni. Pwdu. Llyncu mul…'

'Reit.'

'Rhyngthyn nhw a'u potes, oedd 'i eirie fe, gan 'i fod o'n bwriadu mynd i ffwr' i weithio beth bynnag.'

'I ble?'

'Fel gwas ffarm i rwle – doedd o heb benderfynu'n iawn i le. Rhwle hardd, Cymreigedd, ellwch chi fentro. Tydi'r ymgyrchwyr iaith 'ma ddim yn licio mynd allan o'u dyfnder i'r dwyrain diwydiannol, di-Gymraeg. Chewch chi byth ralis iaith mewn trefi fel Wrecsam, sylwch chi. Pan ofynnis i pam wrth un ohonyn nhw rywdro, mi frathodd hi 'mhen i ffwr' a deud, *'allwn ni ddim jyst parashwto pobol i'r llefydd 'na, t'mbo!'* Angharad Befan eto, yn falch o esgus i'w difrïo. Teimlai Ielena'n bitw am adael i rywun mor 'wynllyd ei phoeni, er bod tantro yn help iddi fwrw tipyn ar ei llid.

'Pam o'dd e moyn mynd yn was fferm?'

'Isio bod yn un o'r werin am gyfnod,' wfftiodd Ielena. 'Er na fyse ganddo fo hôps mul o fod yn un ohonyn nhw.'

'Ond nath e ddim sôn am lefydd penodol?'

'Gogledd Sir Benfro, Pen Llŷn, Sir Fôn, Dyffryn Clwyd... Mae'n siŵr fod gen 'i rieni o well syniad na fi...' *Neu Angharad Befan,* bu bron iddi ag ychwanegu, ond brathodd ei thafod mewn pryd. Doedd hi dim am wneud holl waith yr heddlu drostyn nhw, nac ychwaith am gael ei gwthio i'r cefndir gan rywun oedd bron â thorri'i bol eisiau bod yn *leading lady* ym mywyd Edward.

'Rwy'n bwriadu cysylltu â nhw cyn gynted â phosib.'

'Peidiwch â 'nghofio fi atyn nhw.'

Gwenodd Iestyn. 'Be nath Edward wedi 'ny – ar ôl iddo fe roi'r gore i bwdu?'

'Benderfynodd o ddefnyddio tacteg arall. Deud wrth bobol fod Skinner yn haeddu cyfle arall a dechre mynd i'r dafarn ei hun. Gath o dipyn o stic, wrth gwrs, pobol yn deud 'i fod o fatha pob stiwdant arall, yn cefnu ar 'i egwyddorion wedi iddo fo adel y coleg. Fynte'n mynnu mai o'r tu mewn ma newid pethe, a mynd ati i ffalsio efo'r Skinners.'

'O'dd 'da fe *ulterior motive?*'

'Oedd, erbyn gweld, er nad o'n i'n siŵr iawn be o'dd o ar y pryd.'

'Wedodd e ddim wrthoch chi?'

'Naddo. Ond o'n i'n 'i nabod o'n ddigon da i wbod fod ganddo fo ryw gynllwyn ar y gweill. Tydi o ddim y math o foi i neud pethe'n gynnil ac yn raddol – mae o'n rhy hoff o ga'l 'i weld a'i glywed i hynny.'

'Ond fe lwyddodd e i dwlu llwch i lyged Skinner?'

'Llwyddodd o i daflu llwch i lyged *Mrs* Skinner, yn bendant.'

'O?'

'Roedd Edward yn *hit* mawr efo Mandy Skinner,' meddai Ielena, gyda thwtsh o chwerwder yn ei llais. 'Ac ynte'n cadw arni hi. Deud 'i bod *hi'n* iawn, mai Skinner o'dd y drwg yn y caws. Ond do'n i'm yn 'i licio hi, na'i thrystio hi.'

'Pam?'

'Achos 'i bod hi'n fflyrtio efo Edward ac yn amlwg ddim yn licio fi…'

'Chi'n bert, 'na pam,' meddai Iestyn yn ddidaro. 'Ma harddwch yn gwneud i rai deimlo'n israddol, nes 'u bo nhw'n moyn tynnu'r fenyw i lawr ryw beg neu ddou. A ma menwod erill yn bownd o'ch gweld chi fel bygythiad, yn enwedig pan fydd 'na ddynon o gwmpas.'

'Be ddaru chi stydio yn y coleg – seicoleg?' gofynnodd Ielena, gan drio anwybyddu'r gwrid o chwithdod a phleser oedd yn lledaenu dros ei hwyneb.

'Dim ond yn y flwyddyn gynta,' gwenodd Iestyn.

'Tydw i ddim yn mynd o gwmpas yn tynnu ar gariadon genethod erill na dim byd felly, wchi…'

'Falle dylsech chi.'

'Pam?'

'Er mwyn iddyn nhw gael rheswm iawn i'ch casáu chi,' gwenodd Iestyn. 'Pam nag o'ch chi'n trysto Mandy Skinner, 'te?'

'Dwn i'm. Am 'i bod hi'n wraig i'r sinach gwrth-Gymreig 'na yn rhannol, ac am fod 'na rwbeth slei amdani hi…'

'Slei?'

'Ie. Doedd hi ddim yn fflyrtio gymint efo Edward pan o'dd 'i gŵr hi o gwmpas, ond bron na fyswn i'n deud 'i bod hi'n mynd allan o'i ffordd i fflyrtio efo fo o 'mlaen i.'

'Ym mha ffordd o'dd hi'n fflyrtan 'da fe?'

'Chwerthin am ben 'i jôcs o, gneud llygid llo arno fo, tynnu'i goes o – y math yna o beth,' meddai Ielena'n dila, yn rhy swil i sôn am y ffordd yr arferai Mandy Skinner wthio'i bronnau o dan drwyn Edward fel rhyw *barmaid* mewn drama.

'Sonioch chi wrth Edward am y peth?'

'Do, ond gwadu'i fod o wedi sylwi arni'n gneud ddaru o – efo gwên smỳg ar ei wep o'dd yn gwrth-ddeud hynny'n llwyr.'

'O'dd e'n fflyrtan nôl 'da hi?'

'Oedd,' meddai Ielena, gan edrych i lawr ar ei dwylo fel petai'r atgof yn dal i roi loes iddi. 'Ond roedd hynny'n rhan o'r cynllun mae'n debyg.'

'Whare Skinner a'i wraig yn erbyn ei gilydd, chi'n feddwl?'

'Hwrach,' meddai Ielena mewn tôn a awgrymai ei bod hi'n meddwl fod mwy i'r fflyrtio na hynny.

'Felly beth ddigwyddodd y nosweth 'ny 'te?'

'Fi ddigwyddodd glywed Skinner yn sôn wrth un o'r *locals* – rhyw Gymro di-Gymraeg efo *chip* ar 'i ysgwydd – am yr helynt yn Plas Wilias. Cadw arno fo'i hun oedd Skinner – deud 'i fod o 'mond 'di cwyno fod pobol yn siarad Cymraeg am 'i fod o'n beth anghwrtais i gwsmeried erill, ac y byse waeth iddyn nhw siarad Saesneg ddim pan oedd 'na Saeson o gwmpas gan fod pawb yn medru Saesneg beth bynnag.'

'Gwreiddiol iawn.'

'Yn union. Ond y peth pathetig ydi bod lot o Gymry Cymraeg yn cytuno efo fo. Gwraig y boi *chip* ar 'i ysgwydd 'na'n un – Carys. Troi i'r Saesneg bob tro bydd unrhyw un di-Gymraeg yn dod o fewn canllath iddi. A'i gŵr hi'n rêl bwli. O'n i'n siarad efo Carys un noson ac mi sleifiodd o'r tu ôl iddi a gofyn, *"What are you two doing jabbering on in that foreign language?"* Sech chi'n gweld neidio nath hi! Fyse gen i biti drosti tase hi ddim yn gymaint o wimp!'

Ai dyna sut oedd pobol yn ei gweld hi – fel rhywun a gâi ei sathru dan draed gan gymeriad cryf Edward? Gobeithio ddim. Er bod yn gas ganddi fwlis fel Angharad Befan, roedd cymeriadau taeogaidd a di-asgwrn-cefn fel Carys yn ennyn y bwli ynddi hithau.

'Wedoch chi rwbeth wrtho fe?' torrodd llais Iestyn ar draws ei meddyliau. 'Gŵr y Carys 'ma?'

Y Carys 'ma. Swnio fel 'carisma', ond bod gan gocrotsien fwy o garisma na Carys druan.

'Naddo, achos 'i bod hi'n amlwg mai dyna o'dd o isio i mi neud... A hefyd am na fedris i feddwl am ateb digon bachog ar y pryd,' cyfaddefodd.

'Ma ddi wastad yn haws meddwl am ateb ar ôl i chi gael amser i feddwl,' cytunodd Iestyn.

'A gan 'i fod o'n blismon. Tydi hi'm yn syniad da croesi plismyn, nadi?'

'Plismon?' Eisteddodd Iestyn i fyny yn ei sedd. *Pam taw nawr o'dd hi'n gweud taw plismon o'dd e?* ''Sda'r plismon 'ma enw 'te?'

'Mike Jenkins. Neu Chip Jenkins fel dwi'n 'i alw fo. *Constable* ydi o, ac ma geno fo *chip* ar 'i ysgwydd ynglŷn â hynny 'fyd, dybiwn i.'

'O'dd e 'na pan gwerylodd Edward a Skinner?'

'Nag oedd.'

'Chi'n siŵr?'

'Berffaith siŵr. Pam?'

'Jyst meddwl... alle fe fod wedi'u stopo nhw tase fe 'na,' ychwanegodd yn frysiog wrth i Ielena edrych arno'n amheus eto.

'Ochri efo Skinner yn nes ati. Neu dech chi'n meddwl fod pob plismon yn deg a ddidueddd?'

'Nag y'n, yn anffodus.'

'Mi ath Chip Jenkins a Carys adre'n fuan wedyn. Deudis i wrth Edward 'mod inne isio mynd 'fyd, ond doedd 'na'm symud arno fo, 'mond dal i yfed fel ffŵl. Tydi o'm yn un da iawn am ddal 'i gwrw, ac o'n i'n difaru deud wrtho fo be ddeudodd Skinner, rhag ofn iddo fo neud rhwbeth dwl yn 'i ddiod.'

'O'dd *last orders* wedi bod?'

'Ers tro. A Mandy'n dal i'n syrfio ni – wel, syrfio Edward beth bynnag. O'n i 'di rhoi'r gore i yfed ers meitin.'

'Lle o'dd Skinner 'te?'

'Yn rhoi pàs i bobol adre o'r dafarn. Sbario'r cwsmeried rhag gorfod cerdded neu dalu am dacsi. Rhyw *ploy* i neud 'i hun yn boblogedd, am wn i. Yna pan ddath o yn 'i ôl mi ofynnodd Edward iddo fo sut o'dd o'n setlo yn yr ardal. "*Better than the last place we were in,*" medde fo. "*Full of inbred brutes.*" "*Watch what you're saying, Tone,*" medde Mandy, "*Eleena's from there.*"

'Ofynnodd Skinner i mi wedyn os o'n i'n nabod "*that twat who twatted me. Stuffing Williams I think he was called.*" Yn meddwl 'i fod o'n dipyn o gomic, a'r Mandy wirion na'n chwerthin fel hyena. Deudis i fod Paxo'n hen foi iawn, ac na fase fo byth yn taro neb heb fod ganddo fo reswm da dros neud hynny. O'n i'n meddwl am funud fod Skinner yn mynd i fy hitio *i*, y ffordd o'dd o'n edrych arna i efo'r llygid anghynnes 'na.' Crynodd Ielena wrth i'r atgof godi ias arni. 'Deudis i wrth Edward 'mod i wedi cael digon a 'mod i am fynd adre ar 'y mhen fy hun os o'dd rhaid i mi.

"*Here we go again, double bloody dutch,*" medde Skinner, ac yn sydyn dyma Edward yn cythru amdano fo a'i wthio fo i lawr wysg i gefn dros y bar. Gweiddes i arno fo i stopio, 'nenwedig o gofio be ddigwyddodd i Paxo, ond o'dd Edward 'di colli arno'i hun yn lân. O'dd Skinner yn 'i wylltio fo'n waeth 'fyd, drwy ddeud mai'r unig drais o'dd y Cymry'n 'i ddeall o'dd "*caveman violence*", a bo gennon ni mo'r gyts i ddefnyddio trais i ymgyrchu'n wleidyddol fel y Gwyddelod.

'Wedyn, dyma Edward yn cydiad yn Skinner gerfydd 'i wallt a deu'tha fo: "*You should heed R.S. Thomas's words, if you think the Welsh aren't capable of political violence…*"

"*Cynddylan on a fucking tractor?*" medde Skinner fel siot, a rhaid i mi gyfadde 'mod i'n *impressed* am eiliad, fod iob o Sais fatha fo yn gyfarwydd â gwaith R.S. Thomas…'

'At ba eirie o'dd Edward yn cyfeirio'n gwmws?'

'Fod bywyd un person yn werth dim byd o'i gymharu â bywyd cenedl. Ofynnodd Skinner ai bygythiad o'dd hynny i fod, a dyma Edward yn ateb: "*It's certainly a warning,*" cyn gadel ei ben yn rhydd nes i hwnnw daro ymyl y bar efo clec… Deimles i'n swp sâl pan glywes i'r glec 'na…'

'Gas e 'i fwrw mas?'

'Naddo – pen digon caled geno fo, ma rhaid, ond tydi hynny'm yn deud nad o'dd o'n *concussed*…'

'A beth am Mandy Skinner? Beth o'dd hi'n neud yn ystod hyn i gyd?'

Meddyliodd Ielena am funud cyn ateb. 'Dyna'r peth od: i feddwl 'i bod hi mor gegog fel arfer, nath hi'm deud dim byd, na thrio stopio Edward rhag brifo'i gŵr hi. Ond hwrach 'i bod hi mewn sioc, a digwyddodd pob dim mor sydyn…'

'Ond beth ddigwyddodd ar ôl i Skinner fwrw'i ben?'

'O'dd pawb fel tasen nhw wedi rhewi am funud, yna mi gydiodd Edward yn fy llaw i ac fe redon ni o'na… Gysges i fawr y noson honno, a drwy'r diwrnod wedyn ro'n i ar bige yn disgwyl galwad gan yr heddlu, a'r diwrnod ar ôl hynny…'

'Ond glywsoch chi ddim byd?'

'Naddo.'

'Od.'

'Od iawn.'

'Oni bai fod Skinner yn rhy *embarrassed* i gyfadde'i fod e wedi gwylltu cwsmer arall.'

'Dwi'm yn meddwl 'i fod o'n deall ystyr y gair.'

'Wedsoch chi gynne fach bo chi'n meddwl falle bod yr hcddlu wedi cael gair bach yn 'i glust e ar ôl y busnes 'na 'da

Paxo – falle'i fod e'n poeni y bydde fe'n colli'i jobyn tase fe mewn trwbwl 'to?'

'Ma hynny'n bosib.'

'O'dd Edward yn difaru neud be nath e?'

'Oedd, dwi'n meddwl. Er iddo fo drio rhoi rhywfaint o'r bai arna i.'

'Pam 'ny?'

'Am 'mod i 'di cega efo Skinner yn lle gadel iddo fo neud y siarad – fel tase fo'n ddigon sobor i siarad yn gall, beth bynnag! Deud 'mod i 'di sbwylio'i gynllun o i gael gwared ar Skinner.'

'Cael gwared arno fe?'

'O'r ardal dwi'n feddwl, ddim… ddim 'i ladd o na dim byd felly.' Rhoddodd Ielena chwerthiniad bach nerfus. 'O'dd Edward isio dysgu gwers i Skinner, ac mi 'nes i boitsh o bethe, medde fo.'

'Dwgyd ei *moment of glory* fe?'

'Rhwbeth felly. Ddeudis i wrtho fo mai *fo* a neb arall nath boitsh o bethe, ac mi ath o i dop caetsh. Dwi'n synnu 'i fod o heb orffen efo fi yn y fan a'r lle, a deud y gwir…'

'Rwy'n synnu na nethoch *chi* gwpla 'da fe!'

'Ie, wel, ath pethe o ddrwg i waeth rhyngthon ni ar ôl hynny… Ond dwi'm yn meddwl 'i fod o'n 'i feddwl o, wchi…'

'Meddwl beth?'

'Bygwth Skinner go iawn. Brafado o'dd hynny, yn 'i dempar a'i ddiod. Tydi Edward ddim yn credu mewn dullie treisgar. Mae o mor *right-on* mae o'n chwydlyd, 'blaw am pan mae'n dod i drin genethod, wrth gwrs.'

'Tipyn o *ladies' man*, odi fe?'

'Dwn i'm. Hwrach mai jest wedi laru arna i o'dd o…' Cymerodd Ielena arni beidio sylwi ar y syndod yn llygaid Iestyn. 'Ond dwi'm isio i chi feddwl mai trio dial ar Edward

ydw i drwy ddeud hyn wrthoch chi – *hell hath no fury* a hynna
i gyd – jyst isio i chi gael gwbod y gwir. Wedi'r cwbwl,
'nes inne ffraeo efo Skinner hefyd… Fydd angen i mi neud
datganiad swyddogol ynglŷn â hyn?' gofynnodd yn bryderus.

'Ddim ar hyn o bryd. Fydda i'n siŵr o gysylltu 'da chi os
bydd angen.'

'Be sy'n mynd i ddigwydd rŵan?'

'Dal i whilo am Edward a Skinner.'

Nodiodd Ielena, gan edrych o'i chwmpas am y tro cynta.
Daliwyd ei llygaid gan lun dynes mewn ffrâm risial ar un o'r
silffoedd. Dynes ddeniadol efo gwallt cyrliog gwinau a llond
ceg o ddannedd gwynion. Suddodd ei chalon fymryn wrth
sylweddoli nad hen lanc oedd Iestyn, fel yr oedd hi wedi
tybio.

'Sori, sa i wedi cynnig dishgled i chi,' meddai Iestyn.

'Dwi'n iawn, diolch. Well i mi'i throi hi, os ydi hynny'n iawn.'

'Ro i bàs gatre i chi.'

'Na, gerdda i, diolch.'

'Na newch wir, ddim yr adeg yma o'r nos ar eich pen eich
hunan. Rwy ar 'yn ffordd gatre fy hunan – ma'n shifft i wedi
bennu ers orie.'

'O, sori. A finne'n 'ych cadw chi…'

Chwarddodd Iestyn. 'Nid jobyn naw tan bump sy 'da fi.'

'Mae'ch gwraig chi wedi hen arfer, felly?' mentrodd Ielena.

'Gwraig?'

'Eich cariad chi 'te,' meddai Ielena gan amneidio at lun y
ddynes yn y ffrâm risial.

Edrychodd Iestyn mewn syndod ar y llun. 'Anghofies i
bopeth amboutu'r llun 'na!' meddai'n dawel.

'Pwy ydi hi?' gofynnodd Ielena ar amrantiad, cyn cochi ac
ymddiheuro am fod mor hy.

'Mae'n iawn. Rita, fy nghyn-wejen i, yw hi. Neu gyn-ddyweddi, ddylwn i weud.'

'Cyn?'

'So ni blismyn yn dda iawn am gynnal perthynas. Un o *drawbacks* y swydd,' meddai Iestyn, gan gydio yn y llun a'i osod â'i ben i lawr yn nrôr ucha'i ddesg.

'Ma honna'n ffrâm ddrud. Waterford Crystal,' meddai Ielena, er bod ganddi fwy o ddiddordeb yn y ddynes nag yn y ffrâm. 'Mae Nain yn 'u hel nhw, dyna sut dwi'n gwbod. Fyse'n bechod iddi fynd yn angof mewn drôr.'

'Rita neu'r ffrâm?' gofynnodd Iestyn, gan ddal drws y swyddfa ar agor a gwenu.

Tu allan yn y maes parcio, roedd lleuad fawr felen yn gwenu i lawr arnynt. Meddyliodd Ielena am ei theulu a'i chartref â phang o hiraeth nid annisgwyl, o ystyried yr e-bost yr oedd Steff wedi'i anfon ati'r noson cynt.

Haia Iel. Dwi wedi cael job mewn *launderette* yn Croesoswallt. Dwi'n gweithio efo Babs a Dani. Mae Babs yn nain a mae gan Dani wallt hir hir fel ti ond yn oren. Garu di, garidŷm. Steffan XXX

A fyddai Iestyn yn fodlon ei gyrru hi adref atyn nhw heno petai hi'n gofyn yn glên iddo? Taith gron o bedair awr, neu ddwy awr un ffordd pe bai'n aros yn Llanarmon efo hi. Go brin, er nad oedd ganddo gymar i fynd adre ati wedi'r cyfan.

'Lleuad braf heno.'

Tarfodd llais Iestyn ar ei meddyliau, a throdd i'w weld yn dal drws ei gar ar agor iddi. Car llyfn, chwim, lliw'r nos.

'Ford Probe,' meddai Ielena gan gamu i mewn. 'Addas iawn i dditectif.'

'Sylwgar iawn, Ms Garmon,' gwenodd Iestyn wrth danio'r injan.

Roedd hi'n chwarter i un ar ddeg, a phobol yn dechrau powlio allan o'r tafarnau'n sypiau swnllyd cyn mynd ymlaen i'r bar neu'r clwb nesaf: merched mewn dillad cwta yn giglan a gwegian ar eu sodlau uchel a llanciau'n strytian yn simsan a bloeddio rhegfeydd ar ei gilydd ar draws y stryd.

'Ffylied gwirion,' meddai Ielena'n hunangyfiawn.

'So ti'n flin bo ti heb fynd mas heno 'te?'

Ti – roedd o wedi'i galw hi'n *ti*!

'Dim o gwbwl. Dwi 'di cael llond bol ar fynd allan. Wel, tan y penwsnos nesa o leia,' ychwanegodd â gwên fingam, wrth i'r car ddod i stop ar waelod ei stryd. Roedd y daith wedi dod i ben yn llawer rhy sydyn.

'Wel, dyma ni 'te,' meddai Iestyn.

'Diolch. Er y basai'n braf gallu teithio drwy'r nos. Jyst mynd a mynd a mynd…'

'Ma'r seddi ma *yn* gwfforddus.'

'Rhy 'fforddus,' cytunodd Ielena, er nad hynny oedd hi'n ei feddwl go iawn, a thybiai fod Iestyn yn gwybod hynny hefyd. 'Wel, diolch am y pàs.'

'Croeso.'

'Mi adawa i chi wbod os glywa i gan Edward eto.'

'Diolch.'

'Ac os glywch *chi* rwbeth?'

'Ielena…'

'Sori, cwestiwn gwirion.'

'Weda i beth alla i wrthoch chi, alla i ddim gaddo mwy na 'ny.'

Y *chi* lled braich yna eto, fel petai eisoes wedi ymbellhau oddi wrthi.

'Diolch.'

Edrychodd arno, yn ei ewyllysio yn erbyn pob rheswm i'w chusanu, fel y bydden nhw'n ei wneud mewn ffilmiau. Llamodd ei chalon, a suddo'r un mor sydyn, wrth iddo wyro drosti ac agor drws y car iddi.

Camodd Ielena allan ar ei hunion, gan fwmial 'Sori' a 'Diolch', yn ei ewyllysio i fynd a'i gadael efo'i chwithdod, gan ei bod hi bron yn berffaith siŵr fod Iestyn wedi dyfalu beth oedd ar ei meddwl. Braidd yn amlwg, a hithau wedi gwneud y llygaid llo yna arno fo, yr hulpen wirion iddi. Ond arhosodd Iestyn nes iddi gyrraedd y tŷ hanner ffordd i fyny'r stryd fach gul. Rhoddodd Ielena ei goriad yn y clo a chamu i mewn i'r cyntedd heb droi i godi llaw arno cyn iddo yrru i ffwrdd.

Sylwodd yr un o'r ddau ar y ffigwr ar ben y stryd wrth iddo gamu allan o'r cysgodion. Safodd yno'n stond a gwylio'r golau yn ffenest uchaf y tŷ ac Ielena'n ymddangos ynddi – gan syllu allan dros y toeau am ennyd hir – cyn cau'r llenni.

7

*NEITHIWR BREUDDWYDIAIS 'mod i'n ôl yn Sir Fôn, yng nghroth
y fam ynys, a'r môr yn fy amgylchynu fel hylif amniotig. Mae yna
rywbeth cyfriniol am yr ynys hon – y golau'n wahanol yma, a'r
dyddiau fel petaent yn ymestyn yn hirach. Roedd awyr eang yr
hwyrddydd haf yn stribedi glas a fflamingo wrth i ni yrru ar hyd
lonydd culion cefn gwlad, yn rasio'r machlud cyn i'r nos ddisgyn. Fi
yn y sedd flaen ac yntau'n gyrru, er nad oeddwn i'n meiddio torri gair
ag o na throi fy mhen i edrych arno rhag ofn iddo ddiflannu a llithro
o 'ngafael i eto. Ond, fel gwraig Lot aeth chwilfrydedd yn drech na
mi yn y diwedd – yr ysfa i weld ei wyneb eto, y llygaid perffaith las
yn pefrio yn yr wyneb ag ôl byw arno. Trois fy mhen i edrych tuag
ato a gweld… neb. Dim hyd yn oed ysbryd anweledig a'r ogla baco
cyfarwydd, cysurlon, nad oeddwn yn ymwybodol ohono nes iddo
chwalu. Yna'n sydyn dechreuodd y car sgrialu o ochor i ochor, fel
petai newydd sylweddoli nad oedd neb wrth y llyw, gan fy sgytian yn
ddiseremoni fel doli glwt. Ymbalfalais i agor fy ngwregys a chydio yn y
llyw afreolus, ond ni fedrwn. Yna, o gwmpas y gongl nesa, gwibiodd
car i'n cwfwr, ac wrth i'r ddau gerbyd fynd benben â'i gilydd, agorais
fy ngheg a…*

Deffro. I'r tywyllwch ffrwcslyd hwnnw sy'n dilyn hunllef.
Hunllef yr ydw i wedi bod yn ei chael yn rheolaidd ers i Dad
farw saith mlynedd yn ôl, er bod y bylchau rhwng pob hunllef
yn ymestyn wrth i fwy o amser fynd heibio. A'r peth hurt ydi
nad ydw i isio rhoi'r gorau i gael yr hunllef yn gyfan gwbl, yn
rhannol am y byddai hynny'n golygu 'mod i'n gollwng gafael
ar fy hiraeth ac – yn bwysicach – yn colli'r synnwyr byw yna
sy gen i o Dad pan ydan ni'n dau yn y car, cyn i mi wneud y
camgymeriad o droi fy mhen i edrych arno a throi breuddwyd
braf yn hunllef.

Tydw i ddim yn credu – dwi'n *methu* credu – fod enaid Dad wedi gadael ei gorff ac yn bodoli mewn rhyw fyd a ddaw, nac ychwaith yn credu y bydda i'n ei weld o eto rhyw ddydd. Mae'r ffaith fod gymaint o bobol yn dal i gredu mewn Duw a'r bywyd tragwyddol yn fy llenwi â rhyfeddod. Sut medran nhw fod mor hygoelus â rhoi eu ffydd mewn rhywbeth mor annelwig? Rhywbeth nad yw erioed, mewn gwirionedd, wedi profi ei fod yn bodoli o gwbwl?

Mi ddeudodd Dad ei hun wrtha i ar ei wely angau fod dim rhaid i mi boeni, fod yna rywun yn gwylio trosom ac y basa pob dim yn iawn. Effaith y cyffuriau, debyg. Achos doedd 'na neb, nag oedd? A doedd pob dim *ddim yn* iawn wedyn. Ar ôl i Dad farw rocdd y gwacter yn anferth ac affwysol, fel awyr yn yr anialwch. Mae 'na rai pobol sy'n gadael mwy o fwlch ar eu holau na'i gilydd. Does ryfedd felly 'mod i am i'r freuddwyd/hunllef barhau, gan mai dim ond yn y fan honno y medra i deimlo'i bresenoldeb eto ac ail-fyw gwibdeithiau fy mebyd yn ei gwmni.

Ond mae 'na reswm arall pam nad ydw i am iddi bylu am byth. Bob tro dwi'n ei breuddwydio, mi faswn i'n taeru fod y ddau gar yn nesáu at ei gilydd, at y gwrthdrawiad sy'n ymddangos mor anochel, ac eto dwi'n ffyddiog y byddai modd osgoi'r car arall pe bawn i'n llwyddo i gael gafael yn y llyw a'i droi, neu pe bai gyrrwr y car arall yn brêcio neu'n troi ei lyw o. Achos does gen i ddim amheuaeth mai dyn ydi gyrrwr y car arall, a minnau bron â thorri 'mol isio gwybod pwy ydi o.

Nid Garmon ydi o, dwi'n gwybod. Garmon, sy'n cysgu wrth fy ymyl i heno fel corff. Cysgwr da fuodd o erioed, yn medru cysgu mewn unrhyw le, unrhyw adeg o'r dydd neu'r nos. Arwydd o gydwybod esmwyth, meddan nhw. Neu ddiffyg cydwybod. Neu dwpdra. Ond nid twp ydi Garmon, ond syml. Gweld petha'n ddu a gwyn, da a drwg, proffidiol ac amhroffidiol.

Cysgwraig sâl fues i erioed, yn codi'n aml yn ystod y nos

i fynd i'r lle chwech, ac weithiau'n methu'n glir â mynd yn ôl i gysgu wedyn wrth i'r poitsh o feddyliau, emosiynau a phryderon droi a throsi yn fy mhen.

Un gwael fyddai Dad am gysgu hefyd. Ei feddwl fel ei gorff yn aflonydd a byth yn gorffwys. Roedd o fel cysgu efo melin wynt, yn ôl Mam, a hithau byth a hefyd yn cwyno'i fod o wedi rhoi cic neu bwniad iddi yn ystod y nos, neu darfu ar ei chwsg trwy baldaruo mewn Pwyleg.

'Pam na chysgwch chi ar wahân?' awgrymais wrthi fwy nag unwaith, ond sbio'n syn arna i wnaeth hi, fel petawn i'n awgrymu y dylsen nhw gael ysgariad neu rywbeth eithafol felly.

Od ydi'r genhedlaeth hŷn yn hynny o beth (meddwn i, fel taswn i'n gywen ifanc!), yn meddwl dim am roi'r gorau i gael rhyw efo'i gilydd wedi iddyn nhw gyrraedd rhyw oed arbennig, ond yn ystyried cysgu mewn gwlâu ar wahân fel arwydd fod eu bywyd priodasol nhw ar ben i bob pwrpas.

Ond mae'n siŵr eu bod nhw'n meddwl ein bod ninnau'n od hefyd, efo'n diffyg stoiciaeth a'n bywydau hectig. Mae pawb yn od i'w gilydd i raddau. Ond un o'r pethau odia oedd y ffaith na chafodd marwolaeth Dad yr un effaith ar Mam ag a gafodd arna i ac ar bobol erill oedd yn agos ato fo.

Mi aeth Mam trwy'r mosiwns o alaru ar ôl i Dad farw – sychu'i llygaid (sychion) yn sidêt efo hances boced les wedi'i smwddio'n berffaith pan ddeuai pobol draw i gydymdeimlo, gwisgo dillad duon am gyfnod wedyn, gneud llais bach trist wrth siarad amdano fo – ond roeddwn i'n medru deud nad oedd hi'n galaru go iawn. Nid fel yr oeddwn i'n galaru, yn dawel a dwfn ac o'r galon.

Bron na faswn i'n deud fod Mam yn hapusach person ar ôl i Dad farw. Wedi'r cyfan, doedd 'na neb i faeddu nac i lygru ei thŷ dilychwin efo'i flerwch a'i ogla sigaréts; neb i dyrchu yn ei hoergell a'i phantri taclus gan adael llanast ar ei ôl. Wedi meddwl, y peth mwya od ydi ei bod hi wedi'i briodi o yn y lle cynta, ac ynta wedi'i phriodi hi. A dyma hi rŵan wedi dyweddïo eto – a hitha'n 75! – efo Peredur Pwff, ei hen bartner dawnsio.

Mi ges i sioc ar fy nhin pan ffoniodd hi'r noson o'r blaen i ddeud.

'Ond fedrwch chi mo'i brodi o!' meddwn i.

'Pam, neno'r tad?'

'O'n i'n meddwl i fod o – wchi…'

'Na wn i wir.'

'O'n i'n meddwl ma mifi-mahafan o'dd o,' meddwn i ar ei ben.

'Mifi-mahafan? Peredur?' medda hi'n anghrediniol, fel tasa Peredur y dyn mwya *macho* dan wyneb haul. ''Mond achos 'i fod o'n ŵr bonheddig sy'n licio dawnsio.'

'Naci…'

'Be ta?'

'Dim byd.' Os nad oedd hi wedi sylwi ar ei lais a'i stumiau cadiffanllyd, nac yn ymwybodol o'i lysenw, toeddwn i ddim yn mynd i dynnu'i sylw hi atyn nhw.

'O'dd gen ti lot o ffrindia hoyw yn Llundan ers talwm,' medda Mam wedyn. *Hoyw?* Wyddwn i ddim ei bod hi mor wleidyddol gywir.

'Ond do'n i'm yn mynd allan efo nhw, nag o'n?'

'Beth bynnag, tydi Peredur ddim yn bwff – iawn?' Roedd hynny'n swnio'n fwy fel Mam.

'*Heterosexual pansy* ydi o felly, ma rhaid.'

'Be?! Dwi newydd ddeud – tydi o ddim yn *homosexual* nac yn *pansy*! O'n i'n meddwl y basa chdi'n hapus drosta i!'

'Ddim dyna ydi o, jyst meddwl o'n i… O, be 'di'r ots! Llongyfarchiada!' meddwn i, a difaru agor fy ngheg yn y lle cynta. Hyd yn oed os oedd o'n hoyw, be oedd yr ots cyn belled ag y basai'r ddau ohonyn nhw'n hapus efo'i gilydd? Go brin mai perthynas gnawdol oedd ganddyn nhw yn eu hoed nhw beth bynnag, ac mi oeddan nhw'n nabod ei gilydd ers blynyddoedd maith.

'Pryd dach chi'n meddwl prodi?' holais yn glên, gan drio seboni ar ôl fy *faux-pas*.

'Dan ni heb benderfynu eto. Does 'na'm brys,' atebodd hithau'n reit swta.

Dim brys? Yn eu hoed nhw?

'Pwy sy'n symud i fyw at bwy, ta?'

'Dwyt ti rioed yn meddwl ein bod ni'n mynd i fyw dros goes brwsh efo'n gilydd?' meddai Mam. 'Ella ma dyna ma'r petha ifinc 'ma'n 'i neud y dyddia yma, ond mi ges i fy magu i ystyried hynny'n bechod, dallta...'

'Ddim dyna o'n i'n feddwl,' torrais ar ei thraws yn reit handi er mwyn osgoi cael pregeth. 'Pwy sy'n mynd i symud i fyw at bwy ar *ôl* i chi brodi, o'n i'n feddwl?'

'Peredur ddaw ata i, siŵr iawn. Hen honglad o dŷ sy gynno fo. Ma 'myngalo i'n lot fwy hwylus.'

Roedd Mam yn meddwl y byd o'i byngalo bach modern, croes rhwng y digymeriad a'r di-chwaeth – dol wlân dros y papur toilet, antimacasars patrymog yn gwrthdaro efo patrwm y *three-suite*, y math yna o beth.

'Ma gynno fo ddynas llnau, ond tydi hi fawr o beth. Dwi 'di gweld amball we pry cop yn y corneli, a llwch dan y gwlâu.'

Bu ond y dim i mi â gofyn iddi be oedd hi'n neud yn sbecian dan ei wlâu o, ond brathais fy nhafod mewn pryd.

'Dwi'n edrach ymlaen at weld Ielena'n setlo i lawr a phrodi, 'fyd – ar ôl iddi adal coleg, wrth gwrs,' meddai hi wedyn.

Hogan ei nain fuodd Ielena erioed, yn licio pinc a gwisgo ffrogia a chwara tŷ bach a dolia a ballu, yn ogystal â bod yn ddel fel dol ei hun efo'i gwallt llyfn, llaes fel llen sidan.

'Rhowch jans iddi, Mam, tydi hi ddim hyd yn oed yn

canlyn ar hyn o bryd.'

'O? O'n i'n meddwl 'i bod hi'n canlyn yn selog efo mab y *pathologist* 'na.'

Blydi snob uffar, teimlais fel deud wrthi. 'Nac'di, dwi 'di deutha chi o'r blaen, a gwynt teg ar 'i ôl o hefyd. Ond ma Steff 'di cael gwaith.'

'Steffan?' Roedd llais Mam yn mynd yn straenllyd i gyd bob tro y soniai am Steffan, gan fod ei gyflwr o'n mynd yn gwbwl groes i resymeg a threfn.

'O, neis iawn,' medda hi'n ffals pan soniais i am y *launderette.*

'Tynnu ar eich ôl chi, ylwch, yn licio golchi dillad,' meddwn i, gan wybod na fyddai'r gymhariaeth yn plesio.

'Ond joban dynas 'di honno.'

'Peidiwch â bod mor hen-ffasiwn, newch chi! Tydach chi'm yn falch drosto fo?'

'Yndw, siŵr,' atebodd hitha'n frysiog, gan synhwyro'r min yn fy llais.

'Mi fasa Dad wrth 'i fodd,' meddwn inna, yn methu peidio edliw. 'Roedd o'n ffrindia mawr efo Steff.'

'Oedd, dwi'n gwbod,' medda hi'n llywath. 'Ond oddan nhw'n debycach i'w gilydd, toeddan?'

'Nag oddan,' meddwn i, a 'nhymer i'n mudferwi dan yr wyneb. 'Taswn i'n gorfod deud pa un ohonach chi sy efo tueddiadau awtistig – Dad neu chi – dach chi'n gwbod pa un faswn i'n ddewis?'

Roedd Mam yn fud ar ben arall y lein.

'Chi – a dach chi'n gwbod pam? Am eich bod chi mor *obsessive,* a'ch bywyd chi'n hollol gaeth i rwtîn. A deud y gwir, dwi'n meddwl eich bod chi'n fwy awtistig na Steff yn hynny o beth...'

Dim siw na miw.

'Mam?! Dach chi'n dal yna?'

'Yndw... ond well i mi fynd rŵan. Dwi'n disgwl Peredur draw i de...'

'A dach ch'isio llnau cyn iddo fo gyrradd?' Mi fasa hi eisoes wedi gneud ei theisan sbynj ben bora.

'Yndw, ma 'na andros o olwg 'ma a...' petrusodd, gan sylweddoli'n sydyn ei bod hi newydd ddisgyn i 'nhrap i.

'Cofiwch fi ato fo,' meddwn i a rhoi'r ffôn i lawr, heb ddifaru'r un iot am yr hyn ddeudis i. Rhad ar Peredur, meddyliais, ond siawns nad oedd o'n ei nabod hi'n ddigon da erbyn hyn i wybod sut un oedd Mam. Hwyrach ei fod o'n edrych ymlaen at fyw mewn *showroom* a threulio'i nosweithiau yn gwylio *Sky Sports*.

Dwi'n teimlo fy hun yn suddo, yn cael fy nhynnu i lawr i'r cwsg ysgafn yna sy fel môr bas, lle mae cipiau o freuddwydion yn fflachio fel pysgod lliwgar, seicadelig. Cyn i mi fynd o dan don arall, dwi'n synhwyro Garmon yn stwyrian wrth fy ymyl, yn paratoi ei hun i godi ar gyfer ei jog plygeiniol. Clociau ein cyrff ni allan o sync, ein heneidiau ni byth cweit yn gytûn.

8

'DWI'N MEDDWL HWRACH fod Edward wedi mynd i Wlad Pwyl.'

Wrth iddi yngan y geiriau, sylwodd Ielena mor ddramatig a di-sail yr oedden nhw'n swnio.

'Be sy'n neud i chi feddwl 'ny?' gofynnodd Iestyn.

'Ym, wel, o'n i'n siarad efo rhywun pnawn 'ma, ac mi ddeudodd hi fod Edward wedi sôn rhwbeth am fynd i Ddwyrain Ewrop.'

'Ma Dwyren Ewrop yn lle enfawr.'

'Dwi'n gwbod hynny, ond mi oedden ni wedi trafod mynd i Wlad Pwyl efo'n gilydd rywbryd − cyn i'r berthynas orffen, hynny ydi.'

'Pam Gwlad Pwyl?'

'Achos mai o fan'no ma 'nheulu i'n dod − o ochor *Dziadek*. Dyna'r gair Pwyleg am taid,' meddai, gan deimlo'r ymchwydd arferol o falchder wrth iddi ddweud hynny.

'O's 'da chi berthnase 'na o hyd 'te?'

'Oes, am wn i,' atebodd Ielena, gan deimlo braidd yn ffôl. 'Dyna un rheswm pam o'n i isio mynd yno, i chwilio am 'y nheulu. Dim ond deg oed oedd *Dziadek* pan ddaru nhw ddengid o 'no adeg rhyfel.'

Roedd Ielena wedi dychmygu droeon y croeso twymgalon y bydden nhw'n ei gael gan ei theulu diarth, ac Edward yn edrych arni'n llawn edmygedd wrth iddi siarad Pwyleg yn rhugl efo nhw (er mai dim ond crap sylfaenol iawn ar yr iaith oedd ganddi mewn gwirionedd) − a thwtsh o eiddigedd, wrth gwrs am nad oedd ganddo fo deulu a fu'n perthyn i'r *Armia Krajowa*.

Ni wyddai Ielena a oedden nhw wedi bod yn aelodau o'r

fyddin danddaearol honno ai peidio, ond dyna'r myth yr oedd hi wedi'i greu o'u cwmpas nhw beth bynnag, nes ei bod hi ei hun yn ei gredu erbyn hyn.

Dychmygai ryw hen fodryb fel arwres debyg iawn iddi hi ei hun o ran golwg, mewn *beret* a *trenchcoat,* yn atal cynlluniau dieflig y Natsïaid bob gafael, gan swyno dynion efo'i harddwch. Ar ôl sawl carwriaeth nwydus – beth oedd diben bod yn ysbïwraig fel Mata Hari heb y rhyw a'r rhamant? – byddai'n syrthio mewn cariad efo milwr o Gymru, a ddigwyddai fod yn debyg iawn i Edward – neu fersiwn newydd, gwell, ohono beth bynnag.

Ond yn awr, ac yntau bellach yn wrthrych serch mor annheilwng, roedd y ffantasi wedi newid, a dyn llawer mwy carismataidd a chymhleth wedi cymryd ei le.

Uwch-swyddog efo'r fyddin Almaenig a danseiliai Natsïaeth o'r tu mewn oedd hwn, yn yr un mowld ag Oskar Schindler. Doedd o ddim yn annhebyg i Schindler chwaith – neu i Liam Neeson a gymerodd ran Schindler yn y ffilm, beth bynnag: yn dal a chydnerth efo trwyn mawr fymryn yn gam ac wyneb caredig, deniadol…

'Felly, does 'na neb penodol y galle fe fynd atyn nhw 'te?' torrodd Iestyn/Oskar/Liam ar draws ei myfyrdodau.

'Nac oes,' atebodd Ielena gan gochi. 'Ond hwrach y base fo'n mynd yno beth bynnag…'

'Wrth bwy arall wedodd e 'i fod e'n meddwl mynd i Ddwyren Ewrop?'

'Rhyw ffrind iddo fo,' atebodd Ielena'n annelwig.

'Oes 'da'r ffrind 'ma enw?'

'Angharad Befan,' atebodd Ielena'n anfoddog.

'Ma'r enw'n canu cloch.'

'Cymdeithas yr Iaith?'

Nodiodd Iestyn, gan sgriblo'r enw ar bad papur o'i flaen.

'Dech chi'm yn mynd i'w holi hi?' gofynnodd Ielena'n bryderus.

'Falle. Pam lai?'

'Fydd hi'n gwbod mai fi sy 'di sôn amdani wrthoch chi.'

'Chi heb weud unrhyw beth *discriminating* yn ei herbyn hi.'

'Naddo dwi'n gwbod, ond…' Sut y medrai hi egluro nad oedd arni eisiau troi'r drol efo Angharad a hwythau newydd ddod i ryw fath o gadoediad?

Rhywsut, roedd Ielena wedi llwyddo i osgoi dod wyneb yn wyneb ag Angharad Befan ers dechrau'r tymor. Roedd hi wedi'i gweld hi o bell fwy nag unwaith mewn gigs a thafarnau, ac wedi gwncud yn siŵr fod y pellter hwnnw'n cael ei gadw rhyngddynt.

Ond y bore hwnnw, wrth iddi gerdded i fyny Rhiw Penglais, pwy oedd yn dod i lawr y grisiau o Neuadd Pantycelyn yn gwenu'n sbeitlyd arni ond yr arch-ast ei hun, ac Ielena wedi teimlo'i hun yn tynhau i gyd wrth iddi baratoi ei hun am y gwrthdaro anochel oedd ar fin digwydd.

'Wel, wel, wel, Ielena Garmon,' cyfarchodd Angharad hi'n goeglyd. 'A shwt deimlad yw bod ar dy ben dy hunan bach 'te?'

'Deud ti wrtha i. Gen ti fwy o brofiad,' atebodd Ielena fel siot, gan ei synnu ei hun.

Roedd Angharad wedi oedi cyn ateb, yn amlwg wedi'i lluchio oddi ar ei hechel, ond buan y daeth hi ati'i hun: 'Yn gwmws. Rwy i 'di arfer â bod yn annibynnol, heb fod yng nghysgod rhyw fachan drw'r amser.'

'O ddewis neu o reidrwydd?' Teimlai Ielena fel dol *ventriloquist*, yn yngan geiriau clyfar, cas, rhywun arall.

Pylodd y wên ar wyneb Angharad wrth iddi ateb yn swta: 'O ddewis, wrth gwrs.'

'O ie? Oes 'na ddynion yn ciwio i fynd allan efo ti, felly?'

'Ambell un.' Ond roedd ei gwên yn llai hyderus na'i llais.

'Fel Edward, falle?'

Bingo! meddyliodd Ielena, wrth i wên Angharad ddiflannu'n gyfan gwbl. Roedd hi'n amlwg yn boenus o ymwybodol o'r ffaith nad oedd gan Edward ddiddordeb ynddi fel darpar gariad, er gwaetha'u daliadau cytûn. Yn gwybod y byddai'n well gan Edward fynd i'r afael â dynes adweithiol, ddel nag efo dynes egwyddorol, blaen. Hwyrach nad oedd damcaniaeth Meryl amdani – *'Y peth mwya anfaddeuol am Angharad Befan yw'r ffaith ei bod hi'n ferch salw sy'n meddwl ei bod hi'n bert'* – mor gywir wedi'r cyfan.

'Ffrindie odw i a Nedw, a ma ffrindie'n para'n hirach na chariadon,' meddai Angharad, yn benderfynol o ddal ati i daflu sweips.

'Ond 'den ni'n dal *yn* ffrindie,' meddai Ielena'n gelwyddog.

'Ti wedi'i weld e'n ddiweddar 'te?'

'Naddo, ond mi ffoniodd o fi'r noson o'r blaen.'

'O? A ble ma fe 'te?'

'Dwi'n meddwl 'i fod o i ffwr' ar 'i wylie ar hyn o bryd… Neu'n *teithio*, dylwn i ddeud,' ychwanegodd yn goeglyd, gan na fyddai Edward byth yn cyfaddef ei fod yn gwneud rhywbeth mor segur a di-fudd â mynd ar wyliau.

'O? I ble?'

'Dwi'm yn gwbod.'

'Be ti'n feddwl, so ti'n gwbod?'

'Rhois i'r ffôn i lawr cyn iddo fo ddeud wrtha i.'

'Pam?'

''Y musnes i ydi hynny.'

'*Unfinished business*, weden i.'

'Ie, wel, ma 'na rai pethe dylen ni 'u trafod er mwyn cau

pen y mwdwl yn iawn,' cytunodd Ielena.

'Wedodd e wrtho i 'i fod e'n bwriadu mynd i Ddwyren Ewrop...'

'Pa bryd?' torrodd Ielena ar ei thraws. Damia'r eneth – roedd hi fel petai'n gwybod mwy am gynlluniau Edward na hi.

'Sa i'n cofio – cwpwl o fisodd nôl, falle?'

'Ddeudodd o ble yn benodol yn Nwyrain Ewrop?'

'Beth yw hyn – y *Spanish Inquisition*?'

'Naci, yr *Eastern Bloc Inquisition*!' atebodd Ielena, gan drio ysgafnhau'r sgwrs.

'Y cyfan 'wy'n wbod yw na ethe fe i Magalwff dros 'i grogi!' chwarddodd Angharad. 'Alli di'i weld e 'na, yn clybo 'da'r *lager louts*?'

Chwarddodd Ielena hefyd, ac am ychydig eiliadau roedd y ddwy'n ffrindiau, yn chwerthin am ben y person oedd yn asgwrn y gynnen rhyngddyn nhw yn y lle cynta.

Felly na, ni fyddai'n syniad da tarfu ar y cadoediad bregus hwnnw.

'Ofan na fydd hi'n hapus eich bod chi wedi bod yn tsiopsan wrth y moch, y'ch chi, ife?' gofynnodd Iestyn.

'Sori?'

'Angharad Befan? Sa i'n credu'i bod hi'n un o ffans penna'r heddlu rhywffordd.'

'Ddim "tsiopsan" ydw i,' meddai Ielena'n ddig. 'Trio'ch helpu chi i ddod o hyd i Edward ydw i – er 'i fwyn o hefyd, wrth gwrs...'

'Wy'n gwbod 'ny.'

'Ond dech chi newydd awgrymu 'mod i'n rhyw fath o *police informer*!'

'Naddo...'

'Ddylwn i ddim bod wedi dod yma o gwbwl,' meddai Ielena, gan godi i adael. *Yn enwedig o ystyried fy nghymhellion dros ddod yma yn y lle cynta,* teimlai fel ychwanegu, wrth feddwl am ei hawydd glaslencynnaidd i weld Iestyn eto. 'Mae'n ddrwg gen i am wastraffu'ch amser chi.'

'Ielena, dewch nôl!' meddai, ond roedd hi eisoes wedi mynd, gan gymryd arni nad oedd hi'n ei glywed.

'Jiw, o'dd hwnna'n *short and sweet,* nag o'dd e?' meddai WPC Lewis wrth i Ielena ruthro heibio iddi, gan godi'i haeliau pensiliog mewn ffug ryfeddod. Anwybyddodd Ielena hithau hefyd. Gymaint oedd ei brys a'i fflwstwr fel na sylwodd ar y dyn yn llercian gyferbyn â gorsaf yr heddlu wrth iddi adael, ac yn ei dilyn hi'r holl ffordd adref – yr un dyn a safai ar ben y stryd pan ddanfonodd Iestyn hi adref y noson o'r blaen.

9

'FFYCIN CYNULLIAD!' TANTRODD Garmon, wrth iddo yrru Jeep ei wraig yn ei wisg ffarmwr hamdden. Er bod gan Lili fymryn o gywilydd ohono am fod yn gymaint o *poseur*, roedd yn rhaid iddi gyfadde'n ddistaw bach ei fod yn edrych yn eitha golygus yn ei gap brethyn a'i gôt Barbour.

'Ffycin Cynulliad!' eiliodd Steff yn y sedd flaen, wrth ei fodd efo angerdd stacato'r rheg honno, yn enwedig o enau ei dad nad oedd bron byth yn rhegi.

'Be ma'r ffycin Cynulliad 'di neud tro 'ma?' gofynnodd Lili, oedd yn lecio'i gŵr pan oedd o fel hyn: wedi'i danio gan ddicter cyfiawn yn erbyn y Sefydliad, gan ddiosg ei bersona synhwyrol arferol.

'Cyndyn o roi arian i'r Steddfod ma'r bastads, oni bai fod popeth ar eu telere nhw. "Moderneiddio" ydi'r gair mawr, ond 'den ni i gyd yn gwbod be ma hynny'n 'i olygu...'

'Be, 'lly?'

'Seisnigeiddio. Mynnu fod bob dim yn ddwyieithog. Diddymu'r rheol Gymraeg. Honni fod unrhyw beth uniaith Gymraeg yn hiliol...'

'Go iawn ?'

'Tydyn nhw heb ddeud hynny ar 'i ben, ond dyna maen nhw'n 'i feddwl. Tydi'r rhan fwya ohonyn nhw ddim yn Eisteddfodwyr, dyna'r broblem. Mae'r syniad o filoedd o Gymry yn heidio i un lle am wsnos a gneud pob dim trwy gyfrwng y Gymraeg yn gneud iddyn nhw grynu yn eu sgidie. Fel tase peryg i ryw wrthryfel mawr ddigwydd – ryw *August Uprising* yn y maes carafane!'

'*August Uprising? Summer Daze* dwi'n iwsio ym mis Awst!' meddai Steff, a chwarddodd ei rieni, gan wybod ei fod yn són am *fabric conditioner*. Pawb at y peth y bo. '*Spring Breeze* yn y gwanwyn, *Summer Daze* yn yr ha', *Autumn Mellow* yn yr hydref, a… sgynnon nhw ddim un ar gyfer y gaea. Pam na sgynnon nhw ddim un ar gyfer y gaea?'

'Dwn i'm. Tydi o'm fatha fod pobol yn rhoi'r gora i olchi dillad yn y gaea, nadi?' meddai Lili, gan gofio am hen fodryb iddi a laddodd ei hun am na fedrai ddod i ben â sychu dillad yn ystod misoedd tamp y gaeaf. Iselder ar ôl geni plentyn oedd yn bod arni mewn gwirionedd, er yr ymddangosai fod obsesiwn ynglŷn â golchi a sychu dillad yn rhedeg yn y teulu.

'Pam na sgwenni di atyn nhw i ofyn, a chynnig enwa iddyn nhw'r un pryd? Rwbath fatha *Wintry Wash*…'

'Neu *Drudgy Sludge*?' awgrymodd Garmon, nad oedd byth yn defnyddio'r peiriant golchi.

'Be am *Fucking Frosty*?' meddai Steff, gan edrych ar ei dad a throi'n ôl i edrych ar ei fam â llygaid mawr, hanner ofnus rhag iddo gael ffrae am regi, ond gan hanner gobeithio y buasen nhw'n chwerthin am ben ei hyfdra clyfar. Chwerthin wnaethon nhw, a chwarddodd yntau'n uchel mewn rhyddhad.

'Arnach chdi ma'r bai, Gar, yn rhegi o'i flaen o,' twt-twtiodd Lili, er ei bod hi'n dal i wenu. Teimlai eu bod nhw ar eu gorau fel uned deuluol pan fydden nhw'n teithio mewn car, yn glyd a chytûn yn eu cocŵn metel, a'r byd yn gwibio heibio tu allan.

'Ma gen i achos rhegi, dyna pam,' meddai Garmon, gan fynd ar gefn ei geffyl eto. 'A pheth arall sy'n fy ngwylltio i ydi'r bobol 'ma sy'n erbyn mynd â'r Steddfod i Lerpwl yn nwy fil a saith.'

'Pam? Oeddan nhw'n arfar cynnal steddfoda yno ers talwm,' meddai Lili.

'Yn union. Cul ydyn nhw, yn y bôn, ac yn dal dig yn erbyn y Sgowsars achos Tryweryn. Synnwn i damed nad ydi Robin Llŷn yn llosgi records y Beatles yn 'i ardd gefn.'

Chwarddodd Lili. 'A sticio pinna mewn *voodoo doll* o Cilla Black.'

'Fyswn i'm yn meindio gneud hynny fy hun...'

'Mae'r Steddfod yn mynd i fod yn iawn, yndi?' gofynnodd Steff yn bryderus.

'Gobeithio,' atebodd Garmon.

'Be ti'n feddwl, "gobeithio"? Fedar y Steddfod ddim jyst dod i ben!' meddai Lili.

Cododd Garmon ei sgwyddau. 'Dwi'm yn meddwl fod pobol cweit yn deall difrifoldeb y sefyllfa.'

'Cysurwr Job!'

'Job Edwards?' meddai Steff, gan drio dilyn llinyn y sgwrs. Er ei fod o bosib wedi clywed am y Job gwreiddiol yn yr Ysgol Sul (neu hwyrach fod hanes hwnnw braidd yn rhy brudd i'w hadrodd yn y fan'no, heb feddu ar yr un deunydd dramatig â straeon cymeriadau fel Noa a Joseff), Job Edwards yr hen flaenor o gig a gwaed oedd ganddo fo mewn golwg.

'Fydde'n well gen ti i mi ddeud celwydd a deutha ti fod bob dim yn mynd i fod yn iawn?' meddai Garmon wrth Lili. 'Claddu dy ben yn y tywod fydde hynny.'

'Pa dywod?' holodd Steff mewn penbleth. 'Ydi Job Edwards yn mynd i lan y môr ar drip Ysgol Sul?'

'Ti 'di fwydro fo rŵan,' meddai Lili wrth Garmon.

'Chdi ddechreuodd, yn 'y ngalw i'n 'gysurwr Job'!'

'Hen ddyn yn y Beibl ydi Job, Steff. *Tebyg* i Job Edwards,' triodd Lili egluro. 'Hen ddyn sy'n byw yn yr anialwch.'

'O'n i'n meddwl mai Ioan Fedyddiwr oedd hwnnw,' meddai Garmon.

'Paid â chymhlethu petha!' sgyrnygodd Lili dan ei gwynt, yna'n uwch: 'Mae'r Steddfod yn mynd i fod yn iawn, Steff. Diolch i bobol fatha dy dad, a dim diolch i bobol fatha Edward Gomer sy'n uchel iawn eu cloch efo'u protestiada ar faes y

Steddfod ond sy'n gneud *bugger-all* i drio sicrhau dyfodol yr ŵyl.'

'Wsti be, Lili? Ti'n mynd yn hen, ma raid, yn ochri efo'r Sefydliad.'

'Sgen i'm byd yn erbyn protestio. Ond mae'n ddigon hawdd siantio slogana efo criw o bobol erill lle ti'n mynd i gael dy weld, tydi? Weli di mo lliw eu tina nhw pan ma angan eu cefnogaeth nhw go iawn!'

'Be 'di hanes Gomer y dyddie yma, beth bynnag?'

'Mae o ar goll,' meddai Steff.

'Be ti'n feddwl, ar goll?' gofynnodd Lili.

'Ar goll 'de.'

'Lle glywest ti hynny? Pwy ddeudodd wrthach chdi?'

'Neb.'

'Pam ti'n deud 'i fod o ar goll 'ta?'

'Ffordd o siarad,' atebodd yntau, a gwyddai Lili mai dyna'r cwbwl y câi hi allan ohono – am y tro o leia.

'Reit dda 'wan, Steff,' chwarddodd Garmon, gan feddwl fod Steff wedi talu'r pwyth yn ôl i'w fam yn fwriadol am iddi ddweud hynny mor aml wrtho fo.

Ond roedd yna rywbeth mwy na hynny hefyd, meddyliodd Lili, a deimlai'n argyhoeddedig fod Steff yn gwybod ac yn synhwyro llawer mwy nag y tybiai pobol yn aml. Roedd hi'n amau'n gryf fod ganddo ryw fath o chweched synnwyr weithiau neu allu telepathig hyd yn oed, er mai wfftio hynny ddaru'r seicolegydd addysg honno pan fentrodd Lili sôn am y peth wrthi ers talwm, gan ddweud mai un o nodweddion y cyflwr awtistig oedd diffyg amgyffred o deimladau pobol eraill. Os felly, roedd y seicolegydd ei hun yn ffitio i'r categori hwnnw'n dwt iawn, y snotan bedantig iddi.

Wfftio wnâi Garmon hefyd petai'n dweud wrtho, gan ei chyhuddo – mewn tôn nawddoglyd a gogiai fod yn annwyl – o fod â dychymyg rhy liwgar a dim digon o synnwyr cyffredin. Roedd diffyg dychymyg yn nodwedd arall o awtistiaeth, er bod gan Steff dipyn mwy o ddychymyg na'i dad. Dyna pam ei fod wedi peri gymaint o benbleth i'w aseswyr ers talwm, am fod yna gymaint o bethau amdano – ei allu i siarad, ei hoffter o bobol, ei ddychymyg byw – yn gwrth-ddweud ei gyflwr.

Erbyn heddiw, wrth gwrs, roedd y sbectrwm yn fwy eang, a mwy a mwy o blant yn cael ei diagnosio'n awtistig. 'Hwrach y bydd *pawb* yn awtistig un dwrnod,' meddai Paxo un tro.

''Swn i'm yn synnu,' atebodd Lili. Yr hyn a'i synnai oedd y ffaith fod y syniad yn eitha apelio ati.

'Fydde'r byd 'ma'n lle gwell o beth uffern,' meddai Paxo wedyn, a hithau wedi cydio'n ei ben a chusanu'i dalcen yn ddiolchgar am ddweud yr hyn oedd ar ei meddwl hi.

Peth peryg oedd cusanu Paxo, meddyliodd Lili gan wenu iddi hi ei hun wrth edrych allan i'r gwyll. Procio'r *frisson* rhywiol oedd rhyngddyn nhw. Peryg a hanfodol, o bosib, i ddau oedd wedi cael ieuenctid mor wyllt ac a oedd bellach yn cicio yn erbyn tresi canol oed. Y ddau ohonyn nhw wedi byw yn Llundain o gwmpas yr un adeg, er nad oedd eu llwybrau wedi croesi. Diolch byth, efallai, neu beryg na fasen nhw'n ddim mwy na rhicyn arall ar bostyn gwely'r naill a'r llall.

'Ti'n dawel iawn yn y cefn 'na,' meddai Garmon.

'Chdi sy'n cwyno 'mod i'n siarad gormod.'

'Dyna pam dwi'n poeni pan ti'n dawel.'

'Ha ha.'

Roedden nhw wedi mynd trwy bentref Glyn Ceiriog – metropolis y dyffryn – ac yn gyrru ar hyd y lôn gul a throellog trwy Goed-y-Glyn i gyfeiriad Pandy a Thregeiriog a Llanarmon ym mhen draw'r dyffryn.

Roedd hi'n rhy dywyll erbyn hyn i weld y golygfeydd trawiadol – y tirwedd coediog a chreigiog, a cheudwll y chwarel uwchben yr hen dramffordd ac afon Ceiriog – fel petai darn bach o'r *Blue Ridge Mountains* wedi'i drosglwyddo o Virginia i Gymru. Neu 'ddarn bach o'r Nefoedd ar y ddaear,' chwedl Lloyd George – dyn a oedd o bosib wedi cael gymaint o goncwestau rhywiol â Paxo.

Groupies oedd y rhan fwyaf o goncwestau Paxo: ffans rhai o grwpiau adnabyddus y saithdegau y bu'n chwarae efo nhw, pan oedd bywyd yn un rhialtwch ystrydebol o ryw, drygs a roc a rôl. Ac yn anochel efallai – fel dawnswraig yn theatrau Soho a'r West End – roedd Lili wedi cael mwy na'i siâr o gariadon hefyd, os mai cariadon oedd y gair cymwys am ddynion a fyddai'n mynd a dod fel Jaciau Lantarn.

Heblaw am un neu ddau, ac un yn arbennig: Dave Novak – Cockney priod o dras Pwylaidd (fel Lili), deugain oed (dwywaith ei hoed hi ar y pryd). Rheolwr llwyfan hollol wahanol i'r *luvvies* arferol, efo'i natur ddi-lol a'i hiwmor sych.

O dipyn i beth fe dyfon nhw'n ffrindiau ac yna'n gariadon, er mawr syndod i'r ddau ohonynt. Dave am nad oedd y math o ddyn i gael affêr, a Lili am nad oedd o mo'i theip hi o gwbwl: dyn canol oed yn colli'i wallt. Dynion ifanc golygus efo gwalltiau hir fyddai'n mynd â'i bryd hi fel arfer.

'Ti'n cysgu, Lili?' Llais Garmon eto, fel petai'n medru darllen ei meddyliau ac yn tarfu arnyn nhw'n fwriadol.

'Mmm,' atebodd hithau, gan gymryd arni ei bod hi'n pendwmpian.

'Sori.' Er na swniai fel petai'n ddrwg iawn ganddo o gwbwl.

Beth fyddai Garmon yn ei ddweud, tybed, petai'n gwybod fod ei wraig yn hel atgofion am hen gariad iddi? Y carwr gorau a gafodd hi erioed, o bosib. Nid o ran techneg yn gymaint â'r cemeg rhywiol a fodolai rhyngddynt: yr atyniad anifeilaidd, ysgubol yna sy'n denu dau berson at ei gilydd a'u hysu nhw'n ulw.

Yn wahanol i gynifer o wŷr anffyddlon, ddaru Dave erioed honni nad oedd ei wraig yn ei ddeall, nac y byddai'n ei gadael am Lili wedi i'r plant adael y nyth na dim o'r rwtsh arferol yna. Yn rhannol mae'n debyg am nad oedd Lili eisiau iddo ddweud na gwneud hynny, ond yn bennaf am ei fod yn caru'i wraig a'i deulu. Gwyddai Lili fod ei gydwybod yn ei boenydio, ac o'r herwydd y gallai ei drachwant droi'n ffieidd-dod dros nos.

Daeth eu perthynas i ben pan adawodd Lili i weithio ar sioe arall, a chyfarfod Gilles, Ffrancwr yr un oed â hi'i hun – rhywun y medrai fynd allan efo fo'n agored a'i gyflwyno i'w ffrindiau. Roedd hynny'n chwa o awyr iach ar ôl cyfrinachedd ei charwriaeth hi a Dave (er y tybiai fod ei chydweithwyr yn amau eu bod yn cael affêr, ac os nad oeddent, siawns na fedrent synhwyro'r atyniad rhyngddynt).

Bron i ddeng mlynedd ar hugain yn ddiweddarach, fodd bynnag, doedd hi byth wedi cael Dave allan o'i system yn llwyr. Roedd hi'n dal i freuddwydio amdano ar brydiau – breuddwydion pornograffig wedi'u heintio ag euogrwydd a lynai efo hi drwy'r dydd wedyn, fel petai hi wedi bod yn anffyddlon i Garmon go iawn, gan roi syniad iddi o'r hyn y byddai Dave yn mynd trwyddo ers talwm.

Ond gwyddai i sicrwydd nad y fo oedd gyrrwr y car arall yn y freuddwyd/hunllef a gâi am ei thad. Caru oedd *forte* Dave Novak, nid gyrru.

'Wedi cyrradd y pentra!' llafarganodd Steff wrth iddyn nhw groesi'r afon i Lanarmon, y pentre bach tlws a swatiai wrth droed mynyddoedd y Berwyn, ymhell bell o fwrlwm Llundain.

Syniad Garmon oedd dod yn ôl yma, i fro ei febyd, dros ugain mlynedd yn ôl bellach, a Lili wedi cytuno'n llawen. Mae cymunedau bychain, clòs yn medru apelio at bobol sydd â'u bryd ar ddechrau teulu, yn enwedig pan fo yna deulu a ffrindiau yno'n gefn.

Roedd mam Garmon o gwmpas ei phethau bryd hynny, cyn iddi ddiflannu'n llwyr i fyd y Teletubbies, a'i dad yn dal yn fyw. Nerys oedd yr unig un ar ôl erbyn hyn, diolch amdani:

chwaer fawr Garmon a ffrind mawr Lili, efo'i chalon garedig a'i chwerthiniad iach. Gwerth ei phwysau – eitha sylweddol – mewn aur.

'Lle maen nhw wedi mynd i grwydro heno?' gofynnodd Lili, efo twtsh o eiddigedd wrth weld nad oedd neb adre ar draws y ffordd yn nhŷ ei chwaer-yng-nghyfraith.

Roedd Nerys a'i gŵr Kevin yn rhydd i fynd a dod fel y mynnent, i fwynhau eu rhyddid canol oed heb orfod gwneud trefniadau i gael rhywun i warchod neu gadw golwg ar fab a fyddai, dan amgylchiadau arferol, yn ddigon hen i edrych ar ôl ei hun.

'Wedi mynd i stwffio'u bolie yn rhwle, siŵr o fod,' meddai Garmon yn wawdlyd.

'Braf.' Ni fedrai Lili ddeall pobol a ddewisai aros i mewn ar nos Sadwrn yn hytrach na mynd allan i gymdeithasu mewn tafarn neu fwyty.

'Dwn i'm, dwi'n edrych 'mlaen at gael bwyd adre heno,' meddai Garmon, gan ddechrau cario'r bagiau neges o'r bŵt i'r tŷ. 'Tyd, Steff, dyro hand i mi efo rhein, 'nei di.'

Ond roedd Steff eisoes ar ei ffordd i lawr y dreif, i sefyll wrth y fynedfa i fusnesu – a phwy a ŵyr, efallai i ddeisyfu am ddianc i'r byd mawr tu hwnt. Nid yn unig i dŷ ei fodryb, ble'r âi'n aml ar ei ben ei hun, ond y tu hwnt i hynny hefyd, ymhell o afael pryderus ei fam.

'Ma hynny'n *novelty* i chdi, tydi, a chditha'n byta allan gymaint yng Nghaerdydd 'na,' meddai Lili, yn casáu ei hun am ddannod, ond yn methu brathu'i thafod chwaith.

'Dech chi'n byta yn yr Hand a'r West a'r Glyn Valley'n reit amal.'

'Mond weithie!'

'Eniwê, fi sy'n cwcio heno, dwi 'di deud.'

'Ti'n cofio sut?' *Cau dy ffycin geg, Lili!*

'Be sy? Isio pigo ffrae wyt ti? Heb gael un ers i mi fod i ffwrdd? Dwi'n meddwl weithie mai'r unig reswm ti isio i fi ddod adre ydi er mwyn i chdi gael cega efo fi.'

'Tydi hi ddim yn hawdd i mi, sti! Yn styc yn fama ar ben fy hun efo Steff a thitha ffwr' yn gweithio!' *O na – ddim yr hen diwn gron, hunandosturiol yna eto…*

'Ond ma gen ti Ner…'

'Dwi'n mynd am dro i lawr at y neuadd efo Steff,' torrodd ar ei draws, yn gwybod o brofiad nad oedd diben parhau â'r ddadl yma. 'Dos di â'r bagia i mewn, mi gadwa i'r negas wedyn.'

'Fydd bwyd yn barod mewn rhyw awr.'

'Fyddan ni'n ôl 'mhell cyn hynny, siŵr! Lle ti'n meddwl dan ni'n mynd – i Lanrhaead?'

Maen nhw'n dwedyd yn Llanrhaead
Mai rhyw deiliwr wnaeth y lleuad…

Ond roedd y lleuad ar drai heno, er ei bod hi'n noson fwyn â naws bersawrus yr hydref yn yr awyr.

Lle'r oedd Dave Novak heno, tybed? Yn yfed yn y Pineapple yn Kentish Town efo'i grônis, efallai, â chap pig am ei ben moel a pheint o Deuchers IPA o'i flaen. Byddai'n tynnu am ei ddeg a thrigain erbyn hyn, wedi ymddeol, a mwy na thebyg yn daid i blant ei blant, Kate a John, nad oedd fawr iau na Lili.

Oedd o'n dal i feddwl amdani hi weithiau? Ac os oedd o, ai atgofion melys oedden nhw am anterliwt erotig yn ei fywyd agos-at-ei-le; neu atgofion chwerw am ei fod wedi mentro chwalu'r bywyd hwnnw yn chwilfriw a cholli popeth oedd yn annwyl iddo oherwydd un garwriaeth odinebus? Cyfuniad chwerw-felys o'r ddau, efallai, er yr hoffai Lili feddwl ei fod yn dal i gofio amdani fel ffrind hefyd.

Hyd yn oed cyn iddyn nhw ddechrau caru, arferent deithio adre efo'i gilydd ar y tiwb o Leicester Square weithiau, ac roedd enwau cyfarwydd gorsafoedd y Northern Line wedi'u serio ar ei chof ac yn dal i godi hiraeth arni hyd heddiw – Tottenham Court Road, Goodge Street, Warren Street, Euston, Mornington Crescent a Camden Town, lle byddai'n rhaid i un ohonyn nhw newid: Dave i gyfeiriad High Barnet i Kentish Town a Lili i gyfeiriad Edgeware i Chalk Farm.

Mor hudolus yr enwau, yn dwyn i gof gyfnod oedd wedi mynd am byth, er bod y llefydd eu hunain yn dal i fodoli. Mor wahanol i'r enwau gwledig ond yr un mor hudolus oedd yn gyfarwydd iddi heddiw: Rhiwlas, Cefn Canol, Rhydycroesau, Llechrydau, Llawnt, Selattyn... A fyddai'n hiraethu amdanynt hwythau yn yr un modd pe bai hi'n gadael? Oedd hi'n caru'r lle hwn a fu'n gartre iddi am bron i hanner ei hoes? Oedd, mae'n debyg, yn ei ffordd ei hun, er na fyddai'n sylweddoli faint yn union tra byddai'n dal i fyw yma.

Roedd y giât wedi cau erbyn i Lili gyrraedd pen y dreif, a Steff yn pwyso arni'n disgwyl amdani. Fuodd o erioed yn un o'r plant awtistig rheiny sy'n trio dianc o hyd, diolch byth, ond yn hytrach yn blentyn nad oedd yn mentro tu hwnt i'w libart ei hun heb ganiatâd. Math o garcharor goddefol i'w gyflwr ei hun, oedd yn ddigon call i sylweddoli ei bod hi'n fwy diogel iddo beidio â mentro allan yn rhy bell.

'Tyd Mam, awn ni am dro bach cyn te!' galwodd arni, ei wyneb hardd, eiddgar yn tywynnu yn y gwyll fel petai ar fin cychwyn ar ryw antur fawr. Prysurodd Lili ei cham, gan deimlo'i chalon yn gwasgu – y *pincement au cœur* y soniodd Gilles y Ffrancwr wrthi amdano pan aeth yn ei ôl i Ffrainc – cyn chwyddo drachefn, gan wagio o bob dim ond cariad.

— *10* —

ROEDD Y TŶ'N wag pan gyrhaeddodd Ielena adre a'i gwynt yn ei dwrn, a hithau'n falch o hynny gan nad oedd arni awydd siarad efo neb. Roedd Meryl wedi mynd adre i Bontypridd am y penwythnos i barti pen-blwydd ei chwaer Ciara (a gafodd enw Eidalaidd, sylwer) yn ddeunaw, ac ni fyddai yn ei hôl tan nos Sul.

Rhedodd cryndod o gywilydd trwyddi drachefn wrth feddwl gymaint o ffŵl yr oedd hi wedi'i wneud ohoni'i hun o flaen Iestyn ('Ditectif Insbector Morgan i *ti*,' ceryddodd ei hun). Yn amlwg, roedd hi wedi darllen gormod o nofelau ditectif ble byddai'r atyniad rhwng y ditectif a'r arwres fel magned rhwng y ddau yn hytrach nag yn grysh unochrog.

Damia Edward! Arno fo oedd y bai am hyn hefyd, meddyliodd. Petai o heb gael ei hun i drybini, ni fyddai wedi cyfarfod â Iestyn yn y lle cynta, heb sôn am greu ffantasïau rhamantus, ffôl amdano. Yn sydyn, pylodd y rhyddhad o gael y tŷ iddi hi'i hun a gresynodd na fyddai Meryl yno i lenwi'r lle efo'i chlebran a'i chwmnïaeth.

Roedd hi'n nos Wener, a'r penwythnos yn ymestyn o'i blaen yn unig a gwag. Ar adegau fel hyn fe hiraethai am fwrlwm Neuadd Pantycelyn, ble byddai yna ddigonedd o bobol i fynd allan efo nhw. Mi fedrai hi bob amser ffonio neu anfon neges testun at rai o'i ffrindiau yno i drefnu'u cyfarfod yn rhywle, ond nid oedd hynny'r un fath â bod yn rhan o'r awyrgylch gyffrous wrth i bawb baratoi i fynd allan.

Y ddefod honno oedd rhan orau'r noson yn aml: yr edrych ymlaen a'r ymbincio – y rhedeg i stafelloedd y naill a'r llall i fenthyg colur neu ofyn barn am steil gwallt neu ddilledyn newydd; y giglan a'r gwydreidiau o win a fyddai wedi mynd i'w pennau cyn iddyn nhw gyrraedd y dafarn gynta hyd yn oed.

Pe bai'n trefnu cyfarfod â chriw ohonyn nhw yn rhywle, ni fyddai wedi bod yn rhan o'r hwyl hwnnw, ac yn anochel felly byddai'n teimlo fymryn allan ohoni am weddill y noson. Hefyd, roedd yn annhebygol y byddai'r criw yn cyrraedd unrhyw fan cyfarfod yn brydlon, a hynny'n golygu y byddai'n rhaid i Ielena eistedd mewn tafarn ar ei phen ei hun yn disgwyl amdanyn nhw.

Roedd hynny'n rhywbeth y medrai dynion ei wneud yn rhwydd heb ymddangos yn od a heb ddenu sylw, ond yn rhywbeth tipyn anoddach i ferched fel arfer. Roedd Ielena wedi gorfod disgwyl bron i hanner awr amdanyn nhw un noson, gan eistedd ar stôl wrth y bar yn magu'i hanner peint a thrio edrych yn ddidaro er bod ei thu mewn yn gwingo mewn annifyrrwch.

Erbyn i'w ffrindiau gyrraedd, roedd hanner dwsin o ddynion wedi cynnig diod iddi neu drio codi sgwrs efo hi ('Beth ma merch bert fel ti'n neud ar dy ben dy hunan mewn lle fel hyn?' a *chat-up lines* diddychymyg cyffelyb), a sawl un arall wedi'i llygadu hi mewn ffordd flysig, lled ddirmygus, fel petaen nhw'n amau ei chymhellion hi – pam arall fyddai hi'n eistedd yno ar ei phen ei hun os nad er mwyn denu dynion?

Felly na, llyfu ei chlwyfau yn y tŷ ar ei phen ei hun yr oedd hi am ei wneud heno efo llymaid o fodca a spliff, a phe bai hynny'n codi'i chalon a rhoi hwb i'w hyder, mi fedrai bob amser bicio allan yn nes ymlaen.

Aeth trwodd i'r gegin i estyn y botel Stolichnaya o'r oergell a thollti dogn hael i dymbler dros dalpiau o rew a thafelli trwchus o lemwn. Byddai'n gadael i'r lemwn socian yn y fodca am sbel, nes byddai'r sip cynta o'r alcohol siarp fel sgytiad adfywiol i'w system.

Pan aeth yn ei hôl i'r stafell fyw, roedd y golau wedi diffodd, er y medrai daeru ei fod yn dal ymlaen pan aeth hi i'r gegin. Rhoddodd y golau ymlaen drachefn ac eistedd yn un o'r cadeiriau esmwyth; aeth ati i baratoi spliff yn y teclyn rowlio sigaréts yr oedd hi wedi'i brynu yn y siop faco yn y dre, er y dywedai wrth bobol weithiau ei bod wedi'i gael ar ôl ei thaid.

Y gwir amdani oedd yr arferai hwnnw rowlio sigarét dynn a thwt efo'i law chwith, a bod hynny o bosib yn ffaith fwy diddorol na honiad dychmygol Ielena. Ond weithiau byddai'r celwyddau bach golau yma'n sleifio ohoni, nes y byddai'n eu hanner credu nhw.

Gwyddai yn y bôn mai rhyw ymgais i greu argraff oedd hyn ar ei rhan – rhyw ysfa blentynnaidd i liwio ac ystumio ychydig ar y gwir. Roedd hyn yn od mewn gwirionedd, meddyliodd wrth dyrchu am y leitar wedi i hwnnw lithro i lawr ochor y glustog, a hithau'n un mor sâl am ddweud celwyddau go iawn.

Wrth iddi danio'r leitar, diffoddodd y golau eto, a neidiodd Ielena mewn poen wrth i'r fflam losgi blaen ei bys. Yna'n sydyn, clywodd siffrwd tu ôl iddi.

'Pwy sy 'na?' gofynnodd, a'i chalon yn curo'n ei chorn gwddw.

Mentrodd godi o'r gadair yn ara deg, ond cyn iddi gael cyfle i droi, fflachiodd llafn cyllell o flaen ei llygaid a chlampiodd llaw fawr arw am ei cheg gan fygu'r waedd oedd ar fin dianc ohoni. Teimlodd sliwen drom o ofn yn troi yn ei stumog wrth i'r dyn ei gorfodi'n ôl i'r gadair a chosi'i chlust efo'i fwstásh cras. Drewai o faco stêl a surni hen chwys.

'Tydi'r copars ddim yma i dy achub di rŵan, na'dyn Ielena?' sibrydodd yn wawdlyd. 'Dyna'r trwbwl efo copars, yli, tydi'r bastads byth yno pan ti'u hangan nhw go iawn. '

Triodd Ielena wingo o'i afael, ond roedd yn llawer rhy gryf iddi.

'Paid â poeni, dol, tydw i'm am dy frifo di – ddim tro 'ma eniwê. 'Di dŵad yma i dy rybuddio di ydw i – isio i chdi gadw draw oddi wrth y ffycin moch, dallt? *Dallt?!*' ychwanegodd yn ffyrnig pan na chafodd ymateb, a nodiodd Ielena'n frysiog wrth weld blaen y gyllell yn awchu am ei boch.

'Neu os clywa i bo chdi 'di bod yn rhedag at yr Insbector ddiawl 'na eto, mi ga i chdi'r gotsan fach…'

Tarfwyd ar ei fygythiad gan sŵn cloch y drws yn canu'n daer, fel petai pwy bynnag oedd yno'n gwybod fod Ielena mewn peryg.

'Paid â symud!' rhybuddiodd y dyn hi, fel petai modd iddi symud ac yntau'n dal i afael mor dynn ynddi. Roedd yn amlwg yn gobeithio y byddai pwy bynnag oedd yno'n cymryd nad oedd neb adre ac yn gadael, ond canodd y gloch drachefn, a llais cyfarwydd yn bloeddio:

'Ielena?! Wyt ti 'na?'

Rhegodd y dyn dan ei wynt, a'i gyfyng-gyngor yn amlwg wrth iddo lacio a thynhau'i afael yn Ielena bob yn ail cyn gollwng ei afael ynddi'n gyfan gwbl, newid ei feddwl, ei halio ar ei thraed a'i hanner-llusgo at y drws cefn yn y gegin.

'Lle ma'r goriad?' gorchmynnodd.

'Ma'r eneth dwi'n rhannu tŷ efo hi 'di mynd â fo, ma raid,' blyffiodd Ielena, gan weddïo na fyddai'r dyn yn sylwi ar y swp o oriadau'n hongian ar fachyn ar y wal tu ôl iddo.

Rhegodd y dyn eto, gan ollwng ei afael yn Ielena a defnyddio carn ei gyllell i falu panel gwydr y drws. Cyn iddi gael cyfle i ailfeddwl, a chyn iddo yntau gael cyfle i'w hatal, rhedodd Ielena nerth ei thraed yn ôl trwy'r stafell fyw a'r cyntedd, agor y drws a lluchio'i hun at Iestyn a ddaliai i loetran ar y pafin tu allan.

'Ielena? Ti'n iawn? Be sy'n bod?'

'Ma 'na ddyn… dorrodd o mewn i'r tŷ a 'mygwth i efo cyllell… Dwi'n meddwl 'i fod o newydd ddengid drwy'r drws cefn…'

Rhedodd Iestyn i mewn i'r tŷ, ac Ielena'n dynn ar ei sodlau. Roedd gwydr yn deilchion o gwmpas drws y gegin, ac yn yr hirsgwar o olau a lewyrchai ohono gellid gweld dafnau bach tywyll o waed yn arwain at y wal a wahanai'r cowt bach cefn a'r ardd y tu ôl i'r tŷ.

Llamodd Iestyn dros y wal gan adael Ielena'n sefyllian yn y cowt, yn gyndyn o'i ddilyn ond hefyd yn gyndyn o fynd yn ôl i mewn i'r tŷ rhag ofn bod y llabwst mwstashog wedi chwarae rhyw dric arnyn nhw a'i fod yn llercian yno'n barod i ymosod arni eto.

Bu bron iddi â neidio allan o'i chroen pan glywodd sŵn traed y tu ôl iddi, ond ochneidiodd mewn rhyddhad pan welodd mai Iestyn oedd yno, wedi rhedeg o gwmpas y bloc ac wedi dod yn ôl i mewn i'r tŷ.

'Dim golwg ohono fe. Shwt un o'dd e?' gofynnodd Iestyn. 'Rhaid i mi ffono'r stesion 'da disgrifiad ohono fe.'

'Dyn stoci, reit ifanc, efo mwstásh a gwallt at 'i sgwydde.' Dim ond cip ohono yr oedd hi wedi'i gael, yng ngwyll y gegin, ond roedd y cip hwnnw wedi'i serio fel ffotograff yn ei chof. 'Dwi'n siŵr 'mod i 'di weld o'n rhwle o'r blaen...'

'Ond so ti'n cofio yn lle?'

Ysgydwodd Ielena ei phen a rhwbio'i breichiau oer.

'Dere miwn, bach – ti jest â sythu mas fan 'yn.'

Dyna pryd y sylweddolodd Ielena ei bod hi'n crynu gan sioc ac ofn, a'i dannedd yn clecian yn afreolus, er bod y *ti* agos ati yna wedi cynhesu rhywfaint arni. Gadawodd i Iestyn ei harwain yn ôl i mewn i'r stafell fyw, ble lapiodd garthen oddi ar gefn y soffa dros ei sgwyddau.

'Af i neud dishgled i ti cyn i ni fynd lawr i'r stesion.'

'I'r stesion?'

'Ie. Bydd rhaid i ti riporto beth ddigwyddodd...'

'Iawn. Ond dwi'm isio paned, diolch, gen i lymed fan hyn,' meddai Ielena, gan estyn yn ddiolchgar am ei gwydraid o fodca. Cofiodd yn sydyn am y *roll-your-own* amheus gan obeithio ei fod o'r golwg yn rhywle lle na fedrai Iestyn ei weld.

'Waeth i ni fynd, rŵan felly,' meddai gan roi clec i weddill y fodca a chodi. 'Sdim pwynt i ni aros o gwmpas fan hyn, nag oes?'

Ychydig oriau'n ddiweddarach, roedd Ielena wedi cyrlio yn ei choban a'i gŵn wisgo a'i sliperi ar soffa Iestyn – soffa o ledr moethus melyn – ei chroen yn sgleinio a'i gwallt yn gudynnau llaith ar ôl cael bath hir, poeth.

Ar y bwrdd coffi o'i blaen roedd gwydraid o frandi, ac yn y gadair freichiau wrth ei hymyl eisteddai Iestyn yn magu'i wydryn yntau, er nad oedd golwg dyn wedi ymlacio arno. Roedd wedi cytuno'n anfoddog y câi Ielena aros yn ei dŷ y noson honno, gan fod Meryl i ffwrdd a'i ffrindiau eraill i gyd allan.

'Wy'n credu y dylet ti fynd gatre i Lanarmon,' awgrymodd, ond gwrthod yn chwyrn wnaeth hi, gan ddweud fod peryg y byddai ei mam yn gwrthod gadael iddi ddod yn ôl i Aber o gwbwl petai'n gwybod fod rhywun wedi ymosod arni ac yn dal â'i draed yn rhydd.

'Ti moyn i fi ffôno PC Lewis i ddod draw i gadw cwmni i ti?' gofynnodd wedyn, er nad oedd yn dymuno cwmni'r het honno arni chwaith.

'Dim diolch!'

'Beth am *B&B* 'te?' awgrymodd wedyn, ond roedd Ielena wedi edrych arno fel petai wedi awgrymu y dylai dreulio'r noson mewn cell.

'Olreit,' ochneidiodd o'r diwedd. 'Yr unig ddewis arall yw aros yn 'y nhŷ i...'

'Wel, os dech chi'n siŵr...' meddai Ielena, gan geisio gwneud ei gorau i beidio ag ymddangos yn orawyddus. Aeth i bacio'i bag dros-nos cyn iddo gael cyfle i newid ei feddwl.

Ond er iddo gynnig bath a brandi iddi, cadwodd Iestyn bellter rhyngddo â hi ers iddi groesi'i drothwy, fel petai'n amau doethineb ei benderfyniad.

'Dwi'n ddiolchgar iawn i chi am adel i mi aros 'ma heno,' meddai Ielena, mewn ymgais i feirioli tipyn arno.

'Pryd wedest ti bydd dy ffrind di nôl?'

'Nos Sul.'

'Gwell i ti drefnu aros 'da rhywun arall nos fory 'te. Bydd y drws cefen wedi'i drwsio'n iawn erbyn 'ny, ond sa i'n moyn i ti aros 'na ar ben dy hunan.'

'Ond be dwi'n mynd i ddeud wrth bobol?' holodd Ielena, yn siomedig na châi hi aros yn nhŷ clyd, chwaethus Iestyn am y penwythnos cyfan. 'Maen nhw'n siŵr o banicio pan glywan nhw fod rhyw nytar â'i draed yn rhydd ar ôl torri i mewn a 'mygwth i.'

'Paid gweud dim byd wrthyn nhw am y tro. Jyst gwed bo ti'n nyrfys wrth aros yn y tŷ ar ben dy hunan.'

'Ond...' dechreuodd Ielena brotestio, cyn sylweddoli nad oedd diben iddi wneud hynny, ac ychwanegu'n bwdlyd: 'Ddylwn i ddim fod wedi draw i swyddfa'r heddlu heddiw. Fyswn i ddim yn y twll 'ma heblaw am hynny.'

'Ti'n galw'r lle 'ma'n dwll, wyt ti?'

'Ddim y tŷ 'ma o'n i'n feddwl...'

'Tynnu dy go's di o'n i! Ond o ddifri nawr, bydde fe'n siŵr o fod wedi digwydd yn hwyr neu'n hwyrach. Mae'n amlwg fod y bachan 'ma wedi bod yn cadw llygad arnot ti.'

'Hwrach 'i fod o'n gwbod lle'r ydw i rŵan hefyd...'

'Falle, ond o leia ti'n saff man 'yn.'

'Am heno, ella, ond be os neith o gadw at 'i air a dial arna i?'

'Sa i'n credu'i fod e mor ddwl â 'ny, 'nenwedig nawr 'i fod e'n gwbod fod yr heddlu'n chwilio amdano fe, ac yn edrych ar dy ôl di.'

'Ond be os ydi o'n rhyw fath o seicopath?'

'Mae seicopaths yn gyfrwys; o'dd hwn yn fyrbwyll,' meddai Iestyn, gan blygu ymlaen a gwasgu'i llaw'n gysurlon. 'Adawodd e *fingerprints*, blew o'i wallt, a dafne o waed ar lawr. Mae'i *DNA* fe 'da ni… Jiw, o'dd hwnna'n gynghanedd, gwêd?'

Gwenodd Ielena, a'i thu mewn yn gynnwrf cynnes gan ei gyffyrddiad. Roedd yr hyn a ddigwyddodd nesaf yn anochel, neu felly y tybiai wrth iddi blygu ymlaen a phlannu cusan ar ei wefusau. Eisteddodd yntau wedi'i fferru, heb wrthsefyll, ond heb ildio chwaith.

'Beth yffach ti'n neud, ferch?' meddai Iestyn ar ôl iddo ddod ati'i hun, gan dynnu'n ôl a gollwng ei llaw'n ddiseremoni.

'Jyst… isio chi ydw i. Ac o'n i'n meddwl bo… bo chi isio fi hefyd.'

'Beth nath i ti feddwl 'ny?' gofynnodd Iestyn, gan ddiolch nad oedd Ielena wedi teimlo'r rhan hwnnw o'i gorff wnaeth sboncio mewn cynnwrf pan gusanodd hi fe. Y pastwn nad oedd a wnelo fe ddim â'r pen yn aml.

'Ddeudoch chi 'mod i'n… bert…'

'Ti *yn* bert. Ti'n brydferth,' meddai Iestyn, gan godi ar ei draed a thynnu llaw rwystredig trwy'i wallt. 'Ond so 'na'n meddwl 'mod i moyn… cysgu 'da ti. A hyd yn o'd *tasen* i, fydden i'm yn gneud 'ny… Allen i ddim cymryd mantes ohonat ti…'

'Ond ddim cymryd mantais fase fo… ddim tasen ni'n dau isio…'

'Ie, Ielena, so ti'n deall?… Damo! O'n i'n gwbod taw camgymeriad o'dd gadel i ti aros 'ma…'

Cyn i Ielena gael cyfle i ateb, canodd cloch y drws, ac edrychodd y ddau ar ei gilydd yn hurt am eiliad.

'Cer lan lofft!' gorchmynnodd Iestyn, ac ufuddhaodd Ielena, er iddi aros ar ben y landing i sbecian. Roedd hi'n hanner disgwyl gweld y llabwst mwstashog yn sefyll yn y drws â chyllell neu rywbeth gwaeth yn ei law, ond bron iddi gael mwy o sioc pan welodd pwy oedd yno.

'Rita!' meddai Iestyn, a'r sioc yn amlwg yn ei lais yntau hefyd.

'So ti am ofyn i fi ddod miwn, 'te?'

'Yr adeg hon o'r nos?'

'Neis iawn dy weld di 'fyd!'

'Beth ti moyn, Rita?'

'Sa i'n golygu aros yn hir…'

'Dere miwn 'te…' meddai Iestyn yn anfodlon.

'Yn enwedig gan fod cwmni 'da ti…'

'Shwt…?' gofynnodd Iestyn, cyn sylwi bod ei llygaid wedi'u hoelio ar gôt Ielena yn hongian ar yr hatstand. 'So ti'n methu dim nag 'yt ti?'

'Yr holl flynydde 'na o fynd mas 'da ditectif, t'weld!' atebodd hithau. 'Pwy yw hi 'te, y wejen newydd 'ma?'

'Nage'n wejen i yw hi.'

'Www, beth wedith dy wejen di 'te?'

'*Sda* fi ddim wej… Jyst gwed beth ti moyn, Rita…' meddai Iestyn, yn dechrau colli'i amynedd o ddifri.

'Wedi dod i nôl 'yn ffrâm odw i…'

'Pa ffrâm?' gofynnodd Iestyn mewn penbleth, er y gwyddai Ielena ar ei hunion pa ffrâm y cyfeiriai ati.

'Yr un Waterford Crystal 'na, 'da'n llun i ynddi. Rwy'n cymryd nad yw hi'n cymryd *pride of place* ar y silff ben tân 'da ti rhagor?'

'O, honna. Ma hi yn y gwaith 'da fi… mewn drôr. Ffindes i 'ddi'r diwrnod o'r blân… Paid gweud bo ti di dod yr holl ffordd i Aber yr adeg yma o'r nos i nôl ffrâm?'

'Ddim yn un swydd, nage… Wy'n aros 'da ffrind i fi heno.

Ni newydd fod mas am gwpwl o ddrincs...'

'Mwy na cwpwl, weden i...'

Wrth gwrs, meddyliodd Ielena o'i chuddfan, gan synnu nad oedd hi wedi sylwi ynghynt. Roedd y ddynes yn feddw – a esboniai ei hyfdra gorhyderus a'r ffordd yr oedd hi'n simsanu braidd ar ei sodlau uchel.

'Co ni off 'to – Mr *Holier than Thou...*'

'Grynda, posta i'r ffrâm i ti, olreit?' torrodd Iestyn ar ei thraws.

''I phosto 'ddi? Ti'n gall, gwêd? Ma honna'n werth arian.'

Ochneidiodd Iestyn yn uchel, a gwenodd Rita wrth sylwi ei fod ar fin cyrraedd pen ei dennyn.

'Paid poeni – alli di roi'r ffrâm yn ôl i'n ffrind i...'

'A pwy yw'r ffrind 'ma 'te?'

'Kelly Lewis,' meddai Rita'n ffug ddiniwed.

'PC Kelly Lewis? Ers pryd wyt ti'n ffrindie 'da hi 'te? Oddet ti'n ffaelu'i godde hi ar un adeg. Meddwl bo hi'n fy nghwrso i...'

'Ni'n ffrindie ers 'nest ti a fi fennu, a ma Kelly'n cwrso unrhyw beth deche mewn trwser...'

'Unrhyw beth *deche*? Ti'n siŵr bod hi mor ffysi â 'ny?'

'Ma ddi'n yffach o sbort, sy'n fwy na alla i weud ambwytu ti.'

'Beth ti'n neud yn bradu dy amser man 'yn 'te?' meddai Iestyn, gan ddal y drws ar agor iddi.

Edrychodd Rita arno'n fud am funud, a'i hedrychiad – oedd fymryn yn ddiffocws gan ddiod – yn cyfleu cymysgedd o deimladau cythryblus.

'So ti'n gweld fy isie i o gwbwl, nag 'yt ti?' meddai o'r diwedd, a gadael cyn iddo gael cyfle i'w hateb gan glepio'r drws ar ei hôl.

Ymhen rhai eiliadau daeth Ielena allan o'i chuddfan. Pan

oedd hi hanner ffordd i lawr y grisiau, ffrwydrodd y drws ffrynt ar agor drachefn a safai Rita yno, gan syllu'n syn arni.

'Be sy'n mynd mlân fan 'yn 'te – y *witness protection scheme* newydd, ife? *Cosy* iawn. Ond ma ddi braidd yn ifanc i ti, so ti'n meddwl Iestyn? A so'r gŵn-nos na'n secsi iawn 'fyd!'

Gyda'r ergyd olaf yna, fe glepiodd y drws drachefn, gan adael Iestyn ac Ielena'n syllu ar ei gilydd yn syfrdan.

'Dylen i fod wedi cloi'r drws ar 'i hôl 'ddi,' meddai Iestyn o'r diwedd.

'A dylwn inne fod wedi gwisgo *negligée* bach *see-through*,' meddai Ielena, gan drio ysgafnhau'r sefyllfa.

Gwenodd Iestyn. Gwenu, rhag iddo lefen. *Man a man i fi'i ffwrcho hi ddim, a finne mewn shwt ddŵr twym beth bynnag,* meddyliodd, cyn bwrw'r fath beth gwarthus o'i feddwl ar unwaith. Ac aralleirio R.S. Thomas, roedd hyd yn oed ditectif yn ddyn gyntaf ac yn dditectif wedyn. Ond nid felly y gwelai Iestyn bethau.

— 11 —

AR ÔL MISOEDD o fod mewn hwyliau da, roedd Steff wedi dechrau cilio i'w fyd bach ei hun eto. Nid i'r byd bach ei hun ble'r ymddangosai'n ddiddig, ond i'r byd bach tywyll hwnnw ble'r oedd rhywbeth yn amlwg yn ei boeni ac yn peri iddo wylltio a strancio ar ddim.

O ganlyniad roedd Lili a Garmon wedi ailddechrau ffraeo, a Steff wedi'i ddal yn y canol rhyngddynt. Roedd yn gas ganddo glywed ei rieni'n ffraeo, heb sylweddoli – neu efallai *yn* sylweddoli ond yn hollol ddiymadferth i wneud unrhyw beth ynglŷn â'r peth – mai o'i herwydd o yr oedden nhw'n ffraeo gan amla.

Roedd Steff wedi troi ar Lili un diwrnod ar ôl iddi ddweud y drefn wrtho am orwedd ar ei wely yn cicio waliau'i lofft efo'i sgidiau mwdlyd. Nid bod arni eisiau swnio fel ei mam – duw a'n gwaredo! – ond roedd gwahaniaeth mawr rhwng cario mwd i mewn i'r tŷ'n ddamweiniol a mynd ati i wneud stomp bwriadol.

'Tynna'r *trainers* budur 'na, rŵan!' gorchmynnodd, gan drio cydio yn un ohonyn nhw a chael cic go hegar yn ei braich wrth wneud hynny.

'Tynna nhw!!' gwaeddodd, gan wybod ar yr un pryd na ddylai weiddi arno. Ond roedd rhwystredigaeth yn drech na hithau hefyd, weithiau. Methai ddeall pam roedd ei mab annwyl yn bihafio fel hyn, fel petai rhyw ysbryd drwg wedi'i feddiannu, a'i droi'n greadur diarth a godai ofn arni.

Triodd gydio yn ei draed eilwaith, a dyna pryd y cythrodd Steff amdani, â dagrau o gynddaredd yn ei lygaid wrth iddo sgyrnygu a chrafangu amdani fel cath wyllt.

'Garmon!' gwaeddodd Lili wrth i Steff gripio'i breichiau

efo'i winedd miniog. Gwyddai'n iawn nad oedd gobaith ganddi gadw rheolaeth ar ei mab pan fyddai o fel hyn. Hyd yn oed yn blentyn wyth neu naw oed, roedd ei gryfder yn ei dempar bron yn drech na hi. 'GARMON! HELPA FI!'

'Cadw dy lais lawr 'nei di!' hisiodd Garmon pan ddaeth i mewn rai munudau'n ddiweddarach. 'Yn sgrechian hyd y lle 'ma!'

''Swn i'm yn goro sgrechian 'sa chdi'n gwrando arna i'r tro cynta!' hisiodd hithau'n ôl arno, gan roi coblyn o hwyth i Steff a barodd iddo ollwng ei afael arni a baglu'n ei ôl. 'Dwi'n cael hannar fy lladd yn fa'ma! Ddim bod ots gen ti, wrth gwrs! Be ma pobol erill yn 'i feddwl sy'n bwysig i chdi, 'de!'

'Trio dy gael di i stopio sgrechian o'n i,' meddai Garmon, gan atal Steff rhag ailymosod ar ei fam.

'Wel y mwya ti'n fy anwybyddu i, y mwya dwi'n mynd i sgrechian, y twat gwirion!' gwaeddodd Lili'n ôl arno, gan ruthro allan o'r stafell mewn tymer. 'Dwi'n mynd o'ma – stwffio chi'ch dau!'

'Isio i Mam ddod nôl!' gwaeddodd Steff mewn panic (a'i ragenwau wedi mynd yn angof eto), gan ruthro ar ei hôl.

'Na, dwi'n mynd! Yli golwg ti 'di'i neud ar 'y mreichia i!' Daliodd ei breichiau allan fel bod Steff yn medru gweld y cripiadau ciaidd coch arnynt. 'Dwi 'di cael llond bol, yli – arnach chdi ac ar dy dad! 'Sa uffar o ots gin hwnnw taswn i'n gorwadd mewn pwll o waed, cyn belled nad ydw i'n codi cwilydd arno fo!'

'Ti'n ddigon tebol i edrych ar ôl dy hun!' atebodd Garmon. 'Weles i ti'n llwyddo i wthio Steff i ffwr' jyst rŵan!'

''Di gwylltio efo *chdi* o'n i, dyna pam! Ti'n waeth na fo! Sgino fo mo'r help, ond ma gin ti!'

Teimlai Lili fel cythru am Garmon yn yr un ffordd ag yr oedd Steff wedi cythru amdani hithau, gan gydio mewn llond dwrn o'i wallt llipa, ponslyd a'i dynnu o'i wreiddiau. Gwyddai na ddylai weiddi arno o flaen Steff, ac yntau erbyn hyn yn trio'i orau i ddofi'i fam, ond ni fedrai stopio. Dyna'r effaith a gâi Garmon arni efo'i agwedd *stiff upper lip* rhag ofn i'r cymdogion eu clywed a meddwl nad oedden nhw'n medru ymdopi.

'Tyd, Mam,' meddai Steff, gan afael ym mraich Lili a thrio'i thywys o'r stafell, yn union fel petai hi oedd yr un a gollodd ei limpyn yn y lle cynta. 'Sdim isio ffraeo efo Dad.'

'Oes tad!' taerodd hithau, gan sefyll ar flaenau'i thraed a phwyntio bys bygythiol at Garmon dros ysgwydd Steff. Teimlai fel rhywun a oedd wedi cael ei thaflu allan o glwb nos ar gam, gan ddal i gega efo'r person wnaeth godi twrw go iawn dros sgwyddau styfnig y bownsar.

'Dwi'n mynd am dro, dwi'm isio bwyd!' meddai Lili ar amrantiad, gan wthio heibio Steff a chipio goriadau'r Jeep oddi ar y bachyn.

'Ond *dwi* isio bwyd. Dwi jyst â clemio,' meddai Garmon.

'Byta 'ta,' meddai Ielena'n bwdlyd. 'Ond dwi heb neud y grefi na torri'r cig. O'n i'n rhy brysur yn trio delio efo Steff yn cael tantrym, rhag ofn bo chdi heb sylwi.'

'Dwi isio dod efo ti,' meddai Steff yn bryderus.

'Dwn i'm wir, ddim ar ôl be ti 'di neud. Sbia!' meddai Lili, gan hwrjio'i breichiau o dan ei drwyn unwaith eto.

'Sori,' meddai yntau, a dagrau o edifeirwch lond ei lygaid wrth iddo gyffwrdd ei friwiau'n betrus.

'Mae'n rhy hwyr rŵan, tydi!'

Gwthiodd Lili heibio iddo a mynd i'r bathrwm, lle cafodd hi bwl o grio. Nid crio hunandosturiol, ond yn hytrach gorlif o emosiwn ar ôl y felodrama oedd newydd ddigwydd. Sychodd ei llygaid ar unwaith bron. Doedd arni ddim eisiau ypsetio Steff ymhellach, ac yn sicr ni fyddai ei dagrau yn ennyn cydymdeimlad gan Garmon.

Fel y rhan fwyaf o ddynion, roedd yn gas gan Garmon weld

merched yn crio. Roedd o'n fwy tebygol o afael amdani pan nad oedd angen unrhyw gysur arni, yn hytrach na phan fyddai hi'n ddagreuol a chwynfanllyd. Ei chanmol pan fyddai hi ar ei mwya gwydn, am mai dyna sut oedd o'n ei lecio hi orau.

'Pam 'nest ti wylltio gynna?' mentrodd Lili ofyn i Steff ychydig yn ddiweddarach wrth iddyn nhw yrru ar hyd lonydd culion Nantyr.

'O'n i'n drist iawn.'

'Pam?'

'O'n i 'di brifo ti.'

'Na, cyn hynny – pam oeddach chdi'n flin cyn hynny, pan oeddach chdi'n cicio'r wal?'

'O'n i'n flin iawn.'

'Oeddat, dwi'n gwbod, ond *pam* oeddach chdi'n flin?'

'Dwi'm isio siarad am y peth,' atebodd Steff, gan droi sain y radio'n uwch.

Rhoddodd Lili'r gorau i bwyso arno, gan wybod ei fod ef ei hun, yn ôl pob tebyg, wedi anghofio beth oedd wedi peri iddo strancio fel plentyn dyflwydd oed. A hyd yn oed os oedd o'n cofio, go brin y medrai esbonio hynny wrthi hi, na fedrai amgyffred y rhwystredigaethau cymhleth a rwygai ei nerfau weithiau.

'Rhaid i chdi beidio â brifo pobol, 'sti,' meddai mor dyner ag y medrai, gan deimlo fymryn yn rhagrithiol ar yr un pryd am y câi hithau drafferth i reoli'i thymer ar adegau. 'Neu beryg i blisman dy arestio di.'

Nid bygythiad gwag oedd hyn yn union, gan y gwyddai Lili y byddai'n rhaid iddi ystyried ei diogelwch ei hun pe bai Steff yn dechrau ei stido o ddifri, yn enwedig pe bai Garmon i ffwrdd yn gweithio – neu'n ymateb mor ara deg ag y gwnaeth o gynnau wrth ddod i'w hachub.

Bechod na fyddai 'na bigiad ar gael i'w ddofi neu dabled i'w dawelu pan fyddai'n ffyrnigo, unrhyw beth i liniaru tipyn ar ei rwystredigaeth a diogelu pwy bynnag fyddai targed ei lid ar y pryd – hi neu Garmon gan amla.

'*Dach chi'n côpio mor dda,*' neu '*Dwn i'm sut dach chi'n côpio, wir,*' fyddai pobol yn ei ddweud wrthyn nhw, yn llawn edmygedd a thosturi (a rhyddhad am nad eu problem nhw oedd hi), ond heb unrhyw fwriad i gynnig help ymarferol. Heblaw am Paxo a Nerys a Kev, wrth gwrs. Doedd neb yn gwadd Steff draw na chynnig mynd â fo i nunlle. Neb eisiau'r strach na'r cyfrifoldeb.

Doedd gan bobol ddim clem, dyna'r gwir amdani, yn enwedig gan fod Lili, fel Garmon, yn dueddol o wneud yn fach o'r peth ar y cyfan. Yn rhannol am fod tosturi pobol yn dda i affliw o ddim ar ei ben ei hun, ac yn rhannol am fod arni eisiau i bobol feddwl amdani fel person cry.

Ac mi *oedd* hi'n gry y rhan fwyaf o'r amser, ar wahân i'r adegau prin hynny pan fyddai Steff yn colli arno'i hun a hithau'n colli'i thymer, a Garmon yn gwneud pethau'n waeth trwy ymddwyn fel rhyw lyffant dideimlad.

'Dan ni'n ffrindia rŵan?' gofynnodd i Steff.

'Yndan,' atebodd yntau, gan syllu allan ar y llu o baragleidwyr yn hofran yn yr awyr uwchben Dyffryn Llangollen, fry uwchlaw'r dramâu bach domestig cas a ddigwyddai ar y ddaear.

Roedd y bwrdd wedi'i osod, y gwin wedi'i agor a'r bwyd yn barod pan gyrhaeddon nhw adre.

'O'n i'n meddwl y basach chdi 'di byta,' meddai Lili.

'O'n i isio aros amdanach chi,' meddai Garmon gan wenu'n glên arni. 'Steddwch chi wrth y bwr' tra coda i'r bwyd.'

Dyma ffordd Garmon o ymddiheuro. Eisteddodd Lili'n ufudd, ar ei chythlwng wedi i'w thymer bylu, ond aeth Steff drwodd i'r stafell fyw i wylio *Dechrau Canu Dechrau Canmol*.

Mi gâi o fwyta ar ei ben ei hun yn fan'no. Mae 'na bethau pwysicach mewn bywyd na chael pawb i fwyta o gwmpas bwrdd efo'i gilydd – pethau fel heddwch a chymod a gosteg ar ôl storm.

— *12* —

ROEDD IESTYN MEWN trwbwl. Gwyddai hynny o'r eiliad yr ymddangosodd Rita ar garreg ei ddrws y noson o'r blaen, yn drewi o jin â'i bryd ar greu helynt.

Ond roedd gwaeth i ddod. Pan gerddodd i mewn i'w swyddfa ben bore dydd Llun, roedd yna gopi o'r *Daily Wales* ar ei ddesg, a'r pennawd hirwyntog '*WIFE BLAMES HUSBAND'S DISAPPEARANCE ON WELSH EXTREMIST*' yn rhythu arno. Rhythodd yntau'n ôl mewn arswyd anghrediniol am rai eiliadau, cyn rhwygo'r papur ar agor i'r math o sgandal ddwy dudalen a fyddai wrth fodd unrhyw bapur hel clecs gwerth ei halen.

'*PACIFIST CAMPAIGNER'S VIOLENT THREATS LEAD TO DOUBLE DISAPPEARANCE*' oedd y pennawd tu mewn, a lluniau o Tony a Mandy Skinner efo'i gilydd yn gwenu'n hapus tu ôl i'r bar. Roedd lluniau eraill ohonynt hefyd ar wahân – un o Tony'n edrych fel siarc mewn siwt, un o Mandy yn yr ystum papur newydd ystrydebol o berson gofidus, a llun o Edward mewn protest iaith â chorn siarad yn ei law.

Darllenodd Iestyn y stori'n frysiog, am ymddygiad bygythiol Edward Gomer yn sgil '*light-hearted comments*' Skinner, a dyfyniad gan '*off-duty officer Constable Mike Jenkins*' a honnai iddo fod yn dyst i hyn oll – a olygai fod naill ai ef neu Ielena yn dweud celwydd. Cafwyd disgrifiad o ddiflaniad anesboniadwy Skinner gwta bythefnos yn ôl, ac am y modd yr oedd Mrs Skinner wedi troi at y papur newydd yn y gobaith y byddai sylw gan y wasg yn rhoi hwb i ymchwiliad yr heddlu i'w ddiflaniad.

Hwb o ddiawl! Lluchiodd Iestyn y papur yn ôl ar y ddesg mewn diflastod. Dim ond llesteirio'r ymchwiliad fyddai stori fel hon, gan roi esgus arall i bobol ladd ar yr heddlu – a hwythau wedi gofyn yn benodol i Mandy Skinner beidio â mynd at y wasg. Yr unig ymateb gan yr heddlu oedd dyfyniad bach pitw gan rywun o Swyddfa'r Wasg yn dweud nad oedden nhw'n dymuno gwneud unrhyw sylw ar hyn o bryd.

'*Typical,* ondife?' meddai llais o'r drws, a throdd Iestyn i weld Cecil yn sefyll yno â gwên fach sur ar ei wep. 'Ma'r bobol 'ma sy'n mynnu neud pethe yn 'u ffordd 'u hunen wastad yn neud cawlach o bethe, on'd 'yn nhw?'

'Beth ti'n trial weud, Cecil?' gofynnodd Iestyn, gan wybod yn iawn at bwy oedd yr ergyd wedi'i hanelu.

'Sa i'n trial gweud dim,' meddai Cecil yn ffug ddiniwed.

'Dere 'mlân, Cess. Ti'n *pissed off* 'da fi am adel ti mas…'

'Nagw i,' gwadodd Cecil, wedi dychryn braidd bod ei fòs pwyllog yn troi tu min.

'Adewes i ti mas am nag o'dd Ielena Garmon moyn ti 'na…'

'Wedodd hi 'ny?'

'Do'dd dim rhaid iddi – o'dd e braidd yn amlwg.'

'Blydi stiwdent!'

'Dyna'n gwmws pam nag o'dd hi moyn ti 'na.'

'Pam?'

'*Discrimination.* Alli di ddim jyst cymryd yn erbyn pobol achos bo nhw'n stiwdents, neu'n Fwslims neu beth bynnag.'

Wfftiodd Cecil trwy'i ffroenau.

'Pob parch, syr, ond eu bai nhw yw e am ymddwyn fel stiwdents yn y lle cynta… Fel yr Ielena Garmon 'ma, er enghraifft…' meddai, a gwên slei yn chwarae ar ei wefusau.

'Beth ambwytu ddi?'

'Ffindon ni *joint* a lwmpyn o mariwana wrth whilo'r tŷ…'

'Whilo'r tŷ? Beth – whiloch chi'r tŷ i gyd?' gofynnodd Iestyn a'i lais yn codi.

'Yr *hall*, y rŵm ffrynt a'r gegin,' cywirodd Cecil ei hun, gan ddechrau cochi. 'Ond wy'n meddwl y dylen ni gael *warrant* i whilo'r tŷ i gyd ar ôl i ni ffindo'r drygs 'ma.'

'Ti'n siŵr nad y'ch chi wedi gneud 'ny'n barod?'

Dyfnhaodd y gwrid ar wyneb Cecil.

'Shwt alli di fod mor siŵr taw Ms Garmon bia'r stwff 'ma beth bynnag?'

'Am fod Ms Garmon wedi cyfadde 'ny,' meddai Cecil, gyda phwyslais bach dilornus ar y 'Ms Garmon'. "*Personal use*", medde hi. Ond beth bynnag yw e, mae'n rhaid i chi gyfadde, syr, fod hyn yn twlu gole hollol wahanol ar bethe. Alle'r bachan 'ma fod yn *dealer* iddi a hithe heb weud wrthon ni…'

'A ble ma Ms Garmon ar hyn o bryd?' gofynnodd Iestyn, gan wneud ei orau glas i gadw'i lais yn wastad.

'Dyna beth ddes i lan 'ma i weud, syr. Ma hi lawr stâr nawr, yn dishgwl cael ei holi. *Voluntarily*, wrth gwrs…' Gwenodd yn anghynnes. 'Ar yr amod taw chi sy'n 'i holi 'ddi…'

Cythrodd Iestyn am y drws.

'Er, sa i'n siŵr iawn ai chi yw'r un a ddyle fod yn ei holi hi… syr…' Petrusodd Cecil wrth weld yr olwg ar wyneb ei fòs. 'Ddim ar ôl iddi… chi'n gwbod… aros 'da chi pwy nosweth… Sa i'n gweud bod dim byd wedi digwydd, ond… so fe'n *standard procedure*, yw e, syr?'

Safodd Iestyn yn stond am eiliad, fel petai'n pwyso a mesur goblygiadau dyrnu Cecil y Sinach yn galed yn ei *solar plexus*, cyn gwthio heibio iddo a cherdded allan.

Eisteddai'r Ditectif Uwch-arolygydd Hywel Harris y tu ôl i'w ddesg daclus yn ei swyddfa daclus yn teimlo'n fodlon iawn ag ef ei hun. Ymfalchïai yn y ffaith ei fod yn ddyn teg a doeth, a thybiai ei fod newydd roi prawf o hynny unwaith yn rhagor. Hoffai feddwl amdano'i hun fel tipyn o Solomon, er yr ofnai nad oedd eu swyddogion yn ddigon craff – nac yn hyddysg yn eu Beibl, beryg – o'i gymharu â'r brenin hirben hwnnw.

Byddai wedi cael ei siomi ar yr ochor orau pe gwyddai mai 'MC Super' oedd ei lysenw, er mai dim ond ychydig ohonynt a wyddai fod yr 'MC' yn sefyll am 'Methodist Calfinaidd' yn yr achos yma – nid yn unig oherwydd y diwygiwr crefyddol o'r un enw, ond am fod yr Uwch-arolygydd ei hun yn gapelwr selog.

WPC Kelly Lewis oedd y gynta i ddod ato'n cario clecs, gan gymryd arni ei bod hi'n gwneud hynny'n gwbwl groes i'r graen, ond ei bod hi 'wir yn becso fod ymddygiad DI Morgan yn an – ym – *unprofessional* iawn a bod y ferch 'ma – Ielena Garmon – yn twlu dwst i'w lyged e'.

Fe addawodd yntau y byddai'n edrych i mewn i'r mater, ond wrth iddi adael, cafodd y pleser mawr o roi'r hoeden wirion yn ei lle trwy ofyn iddi a fyddai, os gwelai'n dda, yn fodlon ystyried gwisgo llai o golur i'r gwaith gan nad dyna'r ddelwedd yr oedd yr heddlu yn dymuno'i chyflwyno i'r cyhoedd.

'Rhag ofn i bobol feddwl eu bod nhw wedi cerdded i mewn i salon harddwch!' meddai, gan roi siwgwr ar y briw wrth i'r blismones droi'n fflamgoch o dan yr haen o golur oren a mwmial 'Syr' dan ei gwynt cyn gadael yn llawn fflwstwr. Gwyddai'n iawn mai '*massage parlour*' yr oedd arno eisiau'i ddweud mewn gwirionedd.

DS Cecil Jones oedd yr ail i achwyn, yn fuan ar ôl i WPC Lewis adael, gan roi'r argraff fod y ddau wedi bod yn cydgynllwynio. Roedd hwnnw'n fwy diflewyn-ar-dafod wrth iddo gyhuddo DI Morgan o gelu gwybodaeth oddi wrtho, o roi llety yn ei gartref ei hun i Miss Garmon, ac o wrthod gadael iddo fod yn bresennol wrth holi Miss Garmon ynglŷn â chyffuriau a ddarganfuwyd yn ei meddiant.

Ar ôl diolch i DS Jones yn ddigon swta, aeth yr Uwch-arolygydd i lawr i'r stafell gyfweld, yn syth i lygad y ffynnon fel petai. Tybiai fod gan DI Morgan resymau dilys dros ei ymddygiad diweddar, ond pan welodd Ielena Garmon yn eistedd gyferbyn ag ef, suddodd ei galon. Doedd bosib fod un o'i ddynion gorau – *ei* ddyn gorau, petai'n dod i hynny – wedi cael ei faglu gan swyn arwynebol a byrhoedlog y rhyw deg?

'*Y mae tegwch yn twyllo, a phrydferthwch yn darfod,*' chwedl Llyfr y Diarhebion – yn y Beibl Cymraeg Newydd, hynny ydi, a oedd yn nes at y fersiwn gwreiddiol ac felly'n fwy addas i blismon pedantig. Ac eto roedd Beibl William Morgan yn nes at ei galon, yn fwy barddonol ac atgofus o gyfnod mwy euraidd yn hanes crefydd a'r capel.

'*Na chwennych ei phryd hi yn dy galon; ac na ad iddi dy ddal â'i hamrantau.*'

Ni chafodd yr Uwch-arolygydd erioed ei ddenu gan ferched hardd. Roedd Nan ei wraig mor blaen â bara, a'r un mor gysurlon. Nid oedd yntau'n bictiwr, chwaith, ac eto, rhyngddynt, roedden nhw wedi creu merch hynod o bert yn Esther. Achos o ddau *minus* yn gwneud *plus* – neu 'ddau finws yn gwneud Fenws,' arferai feddwl (gan ffansïo'i hun yn dipyn o fardd), nes i'w ferch fach annwyl droi'n greadures anhydrin a phwdlyd dros nos.

'*Hormones,*' esboniai Nan wrtho, gan drio ymddangos yn ddidaro, er y gwyddai ei bod hithau hefyd yn arswydo wrth weld y casineb heriol yn llygaid eu merch.

Roedd llygaid addfwynach gan y ferch a eisteddai o'i flaen yn awr, er bod yr ofn yn amlwg ynddynt.

'Gobeithio nad oes ots gennych chi, DI Morgan?' gofynnodd Hywel Harris, gan eistedd yn y gadair yr oedd y cwnstabl bach newydd godi ohoni.

'Dim o gwbwl, Syr,' atebodd Iestyn – fel petai ganddo unrhyw ddewis yn y mater beth bynnag. 'Gallwch chi fynd nawr, PC Pugh.'

'Beth yw hyn amdanoch chi â chyffuriau yn eich meddiant, Miss Garmon?' holodd yr Uwch-arolygydd heb unrhyw ragymadroddi.

'Dim ond wythfed rhan o owns oedd gen i,' atebodd hithau'n ddistaw bach. 'Do'n i'm yn meddwl fod defnydd personol yn drosedd erbyn hyn?'

'Falle ddim. Ond o dan yr amgylchiade, Miss Garmon, ry'n ni'n awyddus i gael gwybod pwy werthodd y cyffur i chi.'

'Neb.'

'Beth y'ch chi'n feddwl, "neb"?'

'Ei gael o 'nes i, ddim 'i brynu fo.'

'Pwy roddodd e i chi, 'te?'

Oedodd Ielena am ennyd cyn ateb: 'Mam.'

'Eich mam?' holodd Hywel Harris yn syn.

'Ma hi'n diodde o gricmala, a dyna'r unig beth sy'n lleddfu'r boen iddi.'

'Hmff!' meddai'r Uwch-arolygydd, oedd yn amheus o bobol arthritig ganol oed a hŷn oedd yn mela â meddyginiaethau anghyfreithlon. 'A beth amdanoch chi – ydych chi'n diodde o gricmala hefyd?'

'Nadw, ond dwi'n cael trafferth cysgu weithie, a dwi'n ffeindio fod canabis yn help…'

'Beth am rywbeth mwy traddodiadol fel Horlicks neu Ovaltine? Falle'i fod e'n swnio braidd yn *fuddy-duddy* i chi,' ychwanegodd, yn ymwybodol o beth fyddai ymateb Esther petai'n dweud y fath beth wrthi hi (er nad ocdd ganddo le i gredu ei bod hi'n ymhél â chyffuriau, diolch i'r Nefoedd), 'ond weithie mae'n werth ystyried yr *alternatives* cyfreithlon, wyddoch chi.'

Gwenodd Ielena, cyn cofio mai uwch-swyddog yn yr heddlu oedd yn siarad efo hi, a difrifoli drachefn.

'Ble ma'ch mam yn cael gafael ar y stwff 'ma 'te?'

'Dwi'm yn siŵr iawn,' blyffiodd Ielena. 'Ond tydi hi'm yn prynu lot chwaith, jyst…'

'Digon i'w rannu gyda chi.'

'Ie... ond dwi'n gwbod am rai mame sy'n rhoi tabledi *valiums* i'w plant. Nid i blant bach, yn amlwg, ond i blant hŷn pan maen nhw'n methu cysgu. 'Run peth ydi o...'

'Dim cweit,' meddai Hywel Harris, er bod y syniad o famau'n bwydo *valium* i'w plant fel *Smarties* yn wrthun iddo yntau hefyd. Doedd ryfedd yn y byd fod ieuenctid heddiw gymaint ar gyfeiliorn, ac eto – onid oedd ei ferch ef ei hun yn un ohonynt, a hithau wedi cael y fagwraeth orau? 'O leia mae'r rheiny'n gyfreithlon.'

'Mi fydd canabis hefyd, cyn bo hir,' dadleuodd Ielena.

'Cyn bo hir, falle, ond nid ar hyn o bryd... Nawr, y'ch chi'n siŵr nad oedd gan y dyn a dorrodd mewn i'ch tŷ chi rywbeth i'w neud â'r peth?'

'Yn berffaith siŵr... syr,' ychwanegodd.

'Felly does gennych chi ddim syniad pwy oedd e?'

'Wel, fel y deudis i wrth Ditectif Insbector Morgan, dwi'n meddwl 'mod i wedi'i weld o yn rhwle o'r blaen, ond fedra i yn fy myw cofio yn lle. Ddim o gwmpas Aber 'ma yn bendant...'

Edrychodd yr Uwch-arolygydd arni am ennyd a phenderfynu ei fod yn ei chredu. Sylweddolodd hefyd ei fod yn ei hoffi, a hynny er gwaethaf ei harddwch.

'Wel, pe baech chi'n digwydd cofio, bydde hynny o fudd mawr i ni ddod o hyd iddo fe... Ond am y tro, Ms Garmon, diolch yn fawr i chi...'

'Be, dwi'n rhydd i fynd?'

'Odych. Ond mae croeso i chi aros, wrth gwrs... Allen ni wastad wneud â mwy o *man*... sori, *womanpower*.'

Gwenodd Ielena arno eto, a sylweddolodd Hywel Harris mai dyna un o'r rhesymau pam yr oedd yn ei hoffi – roedd hi'n gwerthfawrogi ei hiwmor.

'A chofiwch – llai o'r waci-baci 'na. Maen nhw'n gweud 'i

fod e'n achosi seicosis yn y tymor hir.'

Nodiodd Ielena'n ddifrifol, cyn troi i edrych yn ddisgwylgar ar Iestyn.

'Dewch, Ms Garmon,' meddai yntau, ar ôl taflu cipolwg ar ei fôs a chael nòd cadarnhaol yn ôl. ''Na i'ch hebrwng chi mas.'

'Diolch byth am hyn'na!' meddai Ielena wrth iddyn nhw gerdded ar hyd y coridor i gyfeiriad y prif fynedfa. 'O'n i'n meddwl 'i bod hi wedi canu arna i pan ddechreuodd y DS Jones 'na 'nghroesholi i ynglŷn â'r dôp.'

'Allet ti fod wedi gweud wrtha i am hynna'r noson o'r bla'n,' edliwiodd Iestyn.

'O'n i ofn cael *row* gennoch chi. Neu waeth.'

'Wel ma ca'l *row* 'da fi'n well na ca'l marc du yn dy erbyn am fod â chyffurie yn dy feddiant.'

'Ond ches i ddim *caution* na dim byd.'

'Diolch i'r Ditectif Uwch-arolygydd Harris.'

'O'n i'n lecio fo. Dipyn bach yn *pompous*, hwrach, ond o'n i'n lecio fo 'run fath... Wps, sori,' meddai, wrth i Iestyn wgu arni. 'Anghofies i am funud y'ch bod chithe'n blisman hefyd.'

'Wel paid. Jyst achos bo fi wedi bod braidd yn *soft* 'da ti cyn belled...'

'Be, dech chi'n bwriadu troi tu min arna i rŵan?' gofynnodd Ielena, gan synnu at y modd yr oedd rhyddhad wedi'i gwneud hi'n hy'.

'Sa i'n meddwl taw fi fydd yn delio 'da'r achos 'ma o hyn ymlan, rywffordd,' meddai Iestyn, gan ddal drws y brif fynedfa ar agor iddi.

'Be dech chi'n feddwl?' Syrthiodd wyneb Ielena. 'Peidiwch â deud ma DS Jones fydd yn cymryd drosodd?'

'Sa i'n gwbod. *All will be revealed* yn y man, siŵr o fod. Yn y cyfamser – tria fihafio dy hun, 'nei di?'

A rhoddodd winc iddi cyn troi ar ei sawdl a mynd yn ôl at yr Uwch-arolygydd a fyddai, fe wyddai, yn awyddus i gael gair bach yn ei glust.

Ychydig dros awr yn ddiweddarach, roedd yr Uwch-arolygydd yn ffyddiog ei fod wedi gwneud y peth iawn wrth iddo anfon Ditectif Insbector Morgan adre i bacio. Byddai'n gwneud lles iddo adael Aberystwyth am sbel, ymhell o gyrraedd cyllyll ei gydweithwyr a helbul Ielena Garmon.

Ond er ei fod yn hyderus nad oedd y DI yn ddigon amhroffesiynol i adael i unrhyw beth anweddaidd ddigwydd rhyngddo ef ac Ielena, tybiai y medrai synhwyro rhywbeth rhyngddynt. Rhyw agosatrwydd chwithig na fedrai roi ei fys arno'n union – ond efallai mai ensyniadau WPC Lewis a DS Jones oedd wedi rhoi syniadau yn ei ben.

O dan yr amgylchiadau, bu'n rhaid iddo wahanu'r ddau dditectif, a dyna pam y byddai'r Insbector yn bwcio i mewn i westy yn Llanarmon cyn iddi nosi, a'r Sarjant wedi'i benodi'n gyfrifol am geisio dod o hyd i'r sawl a ymosododd ar Ielena. Ac yntau'n un mor wael am drin pobol, siawns na fyddai gwell siâp ar y Ditectif Sarjant fel heliwr. Y Ditectif Insbector, ar y llaw arall, oedd yr union ddyn i geisio mynd at wraidd y dirgelwch, a hynny trwy holi pobol oedd yn adnabod Gomer a Skinner.

Ar adegau fel hyn, gresynai'r Uwch-arolygydd na fedrai gynnig llwncdestun iddo'i hun gyda joch o whisgi, ond atgoffodd ei hun mai *'Gwatwarwr yw gwin, a therfysgwr yw diod gadarn, nid doeth mo'r sawl sydd dan eu dylanwad.'*

Byddai'n rhaid iddo fodloni ar baned o goffi trwy laeth a chacen hufen o'r cantîn, gan ddiolch nad oedd yn Formon nag yn dioddef o glefyd y siwgwr – roedd yn haeddu rhyw bleser mewn bywyd, wedi'r cyfan.

Ail Ran

— 1 —

'Mrs Davies?'

Culhaodd llygaid y ddynes â'r breichiau Madonna a safai
yn y drws o'i flaen. Gwisgai grys gingham melyn a glas gyda
llewys byr, jîns tyn a amlygai ei choesau siapus, a bŵts cowboi
o ledr curiedig.

'Un o'r cant o wŷr dan draed 'dach chi?' gofynnodd
hi'n amheus, gan sylwi ar Iestyn yn edrych yn slei ar ei
chyhyrau.

'Sori?' meddai Iestyn, gan synnu wrth deimlo'i hun yn
dechrau gwrido.

'"Cant o wŷr ar droed" maen nhw'n galw'u hunain,'
meddai'r ddynes yn ddilornus. 'Cant o wŷr *dan* draed yn nes
ati, yn hel tai fatha tincars. Cenhadon – fatha Mormons, ond
ma Cristnogion ydi'r rhain. Glywis i 'u bod nhw o gwmpas y
lle.'

'Ym – nage...'

'Diolch byth am hynny. Gas gen i genhadon – pam na 'nân
nhw rwbath defnyddiol efo'u crefydd, yn lle trio'i hwrjo fo ar
bobol erill?' Culhaodd ei llygaid drachefn. 'Pwy dach chi, 'lly,
os nad ydach chi'n un ohonyn nhw?'

'Ditectif Insbector Iestyn Morgan,' meddai, gan ddangos ei
gerdyn iddi.

'A!' meddai, gan edrych arno gyda diddordeb newydd.
'Glywis i'ch bod chitha o gwmpas 'fyd.'

'Yn barod? Dim ond nithwr gyrhaeddes i!'

'Dach chi'n synnu, mewn lle bach fel hyn? 'Nenwedig
á chitha'n aros drws nesa,' meddai, gan amneidio i gyfeiriad
gwesty'r Hand tua hanner canllath i lawr y lôn.

'Odi pawb yn gwbod pam rwy 'ma, 'fyd?'

'Rhwbath i'w neud efo Tony Skinner?'

Plygodd Iestyn ei ben mewn ystum lled gadarnhaol.

'A dach chi isio fy holi i?'

'Ro'n i wedi gobitho cael sgwrs fach...'

'Do'n i prin yn nabod y dyn. A beth bynnag, jyst ar 'yn ffordd allan o'n i a deud y gwir... Wir rŵan,' ychwanegodd, fel petai wedi gweld cysgod o amheuaeth ar wyneb y ditectif. 'Dwi'n mynd lawr i'r neuadd i roi gwers *line dancing*. Pam dach chi'n meddwl 'mod i wedi gwisgo fel hyn?' meddai, gan estyn am het gowboi – Stetson go-iawn wrth ei golwg hi – oddi ar fachyn yn y portsh a'i gwisgo ar ei phen. Roedd yn gweddu iddi. 'Croeso i chi ddod efo ni os dach chi isio,' meddai, gan wenu i ddangos ei bod yn tynnu'i goes.

'Ni?'

'Steff a fi,' meddai, gan droi ei phen a galw: 'Ti'n barod, Steff?!'

Ar hynny, ymddangosodd llencyn golygus â gwallt golau at ei sgwyddau ar ben y grisiau. Roedd y tebygrwydd rhwng mam a mab yn drawiadol.

'Dwi'm isio mynd. Dwi isio aros adre,' meddai hwnnw.

'Ond fedri di ddim aros adra ar ben dy hun.'

'Dwi'm isio mynd.'

'Rhaid i chdi fynd at Anti Nerys, 'lly.'

'Dwi'm isio mynd at Anti Nerys. Dwi isio aros fa'ma.'

'Fedri di ddim,' meddai ei fam drachefn, a min o banic yn ei llais.

'Pam?'

'Rhag ofn i rwbath ddigwydd... Mae o'n *autistic*, ylwch,' eglurodd wrth Iestyn.

'O, ie. Wedodd Ielena wrtha i.'

'Ielena?' gofynnodd Lili'n syn cyn sylweddoli beth oedd y

cysylltiad. 'O ia – dach chi wedi bod yn 'i holi hi ynglŷn ag Edward, debyg? Ydach chi wir yn meddwl fod 'na gysylltiad rhyngtho fo a Tony Skinner?'

'Dyna beth rwy'n gobitho ffindo mas.'

'Be ddeudodd Ielena wrthach chi... ? Er, go brin y cewch chi ddatgelu petha felly,' meddai, cyn troi'n ôl at ei mab. 'Gwranda, Steff, dwi'n hwyr yn barod – ti'n dŵad ta be?'

'Nadw,' atebodd yntau'n styfnig.

'Fedra i ddim mynd chwaith, felly!'

'Arhosa i 'da fe os chi'n moyn,' cynigiodd Iestyn ar amrantiad.

'Chi? Ond 'di Steff ddim yn 'ych nabod chi. Na finna chwaith o ran hynny.'

'Odych chi'n gwrthod *police protection*?' gofynnodd Iestyn, gan dynnu'i choes.

'Ella nad ydi Steff isio i chi aros efo fo.'

'Alla i aros man 'yn 'da ti am sbel fach, Steff?' galwodd Iestyn i fyny'r grisiau.

Cerddodd Steff i lawr y grisiau yn ara deg, heb dynnu'i lygaid oddi ar Iestyn.

'Iawn,' meddai o'r diwedd, ar ôl pwyso a mesur y dyn diarth a safai o'i flaen.

'Ti'n siŵr?' holodd Lili'n bryderus.

'Neu 'na i aros ar ben fy hun,' cynigiodd Steff.

Teimlai Iestyn drosto wrth glywed y tinc o obaith yn ei lais, gan resynu fod dyn ifanc ei oed ef yn gorfod cael ei warchod fel plentyn.

'Tro nesa falle, ife?' gofynnodd Iestyn, gan gymryd arno beidio â sylwi ar y cilwg a daflodd Lili ato. 'Cerwch nawr, Mrs Davies, fyddwn ni'n dou'n iawn.'

'Gas gen i "Mrs Davies". Gneud i mi deimlo'n hen gant,' meddai Lili, gan estyn am siaced swêd â rhidyns ar hyd y llewys. 'Lowalski ydi'r enw. Liliana Lowalski. Neu Lili, fel ma pawb yn 'y ngalw i. Dach chi am ddod i mewn, ta be?'

Camodd Iestyn i mewn wrth i Lili gamu allan, nes iddynt orfod gwthio heibio'i gilydd yn y drws, gan beri i'r ddau chwerthin yn chwithig. Teimlai Iestyn ei fod yn dechrau gwrido drachefn.

'Jyst lawr y lôn yn y neuadd fydda i os bydd 'na broblem, a ma'n ffôn symudol gen i hefyd – ma'r rhif ar y ffrij,' meddai, gan oedi am eiliad cyn troi a rhuthro i lawr y dreif.

'O'dd 'yn fam i'r un peth, yn ffysian o hyd,' meddai Iestyn wrth gau'r drws a throi at Steff, a ymddangosai'n ddyn ifanc perffaith normal iddo ef.

'Pam, dach chi'n *autistic* hefyd?' gofynnodd Steff, gan daflu Iestyn oddi ar ei echel, gan na wyddai ai bod yn sarcastig neu o ddifri ydoedd.

'Falle bo fi,' gwenodd, gan ddilyn Steff i mewn i'r gegin hir a redai ar hyd cefn y tŷ. 'So 'ti eriôd wedi cael dy adel yn y tŷ ar ben dy hunan?'

'Do. Lot o weithie. Steddwch.'

'Pam so ti'n cael aros ar ben dy hunan nawr, 'te?' Eisteddodd Iestyn wrth y bwrdd derw, creithiog ar ganol y llawr teils coch.

'Achos bo fi 'di piso ar 'yn *chips*, yn ôl Paxo. Ond ddim dyna 'nes i. Cicio'r teledu 'nes i. Gymrwch chi baned?'

'Ym, na, ond fe gymera i wydred o ddŵr, diolch,' meddai, rhag ofn i Steff chwythu'r tegell neu losgi'i hun â dŵr berw. Roedd yn dechrau deall pam roedd ei fam mor gyndyn o'i adael. 'Pam 'nest ti gico'r teledu?'

'Am fod Dai yn gweiddi ar *Pobol y Cwm*.'

Fel un na wyliai operâu sebon, nid oedd gan Iestyn syniad pwy oedd Dai. 'Fydde hi ddim wedi bod yn haws i ti jyst diffodd y teledu?' holodd.

'Haws.'

'Yn gwmws.'

'Haws.'

'Sori?'

'Dwi isio i chi ddeud 'haws' eto.'

Roedd Iestyn ar fin gofyn pam, ond newidiodd ei feddwl ac ufuddhau: 'Haws.'

''Nes i gicio Dai yn ei wyneb, ac a'th 'y nhroed i drwy'r sgrin.'

'Faint yn ôl oedd hyn?'

'Nos Fercher.'

'Nos Fercher dwetha?!'

'Na, pan o'n i'n un deg chwech.'

'A faint yw dy oedran di nawr?'

'Un deg wyth.'

'Dwy flynedd yn ôl! A so dy fam wedi dy drysto di ers 'ny?'

'Naddo,' meddai Steff, gan estyn dau gan o gwrw o'r oergell Smeg pinc llachar a rhoi un i Iestyn.

'Wyt ti'n cael yfed cwrw?' gofynnodd Iestyn yn bryderus.

'Yndw. Ma'n well i fi na *E's*, medde Mam.'

'*E's*?' gofynnodd Iestyn, gan feddwl am eiliad ei fod yn cyfeirio at dabledi ecstasi.

'*E numbers*, fel sy 'na mewn fferins,' esboniodd Steff, gan gymryd llwnc o'i gwrw. 'Yn enwedig Smarties. Y rhai glas ydi'r gwaetha. Rhaid i chi watsiad y rhai glas.'

Edrychodd Iestyn ar y dyn ifanc yn ei ofal ac roedd yn dechrau meddwl hwyrach y byddai'n well petai wedi derbyn paned wedi'r cyfan, pan ganodd cloch y drws. Aeth Steff i'w ateb â'i gan yn ei law.

'Hei Steff! Dech chi'n cael parti hebdda i?' bloeddiodd llais i lawr y cyntedd.

'Ma Mam 'di mynd i'r neuadd.'

'Ac wedi dy adel di ar ben dy hun?' holodd y llais yn syn.

'Na, ma Iestyn yma efo fi.'

'Iestyn?'

'Iestyn, y ditectif sy'n aros yn yr Hand.'

'Be?!'

Brasgamodd y dyn i mewn i'r tŷ, a sefyll yn stond yn nrws y gegin yn syllu ar Iestyn.

'Be dech chi'n da 'ma?' holodd y dyn mawr yn swta.

'Cadw cwmni i Steff,' atebodd Iestyn, gan ddal ei law allan. 'Ditectif Iestyn Morgan. Rwy'n cich nabod chi... Paxo Williams, ife?'

'Wedi gweld *mugshot* ohona i yn y *cop shop*, ie?' gofynnodd Paxo'n hanner cellweirus, gan anwybyddu'r llaw.

'Rwy'n ffan ohonoch chi, a gweud y gwir. Nid bob diwrnod ma rhywun yn cwrdd â *rock 'n' roll legend*.'

'Dech chi'n edrych braidd yn ifanc i gofio bands y saithdege, heb sôn am fod wedi clywed amdana i,' meddai Paxo, gan feirioli mymryn.

'Dyfes i lan yn yr wythdege. Ro'n i'n ffaelu diodde'r ffflwcs *New Romantic* 'na.'

'Ti'n deall hwn yn siarad, Steff?' meddai Paxo gan fynd i'r oergell a helpu'i hun i gan o gwrw.

'Yndw tad,' atebodd Steff. Gwenodd Iestyn, nes sylwi ar yr wg ar wyneb Paxo.

'Sdim rhaid i chi aros. 'Na i aros efo Steff nes i Lili ddod nôl,' meddai Paxo. 'Dwi'n siŵr fod gynnoch chi ddigon o bethe i'w gneud – digon o bobol ddrwg i'w dal a digon o bobol i'w holi.'

'Chi'n un ohonyn nhw, fel mae'n digwydd.'

'Gerddes i mewn i honna, 'ndo? Waeth i chi fy holi fi rŵan,

gan bo chi yma.'

'Nid dyma'r amser na'r lle.'

'O, wela i – dwi'n cael yr *official treatment*, yndw?'

'Wedes i mo 'ny.'

'Ond dwi'n un o'r *prime suspects*, ma siŵr?'

'*Prime suspect* o wneud beth, yn gwmws? 'Sdim trosedd wedi digwydd eto – hyd y gwyddon ni.'

Oedodd Paxo wrth sylweddoli ei fod mewn peryg o gloddio twll dyfnach iddo'i hun.

'Go brin y basech chi'n edrych i mewn i ddiflaniad dyn yn 'i oed a'i amser oni bai eich bod chi'n ame *foul play*. Ond dwi heb dwtsiad pen 'y mys yn y bastad ers yr un tro hwnnw, dalltwch…'

'Dwi'm isio i Paxo weiddi!' torrodd Steff ar ei draws, yn amlwg wedi'i gythryblu wrth i Paxo godi'i lais.

'Mae'n iawn, Steff. Mae *Iestyn* ar fin 'yn gadel ni rŵan.'

Cododd Iestyn yn anfoddog, yn gyndyn o gael ei fosio gan y dyn annymunol yma, a hefyd yn gyndyn o adael Steff ar ôl gaddo i'w fam y byddai'n cadw cwmni iddo.

'Dwi'm isio i Iestyn fynd – dwi isio i Paxo fynd,' meddai Steff, gyda'r un penderfyniad ag y mynnodd gael aros adre gynnau.

'Hei, tyd o'na, Steff – den ni'n dau'n fêts!' meddai Paxo mewn tôn annaturiol o hwyliog.

'Ti'n flin,' cyhuddodd Steff ef, 'a dwi isio i Iestyn aros.'

Teimlai Iestyn yn chwithig. Byddai wedi teimlo dros Paxo pe na bai hwnnw wedi cymryd yn ei erbyn am ddim rheswm amlwg. Rhythai'r cerddor arno'n gas fel petai'n ei amau o droi Steff yn ei erbyn yn fwriadol. Yna, tarfwyd ar yr awyrgylch annifyr gan dôn-ffôn – 'Always Look on the Bright Side of Life' Monty Python – a ddylai fod wedi torri'r ias a gwneud i bawb chwerthin, er na ddaru neb.

'Helô!' cyfarthodd Paxo wrth ateb ei ffôn symudol. 'Dwi ar 'yn ffor' rŵan. *I'm on my way now. Yes, I got the* Blas ar Fwyd *coleslaw... Don't be daft, Mima, they don't sell tofu in* Siop y Groes! *Lili isn't here, she's got a dance class...I just popped in to check on Steff, that's all...Yes, I'm on my way...*'

Ochneidiodd Paxo wrth ddiffodd ei ffôn, a 'Mima' yn amlwg wedi rhoi'r ffôn i lawr arno.

'Rhaid i fi fynd,' meddai. 'Ma Mima 'di bod fel cythrel mewn croen ers dyddie... Amser y mis, falle...'Sgen dy fam ddim y fath beth â tofu yn y ffrij, nag oes Steff?'

'Toffi?'

'Na, *tofu*. Bwyd hipis. Mima sy'n cael *cravings* amdano fo'n ddiweddar...' Gwelwodd yn sydyn wrth ystyried oblygiadau hyn. 'O blydi hel... Rhaid i mi fynd. Wela i di, Steff. Gewn ni sgwrs eto, Iestyn...' meddai, fel petaen nhw wedi bod ar delerau da nes i 'Mima' dorri ar eu traws, cyn rhuthro allan gan glepio'r drws ffrynt yn swnllyd ar ei ôl.

'Pwy yw Mima – 'i wraig e?' holodd Iestyn.

'Ie,' atebodd Steff, cyn ychwanegu, 'ond Mam mae o'n 'i charu.'

'Pwy wedodd 'ny?' poerodd Iestyn, gan dagu ar ei gwrw.

'Dad.'

'A ble ma dy dad?'

'Yng Nghaerdydd. Yn trio achub y Steddfod.'

Byddai'n well iddo fod adre yn trio achub ei briodas, meddyliodd Iestyn, er nad oedd ganddo unrhyw reswm i gredu fod eu priodas yn y fantol – ar wahân i bresenoldeb Paxo, oedd yn amlwg yn treulio mwy o amser yma nag y dylai.

Eto, ni châi'r argraff fod Paxo a Lili'n cael affêr, gan fod godinebwyr yn fwy gofalus na hynny fel arfer. Meddyliodd yn sydyn am Rita, ac am y sioc a gafodd pan ddywedodd wrtho ei bod wedi bod yn cael affêr gyda'i bòs priod ers dros flwyddyn.

Yr ail sioc oedd darganfod nad oedd llawer o ots ganddo. Os rhywbeth, roedd yn falch o gael esgus i dorri'n rhydd o'r berthynas, ac roedd hynny wedi'i chythruddo – ac yn dal i'w chythruddo, yn amlwg.

Ond roedd pobol yn amlwg yn gweu clymau emosiynol dyrys ym mhob man, hyd yn oed mewn pentrefi bach swynol, syml fel Llanarmon, gyda'i neuadd bentre ar lan yr afon, ei ddau westy clyd a choeth, ei eglwys dwt, a'i ddyrnaid o dai bach del o amgylch y groesffordd.

Pentre a ymddangosai i Iestyn, wrth iddo gyrraedd yma neithiwr, nid fel pen draw'r byd, ond yn hytrach fel trothwy rhyw fyd newydd. 'Trothwy'r Berwyn', fel enw'r tŷ yma. Neu'r fynedfa i fwynder Maldwyn, o bosib. Ac i Faldwyn y byddai'n teithio yfory – gan alw heibio gorsaf heddlu Wrecsam i nôl ei bartner newydd yn gynta – i geisio cael mwy o wybodaeth allan o groen Mandy Skinner.

— 2 —

ER NA THEIMLAI Ielena fel mynd allan y noson honno, roedd
yn well ganddi hynny nag eistedd yn y tŷ ar ei phen ei hun
yn hel bwganod. Roedd Meryl wedi cynnig aros i mewn
efo hi, chwarae teg, ond gwyddai Ielena mai yn groes i'r
graen y gwnâi hynny, ac nid oedd arni eisiau llesteirio bywyd
cymdeithasol ei ffrind.

'Gwd gyrl! Neith e les i ti!' meddai Meryl pan ddywedodd
Ielena y byddai'n dod allan efo hi wedi'r cyfan, a'r rhyddhad yn
amlwg yn ei llais a'i hwyneb.

'Ond be taswn i'n 'i weld *o*?' gofynnodd Ielena'n bryderus,
yn ymwybodol o'r eironi nad Edward oedd yr '*o*' hwnnw
mwyach. Roedd Iestyn wedi cytuno fod yn rhaid iddi sôn wrth
Meryl am yr helynt, ar yr amod na fyddai honno'n sôn wrth
unrhyw un arall.

'Newn ni ddim,' atebodd Meryl yn bendant. 'Bydd e'n
cadw draw o lefydd lle ma 'na lot o bobol, os yw e'n gall. Ma
fe'n siŵr o fod bant yn ddigon pell o Aber erbyn hyn, weden i.
Nawr, dere mlân − cer i wishgo'n glou!'

Cysurwyd Ielena gan eiriau ei ffrind, ond nid yn llwyr gan
fod y geiriau 'os yw e'n gall' yn peri i larwm ganu yn ei phen.
Beth os nad oedd y dyn *yn* gall? Beth os oedd ei gasineb tuag
ati'n gryfach na'i awydd i achub ei groen ei hun? Roedd y dyn
yn orffwyll, yn amlwg, felly beth a wnâi i Meryl dybio'i fod e'n
gall? Teimlodd bang o ddicter sydyn tuag at ei ffrind wrth iddi
dyrchu'n ddall trwy'i wardrob, heb awydd yn y byd i wneud
unrhyw ymdrech i ymbincio na newid.

'Be sy'n bod ar be dwi'n wisgo rŵan?!' galwodd Ielena
ar Meryl yn biwis, gan edrych i lawr ar ei jîns tyllog a'i crys-
chwys 'Lysh' pinc.

'Dim byd,' meddai Meryl yn frysiog. 'Jyst meddwl falle bo ti moyn newid o'n i...'

'Ond dwi ddim *moyn*, ocê? Dwi ddim yn *moyn* mynd allan o gwbwl, a deud y gwir, jyst 'mod i'n trio peidio ymddwyn fel rhyw *paranoid agoraphobic*.'

'Ok, ok. Fi sy'n twmlo braidd yn *overdressed*, 'na i gyd.'

'*Underdressed* 'swn i'n 'i ddeud,' meddai Ielena, gan edrych ar y sgert ddenim gwta oedd prin yn cuddio pen-ôl Meryl, a'i chluniau brown crymffast i gyd yn y golwg. 'Ond dwi'm yn y mŵd i tartio'n hun i fyny heno, iawn?'

'Dim probs, bach. Ti'n edrych yn *gorgeous,* ta beth. Ti'n barod i fynd nawr 'te?'

Nodiodd Ielena, ac i ffwrdd â'r ddwy, fraich ym mraich, i fyny'r stryd, heibio'r theatr a'r parc ac i lawr Rhodfa'r Gogledd i dafarn y Cŵps.

'Jiw, jiw! Ielena! Shwt wyt ti, bach?' bloeddiodd llais Billy Winslet o'r gornel wrth iddi hi a Meryl gerdded i mewn i'r dafarn.

'Haia Billy!' gwenodd Ielena a chodi'i llaw arno cyn troi at y bar gan osgoi dal llygad Meryl.

'Dere i ishte man 'yn 'da fi, bach. Gaf i ddrinc i ti nawr,' meddai Billy gan godi'n llafurus. 'Hanner o beth ti moyn? Ha ha! Na, peint o Guinness, ife? Gaf i un i dy ffrind di 'fyd. Beth ti moyn, ym...?'

'Meryl. Ni wedi cwrdda o'r blân,' meddai Meryl, yn amlwg yn biwis nad oedd Billy'n cofio'i henw. 'A gymra i Bacardi a Coke, plîs. Un mawr.'

Edrychodd Ielena'n gam ar ei ffrind, ond cymerodd Meryl arni beidio â sylwi.

'Cer i gadw'r sêt yn dwym i fi, bach,' meddai Billy.

'Tyd, Mer,' meddai Ielena.

'Cer dy hunan, sa i moyn bod yn blydi gwsberen rhyngtho ti a'r *geriatric alcoholic* 'na!'

''Co chi, ferched!' meddai Billy cyn i Ielena gael cyfle i brotestio, gan basio peint o Guinness yr un iddyn nhw.

'Ofynnes i am Bacardi a Coke!'

'Do fe, bach? Gymra i hwn os nag 'yt ti moyn e...'

'Na, mae'n iawn,' meddai Meryl a chipio'r peint oddi arno, gan wybod na fyddai'n cynnig nôl diod arall iddi yn ei le. 'Wy'n mynd draw at Nans a rheina,' meddai wrth Ielena, gan amneidio at griw o ferched a eisteddai gerllaw. 'Joia dy hunan!'

'Ddo i draw yn y munud!' galwodd Ielena ar ei hôl, gan obeithio na fyddai'n cael gormod o drafferth dianc o afael Billy. Nid nad oedd hi'n hoff ohono, dim ond ei fod yn mynnu hawlio ei sylw am hydoedd weithiau efo'r hunanoldeb craff yna sydd gan hen bobol, gan godi pwnc arall bob tro y byddai yna saib yn y sgwrs a hithau ar fin codi a gadael.

Gwyddai er hynny y byddai nifer o bobol wrth eu boddau'n medru brolio eu bod nhw'n ffrindiau efo Billy Winslet, a hynny am ei fod yn gyn-aelod o'r *FWA*, yn genedlaetholwr milwriaethus a fu yn y carchar dros ei wlad. Ond dyna'r union bobol y dewisai Billy eu hanwybyddu – '*hangers-on* sy'n moyn pishyn o'r *infamous* Billy Winslet,' chwedl yntau.

Roedd Edward yn un o'r bobol rheiny, er y gwadai hynny'n chwyrn, gan wfftio a dweud mai dynion yn chwarae plant oedd aelodau'r Fyddin Rydd. Dywedai hefyd mai'r unig reswm yr oedd Billy Winslet wedi cymryd at Ielena oedd am ei bod hi'n ddel. Ond tra bod yna rywfaint o wirionedd yn hynny, synhwyrai Ielena fod yr hen gadfridog yn hoff ohoni fel person hefyd, er y gwyddai nad oedd diben trio cael Edward i gyfadde hynny. Gwyddai hefyd y byddai tôn Edward yn dra gwahanol pe bai Billy wedi cymryd ato yntau yn yr un modd.

'Wel, shwt haf gest ti, bach?' gofynnodd Billy, gan gymryd dracht hael o'r Guinness a adawai ewyn hufennog ar ei fwstás brith. '*It's been a good summer for drinkin'*, so ti'n meddwl? Odi, odi – haf da i ifed.'

'Ma Edward a fi wedi gorffen. Dwi'n *free agent* rŵan – fel chi!'

'*Free agent*! Ha ha. Lieutenant Lowalski – *it's got a good ring to it*. Fyddet ti'n edrych yn bert mewn iwnifform, 'fyd…' Llwyddai i ddweud pethau felly heb swnio fel hen ddyn budur. 'Bertach na fi, ta beth!'

'Ond ddim mor bert â Cayo,' meddai Ielena, a feddyliai am y Commandant carismatig, pryd tywyll fel rhyw fath o Che Guevara Cymreig.

'Weden i mo 'ny,' meddai Billy, ond pylodd ei lygaid pefriog am eiliad, fel y gwnaent weithiau wrth iddo hiraethu am yr hen ddyddiau. 'Ti'n well off hebddo fe, ti'n gwbod – y boi Edward 'na.'

'O, yndw, dwi'n gwbod,' cytunodd Ielena. 'Dyna ma pawb yn ddeud wrtha i, beth bynnag…'

Yr eiliad honno, agorodd drws y dafarn a cherddodd Angharad Befan i mewn, yn chwerthin ac yn siarad ar dop ei llais efo criw o bobol ifanc. Caledodd ei llygaid pan welodd Ielena yn eistedd efo Billy Winslet.

'Shw mae, Billy?' galwodd arno, gan anwybyddu Ielena.

Nodiodd yntau arni'n ffwr-bwt.

'Chi'n nabod Billy Winslet, on'd y'ch chi?' meddai Angharad, gan droi at y criw a safai y tu ôl iddi'n gwenu'n chwithig, fel petaen nhw wedi sylweddoli'n syth nad oedd y cymeriad lled-chwedlonol yma'n or-hoff o'u ffrind. 'Ni wedi bod yn y Rali.'

'Y *motorcross rally* yn Tregaron, ife?'

'Rali'r Gymdeithas!' gwichiodd Angharad. 'O'n i'n un o'r siaradwyr gwadd.'

'*Actions speak louder…*' meddai Billy, gan godi i fynd at y bar drachefn. 'Yr un peth 'to, ife bach?'

'Ga i hon, Billy,' meddai Ielena, heb fawr o arddeliad, gan wybod y byddai'n mynnu prynu rownd arall iddi beth bynnag.

'Na, na… alli di ga'l y nesa,' meddai, a gwthio'n ddiseremoni heibio Angharad a'i chriw.

Trodd honno i edrych ar Ielena â chasineb yn ei llygaid a chrychodd ei gwefus fel petai ar fin gwneud rhyw sylw sbeitlyd. Edrychodd Ielena'n ôl arni, gan synnu iddi fod mor naïf â chredu y byddai'r cadoediad rhyngddi hi ac Angharad yn para.

'Gaf i rownd i mewn,' meddai un o'r criw a throi at y bar.

'Ddo i 'da ti,' meddai un arall.

'Awn ni i chwilio am fwrdd,' meddai un o'r merched, ac i ffwrdd â'r gweddill i ben draw'r dafarn.

'Beth yn gwmws wyt ti'n trial 'i brofi?' sgyrnygodd Angharad arni.

'Sori?'

'O, paid ag edrych arna i 'da'r llyged Lady Di 'na! Ti mor slei, yn iwso dy *feminine wiles* i ga'l y dynon 'ma i gyd i dy lico di!'

'Pa ddynion?'

'Nedw, Billy Winslet…'

'Dim ond dau ddyn sy fan'na – un yn *gyn*-gariad i mi, a'r llall yn ddigon hen i fod yn daid i mi.' Meddyliodd hefyd am y dyn yr oedd hi wedi methu â'i hudo – Iestyn Morgan – a'r dyn arall oedd wedi ymosod arni. Nid oedd y rheiny wedi cael eu rhwydo gan ei chastiau benywaidd, yn sicr.

'Ti'n gwbod beth wy'n feddwl. Mae'r ddou ohonyn nhw'n genedlatholwyr amlwg, a beth wyt ti'n neud i achub yr iaith? *Bugger all!*'

'Jyst achos 'mod i ddim yn sbowtio mewn ralis fel ti, tydi hynny ddim yn deud 'mod i'n gneud dim byd! 'Den ni'n gneud lot i achub yr iaith yn ein hardal ni, jyst bod pobol fel ti'n anwybyddu'r ffaith bod ffiniau Cymru'n ymestyn tu hwnt i *route* y ffycin Traws Cambria!'

'Gwed ti wrthi, bach!' meddai Billy, gan ddod yn ei ôl efo dau beint arall o Guinness. 'Dim ond *jealous* ma ddi.'

'*Jealous* o beth, yn gwmws?' meddai Angharad a'i llygaid yn fflachio. 'Sa i'n moyn edrych fel *footballer's wife*!'

'Wel gwd, achos so ti yn edrych fel un!'

Chwarddodd rhywun wrth eu hymyl, a sylwodd Ielena fod ganddyn nhw gynulleidfa fach astud. Cuchiodd Angharad arnyn nhw, cyn brasgamu draw at ei ffrindiau a'i cheg fel twll tin iâr.

'Scrap!' bloeddiodd myfyriwr blwyddyn gyntaf meddw a eisteddai wrth fwrdd cyfagos. 'Dwi wrth 'y modd efo *catfights*. Be amdani, del?'

'Sgen i ddim gwinedd digon hir,' meddai Ielena. 'A hyd yn oed tase gen i, faswn i ddim yn mentro'u torri nhw er 'i mwyn *hi*.'

'Www, *catty*!' meddai myfyriwr arall.

Trodd Ielena yn ôl at Billy a rhowlio'i llygaid. 'Dwi'n mynd i orfod talu am hyn'na. Mae'n iawn i Angharad Befan fychanu pobol erill, ond fiw i neb neud hynny iddi hi.'

'Dyw pobol fel hi ddim yn werth poeni ambwytu nhw, bach. Jyst *jealous* ma ddi, fel wedes i. Ti'n bert a ffein, a dyw hi ddim.'

'Ond ma hi'n boblogedd a hyderus ac yn medru gneud pethe fel siarad yn gyhoeddus… Pethe sy'n bwysicach na bod yn "bert" a "ffein",' meddai Ielena, gyda thinc o chwerwder yn ei llais.

'Sdim lot o bethe sy'n bwysicach na bod yn bert a ffein.'

''Nenwedig os ti'n medru cwcio a ffwci…!'

''Na ddigon!' torrodd Billy ar draws y myfyriwr, a

chwarddodd ei ffrindiau fel haid o hyenas.

'Ffyc off!' meddai Ielena wrthynt, gan deimlo fel dweud hynny wrth Billy hefyd. Hwyrach fod Edward wedi bod yn iawn amdano ar hyd yr adeg, ac mai hen ddyn arwynebol a *sexist* oedd o wedi'r cyfan.

'Sa i'n lico clywed ti'n rhegi!' meddai Billy'n siomedig. 'Dyna'r ail waith i ti regi heno. So fe'n dy siwto ti.'

'Be, achos 'mod i'n "bert" a "ffein"?' gwawdiodd Ielena. 'Ac achos 'mod i'n eneth? Gas gen i'r ffaith fod 'na un rheol i ddynion ac un arall i ferched.'

'Sa i'n lico clywed dynon yn rhegi 'fyd,' meddai Billy, gan daflu edrychiad du ar y myfyrwyr wrth eu hymyl. 'A jyst gweud y gwir odw i am fod yn bert a ffein 'fyd. *Beauty is only skin deep*, medden nhw, ond so hwnna'n wir, yw e? Ti'n gwbod beth wedon nhw am Cleopatra – tase'i thrwyn hi hanner modfedd yn llai, fydde cwrs hanes wedi newid!'

'Fatha tits Jordan, dach chi'n feddwl?' meddai'r myfyriwr meddw, oedd yn amlwg yn meddwl ei hun yn dipyn o gês.

Anwybyddodd Billy ef. 'A ti'n glefyr.'

'Be sy'n gneud i chi feddwl hynny?' gofynnodd Ielena.

'Ti'n stiwdent, on'd wyt ti?'

'Tydi hynny'n deud dim y dyddie yma. Sbiwch ar yr idiots 'na fan'ne.'

'Nag y'n nhw'n yr un *league* â ti, bach. Na'r groten Angharad 'na.'

'Sut gwyddoch chi?'

'Rwy'n nabod y teip. Protesto pan ma'n nhw'n stiwdents, wedyn cael top jobs 'da ryw cwangos neu *S4C*.' Ynganodd yr 'S4C' yn Saesneg. 'Ma'r teip 'na'n wâth na *weirdos*. Sôn am *weirdos*, gwrddes i ag un gynne fach – 'na ti *blast from the past*, myn yffach i!'

Dyma ni off, meddyliodd Ielena, gan drio dal llygad Meryl.

Doedd ganddi ddim gobaith dianc rŵan os oedd Billy ar fin dechrau adrodd un o'i straeon hirwyntog.

'...ro'dd 'da fe rwbeth i'w neud â'r Parti Lliw, rwy'n credu. Sa i'n siŵr beth o'dd 'i enw iawn e, ond o'dd pawb yn 'i alw fe'n Llygs... pen wedi'i siafo a mwstásh fel Mecsican 'da fe, er bod llond pen o wallt cwrlog 'da fe nawr.'

'Be?!' Teimlai Ielena ei hun yn mynd yn oer drosti wrth glywed y disgrifiad. Bron na fedrai deimlo'r mwstásh yn crafu'i chlust eto, a llafn y gyllell yn ei bygwth...

'Ti'n olreit, bach? Ti'n wyn fel y galchen.'

'Lle welsoch chi'r dyn 'ma?'

'Yn man 'yn. Pam...?'

'Be, yn y Cŵps?'

'Wel ie, falle'i fod e'n dal 'ma... Odi, 'co fe, draw yn y pen pella, wrth y piano... Ma fe'n edrych draw man 'yn nawr... Ti'n 'i nabod e, 'te?'

Edrychodd Ielena o'i chwmpas yn araf, â'i gwar yn groen gŵydd i gyd. Gan ei bod braidd yn fyr ei golwg roedd yn rhaid iddi graffu i ben draw'r stafell, ond unwaith iddi ei weld, synnai nad oedd wedi sylwi arno'n gynt, yn eistedd yno'n syllu arni. Oedd o wedi bod yn syllu arni trwy'r adeg? Os oedd o (ac roedd hynny'n bur debygol), sut nad oedd hi wedi synhwyro'i lygaid gorffwyll yn tyllu i mewn iddi, yn gwylio pob symudiad a wnâi, yn disgwyl ei gyfle i ymosod arni eto?

Cododd ar ei thraed yn simsan a baglu draw at y bwrdd ble'r eisteddai Meryl.

'Lle ti'n mynd? Be sy'n bod, bach?' galwodd Billy ar ei hôl. Trodd Ielena a'i rybuddio efo'i llygaid i gau ei geg. Siawns na fyddai'n deall ystum felly ac yntau'n arfer bod yn filwr cudd.

'Meryl, mae o yma,' meddai o dan ei gwynt, gan dorri ar draws sgwrs y merched.

'Pwy? O, *shit*! Ble ma fe?'

'Paid â sbio!' siarsiodd Ielena. 'Jyst dos i ffonio, iawn?'

'Ffonio pwy?' holodd un o'r merched wrth i Meryl godi a mynd allan. 'Am be dach chi'n sôn?'

'Dim byd,' atebodd Ielena, â'r olwg ar ei hwyneb yn ddigon o rybudd iddynt gau eu cegau. Edrychodd y merched yn rhyfedd arni wrth iddi eistedd yng nghadair Meryl.

'Wel, sut ma bywyd yn Pantycelyn, 'te? Oes unrhyw dalent yno leni?' gofynnodd, mewn ymdrech i ymddangos yn naturiol.

'Ma'r criw 'na draw fan'cw yn dipyn o gesys,' meddai Nanw, gan amneidio i gyfeiriad y criw o fyfyrwyr cegog. ''Nenwedig Tirion Humphreys.'

'Fase Gwirion Humphreys yn enw gwell iddo fo!' atebodd Ielena wrth weld at bwy roedd hi'n cyfeirio. Chwarddodd ambell un yn ansicr, heb arfer â'r Ielena newydd, ddiflewyn-ar-dafod yma, er na sylwodd ar eu hymateb. Roedd hi'n ymwybodol fod Billy yn edrych arni ond yn gyndyn o ddal ei lygaid. Ni fedrai weld Llygs o'r lle yr eisteddai, ac er bod hynny'n beth da ar un ystyr, byddai wedi lecio medru cadw golwg arno nes i'r heddlu gyrraedd.

Yna, o gornel ei llygaid, gwelodd Billy yn codi fel siot, yn hytrach na'i fustachu arferol, a rhuthro allan o'r dafarn, gan daro i mewn i Meryl oedd ar ei ffordd yn ôl i mewn.

'Ma'n nhw ar eu ffordd,' meddai gan gadw'i ffôn symudol yn ei bag llaw. 'Beth yffach sy'n bod ar Billy? Sa i 'riôd wedi'i weld e'n symud mor glou...'

'Oes 'na foi efo mwstásh yn iste wrth y piano?'

'Nag o's, pam?'

Neidiodd Ielena ar ei thraed gan redeg trwy'r dafarn ac allan trwy'r drws pella a arweiniai at doiledau'r dynion, gyda Meryl yn dynn ar ei sodlau. Roedd y ddau giwbicl yn wag.

'Ciw yn y toilet genod eto?' gofynnodd y dyn ifanc a

safai â'i gefn atynt wrth y droethfa, gan ddal i biso'n ddidaro. Nabyddodd Ielena ef fel un o griw cegog Gwirion Humphreys.

'Welest ti ddyn efo mwstásh mawr yn dod i mewn i fa'ma?'

'Mwstásh mawr?' meddai, gan ysgwyd y diferion a chau ei falog yn frysiog. 'Be, cwîar ti'n feddwl?'

'Naci – o, dim ots!' meddai Ielena a rhuthro ar ôl Meryl, oedd eisoes wedi rhedeg o'i blaen ar hyd y coridor ochor ac allan i'r stryd.

Treiddiodd y sgrech trwy'r awyr cyn iddi agor y drws, gan fferru ei pherfedd. Roedd popeth a ddigwyddodd wedyn megis mewn *slow motion*, yn afreal, fel petai'n gwylio ei hun a phopeth o'i chwmpas ar sgrin aneglur.

Yno, ar y pafin, yn griddfan ac yn ei gwman, roedd Billy. Tua dwy lath oddi wrtho safai Meryl, yn rhythu arno â'i llygaid yn enfawr gan fraw. Plygodd Ielena a chofleidio'r hen ddyn fel petai'n cysuro plentyn. Ceisiodd afael yn ei ddwylo, a grafangai yn ei fynwes, a dyna pryd y sylwodd eu bod yn waed i gyd. Roedd wedi cael ei drywanu yn ei frest. Mygodd y waedd yn ei gwddw a chlosio ato, gan lapio'i chorff cynnes am ei gorff oer, crynedig ef, â'i gwallt fel clogyn am ei sgwyddau. Roedd pobol yn powlio allan o'r dafarn erbyn hyn, a'r boi Tirion Gwirion yna yn gafael am Meryl a hithau'n claddu ei hwyneb yn ei ysgwydd. Edrychai pawb yn sobor ac wedi dychryn.

'Ewch i ffonio am ambiwlans!' Clywodd Ielena ei llais ei hun yn gweiddi o hirbell, ond mae'n rhaid bod rhywun eisoes wedi ffonio, gan i un gyrraedd bron ar unwaith, yr un pryd â'r heddlu.

'Welsoch chi beth ddigwyddodd?' gofynnodd DS Cecil Jones gan gyrcydu o'i blaen.

'Naddo, ond hwrach fod Meryl wedi gweld,' meddai, gan amneidio at ei ffrind.

'Dwi'n mynd efo fo i'r ysbyty,' meddai wedyn, wrth i'r dynion ambiwlans dynnu Billy'n dyner ofalus o'i gafael a'i roi ar stretsier.

Nodiodd y ditectif, gan roi pat bach caredig ar ei hysgwydd a barodd i'r dagrau lamu i'w llygaid. Ai'r un dyn oedd hwn â'r un a fu mor wrthun tuag ati'n ddiweddar?

'Ffindwn ni'r jiawl yn ddigon clou,' meddai wrthi, gan godi oddi ar ei gwrcwd a dechrau galw gorchmynion ar y plismyn eraill.

Yna roedd hi yng nghefn yr ambiwlans, yn mynd ar wib i fyny'r rhiw i Ysbyty Bronglais, â'r seiren yn sgrechian. Meddyliodd am Steff, ond dim ond am ennyd. Gwasgodd hen law arw Billy ac ynganodd yntau ei henw'n floesg. *Plîs peidiwch â marw*, erfyniodd arno'n dawel, gan feddwl yn sydyn am ei thaid yn marw o ganser mewn gwely amhersonol ysbyty. Pam na chafodd o fynd adre i farw? Pam nad oedd Nain Benllech wedi mynnu y câi o fynd adre ati hi?

Daeth yr ambiwlans i stop disymwth, gan darfu ar ei meddyliau ac aneglurder ara deg yr hanner awr diwetha. Brys oedd popeth yn awr: drysau'n chwipio ar agor wrth iddyn nhw ruthro ar hyd coridorau'r ysbyty, wedi'u gyrru gan adrenalin argyfwng.

3

'MAE GANDDON NI lot i ateb drosto, ni *Scousers*,' meddai DS
Stella McNally yn ei llediaith Lerpwl. 'Yn boddi cymunedau
cyfan er mwyn i ni cael dŵr. Mae'r peth yn wâ-thus.'

Gwenodd Iestyn wrth gymryd cipolwg ar y ddynes ifanc,
ddi-lol a eisteddai wrth ei ochr yn y car. Dim ond y bore
hwnnw yr oedden nhw wedi cwrdd, ac eto fe deimlai'n gwbl
gyfforddus yn ei chwmni, tra oedd wedi adnabod DS Cecil
Jones ers blynyddoedd a heb glosio dim at y dyn.

'Fydden i ddim yn beio'n hunan, tasen i'n chi,' meddai
wrthi. 'Digwyddodd y pethe 'ma ymhell cyn i chi gael eich
geni.'

'Llyn Fyrnwy, efallai – yn oes Fictoria gafodd y cronfa yma
ei codi, ond beth am Tryweryn?'

'Dal cyn eich amser chi.'

'Nid dyna'r pwynt. Y pwynt ydi fod gen i...' palodd yn ei
phen am y gair Cymraeg am rai eiliadau cyn bodloni ar y gair
Saesneg, '*legacy* sy'n codi cywilydd arna i.'

'Alle pethe fod yn lot gwâth.'

'Sut?'

'Allech chi fod yn Almaenes.'

'Hmm.' Ciledrychodd Stella arno gan bletio'i cheg a chodi'i
haeliau mewn ystum ysmala a ddangosai ei bod hi'n deall ei fod
yn tynnu'i choes. 'Sori. Dwi'n cymryd pethau gormod o ddifri
weithiau, medden nhw.'

'Pwy yw'r "nhw" 'ma?'

'Rhai o'r plismyn rwy'n gweithio gyda nhw. Maen nhw'n
methu deall pam dwi wedi boddran dysgu Cymraeg, er engh-
raifft. "*Cos I work in Wales, of course,*" dwi'n deud wrthyn nhw,
ond maen nhw'n ateb, "*This is bleedin' Wrexham, love – we got*

more friggin' Poles and Portugese 'ere than Welsh speakers".'

Nodiodd Iestyn. Roedd o'n adnabod y teip. Plismyn diog, lled hiliol eu hagwedd, a wnâi cyn lleied o waith â phosib cyn ymddeol yn gynnar. Ac os oedden nhw wedi llwyddo i ddringo'r rhengoedd o fod yn gwnstabl cyffredin, roedd hynny'n aml am eu bod nhw wedi gwneud hynny mewn ffordd dan din neu ar draul swyddogion eraill mwy cydwybodol. Bwlis, rhai ohonyn nhw.

'Ry'ch chi'n cael amser caled, 'te?' gofynnodd yn ysgafn, gan drio celu'i gonsýrn. Doedd hi ddim y fath o ferch a fyddai'n gwerthfawrogi cael ffafriaeth gan uwch-swyddog.

'Na, dim *really*, dim hyd yn oed pan dwi'n galw nhw'n *"sexist, racist neanderthals"* – maen nhw jyst yn chwerthin ar pen fi eto – sy'n gallu bod yn uffernol o... *annoying* weithiau,' ychwanegodd. 'Ond dwi'n ifanc ac uchel – *whatchamacallit* –geisiol, ac yn ferch, wrth gwrs, sy'n gwneud fi'n *easy target*... Hei, *sir*, rydyn ni wedi cyrraedd!'

Gwenodd Iestyn o glywed y tinc o gynnwrf yn ei llais wrth i'r llyn ddod i'r golwg – cronfa enfawr Llyn Efyrnwy, a godwyd yn yr 1880au er mwyn storio dŵr glân ar gyfer trigolion Lerpwl. Fel cynifer o ddinasoedd eraill Prydain yn ystod y Chwyldro Diwydiannol, roedd Lerpwl yn tyfu'n eithriadol o gyflym ar y pryd, ac roedd angen dŵr er mwyn gyrru peiriannau stêm y ffatrïoedd newydd, a hefyd er mwyn lleihau'r perygl o afiechydon yn y slymiau a godai fel madarch o amgylch y ffatrïoedd.

'Roedden nhw'n beirianwyr a hanner, rhaid i chi gyfadde,' meddai Iestyn gan gyfeirio at y gronfa drawiadol. 'Bron na fyddech chi'n disgwyl gweld milwyr mewn gwisgoedd Natsïedd yn cadw sentinel ar y bont!'

'Sori am ofyn hyn, *sir*, ond oes ganddoch chi ryw fath o... *fixation* am yr Almaenwyr?'

'Sa i'n credu,' gwenodd Iestyn yn ôl arni.

'Ond dwi'n gweld beth chi'n feddwl. Allech chi feddwl ein bod ni yn y *Black Forest*. A mae'r tŵr 'na fel rhywbeth allan o stori tylwyth teg.'

'Y tŵr hidlo. A *valve towers* yw'r rheina ar y bont. Oni bai am beirianwyr sifil, bydden ni i gyd yn dal i fyw yn yr oesoedd tywll...'

'A pentrefi fel Llanwddyn a Cwm Celyn heb cael eu boddi.'

'Nath y *Liverpool Corporation* godi pentre arall man 'yn, yn nes i lawr y dyffryn.'

'Ond nid yr un pentref oedd o, naci?' snapiodd Stella, cyn ychwanegu, '*Sir.*'

'Nage, chi'n iawn,' cytunodd Iestyn, gan frwydro'n erbyn yr ysfa i ddweud wrthi am beidio â'i alw'n 'syr'. Roedd rheng yn bwysig o fewn yr heddlu, atgoffodd ei hun, yn yr un modd ag yr oedd cadw lled braich swyddogol rhyngoch â'ch cyd-swyddogion – is-swyddogion yn enwedig.

Trodd y Ford Probe yn siarp i'r dde a gyrru i fyny'r dreif at westy'r Vyrnwy View – adeilad oedd, yn wir, yn meddu ar olygfeydd panoramig trawiadol i bob cyfeiriad. Roedd y llyn yn ymestyn yn las a llonydd oddi tanynt, a bryniau gwyrddion a choed euraidd, rhoswyrdd ac oren yr hydref yn gefnlen iddo.

'Barod, DS McNally?' gofynnodd Iestyn, wrth iddynt gerdded at y brif fynedfa.

'Barod, *Sir*,' atebodd hithau'n ddifrifol, â'i hwyneb yn fwgwd o broffesiynoldeb.

Wedi archebu peint o Flowers, aeth Iestyn i eistedd yng nghornel lolfa gwesty'r West. Ac yntau'n aros yng ngwesty'r Hand, teimlai y dylai hybu rywfaint ar fusnes y gwesty gyferbyn hefyd, er bod hynny'n fwy o bleser nag o ddyletswydd mewn gwirionedd.

Gan fod Stella wedi cael pàs i'w gwaith y bore hwnnw

oherwydd fod ei char hi yn y garej, roedd Iestyn wedi ei danfon adre i'w thŷ teras brics coch yn Rhosllannerchrugog lle'r oedd hi'n byw gyda'i chariad, Jason. Jason oedd rheolwr y ganolfan hamdden leol, ac yno y cyfarfu'r ddau dair blynedd union yn ôl i'r diwrnod, a'r noson honno felly roedden nhw'n mynd am bryd o fwyd i ddathlu.

'I ble'r ewch chi?' gofynnodd Iestyn, er nad oedd yn gyfarwydd â'r ardal na'i gwestai a'i thai bwyta.

'I'r Felin Ŷd yn Llangollen,' meddai Stella. 'Mae'n hyfryd yno, yn enwedig yn yr haf pan mae'n ddigon braf i eistedd ar y decing dros yr afon. Mae'r bwyd yn dda hefyd, er bo fi'n mynd am yr un peth bob tro bron – y *salmon and smoked haddock fishcakes*. A photelaid o win gwyn, wrth gwrs!'

'Wrth gwrs.' Gwenodd Iestyn wrth sylwi ar y cynnwrf plentynnaidd, bron, yn ei llais a'i hwyneb wrth iddi edrych ymlaen at noson allan gyda'i chymar.

Mae'n rhaid ei bod hi'n dal mewn cariad dros ei phen a'i chlustiau, meddyliodd, gan y byddai mynd allan am bryd o fwyd neu hyd yn oed am 'ddrinc bach tawel' gyda Rita yn rhywbeth yr arferai ei osgoi ar bob cyfri pe gallai. Yn rhannol am fod Rita'n defnyddio'r achlysuron hynny i achwyn nad oedd yn mynd â hi allan yn amlach, a'i blagio ynglŷn â phriodi, ond yn benna am ei fod yn sylweddoli ar yr adegau hynny cyn lleied oedd ganddynt yn gyffredin.

Pam ei fod e wedi aros gyda hi cyhyd? A fyddai wedi bod yn un o'r lliprynnod di-asgwrn-cefn rheiny sy'n aros gyda menywod nad ydynt yn eu caru – na hyd yn oed yn hoff ohonynt – am fod hynny'n haws na'r helbul o ddod â'r berthynas i ben? Hoffai feddwl y byddai wedi magu digon o blwc i'w gadael cyn iddi fynd yn rhy hwyr, ac yntau wedi ei ddal hyd angau – neu ysgariad chwerw, o leia – gyda menyw oedd yn gwbl wrthun iddo.

Atgoffwyd ef o Mandy Skinner gan y geiriau 'hyd angau'

– ai angau oedd wedi ei gwahanu hi a'i gŵr? Er iddi fod yn ddigon graslon i wrido pan gerddodd ef a DS McNally i mewn i'r gwesty'n ddirybudd, taniodd sigarét i gelu ei fflwstwr ac edrych arnynt trwy lygaid culion wrth iddi anadlu'r mwg i mewn a'i chwythu allan i gyfeiriad y nenfwd.

'*They say that smoking's bad for the complexion,*' meddai DS McNally mewn tôn sgyrsiol, gan dynnu sylw Iestyn at y rhychau bychain yng nghorneli llygaid a cheg Mandy Skinner. Rhwng hynny a'r ffaith ei bod hi'n amlwg yn treulio gormod o amser ar welyau haul, byddai ei hwyneb fel hen ledr erbyn iddi gyrraedd ei thrigain – pe na bai canser yr ysgyfaint neu'r croen yn cael gafael arni gyntaf, wrth gwrs.

'*Have you found me husband yet?*' gofynnodd y Saesnes yn goeglyd.

'*Maybe we would have if you hadn't spouted to the press,*' edliwiodd Iestyn.

'*Your fault for being so bloody slow,*' meddai hithau, ond nid cyn i Iestyn sylwi ar y llewyrch o rywbeth tebyg i fuddugoliaeth yn ei llygaid.

Roedd Stella wedi sylwi hefyd.

'Mi fasech chi'n disgwyl i'w gwyneb hi fod wedi disgyn pan ddeudoch chi hynny, ond roedd hi'n edrych yn falch os rhywbeth, on'd oedd?' meddai wrtho wedyn. 'Os nad ydi hi'n falch 'i fod o wedi diflannu, wrth gwrs.'

'Neu wedi cael gwared â fe'i hunan,' meddai Iestyn, gan deimlo llygaid Stella yn troi i syllu arno'n ymholgar.

'Efo help rhywun arall, hwyrach,' ychwanegodd hithau.

'Edward Gomer?'

'Neu falle taw sgam yw'r cwbwl.'

'Sut fath o sgam – insiwrans?'

'Neu rwbeth mwy sinistr – rhoi'r argraff 'i fod e wedi marw ac wedyn troi lan yn rhwle arall fel rhywun arall.'

'A be am Edward Gomer?'

'Falle'i fod e'n rhan o'r sgam.'

'Mae'n bosib,' cytunodd Stella'n amheus.

'Ond yn annhebygol. Er, mae'n rhaid i ni ystyried pob posibilrwydd.'

Un peth y gwyddai'r ddau i sicrwydd, fodd bynnag, oedd fod Mandy Skinner wedi'u gwahodd i'w swyddfa pan ddechreuodd Iestyn ei holi ynglŷn â'r bylchau yn ei datganiad gwreiddiol i'r heddlu, gan roi'r gorau i fod mor surbwch.

'*I'm sorry,*' meddai gan amneidio arnynt i eistedd yn y stafell flêr oedd yn arogli'n sur gan darth sigaréts stêl. '*But I'm trying to keep me spirits up in front of the staff – stiff upper lip and all that. 'Scuse the mess, but it's been mayhem here since Tone… disappeared. Would you like a cuppa? I'd offer you summat stronger, but you're probably not allowed to drink on the job, are you?*'

Gwrthod wnaeth y ddau, a gofynnodd Iestyn iddi eto pam nad oedd hi wedi sôn fod Ielena wedi bod yn dyst i'r ffrwgwd rhwng Edward Gomer a'i gŵr.

'*I thought she'd gone to the bog at the time.*' Yna, pan sylweddolodd nad oedd yr un o'r ddau yn ei chredu, dechreuodd droi tu min drachefn: '*Stupid bitch was pissed, she didn't know what the hell was going on – and she'd only have kept her boyfriend's part, anyways.*'

'*According to Ms Garmon, she was sober,*' meddai Iestyn, gan syllu ar Mandy'n galed. '*She also said that PC Jenkins had gone home with his wife before the incident, while you claim that he witnessed the assault.*'

'*Well she would say that, wouldn't she?*' meddai, gan ailadrodd geiriau'r Mandy arall honno yn ystod achos Profumo, er yn gwbwl anfwriadol, tybiai Iestyn.

'*Did PC Jenkins tell the police that he witnessed Edward Gomer assaulting your husband?*'

Fflachiodd panig yn ei llygaid am eiliad. '*I dunno, do I? You tell me. Anyway, he's a copper himself, ain't he? Who do you believe – a policeman, or a lying little bitch who pretends that butter wouldn't melt in her mouth?*'

'*It has been known for even policemen to lie in the past,*' gwenodd Iestyn arni.

'*Not Mike,*' meddai hithau'n bendant.

'*Unlike you, then?*'

'*Whaddya mean?*'

'*You lied when you said that Ielena – Ms Garmon – wasn't there at the time.*'

'*Yeleena this, Yeleena that!*' cododd ei llais yn watwarus. '*Yeleena just doesn't count, ok?*'

Yn y distawrwydd chwithig a ddilynodd y ffrwydrad yma, gwridodd gwraig y gwesty drachefn.

'*Sorry, I'm just under a lot of strain and lose me temper at the slightest thing,*' meddai o'r diwedd, gan ymbalfalu am ei sigaréts.

'*What did you mean by that – that Ielena doesn't count?*' holodd Stella'n dawel.

'*I dunno – it just came out. It was a stupid thing to say.*'

'*A very strange thing to say,*' ategodd Iestyn.

'*Yes, but people say some strange things when they're under strain, don't they?*' meddai, gan yngan y geiriau yr oedd hi wedi disgwyl neu obeithio i Iestyn eu hychwanegu: '*When someone close to them just disappears off the face of the earth!*'

'*If you say so,*' meddai Iestyn, gan ddal i wenu yn y ffordd amwys hynny oedd yn amlwg yn ei chynddeiriogi a'i bwrw oddi ar ei hechel ar yr un pryd. Yna cododd yn ddisymwth a diolch iddi am ei hamser, gan ei sicrhau y byddai'r heddlu yn dal ati i geisio dod o hyd i'w gŵr, ac yn cysylltu â'r wasg eu hunain pe baent yn teimlo y byddai hynny o fudd i'r ymchwiliad.

Aeth Iestyn a Stella ar eu hunion wedyn i dŷ PC Jenkins, er eu bod yn amau y byddai Mandy Skinner wedi cysylltu ag ef i'w rybuddio eu bod nhw ar y ffordd.

'Hwyrach y dylwn i fod wedi aros efo Mrs Skinner i gadw golwg arni hi,' meddai Stella.

'Fydde hi'n siŵr o ffindo ffordd o gysylltu 'da fe rywsut – mynd i'r tŷ bach a'i decsto fe ar 'i *mobile*, er enghraifft. Beth bynnag, fydd hi'n ddiddorol gweld beth bydd 'i ymateb e – os yw e gatre, wrth gwrs, er ein bod ni'n gwbod 'i fod e *off* heddi. Os na chaiff e sioc o'n gweld ni, fydd hi'n amlwg 'i fod e wedi cael *tip-off*. Dibynnu shwt actor yw e 'fyd, wrth gwrs.'

'Dwi'n medru gweld trwyddo fo'n hawdd, a pawb arall hefyd dwi'n meddwl. Mae o'n dweud pethau hiliol, yna'n dweud mai jôc ydi o os ydi rhywun yn dweud y drefn wrtho fo. Tydyn nhw ddim yn bethau digon difrifol iddo fo mynd i trwbwl go-iawn, ond yn ddigon difrifol i'w stopio fo rhag cael... be 'di *promotion* yn Gymraeg?'

'Dyrchafiad,' meddai Iestyn.

Roedd Stella wedi sôn wrtho ar y ffordd y bore hwnnw am ddaliadau hiliol PC Mike Jenkins – heddwas yr oedd hi'n ei led adnabod ac yn ei ddrwglecio, yn benna oherwydd ei agwedd adweithiol tuag at dramorwyr, ac at y Gymraeg. Roedd yna sïon ei fod yn cefnogi'r *BNP* hyd yn oed. Yr eironi oedd fod Nick Griffin, cadeirydd y blaid oedd yn byw'n gymharol agos i Lanwddyn, yn bleidiol i'r iaith Gymraeg; roedd hynny'n gwneud synnwyr mewn gwirionedd, gan mai yng Nghymru yr oedd o'n byw, er nad oedd dynion a goleddai ddaliadau 'Prydeinig' fel ei rai ef bob amser yn barod i gydnabod ieithoedd a diwylliannau lleiafrifol.

Pan gyrhaeddon nhw'r tŷ cyngor ar gyrion y pentre, roedd y cwnstabl yn yr ardd yn llewys ei grys yn cymysgu sment ar gyfer y portsh oedd ar hanner ei godi o flaen y drws ffrynt. Sythodd a gwenu ar Iestyn a Stella wrth iddyn nhw ddod allan o'r car a cherdded tuag ato i fyny'r llwybr.

'*I never realised I was so indispensable,*' meddai. '*Here I am on my day off and you come looking for me. I'm honoured indeed.*'

Cyn i'r un o'r ddau gael cyfle i ateb, daeth gwraig Jenkins allan yn cario hambwrdd ag arno fŷg o de a phlatiaid o fisgedi. Blonden fechan, fain, ddigon tlws oni bai ei bod hi'n dal ei hun braidd yn grwm ac yn edrych braidd yn llywaeth. Roedd ei gŵr, ar y llaw arall, yn ddyn dwy lath boliog, tal a allai gael ei ystyried yn weddol olygus oni bai am y sglein annymunol yn ei lygaid gleision.

'*Two more cuppas, Carys, there's a good girl,*' meddai wrthi'n nawddoglyd. '*Let me introduce you to Detective Sargeant Stella McNally and...?*'

'Ditectif Insbector Iestyn Morgan,' cyflwynodd Iestyn ei hun yn Gymraeg.

'*What do you think of that, Carys? Two high-ranking CID officers coming all the way to Clanwthin to see me. Maybe they've come to offer me a promotion, what do you think?*'

'*Hello, how are you?*' cyfarchodd Carys nhw'n glên mewn acen Gymreig, er bod ei hanesmwythyd yn amlwg o dan ei gwên. '*Would you like tea or coffee?*'

'Coffi i fi, plîs – du, dim siwgwr. DS McNally?' atebodd Iestyn hi yn Gymraeg yn fwriadol gan gofio beth oedd Ielena wedi'i ddweud amdani yn mynnu siarad Saesneg bob gafael pan oedd rhywun di-Gymraeg yn bresennol.

'Coffi i fi hefyd, plîs – llaeth, dim siwgwr.'

'*Both of them speak the lingo, you see, Carys. You have to speak the lingo these days to get on in the police force – just look at our esteemed Chief Constable. Better still if you happen to be a black, one-armed lesbian as well!*' chwarddodd Jenkins i ddangos mai cellwair roedd o, er bod y chwerwder yn amlwg yn ei lygaid.

Gwenodd Carys i blesio'i gŵr, ond buan y cloffodd ei gwên pan sylwodd nad oedd y ddau dditectif yn gwenu.

'We are not amused, Carys,' meddai ei gŵr. 'Now go and make that coffee – chop chop! You haven't got anything else to do, have you? Not like me, slaving away to build you a porch. You'd never tell from looking at her, but this one's a real slave-driver on the sly!'

Gwenodd Carys yn chwithig eto cyn shifflo'n ôl i mewn i'r tŷ fel cocrotsien fach nerfus.

'Now, PC Jenkins,' meddai Iestyn ar ôl iddi fynd o'r golwg. 'I want you to tell me the truth – did you witness Edward Gomer's alleged assault on Tony Skinner on Saturday night, the twenty-eighth of May this year?'

'Bloody hell, talk about getting straight to the point!' chwarddodd yntau.

'Look here, Jenkins,' meddai Iestyn, â'i lais fel cyllell. 'I don't want to hear any more of your sly and silly comments, do you hear me? Maybe you are off duty, but you're still a police officer, of lower rank to myself and DS McNally here, so show some respect. Now, tell me, did you witness the assault or not?'

Edrychodd Jenkins arno am rai eiliadau, a'r casineb yn pefrio yn ei lygaid.

'Yes. Sir,' atebodd o'r diwedd, â phwyslais dirmygus ar y 'Sir'.

'Why didn't you report the incident at the time?' gofynnodd Stella.

'Because I'm a police officer, myself, Ma'am, as the Detective Inspector just pointed out. I didn't really see the point.'

'So you didn't think that the incident was serious enough to report then, obviously?'

'Obviously.'

'Do you think that the incident may have anything to do with the disappearance of Tony Skinner?'

'Anything's possible... Sir.'

'Jenkins!' rhybuddiodd Iestyn.

'*Yes, I do think that it may have something to do with it, if you must know. I wouldn't put anything past that cocky little Welsh Nash bastard.*'

'*Then you'll have no objection to coming along with us to Wrexham police station to make a statement,*' meddai Iestyn.

'*What, now?*' gofynnodd Jenkins yn syn.

'*Yes – now. Before you get the chance to discuss this with anyone else.*'

'*What are you insinuating?*' brygowthodd Jenkins.

'*Only pulling your leg, Constable,*' gwenodd Iestyn, â phwyslais bychanus ar y '*Constable*'. '*I thought that you enjoyed a bit of a joke, though you may not be as keen when it's your leg that's being pulled?*'

Oedd, roedd yr olwg ar wyneb PC Jenkins wedi bod yn werth ei gweld, chwedl DS McNally. Gwagiodd Iestyn weddill ei beint wrth i'r weinyddes gyrraedd gyda'i fwyd. Tynnodd y clawr arian oddi ar ei blât a mynd ati i fwyta'r siancen o gig oen a thato stwmp yn awchus. Bwyd cysur, meddyliodd, gan synnu at y teimlad o unigrwydd oedd wedi dod drosto'n fwya sydyn.

Yn sicr, nid oedd yn un o'r bobol rheiny a deimlai'n hunanymwybodol ac anghyfforddus wrth fwyta ar eu pennau eu hunain mewn llefydd cyhoeddus. Roedd yn well ganddo hynny o lawer na bod yng nghwmni rhywun oedd yn ei ddiflasu – Rita, er enghraifft. Pam felly y teimlai fel hyn yn awr, pan ddylai fod yn ymlacio ac yn aildanio'r batris yn ei ben?

Tybiai ei fod yn gwybod yr ateb wrth i'w feddwl grwydro allan o'r gwesty, heibio'r groesffordd a lan yr hewl i Drothwy'r Berwyn. Roedd y dynfa yno fel y dynfa adre. Nid i'w adre ef – ble byddai'n dychwelyd drannoeth i gwrdd â DS Jones a DCS Harris i drafod datblygiadau diweddara'r achos – ond yr un math o adre ag adre'i blentyndod: yn gartrefol, yn groesawgar a thwtsh yn anhrefnus. Mae'n debyg y byddai rhai'n ei alw'n aelwyd *dysfunctional*, er y gwyddai Iestyn o brofiad taw'r teuluoedd mwya trefnus yr olwg oedd y rhai mwya *dysfunctional* yn aml: tu ôl i bob *tight ship* roedd yna gapten llym, yn mesur eu llwyddiant yn ôl sglein teils y bathrwm a rwtîns haearnaidd.

Dyna'r math o wraig tŷ a rhiant y byddai Rita wedi bod, meddyliodd Iestyn, gan grynu'n fewnol wrth feddwl am ei ddihangfa lwcus. *Keeping up with the Joneses*, mynd i banig pe na bai'r plant yn eu gwlâu erbyn hanner awr wedi saith ar y dot, disgyblu yn ôl canllawiau magu plant yn hytrach na synnwyr cyffredin. Cofiodd am ei fam yn gadael iddo aros ar ei draed yn hwyr am nad oedd diben iddi'i anfon i'w wely'n gynnar ac yntau'n gysgwr mor sâl, er bod mamau eraill yn ei thwt-twtian am fod mor slac, yn enwedig â hithau'n fam sengl.

Tynhaodd ei galon wrth feddwl am ei fam, a gollyngodd ei gyllell a'i fforc yn ddiseremoni wrth i'w wddf dynhau mewn ymgais i reoli'i deimladau. O ble daeth y teimladau hyn mor ddirybudd? Roedd ei fam wedi marw ers dros ugain mlynedd, ac eto dyma'r hiraeth yn ei ôl i'w lethu, ynghyd â'r teimladau cymhleth a ddeuai yn ei sgil: y cariad ingol yn gymysg â'r casineb am iddi'i adael yn amddifad yn ddwy ar bymtheg oed. Er y gwyddai nad oedd bai arni hi am farw, roedd bai arni am ei garu mor angerddol a gwneud ei hun yn rhan mor hanfodol o'i fywyd.

'Bob dim yn iawn, syr?'

Edrychodd Iestyn i fyny'n syn ar y weinyddes.

'Da iawn, diolch.' Cliriodd ei wddf, a sylwi nad oedd wedi clirio'i blât. ''Yn llyged i'n fwy na 'mola i.'

Gwenodd y weinyddes yn ôl arno, er braidd yn ansicr. Hwyrach ei bod yn meddwl fod camdreuliad arno. Neu gnoc. Gadawodd Iestyn gildwrn hael ar y bwrdd cyn mynd i dalu'r bil a gadael, gan ddilyn ei draed heibio i'r llaw fawr wedi'i

cherfio o goeden goch y tu allan i'r Hand ac yn ei flaen nes troi
i'r dde i lawr y dreif gyferbyn â'r eglwys.

Beth fyddai ei esgus dros alw? A oedd angen esgus arno?
A ddylai fod yn galw o gwbwl? Pam lai? Nid oedd Lili dan
amheuaeth. Ac eto, oni ddylai fod yn cadw lled braich oddi
wrthi beth bynnag? Twt, dim ond galw yn rhinwedd ei swydd
roedd o, i egluro na fyddai o gwmpas am ddiwrnod neu ddau...
Teimlai ei wrthrychedd proffesiynol yn datod wrth iddo nesáu
at y drws, a phan ddaeth Lili i'w agor lledodd gwên fawr
trwyddo.

'Iestyn! Tyd i mewn!' gwenodd hithau.

'Jyst galw i weud 'mod i'n mynd nôl i Aber fory am gwpwl
o ddyddie...' meddai gan gamu i mewn i'r tŷ a theimlo'i
unigrwydd yn chwalu mewn chwinciad.

4

NOSON HIR OEDD y noson honno yn yr ysbyty i Ielena, wrth iddi aros yno i glywcd a fyddai Billy'n dod trwyddi. Poenai hefyd y byddai Llygs yn llwyddo i ddianc eto, ac yn ymosod arni go iawn y tro nesa.

Yn ystod yr oriau maith rheiny, bu Ielena'n pendroni ymhle yr oedd hi wedi gweld Llygs o'r blaen. Pan darodd ei llygaid arno yn y Cŵps, tybiai ei fod yn edrych yn gyfarwydd am iddo ymosod arni ychydig ddyddiau ynghynt, ond yna, fel fflach o oleuni trwy'r niwl, fe gofiodd.

Rai misoedd yn ôl, pan oedd hi'n aros efo'i nain, roedd wedi mynd efo Edward i gyfarfod o gell mudiad y Chwith Gymreig yng nghyffiniau Amlwch. Trefnydd y gell oedd 'Mici Mosco', llysenw ar greadur digon diniwed o'r enw Meical Lewis a haerai ei fod yn dipyn o Gomiwnydd ac a oedd wedi sylfaenu'r mudiad yn ôl yn yr wythdegau pan oedd Thatcher mewn grym. A chan fod Mici'n argyhoeddedig fod yr heddlu yn cadw tabs arno, roedd pob cyfarfod a drefnai yn *"hush-hush"* iawn ac yn cael eu cynnal mewn lleoliadau cyfrinachol. Ystafell gefn mewn tafarn byglyd, fyglyd ym mherfeddion Ynys Môn, yn yr achos hwn.

'Mae Mici fath â Mr Bean yn actio James Bond,' meddai Ielena wrth Edward ar y ffordd yno, gan resynu ei bod yn gorfod treulio noson yn gwrando ar griw hanner pan yn trafod cynlluniau gwleidyddol hanner-pob a *conspiracy theories* annhebygol.

'Mae gen i lot o barch at Meical,' atebodd Edward yn sychlyd. 'Boi dosbarth gweithiol sy'n arddel 'i wreiddie sosialaidd. Mae hynny'n beth prin iawn y dyddie yma.'

Roedd arni eisiau dweud ei bod hi'n lecio Mr Bean, ei fod o'n lot anwylach na James Bond, ac mai dyna'r oedd hi'n ei drio'i ddweud wrth ei gymharu fo â Mici Mosco. Ond cau ei cheg wnaeth hi am y byddai hynny'n swnio'n nawddoglyd, yn ogystal â bod yn gelwyddog. Hwyrach fod yna elfen o anwyldeb yn perthyn i Mici, fel i lawer o bobol simpil, ond roedd hi'n anodd cymryd at rywun a fyddai'n paldaruo a rhefru am oriau. Hwyrach fod ei brawd hi'n awtistig, ond roedd o'n frenin o'i gymharu â'r lembo hirwyntog yma.

Yn ogystal â hi, Edward a Mici, dim ond tri o bobol eraill oedd yn y cyfarfod y noson honno. Cochyn mawr barfog, swnllyd o'r enw Siôn Idwal a dorrai ar draws Mici bob hyn a hyn efo'i arthio ei hun; merch blaen a blin yr olwg o'r enw Menna oedd yn ddigon i godi'r felan ar unrhyw un call efo'i gwep surbwch a'i llais cwynfanllyd. Roedd y trydydd yn ddiarth i Ielena – dyn ifanc main a geisiai roi'r argraff ei fod yn galed, efo'i datŵs cenedlaetholgar a'i ben moel. Er diogelwch yr aelodau, ni châi neb eu cyflwyno na chofnodion eu cadw yn y cyfarfodydd hyn.

Anwybyddwyd Ielena yn ystod y cyfarfod, er mai dim ond Menna a'i hanwybyddodd yn fwriadol, yn methu deall mae'n debyg beth oedd Edward yn ei wneud efo'r fath fimbo pan fedrai gael merch ddifrifol fel hi. Ond er bod Edward yn edmygu ei daliadau a'i difrifoldeb, gwyddai Ielena na fyddai'n cyffwrdd yn Menna â pholyn lein.

Yr unig un oedd yn cydnabod ei phresenoldeb oedd y boi tatŵs. Er na ddywedodd fw na be wrthi trwy gyda'r nos, synhwyrai Ielena fod ei lygaid arni weithiau, yn ei phwyso a'i mesur, a phan fyddai'n troi i edrych arno byddai'n syllu'n ôl arni mewn ffordd a wnâi iddi deimlo'n anesmwyth a'i gorfodi i edrych draw.

'Pwy oedd y crîp efo'r tatŵs crap?' gofynnodd i Edward wrth iddyn nhw yrru'n ôl i dŷ ei nain yn ddiweddarach y noson honno.

'Llŷr Owen – neu 'Llygs' fel mae pawb yn 'i alw fo – a tydi

o ddim yn grîp, er 'i fod o'n uffern o foi caled. *Silent but deadly*. Boi handi i gael ar dy ochor di.'

'Be, mewn ffeit ar nos Sadwrn?' gofynnodd Ielena'n wawdlyd. 'Neu pan ddaw'r chwyldro?'

'Ti'n gwbod be dwi'n feddwl,' atebodd Edward, yn amlwg heb wybod yn iawn ei hun.

'Blydi crîp fyswn i'n 'i alw fo, yn syllu arna i bob munud,' meddai Ielena. Roedd diflastod yr oriau diwethaf, ynghyd â'r hunan-ddirmyg a deimlai am iddi aros yno fel llo gyhyd, wedi'i gwneud yn biwis a blin.

'Falle'i fod o'n dy ffansïo di.'

'Ddim y math yna o syllu oedd o,' meddai. Ai bod yn sarcastig oedd Edward? 'Hen syllu annifyr, slei. Ond o leia toedd o ddim yn paladaruo fel y *bores* erill...'

'Diolch yn fawr!'

'Ddim chdi o'n i'n feddwl,' meddai Ielena'n gelwyddog. 'Mr Bean a Harri'r Wythfed oedd y gwaetha, er bod Morticia'n ddigon drwg hefyd, efo'r llais undonog, gwichlyd 'na.'

'Morticia? Fel yn Morticia Adams o'r *Adams Family*?'

'Ie.' Gwyddai Ielena nad oedd y gymhariaeth yn un dda iawn.

'Tydi Menna'n ddim byd tebyg i Morticia... Mae Morticia'n bishyn!' chwarddodd Edward.

Roedd o mewn hwyliau da, fel y byddai bob amser ar ôl cyfarfodydd o'r fath, yn falch o gael y cyfle i ddangos ei hun o flaen pobol a lyncai bob gem a ddeuai o'i enau.

'Dwi'm yn meddwl y do i efo chdi i'r cyfarfodydd 'ma o hyn ymlaen,' meddai Ielena'n benderfynol.

'Pam?' holodd Edward, â syndod go iawn yn ei lais.

'Tydi o ddim yn amlwg? Achos 'mod i'n *bored shitless* ynddyn nhw, yn un peth. Achos fod pawb yn sbio i lawr eu trwyne arna i, yn meddwl amdana i fel rhyw *hanger-on* i ti. Pwy ddiawl maen nhw'n feddwl ydyn nhw, eniwê, yn enwedig y blydi *weirdos* yn fan'na heno – roedden nhw fel rhwbeth allan o *Deliverance!*'

'Taset ti'n ymddiddori llai mewn ffilmie a mwy mewn gwleidyddiaeth, fyset ti ddim yn dweud pethe felly. Wyt ti rioed wedi meddwl falle mai ti sy'n *boring* ac nid pobol erill?'

'Do.'

'A…?'

'Pan mae'n dod i dy grônis di, dwi'n gwybod mai fi sy'n iawn.'

'Be ddiawl ti'n neud efo fi, felly?' meddai Edward yn ymosodol, a'i hwyliau da wedi'u chwalu. 'A be ddiawl dwi'n neud efo ti, tasai'n dod i hynny?'

'Dy grônis di ddeudis i, ddim chdi,' meddai Ielena, gan deimlo'r panig yn codi yn ei brest. Pam, ni wyddai, a'r ddau ohonyn nhw mor anghymarus. Ofn newid, ofn colli, ofn profi bod yr holl fastads rheiny – crônis a ffrindiau Edward nad oedd yn hoff ohoni – yn iawn.

A oedd Llygs yn un o'r rheiny? holodd ei hun wrth iddi hel meddyliau yn yr ysbyty. A oedd o wedi cymryd yn ei herbyn y noson honno yn Amlwch, neu a oedd ei ddicter yn ei herbyn yn rhywbeth mwy diweddar, yn rhywbeth i'w wneud â diflaniad Edward? Roedd o wedi newid ers iddi ei weld ddiwetha: wedi tyfu mwstásh a thyfu'i wallt, wedi magu cyhyrau a bloneg. Dyna pam nad oedd hi wedi'i nabod yn syth. Ond roedd ei lygaid yn dal yr un fath, yn tyllu trwyddi'n iasol fel llygaid llofrudd. Sut roedd Edward wedi'i ddisgrifio? '*Silent but deadly.* Boi handi i'w gael ar dy ochor di.' Ai fo oedd wedi gofyn i Llygs fynd ar ei hôl a chodi ofn arni am iddi wrthod ei helpu? Anodd credu. Roedd gan Edward nifer o feiau, ond nid oedd trais yn un ohonynt.

'Miss Garmon?'

Neidiodd Ielena wrth edrych i fyny a gweld DS Cecil Jones yn sefyll o'i blaen.

'Ry'n ni wedi dala'r bachan nath y'ch asolto chi, byddwch chi'n falch o glywed.'

Caeodd Ielena ei lygaid ac ochneidio mewn rhyddhad.

'Diolch am ddod i ddeud wrtha i.'

'Dod i weld shwt ma Billy 'nes i a gweud y gwir – i weld ai *charge* o *murder* neu *attempted murder* fydd e... Ar ben yr un o dorri miwn a'ch asolto chi, wrth gwrs...'

Nodiodd Ielena. Gwyddai y byddai'n rhaid iddi ddweud wrtho 'i bod hi'n cofio lle y gwelodd hi Llygs o'r blaen, ond nid rŵan...

'Falle bydde'n well i chi fynd gatre i'r gwely i gael tam' bach o gwsg.'

Ysgydwodd Ielena ei phen. Er ei bod hi wedi ymlâdd, gwyddai na fedrai gysgu tan y câi wybod mwy am gyflwr Billy. Roedd hi wedi bod yma cyhyd fel nad oedd diben iddi adael rŵan. Ar hynny, daeth y nyrs y bu'n siarad â hi yn gynharach i lawr y coridor yn fân ac yn fuan. Dechreuodd calon Ielena guro'n gyflymach. Os oedd hi'n pryderu fel hyn am hen ddyn nad oedd yn perthyn yr un dafn iddi, pa fath o artaith yr oedd pobol â pherthnasau neu ffrindiau agos gwirioneddol sâl yn mynd trwyddo?

'Ma'ch yncyl chi mewn *serious but stable condition*,' meddai'r nyrs wrthi.

'Sy'n golygu beth?' holodd Ielena, gan osgoi dal llygad y ditectif, oedd wedi troi i edrych arni'n siarp pan gyfeiriodd y nyrs at Billy fel ei hewythr.

'Ma fe dros y gwaetha ond yn dala'n wan iawn.'

'Ga i 'i weld o?'

'Na, sori, bach. Ma fe'n cysgu'n awr, ac angen rest. Ewch chi gatre nawr, 'na ferch dda.' Er gwaetha'i geiriau nawddoglyd, roedd tôn y nyrs yn garedig.

'Ro i bàs gatre i chi,' meddai'r Ditectif Sarjant, cyn troi at
y nyrs: 'Unrhyw newid, gadewch i ni wbod. Ar ôl i chi weud
wrth y *next of kin*, wrth gwrs.'

Diolchodd Ielena i'r nyrs, gan anwybyddu sylw coeglyd DS
Jones. Er hynny, gadawodd iddo'i harwain allan i'w gar â'i law
o dan ei phenelin fel pe bai'n ofni iddi gymryd y goes unrhyw
funud.

'Yncyl, ife?' meddai gan danio'r injan.

'Dyna'r unig ffordd y basen nhw wedi gadel i mi aros yno a
rhoi gwbod i mi am gyflwr Billy.'

'Chi'n un dda iawn am weud celwydd, yn amlwg.'

'Dim ond celwydd bach gole oedd o...'

'Yn wahanol i'r un wedsoch chi am Edward Gomer?'

Caeodd Ielena ei llygaid. Nid oedd angen hyn arni rŵan a
hithau mor flinedig. Nid oedd angen hyn arni, ffwl stop.

'Dwi'n cofio lle gwelis i Llygs – y boi dech chi wedi'i
arestio – o'r blaen,' meddai, gan obeithio y byddai'r wybodaeth
honno'n gwneud iddo anghofio am ei chelwydd hi – am y tro,
beth bynnag. 'A mae 'na gysylltiad rhyngtho fo ag Edward.'

A dyna hi wedi bradychu Edward er mwyn achub ei chroen
ei hun. Ond onid arno fo roedd y bai ei bod hi yn y twll yma
yn y lle cynta? A hwyrach – er na hoffai feddwl hynny – mai fo
oedd wedi anfon Llygs i 'ddysgu gwers' iddi hefyd.

'Y'ch chi moyn dod i'r stesion i siarad am hyn nawr, neu'i
adel e tan pnawn 'ma ar ôl i chi gael gorffwys?' holodd y
Ditectif Sarjant.

Roedd Ielena ar fin dweud 'fory pnawn' a hithau bron â
chysgu ar ei thraed, ond yna meddyliodd hwyrach na fyddai'n
medru syrthio i gysgu â hithau'n gwybod y byddai'n rhaid iddi
fynd i orsaf yr heddlu i gael ei chroesholi gan y Jack Russell o
ddyn wrth ei hochr.

'Waeth i mi ddod rŵan.' *O leia mi fydd o drosodd wedyn a ga i aros yn fy ngwely trwy'r dydd*, meddyliodd. Os na fyddai DS Jones yn ei harestio hithau, wrth gwrs.

'Fydd angen twrne arna i?' holodd yn ofidus.

'Na fydd,' meddai yntau gan roi chwerthiniad bach. 'Hyd yn o'd os wedwch chi rwbeth ry'ch chi wedi "anghofio" i weud wrthon ni o'r blân.'

Temtiwyd Ielena i ofyn am gael siarad â Iestyn neu'r Ditectif Uwch-arolygydd, ond newidiodd ei meddwl, gan y byddai hynny'n siŵr o droi'r drol a throi DS Jones yn ei herbyn drachefn.

'Os ga i goffi cry a donyt neu ddwy, mi fydda i'n iawn,' meddai, a'r syniad o does ffres, siwgwrllyd â jam coch yn ei ganol yn tynnu dŵr o'i dannedd.

'Mae 'da ni ddigon o goffi, ond bydd raid i chi aros nes i Safeway agor am y donyts, mae arna i ofan. Sa i'n gwybod ambwytu chi, ond rwy'n gobeitho mynd tua thre cyn 'ny.'

Gwenodd Ielena mewn rhyddhad. Diolch byth, nid oedd yn bwriadu dal lamp lachar o flaen ei llygaid a'i chroesholi am oriau cyn ei thaflu i gell, wedi'r cyfan.

Rai dyddiau'n ddiweddarach, eisteddai Ielena ar fainc ar y prom o flaen y castell yn edrych allan dros draeth y de a'r môr. Roedd yn ddiwrnod bendigedig, y math o ddiwrnod pan fydd hi'n gynhesach tu allan na thu mewn, yr awel yn fwyn a'r haul yn gynnes am rai oriau cyn i leithder main gyda'r nos ddisgyn.

Roedd hi wrth ei bodd yr adeg yma o'r flwyddyn: y dyddiau'n byrhau a chynnwrf tymor newydd yn yr awyr ar ôl dyddiau hir yr haf. Nid nad oedd hi'n lecio'r haf, yn enwedig y Gorffennaf chwilboeth yr oedden nhw wedi'i gael eleni – haf go iawn, yn hytrach na diflastod 'anwydog aeaf hanner yn hanner â haf', chwedl R. Williams Parry.

Ar ôl tri mis o weini gyda'r nosau yn y Felin Ŷd yn

Llangollen, roedd hi'n falch o ailafael yn ei gwaith academaidd, o ymgolli mewn llenyddiaeth Saesneg efo'i chyd-fyfyrwyr. Hwyrach fod ambell un yn or-hoff o glywed eu lais ei hun mewn tiwtorial, ond o leia roedden nhw yno am eu bod nhw – fel hithau – yn llyfrbryfed brwd.

Roedd hi wedi treulio ambell nos Wener a phob nos Sadwrn bron, ar ei nosweithiau rhydd ac ar ôl gwaith, ym mar cefn y Glyn Valley neu yn y Royal Oak yn cael coblyn o hwyl, heb i Edward fod yno yn dweud wrthi ei bod hi'n gwneud ffŵl ohoni'i hun wrth iddi ddysgu chwarae pŵl, clecio peintiau, canu karaoke, a chlecio 'chwaneg o beintiau.

Ac eto, gresynai weithiau na fedrai Edward ei gweld yno yng nghanol y criw hapus, swnllyd, chwil, er mwyn iddi gael dweud wrtho: 'Dyma dy werin bobol di, y bobol yma dwi'n cymdeithasu efo nhw bob penwythnos, yn wahanol i chdi – snob dosbarth canol a'i ben wedi'i sodro i fyny'i din 'i hun.'

Ond yng nghanol y rhialtwch, ofnai Ielena weithiau ei bod hithau'n ymhonwraig, yn smalio bod am gyfnod yn rhywun neu'n rhywbeth nad oedd hi ddim, cyn iddi fynd yn ôl i'w bywyd arall yn y brifysgol. Fel y ferch yn y gân 'Common People' gan Pulp, meddyliai'n anghysurus – y fyfyrwraig gefnog oedd bron â thorri'i bol eisiau profi bywyd o safbwynt pobol gyffredin, er na fyddai byth yn un ohonyn nhw go iawn.

Er hynny, nid oedd neb – ar wahân efallai i'r ferch honno a ddywedodd wrthi, "*I always thought you were a snotty-faced cow, but you're OK, you are*" – wedi honni iddynt weld trwyddi eto.

Ond beth oedd yna i weld trwyddo mewn gwirionedd? Onid merch gyffredin o deulu cyffredin oedd hithau yn y bôn? Jyst achos ei bod hi'n byw mewn tŷ nobl ar ei dir ei hun, nid oedd hynny'n golygu ei bod hi'n trio twyllo'i hun a phawb arall â rhithdybiau dosbarth gweithiol.

Roedd ei thad a'i mam yn dod o deuluoedd cyffredin; ni fu'r un o'r ddau ar gyfyl prifysgol – a dweud y gwir roedd ei

mam yn dipyn o rafin – er mai Steff oedd y lefelwr mawr,
yr un yr oedd pobol o bob cefndir a dosbarth yn cymryd
ato, yn yr un modd ag y cymerai yntau at bob math o bobol
yn ddiwahân. Pobol oedd pobol iddo fo, a dyna oedd un o
ogoniannau pobol awtistig, y ffaith nad oedden nhw'n barnu
eraill yn ôl dosbarth na golwg na gallu.

Ynddi hi, Ielena, roedd yr amheuaeth ynghylch ei
chymhellion ei hun wrth iddi gymysgu efo criw tafarnau'r
Glyn. Gwyddai mai rhywbeth dros dro oedd y penwythnosau
a dreuliai yn eu cwmni, rhyw adlach bron i'r modd yr oedd
hi bob amser wedi ymddwyn mor blydi call yng nghwmni
Edward, yn ei ffrwyno'i hun rhag iddo'i chyhuddo o fod yn
debyg i'w mam.

Cywilyddiai wrth feddwl am hynny'n awr, gan fod Lili'n
well mam a dynes o beth wmbreth na mam grachaidd, oeraidd
Edward. Ac eto, roedd Myra Gomer wedi cymryd at Ielena
yn ei ffordd stiff ei hun, am ei bod hi, mae'n debyg, yn 'eneth
neis', ddymunol i edrych arni ac yn astudio ar gyfer gradd
mewn *English Lit.*

Yn eironig, ac yntau'n gymaint o genedlaetholwr, roedd
y ffaith fod Ielena'n astudio Llenyddiaeth Saesneg yn un o'r
pethau amdani a blesiai Edward, a hynny am ei fod yn edrych
i lawr ei drwyn ar yr holl fyfyrwyr oedd yn astudio Cymraeg.
Roedd Ielena hefyd, petai'n onest, yn falch o gael rhoi pobol
yn eu lle pan fyddent yn cymryd yn ganiataol mai myfyrwrwaig
yn astudio Cymraeg oedd hi.

Tynnodd rai o'i llyfrau o'r bag wrth ei hymyl a'u byseddu'n
synhwyrus. *Generation X,* Douglas Copeland a *Park City,*
Ann Beattie; *The Penguin Book of the Beats* a chopi newydd
sbon o *The Catcher in the Rye* – roedd ei chopi hi adre yn rhy
sacrosanct i gael ei ddifwyno gan nodiadau academaidd.

Fel cynifer o ferched, roedd Ielena wrth ei bodd efo dillad,
ond roedd yn well ganddi lyfrau. Pan gerddai i mewn i siop

ddillad, roedd y teimlad a ddeuai drosti fel chwant, yn farus a byrhoedlog, a ffieiddiai ati hi ei hun pan fyddai wedi prynu pethau nad oedd hi wir eu heisiau na'u hangen. Ond roedd y teimlad a ddeuai drosti pan gerddai i mewn i siop lyfrau fel cariad, yn fodlon a dwfn.

Edrychodd i fyny'n sydyn wrth i gysgod ddod rhyngddi hi a'r haul, a dychrynodd wrth weld dyn ifanc yn sefyll o'i blaen yn gwenu i lawr arni. Teimlai'n siŵr y dylai ei nabod, er na fedrai yn ei byw gofio lle'r oedd hi wedi'i weld o'r blaen. Fel efo Llygs, meddyliodd, a chrynu, er bod y cryndod a aeth trwyddi wrth weld y pishyn yma'n dipyn mwy pleserus.

'Sori am roi braw i ti,' meddai, gan eistedd i lawr ar y fainc wrth ei hymyl, a'i bag yn cadw pellter parchus rhyngddynt. 'Ond o'n i moyn gweud sori.'

'Sori?'

'Ie.'

'Naci. "Sori" fel "Pardwn" o'n i'n feddwl.'

'Beth?'

'Sori fel... o, dim ots. Pam t'isio deud sori wrtha i?'

'Am dy deilgêto di pwy ddwrnod.'

'Teilgêto?'

'Ie – ti'n gwbod, gyrru wrth dy gwt di trwy Bow Street.'

'O ie, dwi'n cofio rŵan...' gwenodd Ielena wrth gofio'r lle'r oedd hi wedi gweld y wên fawr wen o'i blaen. 'Ond sut ddaru ti'n nabod i?'

'Y gwallt. Y llyged yn y *rear-view mirror*. Y cip o dy wyneb di yn y *side-mirror*. 'Na pam o'n i'n gyrru lan dy din di, yn y gobeth o weld mwy.'

'Dyna'r esgus mwya *comy* glywes i erioed!' meddai Ielena, gan feddwl tybed a oedd yna ensyniad rhywiol yn y geiriau 'gyrru lan dy din di'. Roedden nhw wedi'i chynhyrfu hi, beth bynnag, yn yr un modd â'r hyfrydbeth oedd wedi yngan y geiriau.

'*Corny* neu beido, ma fe'n wir,' meddai. 'A byth ers 'ny rwy wedi gobeitho y bydden i'n taro miwn i ti'n rhwle.'

'Be – ti 'di bod yn chwilio amdana i?' gofynnodd Ielena mewn syndod.

'Nagw! Nage *stalker* odw i. Ond pan rwy'n mynd mas, rwy wastad yn edrych o gwmpas i weld os ti 'na. Dim ond tre fach yw Aber, ond fydde wâth i ni fod yn byw yn Mexico City ddim. Ti byth yn gweld y bobol ti'n moyn 'u gweld...'

'A wastad yn gweld y bobol ti ddim isio'u gweld,' ychwanegodd Ielena, gan feddwl am Angharad Befan... a Llygs, er y byddai hwnnw'n parhau i fod dan glo am beth amser, gyda lwc. Er bod yr hen Billy wedi dod trwyddi, byddai'r cyhuddiad yn erbyn Llygs yn dal i fod yn un difrifol.

'Simon odw i, gyda llaw,' meddai, gan estyn ei law iddi. 'Simon Jones.'

'Ielena.' Roedd ei law yn gadarn a chynnes a mymryn yn arw. 'Ielena Garmon.' Câi sôn am y Lowalski rhywbryd eto, pe câi gyfle.

'Stiwdent Saesneg?' gofynnodd Simon gan amneidio i gyfeiriad y llyfrau.

'Ie.'

'Rwy wedi darllen hwn,' meddai, gan godi'r copi o *The Catcher in the Rye*. 'Flynydde nôl. Sa i'n cofio lot ambwytu fe, ond rwy'n cofio wherthin lot, a meddwl wedi 'ny fod 'na lot mwy iddo fe na comedi.'

Chwyddodd calon Ielena mewn balchder. Eiliadau ynghynt, a hithau wedi'i hoelio gan ei lygaid hudolus, roedd hi wedi teimlo fel gwthio'i bag o'r neilltu a gwthio'i thafod yn ddwfn rhwng dannedd gwynion yr hyfrydbeth (beth oedd yr ysfa newydd yma i ymosod yn rhywiol ar ddynion? meddyliodd am ennyd), ond yn awr roedd ei chwant wedi'i ategu gan deimlad mwy clodwiw.

'Yn yr ysgol ddarllenest ti o?'

'Nage. Darllenes i fe pan glywes i hanes y boi 'na saethodd John Lennon – Mark Chapman. Ofynnodd e i John Lennon lofnodi copi o'r *Catcher in the Rye* iddo fe yn y bore, ac yn nes ymlân y diwrnod 'ny fe saethodd e fe'n farw. O'n i moyn gwbod shwt fath o lyfr fydde llofrudd fel'na yn 'i ddarllen.'

'Braidd yn *morbid*, ti'm yn meddwl? Be wyt ti, *psychologist* neu rwbeth?'

'Nage, plwmwr. Ond ma Mam yn *psychiatric nurse* a'n yncl i'n dditectif, felly ma'n debyg fod 'na elfen o *morbid curiosity* yn ein teulu ni.'

Plwmwr? Bydd ei thad wrth ei fodd, meddyliodd Ielena. A ditectif – tybed os...?

'Ti'n moyn dod mas am ddrinc 'da fi ryw noson?' gofynnodd Simon yn ddirybudd, cyn i Ielena gael cyfle i'w holi ynglŷn â'i ewythr. 'Os nag wyt ti'n mynd mas 'da rhywun yn barod, wrth gwrs...'

Disgwyliodd Ielena iddo ychwanegu'r 'merch bert fel ti' arferol, ond ni ddaeth, diolch byth. Roedd hi wedi 'laru braidd ar yr hen gompliment hwnnw.

'Ie, iawn. Pryd?'

Lledodd ei wên hyfryd. 'Sa i'n gwbod, lan i ti.'

Heno? Rŵan? A gawn ni jyst fynd yn syth i'r gwely, dim dili-dalio, neu mi fydda i wedi dechre dringo'r walie, meddyliodd Ielena.

'Dwi'm yn gwbod. Be am nos Wener?'

'Nos Wener amdani 'te. Beth ti'n moyn neud?'

Tydi o ddim yn amlwg wrth y ffordd dwi'n sbio arnat ti? Ti'm yn synhwyro bod fy nghorff i gyd ar dân, yn ysu amdanat ti?

'Awn ni am lymed i un o'r tafarne ar y ffrynt? Os bydd hi'n braf.'

'Ac os nag yw hi'n braf?' A oedd yna rywbeth awgrymog yn ei wên bryfoclyd? Gobeithiai'n daer fod yna.

'Yr un peth.'

'Wyth o'r gloch yn y Glengower, 'te?'

'Iawn.'

'Co ti 'ngharden i rhag ofn i ti newid dy feddwl.'

''Na i ddim,' meddai, gan gymryd ei gerdyn busnes yr un fath.

'Rhag ofn bo ti'n moyn cysylltu â fi am reswm arall, 'te,' meddai, gan gymryd cip ar ei oriawr. 'Rhaid i fi fynd, wela di nos Wener.'

'Nos Wener.'

Roedd tair noson i fynd tan hynny, meddyliodd, wrth wylio Simon yr Hyfrydbeth yn cerdded oddi wrthi ar hyd y palmant, ei ben ôl bach twt yn dorcalonnus o ddel yn ei jîns gwaith, a'i wallt brown golau yn sticio i fyny mewn cudynnau ffasiynol o flêr. Roedd o'n fyrrach na'r dynion y byddai hi'n mynd amdanyn nhw fel arfer, ond heb fod yn rhy fyr chwaith, yn sbesimen cryno o harddwch gwrywaidd. Mae'n debyg ei bod o fantais iddo fod yn eitha bach a gwydn ac yntau'n blwmwr, er mwyn iddo fedru ffitio i mewn i lefydd bach cyfyng.

Câi ffitio i'w lefydd bach cyfyng hi unrhyw ddiwrnod, meddyliodd gan godi llaw yn ôl arno wrth iddo gamu i mewn i'w fan wen i lawr wrth y ciosg hufen iâ. Mae'n rhaid ei fod wedi sylwi arni'n eistedd ar y fainc wrth iddo yrru heibio, wedi parcio'r fan ac wedi cerdded yn ôl tuag ati yn un swydd. Ac ers iddo sefyll rhyngddi hi a'r haul roedd ei chalon wedi'i throi ben i waered a'i meddwl yn un cawdel nwydus.

'Simon Jones,' meddai wrth wylio'r fan wen yn gwibio i ffwrdd. Edrychodd ar ei gerdyn busnes. Roedd ei rifau ffôn, ei gyfeiriad ebost a'i gyfeiriad arno. Trefechan, Aberystwyth. Heb fod yn rhy bell oddi wrth hi felly, meddyliodd, gan wenu. Ar ôl cychwyn trychinebus o ddramatig i'r tymor, ymddangosai fel petai pethau'n gwella iddi o'r diwedd.

5

Roedd Garmon yn dal i gorddi wrth iddo adael Trothwy'r
Berwyn fore Sul, ddiwrnod ynghynt nag yr oedd wedi
bwriadu.

Roedd wedi cyrraedd adre nos Wener yn edrych ymlaen
at weld ei deulu, at fwynhau pryd o fwyd cartre wrth wrando
ar Lili'n mynd trwy'i phethau, a threulio ychydig o *"quality
time"* efo hi a Steff cyn dychwelyd i Gaerdydd fore Llun. Credai
Garmon mai ansawdd yr amser yr oeddech yn ei dreulio efo
pobol oedd yn bwysig, nid faint o amser, er y byddai Lili'n siŵr
o wfftio a dweud mai esgus cyfleus i bobol nad oedd yn treulio
digon o amser efo'u teuluoedd oedd hynny.

Wel stwffio Lili, meddai wrtho'i hun gan luchio'i fag-dal-
bob-dim i mewn i fŵt yr Audi. Stwffia hi a'r holl *guilt-trips* yr
oedd hi wedi'u pentyrru arno dros y blynyddoedd, gan wneud
iddo deimlo'n rîal hen ddiawl am fynd i ffwrdd i weithio yn
hytrach na bod yn ddiolchgar iddo am wneud digon o arian
fel y gallai hi aros adre heb orfod gweithio. Roedd hi'n rhoi
gwersi dawnsio, oedd, ond hobi oedd hynny yn hytrach na
gwaith go iawn.

Roedd Lili wedi honni ar hyd yr adeg na fedrai weithio'n
llawn amser oherwydd Steff, ond tybiai Garmon mai esgus
oedd hynny'n rhannol am na fyddai'n medru diodde dal
swydd naw tan bump. Roedd hi'n ormod o rebel i hynny,
yn ogystal â bod yn rhy ddiog. Y brolio bohemaidd ynglŷn â
bod yn aderyn y nos oedd yn anobeithiol yn y bore, tra bod
pobol gyffredin – mamau i blant awtistig yn eu plith – yn
gorfod codi'n gynnar a gweithio'n galed er mwyn ennill eu
bywoliaeth.

'Ti'n bod yn annheg rŵan, Gari,' meddai Paxo wrtho yn y
Glyn Valley nos Wener. Gwingodd Garmon wrth gofio'i fod

wedi mynd yno'n fwriadol am nad oedd eisiau meddwi ar ei stepen drws ei hun, cyn agor ei galon i Paxo o bawb! 'Elli di'm gwadu fod Lili wedi bod yn fam ardderchog i Steff.'

'A be amdana i, y?' mynnodd Garmon. 'Mae'n rhaid i *un* ohonon ni fynd allan i weithio i ennill dipyn o bres...'

'Ti'n trio deud y base'n well gen ti aros adre efo Steff tra bod Lili'n mynd allan i weithio?'

'Wel mi fyse hi wedi bod yn reit neis weithie...'

'Yn union, yn "reit neis weithie". Gwranda, Garmon, mi fyse ti wedi mynd off dy ben taset ti wedi gorfod aros adre i fagu Steff – neu unrhyw blentyn, o ran hynny...'

'Siarad o brofiad wyt ti, Paxo? Ddaru Sharon gôpio'n go lew ar ôl i ti'i hel hi am Lunden a'i gadel hi ac Ian ar y clwt...' Gwingodd Garmon eto wrth gofio'i eiriau, gan synnu nad oedd Paxo wedi rhoi clewten iddo yn y fan a'r lle. Yn hytrach, roedd wedi plygu'i ben mewn cywilydd cyn cytuno.

'Do, dwi'n gwbod. Ond mae hi'n gry' – ma merched yn gryfach na dynion ar y cyfan. Dim hel esgusion ydw i, ond mi fyswn i wedi mygu taswn i wedi aros – wedi troi'n un o'r dynion chwerw rheiny sy'n shagio o gwmpas a meddwl bod 'u gwragedd wedi mynd i ddisgwl yn fwriadol er mwyn 'u trapio nhw. O leia ro'n i'n anfon pres da iddyn nhw bob mis ac yn dod i weld Ian mor aml ag y gallwn i, hyd yn oed ar ôl i Sharon a Dei brodi...'

Ychydig fisoedd ar ôl i Paxo adael, roedd Sharon wedi dechrau canlyn efo Dei, hen ffrind ysgol i'r ddau ohonynt, ac wedi ei briodi yn fuan ar ôl i'r ysgariad fynd trwodd.

'Dwi'n meddwl 'mod i wedi gneud mwy o ymdrech wedyn, os rhwbeth,' aeth Paxo yn ei flaen ar ôl gwagio'i wydr peint ac archebu rownd arall. 'Ar un llaw ro'n i'n falch fod Sharon wedi dod o hyd i rywun, ond ar y llaw arall ro'dd gen i ofn drwy 'nhin y base Ian yn anghofio mai fi oedd 'i dad o.'

Teimlai Garmon fel dweud wrtho mai felly y gwnâi Paxo

iddo yntau deimlo weithiau – efo'i agosrwydd at Lili a'i *rapport* naturiol efo Steff – er na fynnai roi'r boddhad hwnnw i'r hen gadno chwaith.

'Ond ti mae Ian wedi'i alw'n "Dad" drwy'r adeg,' meddai'n hytrach. 'Er mai Dei sy wedi'i fagu o. Mae'n siŵr fod hynny 'di bod yn anodd ar Dei druan, nenwedig gan na chafodd o a Sharon blant 'u hunain.'

Taflodd Paxo edrychiad siarp ar Garmon, cystal â dweud *Ti'n gofyn am glec 'ta be?*, cyn nodio'i ben i gytuno drachefn.

'Ma Dei a finne'n ffrindie – o ryw fath. Rhaid i ni fod, 'nenwedig â'r ddau ohonon ni'n gweithio i Ian, ond alla i ddim gwadu nad oes 'na rywfaint o *friction* 'di bod rhyngthon ni dros y blynyddoedd,' ychwanegodd gan wenu'n fingam.

Roedd y ffaith fod tad a llys-dad Ian Ceiriog Williams yn gweithio i'w gwmni adeiladu yn un o'r eironïau rheiny oedd wrth fodd pobol a fwynheuai hel clecs, ac ambell un yn honni mai Paxo yr oedd Sharon yn dal i'w garu ar ôl yr holl flynyddoedd, er bod Dei yn ŵr mor dda iddi. Paxo oedd wedi mynd â'i bryd ers talwm, beth bynnag, efo'i harddwch garw a'i swyn direidus.

'Ta waeth, be sy'n dod â ti allan heno ar ben dy hun i ddal pen rheswm efo hen racsyn fel fi?' gofynnodd Paxo, gan luchio Garmon oddi ar ei echel. ''Di ffraeo efo Lili wyt ti, dwi'n cymryd?'

'Naci. Ie. Ddim cweit,' ffwndrodd Garmon, gan deimlo'r cwrw yn mynd i'w ben a gorwedd yn bwll trwm yn ei fol. Sut roedd modd iddo fynd i ddau le yr un pryd? Ni allai ddeall pam roedd pobol yn mwynhau tywallt peintiau ar beintiau o'r stwff i lawr eu cyrn clagwydd, ac eto, dyma fo rŵan yn gwneud yr un peth yn union.

'Y blydi ditectif 'na oedd acw, yn hel esgusion am nad oedden nhw wedi rhoi gwbod i ni am y boi 'na ymosododd ar Ielena. Deud 'i fod o wedi'i chynghori hi i fynd adre ond 'i bod hi wedi gwrthod rhag ofn i ni boeni amdani! Poeni amdani! 'Swn i 'di mynd yno i'w nôl hi fel siot taswn i'n gwbod! Ddeudis i wrtho fo y dylse fo fod wedi deud wrthyn ni beth bynnag, ond mynnu bod Ielena'n ddigon hen i benderfynu drosti'i hun nath o – a Lili'n cadw arno fo, os gweli di'n dda!'

'Coc oen,' cytunodd Paxo.

'Oeddet ti'n gwbod am hyn yn barod, dwi'n cymryd?'

Nodiodd Paxo'n gyndyn. 'Ddeudodd Lili wrtha i ar ôl i Ielena ffonio noson o'r blaen. Ro'n i'n digwydd bod yno ar y pryd.'

'Oeddet m'wn,' meddai Garmon dan ei wynt, er yn ddigon uchel i Paxo glywed. '*Typical* Lili – mynd i uffern o stêm ynglŷn ag unrhyw beth i'w neud efo Steff, ond yn cŵl i gyd pan mae'n clywed fod rhywun wedi ymosod ar Ielena!'

'Toedd hi ddim yn cŵl, Gari. Gath hi uffern o sioc, deud y gwir 'tha ti. Fi ddeudodd wrthi am beidio â dy ffonio di nes iddo gŵlio i lawr dipyn bach.'

'Diolch, Paxo,' meddai Garmon yn sarcastig. 'Biti na fyse hi mor barod i wrando arna i ag ydi hi arnat ti a'r smŵddi o dditectif 'na!'

Plygodd Paxo'i ben i rowlio sigarét a chelu gwên wrth glywed Garmon o bawb yn cyfeirio at rywun arall fel 'smŵddi'.

'Dwi'm yn hapus fod Ielena yn Aber rŵan chwaith. Jyst achos fod y seicopath 'ma wedi cael 'i restio, tydi hynny'm yn deud 'i bod hi'n hollol saff, nadi? Ond dyna fo, sneb yn fodlon gwrando arna i, nag oes – jyst 'i thad hi ydw i...'

'Sy ddim o gwmpas hanner yr amser,' torrodd Paxo ar ei draws.

Taflodd Garmon edrychiad du arno.

'Wel mae'n wir, Gari,' aeth Paxo yn ei flaen, gan chwythu'r mwg i gyfeiriad y nenfwd. 'Ers i Ielena fynd i'r coleg, ti 'di bod yn treulio mwy a mwy o amser i ffwr' yn gweithio.'

'Lili sy 'di bod yn achwyn wrthot ti?' ffromodd Garmon.

'Naci. Fi sy 'di sylwi...'

'A manteisio ar y cyfle 'mod i i ffwr' mor amal...'

'Ti'n cyfadde'r peth, felly.'

'Cyfadde be?'

'Bod ti i ffwr' yn aml.'

'Wyt *ti'n* cyfadde'r peth, ydi'r peth?' baglodd Garmon dros ei eiriau.

'Cyfadde be?'

'Bo ti acw bob cyfle gei di pan dwi i ffwr'?'

'Gari, cer adre. Ti'n chwil. Ordra i dacsi i ni'n dau.'

Roedd Garmon ar fin protestio pan sylweddolodd fod yn rhaid iddo fynd adre neu fentro gwneud ffŵl ohono'i hun yn ei feddwdod.

'Ges i ffrae efo Mima heno 'fyd,' meddai Paxo ar y ffordd yn ôl i Lanarmon.

'Am be? Am dreulio gormod o amser efo gwraig rhywun arall?' gofynnodd Garmon yn swta.

Anwybyddodd Paxo'r *dig*. 'Ro'dd hi'n meddwl 'i bod hi'n disgwyl, wedi colli *period* – neu'n meddwl 'i bod hi eniwê, fuodd hi rioed yn dda iawn mewn maths – a dychmygu'i bod hi'n dechre cael *cravings*. Yna, pan ffeindiodd hi allan nad oedd hi'n disgwyl, mi ddeudis i "diolch byth", ac mi ath hi i dop caetsh – 'y ngalw i'n fastad dideimlad, dim ots faint o'n i'n trio deud wrthi 'mod i ddim isio chwaneg o blant â finne dros 'yn hanner cant, a bod hithe ddim yn *spring chicken* chwaith, o ran hynny...'

'Ddeudist ti mo hynny wrthi?'

'Do, fel o'n i wiriona. Ath pethe'n flêr go iawn wedyn, efo hi'n edliw 'mod i'm yn ddyn hanner mor hyfryd â'r Ditectif Iestyn Morgan *'gorgeous'* 'na, a finne'n deud wrthi go brin y byse fo'n edrych ddwyweth arni hi ac ynte'n amlwg 'di cymryd ffansi at Lili...'

'Lili?' gofynnodd Garmon, gan deimlo'i hun yn sobri trwyddo.

'Paid deutha i bo ti heb sylwi? Ro'n i'n meddwl hwrach mai dyna pam roeddech chi 'di ffraeo...'

'Dwi 'di deutha ti pam ddaru ni ffraeo... A beth bynnag, mae o'n lot fengach na hi...'

'Dyna ddeudodd Mima 'fyd. Er 'i bod hi bymtheg mlynedd yn fengach na fi, tydi hi'n methu dychmygu'r peth ffor' arall rownd.'

'Na finne chwaith.'

'Dyna fo, felly. Fi sy'n dychmygu pethe, ma raid,' meddai Paxo gan rowlio'i lygaid.

'Ma raid. Neu'n procio drwg, fel arfer.'

'Fi'n procio drwg? I be 'swn i isio gneud peth felly?' meddai'n ffug-ddiniwed wrth i'r tacsi ddod i stop o flaen Trothwy'r Berwyn. 'Ti'm am 'y ngwadd i mewn am goffi?'

'Ffyc off,' meddai Garmon gan daflu pum punt i gyfeiriad Paxo. 'Ti'n treulio digon o amser acw fel ma hi!'

Chwarddodd Paxo, gan roi'r papur pumpunt i'r gyrrwr a chamu allan, gan wylio Garmon yn simsanu i fyny'r dreif. Ystyriodd fynd i'r Hand am wisgi bach dros y galon, ond penderfynodd wrthsefyll y demtasiwn am unwaith a cherdded y ffordd arall heibio am adre.

Pan ddeffrodd Garmon fore trannoeth, tybiodd ei fod wedi bod yn ddigon ffodus i osgoi cael pen mawr. Am ei fod mor ffit, mae'n debyg, meddyliodd yn hunanfoddhaus, gan ymestyn ei gorff noeth yn y gwely yn y gobaith o deimlo Lili wrth ei ymyl, yn belen gysglyd o gnawd cynnes. Ond roedd ei hochor hi o'r gwely'n wag, ac wedi bod felly ers peth amser, yn ôl y cynfasau oer.

Pam oedd yn rhaid iddi ddewis y bore hwn o bob bore i godi o'i flaen? meddyliodd yn biwis. Ac yntau wedi edrych ymlaen at gael gwagu'r pwysau yn ei geilliau, gan ysgafnhau rhywfaint ar ei ysbryd yr un pryd.

'Lili?' galwodd, gan obeithio efallai ei bod hi yn yr *en-suite*.

Dim ateb. Ochneidiodd Garmon, gan godi ac estyn am ei ddillad loncian o'r cês heb ei ddadbacio ar lawr. Fel arfer byddai wedi plygu ei ddillad a'u cadw'n dwt yn y drôr a'r wardrob, ond roedd neithiwr yn eithriad. Teimlai ei ben yn fwy gwlanog ar ôl iddo godi, a blas cwrw'r noson cynt yn dal yn ei geg. Wedi gwisgo'n sydyn – câi gawod wedyn ar ôl bod yn rhedeg – aeth drwodd i'r *en-suite* i lanhau'i ddannedd a thaflu dŵr oer dros ei wyneb, gan osgoi edrych arno'i hun yn y drych.

I lawr yn y gegin roedd arogl bacwn yn ffrio a choffi'n ffrwtian yn llenwi'r lle. Safai Lili uwchben y ffrimpan yn gwasgu'r tafelli cig moch i lawr efo sbodol bren er mwyn eu crimpio'n iawn. Gwisgai jîns efo godrau carpiog a chrys hir llwyd, gan lwyddo, fel arfer, i wneud iddynt edrych fel *haute couture*. Roedd ei gwallt aur-ac-arian wedi'i godi'n gocyn llac, ac ambell gudyn strae yn disgyn dros ei gwegil. Gwegil lluniaidd oedd yn gofyn am gael ei gusanu. Camodd Garmon tuag ati, ond cyn iddo'i chyrraedd, trodd a gwenu arno.

'Bore da, gysgadur,' meddai wrtho, a'i llygaid yn pefrio'n bryfoclyd.

'Bore da,' meddai a'i lais yn floesg. Cliriodd ei wddw, ond daliai i swnio'n gryglyd. 'Ti'n edrych yn hollol groes i sut dwi'n teimlo.'

'Ma hynny'n gompliment, dwi'n cymryd?' gwenodd arno. 'Fydd brecwast ddim yn hir.'

'Dwi'n mynd allan am jog gynta,' meddai, gan drio swnio'n fwy brwd nag y teimlai.

'Ti'n gall, d'wad? Ista fan'na a byta. Neith o'm drwg i chdi ga'l dwrnod o orffwys, 'nenwedig â chditha efo *hangover*.'

'Sgen i ddim *hangover*!' taerodd, gan drio anwybyddu'r natur cur pen oedd yn bygwth gwaethygu.

'Nag oes, siŵr,' gwenodd Lili, efo sirioldeb hunangyfiawn y sobor. 'Dyna pam ti 'di cysgu tan wedi deg am y tro cynta ers oes pys.'

'Di blino dw i,' meddai Garmon, gan synnu ei bod hi mor hwyr. 'Dwi 'di gweithio'n galed drwy'r wthnos, 'di dreifio adre o Gaerdydd neithiwr a chael uffern o sioc pan ddeudest ti wrtha i am Ielena. Ro'n i ar binne wedyn, a 'di gwylltio efo'r blydi ditectif 'na – dyna pam es i allan a cha'l un neu ddau yn ormod. Ar Paxo o'dd y bai, yn mynnu prynu rownds...'

'Paxo?' meddai Lili mewn syndod, gan chwerthin. 'Chdi a Paxo'n ca'l sesh efo'ch gilydd?'

'Dim sesh o'dd hi,' meddai Garmon yn ddiamynedd, gan newid y pwnc. 'Lle ma Steff?'

Teimlai'n sychedig ac yn glemllyd, ond daliai i wrthsefyll y demtasiwn i eistedd a bwyta llond plât o frecwast wedi'i olchi i lawr â phaned neu ddwy o goffi go iawn. Yn hytrach, yfodd wydraid o sudd oren ar ei ben ac estyn am fanana o'r bowlen ffrwythau. Fitamin C a photasiwm oedd ar ei gorff eu hangen, er ei fod yn crefu am fraster a chaffîn. Sylweddolodd fod Lili'n oedi cyn ei ateb, fel petai'n pendroni a ddylai ddweud y gwir wrtho ai peidio.

''Di mynd am dro efo Iestyn mae o,' meddai o'r diwedd, heb droi i edrych arno.

'Be?! I be ddiawl t'isio gadel iddo fo fynd am dro efo'r prat yna?' Dechreuodd y cur yn ei ben bwnio wrth iddo godi'i lais.

'Fo o'dd isio mynd. Mae o'n ddeunaw oed. Mae'n hen bryd iddo fo sefyll ar 'i draed 'i hun, fel ti'n deutha fi o hyd.'

'Ond tydi hynny'm yn golygu gadel iddo fynd am dro efo dynion dierth, nadi!'

'Tydi o'm yn ddyn diarth. Fo achubodd Ielena, cofia.'

'O, ydi o'n trio gneud 'i hun allan i fod yn rhyw fath o *super hero* rŵan, yndi?' wfftiodd Garmon.

'Ielena ddeudodd hynny wrtha i, nid y fo.'

'Plisman ydi o – dyna'i ffycin job o 'de!' gwaeddodd Garmon, gan synnu at y dicter a ffrydiai trwyddo.

'Ia!' gwaeddodd Lili'n ôl arno a'i llygaid yn fflachio. 'A dy ffycin job di ydi achub y ffycin Steddfod, fel ti'n fy atgoffa i drwy'r ffycin amsar! Ti'm yn meddwl y bysa'n rheitiach i chdi dreulio mwy o amsar efo dy deulu?!'

'O, 'ma ni 'to. *Fishwife Lil* ar ben 'i bocs sebon!'

Cydiodd Lili'n dynnach yn nolen y ffrimpan; ei chorff yn crynu fel tant wedi'i diwnio'n rhy dynn wrth iddi ymdrechu i reoli'i thymer.

'Chdi sy'n 'y ngneud i fel hyn,' meddai rhwng ei dannedd. 'Ro'n i mewn andros o hwylia da bora 'ma, er i chdi fynd allan neithiwr mewn uffar o dempar a rhowlio i mewn neithiwr yn chwil a chditha heb fod adra ers bron i dair wsnos. Ro'n i'n meddwl ella y bysa fo'n gneud lles i chdi ollwng dipyn bach o stêm, ac y bysa petha'n well rhyngthon ni bora 'ma. Ond am ryw reswm, bob tro dwi mewn hwylia da, ti fatha tasa chdi'n mynd allan o dy ffor' i 'ngwylltio i!'

'Nadw tad!'

'Wyt tad! Fatha bora 'ma, er enghraifft; 'nei di'm hyd yn oed ista i fyta brecwast efo fi achos dy fod ti mor ffy…fflipin *obsessed* efo cadw'n ffit. 'Nei di'm troi'n dew dros nos jyst achos bo chdi'n mynd un dwrnod heb jogio, sti!'

'Dwi'n gwbod hynny. Ond ma angen clirio 'mhen arna i. Ma'r lle 'ma'n cau amdana i…' Yr eiliad y daeth y geiriau olaf allan o'i geg, gwyddai Garmon ei fod wedi gwneud camgymeriad.

'Ond newydd ddod adra w't ti! Ti ar ben dy hun drw'r

wsnos – am wn i...'

'Be ti'n feddwl, "am wn i"?' torrodd Garmon ar ei thraws.

'Wel, hyd y gwn i. Ella fod gen ti ryw lefran ifanc draw yng Nghaerdydd 'na!'

'Paid â siarad yn wirion, 'nei di!' meddai Garmon, gan synnu wrth i ddarlun o Meryl fflachio'n ddirybudd yn ei feddwl. 'Beth bynnag, chdi sy'n entyrteinio dynion tra dwi i ffwr' – Paxo, a rŵan y ditectif ifanc hynci 'ma...'

'Hynci?!' chwarddodd Lili wrth glywed ei gŵr yn defnyddio'r fath air, cyn ychwanegu'n chwareus: 'Garmon! Dwyt ti rioed yn genfigennus?'

'Nadw siŵr!' meddai Garmon, nad oedd mewn unrhyw hwyliau i chwarae gêms, yn enwedig rŵan gan fod ei ben mawr wedi cydio o ddifri. 'Jyst ddim isio i chdi neud ffŵl ohonat ti dy hun ydw i – dynes yn dy oed a d' amser! Rŵan, os ti'm yn meindio'n ormodol, dwi'n mynd i redeg.'

A chyda hynny roedd o wedi diflannu trwy'r drws cefn, gan adael Lili'n tatsian am mai fo oedd wedi cael y gair sarhaus olaf. Yn y gobaith o'i ddal wrth iddo loncian i lawr y dreif, rhedodd at y drws ffrynt gan weiddi wrth ei agor:

'Tydw i ddim *past-it* eto, i chdi ga'l dallt!!'

Roedd Garmon eisoes wedi'i heglu hi o'r golwg, ond pwy oedd yn cerdded i fyny – ac yn amlwg wedi ei chlywed – ond Iestyn.

'Falch o glywed 'ny,' gwenodd arni, gan beri iddi gochi hyd fôn ei chlustiau.

Bu bron i Garmon droi ar ei sawdl pan welodd Iestyn yn cerdded i fyny tuag ato ar y dreif. Ond gan na ddymunai roi'r boddhad hwnnw i Lili, ac mewn ymgais i ddangos i Iestyn mor heini ydoedd, cyflymodd ei gamre a sbrintio heibio iddo gyda nòd swta. Safai Steff yn ei wylfan arferol wrth y giât, gan ei hagor fel sentinel er mwyn i'w dad fynd trwyddi heb orfod arafu.

'Diolch, mêt!' galwodd Garmon arno.

'Mêt!' galwodd Steff yn ôl.

'Mêt!' galwodd Garmon drachefn gan redeg heibio'r Hand, dros y ffordd ac i gyfeiriad Swch-Cae-Rhiw, gan na fedrai wynebu rhedeg i fyny unrhyw allt serth heddiw. Er hynny, byddai'n dyffeio Mr Ditectif i'w guro mewn ras unrhyw ddydd, hyd yn oed heddiw ac yntau'n fflagio.

A oedd Lili wedi cymryd ffansi ato mewn gwirionedd? Ac a oedd Iestyn – fel yr honnai Paxo – wedi cymryd ffansi ati hithau, er ei bod hi dros ddeng mlynedd yn hŷn nag o? Meddyliodd am wegil ei wraig, a phenderfynu nad oedd hynny mor annhebygol wedi'r cyfan. Bu bron iddo â throi ar ei sawdl drachefn, ond i beth? Go brin y byddai'r ddau ohonyn nhw'n caru ar fwrdd y gegin gefn dydd golau, a hyd yn oed os oedden nhw, nid oedd hynny'n olygfa yr hoffai Garmon gerdded i mewn a'i gweld.

Ai bod yn siofinydd hen-ffasiwn oedd o, yn meddwl ei bod hi'n naturiol i ferched gael eu denu at ddynion hŷn ac i ddynion gael eu denu at ferched iau, ond nid *vice versa*? Meddyliodd eto am Meryl ac am y wefr o bleser a deimlodd pan ddywedodd Ielena wrtho fod ei ffrind yn meddwl ei fod yn 'eitha pishyn'. 'Am dy oed,' meddai wedyn, er bod Garmon yn amau mai Ielena oedd wedi ychwanegu hynny rhag ofn i'w ego chwyddo'n ormodol.

Yn sicr, roedd hynny'n esbonio pam y byddai Meryl bob tro'n cochi yn ei gwmni. Gwenodd wrth gofio'i chwithdod, a thrio'n ofer i gofio adeg pan gawsai'r un effaith ar Lili. Ond dyna un o'r pethau oedd wedi ei ddenu at Lili, y ffaith ei bod hi'n gymaint o her, yn hytrach nag yn eneth a fyddai'n llewygu mewn edmygedd o'i flaen. Er y byddai hynny'n eitha braf weithiau, meddyliodd yn hiraethlon wrth basio fferm Sarphle ar y chwith – yn ogystal â chael tipyn o faldod, fel yr arferai ei fam ei roi iddo ers talwm.

Wrth feddwl am ei fam, plymiwyd Garmon yn ddyfnach i'r felan. Byddai'n well ganddo petai hi wedi marw nag yn dal i fodoli ar y blaned dw-lali ble nad oedd hi hyd yn oed yn nabod ei phlant ei hun. Gwyddai fod Nerys yn dal i fynd i'w gweld yn rheolaidd, a Lili hefyd o ran hynny, ond er gwaetha'i euogrwydd a'r ccrydd y tybiai iddo ei weld yn llygaid ei chwaer, roedd edrych ar wyneb cyfarwydd ei fam a synhwyro'r dieithrwch ofnadwy y tu ôl iddo yn brofiad rhy boenus o'r hanner.

Ai dyna oedd o'i flaen yntau? Ei ymennydd yn dirywio a chilio – yn raddol i ddechrau, yna'n frawychus o sydyn – i fyd plentyndod, ac ambell fflach hunllefus yn ei ddwyn yn ôl i realiti a'i atgoffa o'r hyn oedd yn digwydd iddo? Mewn byd cyfiawn, pobol fel Paxo oedd yn cam-drin eu cyrff efo alcohol a chanabis ddylai ddioddef o Alzheimer's, ond mae'n siŵr y byddai'r cythrel lwcus hwnnw'n dal i fod yn gydnerth o gorff a miniog ei feddwl yn hen ŵr, tra byddai Garmon yn ga-ga mewn rhyw gartre hen bobol.

Wrth nesáu at fferm Tu Hwnt i'r Afon, penderfynodd Garmon droi'n ei ôl am adre. Camgymeriad oedd dod y ffordd yma wedi'r cyfan, gan fod y lôn yn rhy gul a'r gwrychoedd o boptu yn cau amdano. Petai tractor neu gerbyd arall yn dod i'w gwfwr, byddai'n rhaid iddo stopio a gwthio'i hun i'r ochr er mwyn gwneud lle iddo basio, a'r peryg wedyn fyddai i'r gyrrwr ei nabod a stopio am sgwrs.

Trwy lwc, llwyddodd i gyrraedd ceg y lôn heb gael ei ddal gan unrhyw ffarmwr sgwrslyd, ac wrth iddo fustachu i fyny'r dreif at y tŷ gweddïai na fyddai'r ditectif yn dal i fod yno i'w weld yn y fath stad.

'Blydi hel, sbia golwg sy arnach chdi!' dwrdiodd Lili wrth iddo faglu i mewn i'r gegin yn swp chwyslyd. 'Dos i'r gawod – rŵan! Dwi'm isio chwys yn diferu dros 'yn llawr glân i!'

'Iesgob, ers pryd wyt ti mor *houseproud*?' holodd, gan

sylweddoli efo rhyddhad nad oedd golwg o Iestyn yn unman.

'Ers i mi glywad fod Mam ar 'i ffor' yma!'

'Be?!' ebychodd Garmon. Dyna'r rhyddhad mwya byrhoedlog iddo'i deimlo'i erioed. 'Be ddiawl be ma *hi* isio yma?'

'Ma Peredur wedi rhoi'r gora iddi – wedi torri'r *engagement*, chwedl hitha...'

'Wedi callio, ti'n feddwl?'

'...ac mi ofynnodd hi am gael dŵad yma i aros am noson neu ddwy.'

'A 'nest ti gytuno?'

'Do'n i'n methu gwrthod yn hawdd iawn, nag o'n?'

'Faset ti 'di gallu gneud rhyw esgus – deud 'mod i adre a'n bod ni wedi trefnu mynd allan i rwle.'

'Wel tydan ni ddim wedi, naddo?' brathodd Lili. 'Yr unig adag ti'n mynd allan pan w't ti adra ydi ar ben dy hun, a hynny i feddwi'n rhacs!'

'*One-off* oedd neithiwr!'

'*Too right*, achos dwi'm isio i chdi ddechra gneud habit o'r peth, 'nenwedig gan nad w't ti byth yn boddran mynd â fi allan i nunlla pan w't ti adra!'

'O'n i 'di meddwl gneud heno,' blyffiodd Garmon, gan ddim ond hanner dweud y gwir. Er mai'r hyn y dyheai amdano yn anad dim oedd gwely cynnar, gwyddai mai'r ffordd orau o feddalu tipyn ar Lili oedd trwy fynd â hi allan am ddiod a phryd o fwyd...

'Neu aros yn tŷ i watsiad DVD a chael têc-awê a photel o win o flaen y tân...' ychwanegodd yn obeithiol.

Am eiliad, tybiodd Garmon fod Lili'n mynd i ffrwydro wrth i'w hwyneb droi'n wyn a'i llygaid droi'n ddu gan ddicter.

'Jyst dos i'r gawod, 'nei di,' meddai o'r diwedd, a'r siom tawel, chwerw yn ei llais yn waeth na phetai wedi gweiddi mwrdwr arno. 'Os rhwbath ddylia chdi fod yn falch fod Mam yn dod yma – fydd hynny'n sbario i chdi orfod sbwylio dipyn bach arna i.'

Roedd Garmon ar fin dadlau fod hynny'n annheg, ond gwyddai nad oedd diben gwneud hynny a hithau yn y fath hwyliau hunandosturiol.

'A' i â Steff i rwle, felly...' mentrodd.

'Na 'nei. Ma gin Steff ddêt heno.'

'Dêt? Efo pwy?' holodd yn anghrediniol.

'Dani. Ryw hogan mae o'n gweithio efo hi.'

'Dyma'r cynta i mi glywed am y peth.'

'A finna 'fyd. Mi ffoniodd hi gynna i gadarnhau. Mae hi'n dod yma i'w nôl o am chwech.'

'Ti'n gwbod rhwbeth am y ddynes 'ma?' gofynnodd Garmon mewn panig. 'Pwy ydi hi, ryw *divorcee* neu wraig weddw sy'n ddigon hen i fod yn fam neu'n nain iddo fo ma siŵr?'

'Ma hi'n bedair ar bymthag, medda Steff. Ac yn Gymraes. Nith i Eifion Cwm Heffrod, medda hi wrtha i ar y ffôn.'

Un o'r ffermydd ar y ffordd i Faen Gwynedd oedd Cwm Heffrod, ac Eifion ymhlith y cleniaf a mwyaf di-gŵyn o ffermwyr.

'Ydi hi'n deall fod Steff yn *autistic*, yndi?'

'Yndi, am wn i.'

'Be ti'n feddwl, *am wn i*? Pam w't ti mor cŵl ynglŷn â Steff fwya sydyn?'

'Chdi sy wastad yn pregethu 'mod i'n 'i lapio fo mewn wadin, ond pan dwi'n gwrando arnach chdi, ti'n mynd i dop caetsh!'

'Jyst 'i weld o'n od ydw i,' meddai Garmon yn amheus. 'Ti fatha tasat ti 'di newid dros nos... neu dros dair wsnos o leia,' ychwanegodd, cyn i Lili gael cyfle i wneud. 'Fyddi di'n rhoi'r gore i regi a gwylltio nesa!'

''Mond chdi sy'n gneud i mi regi a gwylltio, Garmon,' gwenodd yn oeraidd arno. A chan nad oedd gan yntau ateb i'r gic yna (wedi'i hyngan mewn llais oeraidd, a olygai fod Lili o ddifri), trodd ar ei sawdl a cherdded i fyny'r grisiau i gael cawod.

Gwta hanner awr ar ôl i'w fam-yng-nghyfraith gyrraedd, gresynai Garmon na fyddai wedi mynd yn ôl i Gaerdydd y bore hwnnw. Ond hyd yn oed petai wedi bod yn saff iddo yrru, go brin y byddai wedi mentro pechu Lili trwy wneud hynny, heb sôn am adael ac yntau prin wedi gweld Steff.

'Ma dy annwyl fam 'di cyrredd!' galwodd yn ffug-lawen wrth i Dora yrru i fyny'r dreif yn ei Nissan Micra bach coch. 'Tybed faint o *road rage* ma hi 'di greu ar yr A5 heddiw, yn dal pobol nôl yn 'i char Nodi?'

'Fel'na fyddi di ryw ddwrnod,' tynnodd Lili arno. 'Pan fyddi di'n rhy hen i yrru dy sbortscar.'

'Fydda i byth yn rhy hen iddo fo!'

'Fyddi *di* ddim, ella. Ond be am dy benglinia di? Fyddi di'n methu plygu i fynd i mewn ac allan ohono fo!'

'Cysurwr Job,' meddai yntau, wrth fynd allan i gyfarch ei fam-yng-nghyfraith a'i helpu i gario ei bagiau i mewn i'r tŷ.

'Dech chi'n symud i fyw aton ni, Dora?' holodd yn ysgafn gan halio'i chês mawr porffor o'r bŵt.

'Nac'dw siŵr. 'Swn i'n methu byw yn y dyffryn 'ma dros 'y nghrogi. Hen le clostroffobig,' meddai, gan guchio i gyfeiriad mynyddoedd y Berwyn fel petaen nhw wedi'u rhoi yno yn un swydd i'w sbeitio hi.

'Dach chi'n siŵr y medrwch chi ddiodda treulio noson neu ddwy yma?' holodd Lili, gan daro cusan ar foch bowdrog ei mam.

'O medra, fydd hynny'n ddim strach,' atebodd Dora, heb

sylwi ar y coegni yn llais ei merch. 'Ella'r arhosai am fwy o amser – os bydd 'na groeso i mi, yntê.'

'Oes siŵr,' atebodd Lili'n frysiog, gan lyncu'n galed ac osgoi dal llygad Garmon yn crechwenu arni.

'Diolch. Mi fasai'n o ddu arna i taswn i'n methu troi at 'y nheulu'n hun mewn argyfwng, yn basa? Rŵan, caria di hwnna i mi, gwael,' meddai gan estyn ei *vanity case* pinc i Lili. 'Ddo i â'r gweddill fy hun.'

'Gweddill?' meddai Garmon dan ei wynt.

'Teisan blât, teisenna Berffro, cyflath i Steffan. Feddylis i y byswn i'n dŵad â 'chydig o betha efo fi gan fod Lili 'ma'n un mor sâl am neud teisenna carta.'

'Tydi gormod o betha melys ddim yn gneud lles i neb, Mam,' meddai Lili, â'i gwrychyn yn codi cyn i'w mam groesi'r rhiniog hyd yn oed. 'Dyna pam dwi'm yn 'u gneud nhw. A bob tro dwi *yn* gneud teisan, mi fydd hi'n ista'n y cwpwr' am hydoedd ar ôl i bawb gael un sleisan ohoni.'

'Adawodd neb 'run briwsionyn o unrhyw deisan 'nes i erioed,' broliodd Dora. 'Doedd Peredur rioed di blasu crwst mor frau yn 'i fywyd, medda fo, ddim hyd yn oed crwst 'i fam. Er, biti na fysa'r sinach dan din 'di tagu arno fo, ddeuda i.'

Cododd Garmon ei aeliau ar Lili, a hithau'n ymdrechu i gadw wyneb syth.

'Dowch i ga'l panad, Mam,' meddai, 'mae'n siŵr eich bod chi 'di blino ar ôl dreifio'r holl ffor 'na.'

'Dwi jyst â thagu a deud y gwir, a'n nyrfs i'n ddrwg efo'r holl *maniacs* 'ma sy ar y lôn y dyddia yma. Gobeithio'ch bod chi'm yn gyrru fela yn y cacwn o gar 'na sy gynnoch chi, Garmon?'

'Dwi'n ddreifar gofalus iawn, Dora,' meddai, gan gymryd y tuniau teisennau oddi arni a'u hagor. 'Mmm, mae'r rhain yn edrych yn fendigedig... Oes 'na hufen yn y ffrij i fynd efo'r darten mafon duon 'ma, Lili?'

'Oes. Un *full fat*, gan 'mod i'n gwbod fod Mam yn dŵad yma. Da i ddim byd i chdi.'

'Twt, neith o'm drwg, unwaith yn y pedwar gwynt,' meddai, gan edrych ymlaen at flasu'r crwst melys, amheuthun a'r ffrwythau melys, llawn sudd – wedi'u gorchuddio â hufen tew – yn toddi ar ei dafod a chwalu gweddillion ei gur pen. Hwyrach nad oedd yn ffrindiau mynwesol â'i fam-yng-nghyfraith, ond roedd yn rhaid iddo gyfadde fod ei theisennau a'i melysion yn brawf fod angel yn llechu ynddi yn rhywle.

Am chwech o'r gloch ar y dot, cyrhaeddodd Dani i nôl Steff i fynd i'r pictiwrs. Roedd hi'n ferch drawiadol yr olwg gyda'i gwefusau llawn a'i gwallt hir coch wedi'i droelli'n gudynnau'n fodrwyog. Gwisgai'n ffasiynol mewn crys gwyrdd hir dros jîns main a sgidiau balerina am ei thraed. Roedd hi'n gwrtais a thawel ond eto heb ymddangos yn swil, â rhyw hunanfeddiant difrifol yn ei chylch.

Gwnaeth Lili ymdrech lew i holi'i pherfedd – cwestiynau fel ble'r oedd hi'n byw – yn Llansilin gyda'i rhieni a'i brawd iau – ac ers pryd yr oedd hi wedi bod yn gweithio yn y *launderette*. Er bod y cwestiwn yn ymddangos yn ddiniwed, gwyddai Garmon mai ffordd arall o ofyn ai am nad oedd ganddi ddigon yn ei phen i fynd i goleg neu gael swydd well yr oedd hi'n gweithio yno? Eglurodd Dani ei bod yn cymryd blwyddyn allan cyn mynd i'r coleg yn Wrecsam i astudio Gwyddoniaeth Fforensig.

Troi'i thrwyn wnaeth Lili, efo snobyddiaeth un na fu mewn coleg o gwbwl, a holi oni fyddai'n well ganddi fynd i goleg ymhellach oddi cartre? I brifysgol fwy uchel-ael, dyna oedd hi'n ei olygu, er na ddywedodd hynny ar ei ben.

'Na,' atebodd Dani'n syml. 'Dwi'n hapus rownd ffor' hyn.'

Ond ni fedrodd Lili ofyn yr un cwestiwn yr oedd hi ar dân eisiau ateb iddo, sef pam roedd merch ddel a 'normal' fel hi am dreulio'i nos Sadwrn yn mynd i'r pictiwrs efo rhywun fel Steff? Roedden nhw'n mynd i weld *The Devil Wears Prada* ac am pizza i fwyty Frankie and Benny's drws nesa i'r Odeon wedyn.

'A hufen iâ,' ychwanegodd Steff, oedd wedi bod yn ddistaw trwy hyn i gyd, heb dynnu'i lygaid oddi ar ei ffrind newydd. Trodd Dani i wenu arno'n hoffus, er na fedrai Lili benderfynu a oedd y wên yn un chwaerol neu ramantus. 'Ddowch chi yma am ginio efo ni fory?' gofynnodd iddi ar amrantiad, yn y gobaith o gael mwy o amser i bwyso a mesur y ferch ifanc ryfedd hon.

'Iawn. Diolch,' meddai Dani, cyn dweud wrth Steff ei bod hi'n bryd iddyn nhw 'i throi hi, ac i ffwrdd â nhw ar wib yn ei char Peugeot 205 bach gwyn. 'Turbo diesel,' fel yr eglurodd wrth Garmon pan sylwodd hwnnw fod tipyn o draed ynddo.

'Dwi am fynd nôl i Gaerdydd fory bore,' meddai Garmon wrth iddyn nhw glirio'r llestri ar ôl swper. Er nad oedd wedi cymryd yn erbyn Dani fel y cyfryw, teimlai'n ddig wrth Lili am wadd yr eneth i ginio.

'O'n i'n meddwl bo chdi am aros tan ddydd Llun,' meddai Lili'n edliwgar, gan osgoi edrych arno.

'Gen i gyfarfod am ddeg, sy'n golygu y base'n rhaid i mi gychwyn o fan hyn am chwech.'

'Ti wedi gneud hynny o'r blaen droeon... ond dyna fo, chdi sy'n gwbod.'

Gwyddai Garmon wrth ei thôn ei bod hi wedi monni, a'i bod yn ymdrechu i gadw'i thymer dan reolaeth am fod ei mam yno.

'Waeth i mi wadd Iestyn draw am ginio hefyd, felly,' meddai ymhen rhai eiliadau, gan daflu edrychiad o sbeit buddugoliaethus ar ei gŵr.

'Pwy 'di Iestyn?' holodd ei mam.

'Ryw dditectif sy'n aros yn yr Hand. Dyn clên, golygus. Newch chi 'i licio fo.'

Cerddodd Garmon allan o'r gegin mewn pwd a mynd trwodd i'r stafell fyw i wylio *Match of the Day*, gan wybod y byddai Dora'n ymuno ag o yr eiliad y clywsai'r gerddoriaeth gyfarwydd, galonnog yn cychwyn.

Aeth Lili'n syth i'w gwely i ddarllen, ac erbyn iddo ymuno â hi ryw awren yn ddiweddarach roedd hi'n cysgu'n sownd. Neu'n cymryd arni gysgu'n sownd, beth bynnag.

'Ma Steff adre,' hanner-sibrydodd wrth ddadwisgo. 'Ddath 'i ddêt o â fo adre cyn iddo fo droi'n bwmpen am hanner nos, chware teg.'

'Mmmm,' mwmialodd Lili o blygiadau'i chwsg, gan dynnu'i phengliniau yn nes at ei brest o dan y cwilt, fel draenog yn rowlio'i hun yn belen amddiffynnol rhag y creaduriaid cas o'i gwmpas.

Roedd pethau'n dal yn straenllyd rhyngddynt drannoeth, a'r holl deimladau negyddol a goleddai Garmon tuag at ei wraig y nos Wener flaenorol yn ei wenwyno drachefn.

Dros frecwast, mewn ymgais i dorri rhywfaint ar yr oerni, awgrymodd y dylai'r tri ohonynt gyfarfod yn Aber y Sadwrn canlynol, gan y byddai'n gyfle iddynt fynd i weld Ielena a threulio ychydig o amser efo'i gilydd fel teulu.

'Siawns na chawn ni fwy o lonydd fan'no,' meddai'n ysgafn. 'Mae hi fel ffair yn fa'ma.'

Gwgodd Lili arno cyn cytuno, er y synhwyrai Garmon nad oedd yr awgrym wrth fodd ei chalon. Braidd yn brudd oedd ei galon yntau wrth iddo adael, er iddi ysgafnhau fwyfwy gyda phob milltir o'r lôn a lyncid gan yr Audi. Erbyn iddo adael y dyffryn roedd gwell hwyliau o lawer arno, er nad oedd y syniad o ddychwelyd i'w westy yng Nghaerdydd yn apelio rhyw lawer chwaith.

Petai ganddo fflat ei hun yno byddai pethau'n wahanol, er y gwyddai mai breuddwyd gwrach oedd hynny. Byddai gofyn iddyn nhw werthu Trothwy'r Berwyn a symud i dŷ llawer llai er mwyn gallu fforddio *pied à terre* yn y brifddinas, a gwyddai na fyddai Lili'n fodlon gwneud hynny. Nac yntau chwaith, o ran hynny.

Roedd wedi awgrymu wrth Nerys y dylsen nhw werthu tŷ eu mam a rhannu'r elw rhyngddynt, ond gwrthod yn chwyrn wnaeth honno. Beth petai eu mam yn dymuno ymweld â'i hen gartref cyn iddi farw, ac yn torri'i chalon am fod rhywun arall yn byw yno? A beth bynnag, onid oedd Lili ac yntau wedi sôn am brynu siâr Nerys o'r tŷ a'i gadw rhag ofn y byddai Steff eisiau byw yno pan fyddai'n hŷn?

Roedd ei feddyliau'n corddi gymaint fel na sylwodd ei fod wedi gyrru heibio'r drofa i gyfeiriad yr Amwythig a'r De nes ei bod yn rhy hwyr. Ar amrantiad, penderfynodd yrru yn ei flaen i Aberystwyth i weld Ielena. Gallai fynd â hi allan am ginio dydd Sul a mynd am dro ar hyd y prom, a hwyrach yr arhosai'r nos yno hefyd cyn mynd yn ei flaen i Gaerdydd yn y bore. Roedd yn bur debyg y gwelai Meryl hefyd gan ei bod hi'n rhannu tŷ efo Ielena...

Gwenodd Garmon, yn falch o'i benderfyniad byrfyfyr (er bod y syniad wedi bod yn cronni yn ei isymwybod ers deuddydd). Gwasgodd ei droed yn drymach ar y sbardun a gwibiodd yn ei flaen ar hyd ffordd osgoi Croesoswallt i gyfeiriad y canolbarth.

6

TEIMLAI IELENA AR ben y byd wrth iddi gerdded i fyny'r stryd trwy'r ffrwst o bobol strachlyd yr olwg, ar berwyl llawer mwy cyffrous na hwy wrth iddyn nhw ddwrdio'u plant a bustachu dan eu llwythi trymion.

Trodd ambell ddyn ei ben i edrych arni, a thaflodd ambell wraig edrychiad digon hyll arni, yn eiddigeddus o'i harddwch a'i rhyddid wrth iddi weu trwyddynt yn urddasol. Ond edrych trwyddi wnâi'r rhan fwyaf, wedi ymgolli gormod yn eu prysurdeb eu hunain i sylwi ar unrhyw un arall.

Roedd hi'n brynhawn hwyr o Sadwrn ar ddiwedd Hydref, a'r awyr eisoes yn dechrau tywyllu ers i'r clociau gael eu troi'n ôl wythnos ynghynt. Ymhen tridiau byddai'n Galan Gaea – y noson pan ddeuai gwrachod, ysbrydion a holl ellyllon y fall allan i chwarae a chodi ofn. Nid fod ar Ielena eu hofn, gan y gwyddai fod pobol o gig a gwaed yn medru bod yn llawer mwy dychrynllyd a pheryglus.

Gwyddai hefyd fod pobol o gig a gwaed yn medru rhoi pleser gwefreiddiol i'r naill a'r llall, er mai newydd ddarganfod hynny oedd hi mewn gwirionedd ers iddi gyfarfod Simon. Simon, oedd wedi agor y fflodiart tu mewn iddi a'i throi'n greadures gnawdol, hyderus. Beth bynnag a ddeuai o'u perthynas, gwyddai Ielena y byddai'r atgof o'u noson gyntaf o garu wedi'i serio ar ei chof am byth.

Prin y medrai ymatal rhag ei gyffwrdd o'r eiliad y cerddodd i mewn i far y Glengower gwta bythefnos yn ôl. Roedd wedi codi i nôl diod iddi, a phan ddaeth yn ei ôl symudodd Ielena i fyny ato, gan wasgu'i chlun yn dynn yn erbyn ei glun o. Ac felly y bu'r ddau'n eistedd a siarad am sbel, â'u llygaid a'u cluniau'n cyfleu llawer mwy nag a wnâi eu sgwrsio arwynebol.

'Gawn ni fynd rŵan?' gofynnodd Ielena pan oedd

gwydrau'r ddau yn wag.

'I ble?'

'Dy le di neu'n lle fi?'

'P'run yw'r agosa?'

'Lle fi. Ond hwrach bydd Meryl adre fan'no.'

I dŷ Simon yr aethon nhw, felly, gan gerdded yn gyflym a
phwrpasol ar hyd y prom, trwy'r dref, i lawr Stryd y Bont, dros
Bont Trefechan, i lawr i'r chwith ac i'r tŷ teras bach cyffredin a
ymddangosai serch hynny fel rhyw Xanadu hudolus i Ielena.

Roedd y tŷ'n syndod o daclus o ystyried mai dyn ifanc
sengl oedd yn byw yno, a'r dodrefn yn syml a modern.
Soffa a chadair freichiau o ledr du; silffoedd llawn o lyfrau,
cylchgronau, crynoddisgiau a DVDs yn y cilfachau uwchben y
cypyrddau gosod o boptu'r lle tân; a theledu sgrin plasma lydan
yn y gornel. Hawdd dweud mai dyn oedd yn byw yno.

Uwchben y lle tân crogai drych hirgrwn, hen-ffasiwn yr
olwg a edrychai fel petai wedi cael ei adael yno gan y trigolion
blaenorol. Daliodd Ielena gip ohoni'i hun ynddo a throi'i phen
yn ddisymwth wrth weld y blys brwysg yn ei llygaid. Roedd yr
un olwg yn llygaid Simon: yn niwlog ond eto'n daer wrth iddo
estyn am ei llaw.

'Dere, ewn ni lan lofft,' meddai, gan ei harwain i'w stafell
wely. Stafell olau, glyd, a'r cwilt coch ar y gwely ffrâm fetel yn
denu.

Gwthiodd Ielena ef ar y gwely ac eistedd arno, ei
phengliniau o boptu'i ganol a'i gwallt yn babell drosto wrth
iddi blygu dros ei wyneb a'i gusanu. Heb dynnu'r un dilledyn,
rhwbiodd ei hun yn ei erbyn nes i'r ddau ohonynt gyrraedd
cresendo o chwant a griddfanau myngus.

Lluchiodd Simon ei law allan a chwilota am ddolen drôr
y cwpwrdd erchwyn gwely. Agorodd Ielena'r drôr drosto ac
estyn am y blwch condoms, gan ymbalfalu â'i llaw chwith i
agor balog ei jîns a rhyddhau'r aelod awchus oedd yn gwingo

yn ei drôns. Ei ryddhau a'i fwytho a'i fygu mewn maneg *latex* cyn eistedd arno nes ei fod yn hyrddio'n ddwfn tu mewn iddi. Clampiodd Simon law am ei cheg i'w distewi, ond gyrrodd hynny hi'n wylltach, nes y bu bron iddi â llewygu mewn pleser.

'Blydi hel,' meddai'n ddiweddarach wrth i'r ddau orwedd yn gwlwm chwyslyd ym mreichiau'i gilydd, 'do'n i'm yn gwbod 'i fod o'n medru bod mor dda â hynna.'

'Ti'n gweud 'tho i. Nawr wy'n deall beth ma'r holl ffys ambwytu.'

Dywed rhai fod rhyw yn chwithig rhwng cariadon newydd i ddechrau nes iddynt ymgyfarwyddo â chyrff ei gilydd. Ond roedd cyrff Ielena a Simon mewn cytgord perffaith o'r cychwyn.

Chafwyd dim o'r chwithdod-ar-ôl-caru-am-y-tro-cynta hwnnw rhyngddynt chwaith. Ar ôl caru am yr eilwaith, yn noeth a llai ffrantig y tro hwn, gwisgodd Simon grys-t a boxers a benthyca'i ŵn-wisgo i Ielena. Lapiodd Ielena yr ŵn amdani, gan fwynhau teimlo'r cnu meddal yn erbyn ei chroen ac arogl Simon yn llenwi'i synhwyrau.

Aeth y ddau i lawr i'r gegin ble paratôdd Simon damaid o swper iddynt. Caws a thomato ar dôst efo salad mawr gwyrdd a gwin coch. Yna aeth y ddau â gweddill y gwin trwodd i'r stafell fyw i sgwrsio a gwrando ar gerddoriaeth ar y system sain fechan a swatiai yng nghesail un o'r cilfachau o boptu'r tân.

Lambchop; Radio Luxembourg; Johnny Cash, a'i lais wisgi a sigaréts yn cyfleu unigrwydd ac angst alcoholaidd y bore trannoeth i'r dim yn y gân 'Sunday Morning Coming Down':

'Cos there's something 'bout a Sunday that makes a body feel alone.'

Ond nid oedd Ielena a Simon yn unig y Sul hwnnw. Roedd hi wedi un o'r gloch y bore erbyn iddynt fynd yn ôl i'r gwely, ac ar ôl caru am y trydydd tro, syrthiodd y ddau i gwsg dwfn yng nghoflaid y cynfasau cochion tan yn hwyr y bore trannoeth.

Cododd y ddau ar eu cythlwng. Yn ogystal â bod yn daclus, cadwai Simon stoc go lew o fwyd yn ei rewgell, ac aeth ati i goginio brecwast a chinio'n un iddynt.

'Shwt ti'n lico dy wye?' gofynnodd. 'A paid â gweud *unfertilized*. Ma honna'n hen jôc. *Sunny side up* neu *eggs over easy?*'

'*Over easy* plîs,' gwenodd Ielena, gan ymestyn ei chorff yn ddioglyd fel cath. Ni wyddai ai cariad oedd hyn, ond gwyddai nad oedd hi erioed wedi teimlo mor odidog o hedonistaidd yn ei byw. Tybiai hefyd nad oedd hi erioed wedi blasu unrhyw beth mor flasus â 'grits tato' Simon, sef tatws wedi'u ffrio'n stwnsh efo winiwns a mymryn o bupur gwyrdd.

'Ti'n dipyn o *chef*, hefyd,' meddai.

'Beth ti'n feddwl, "hefyd"?'

'Yn ogystal â bod yn reit dda'n y gwely.'

'Ti'm yn bad dy hunan.'

'Diolch.'

'Croeso. Mwy o goffi?'

Nid oedd Edward erioed wedi'i difetha hi fel hyn, meddyliodd, gan resynu fod y bwbach hwnnw wedi croesi'i meddwl o gwbwl. Ac roedd o'n garwr gwael efo'i ymbalfalu lletchwith, a'r weithred ei hun drosodd mewn chwinciad. Roedd Tirion yr un fath, yn ôl Meryl, efo'i 'ebychiade cynamserol' chwedl hithau. Naill ai hynny neu roedd ganddo 'bidyn potiwr' – term arall (o eiddo Bruce Griffiths y tro hwn) oedd wedi gwneud i'r ddwy chwerthin yn afreolus.

'Be sy mor gomic?' holodd Simon wrth sylwi arni'n gwenu iddi'i hun.

'Jyst hapus ydw i,' meddai Ielena, ac roedd hi'n dweud y gwir.

Cododd Simon ei aeliau cyn gwenu'n ôl arni, ac awgrymu eu bod yn mynd am dro ar hyd yr harbwr i gael ychydig o awyr iach. Pan ymddangosodd y ddau fel creaduriaid y nos o'u ffau i gael eu dallu gan yr haul hydrefol, roedd yr hen wraig drws nesa ar ei gliniau ar y pafin yn sgrwbio llechen ei stepen drws.

'Pnawn da, Mrs Rees,' meddai Simon.

'Pnawn da,' atebodd hithau'n swta, gan droi ei phen y mymryn lleia i sbecian ar Ielena.

'Gweitho ar y Saboth?'

'Ma 'na wâth pechaduried na fi iddo Fe boeni ambwytu,' meddai, gan droi'n ôl at ei sgrwbio a'i phen ôl yn siglo'n sarrug.

'Wps,' meddai Ielena wrth iddyn nhw droi'r gongol ym mhen draw'r rhes o dai. 'Dwi'n *persona non grata* efo'r ddynes drws nesa'n barod.'

'Poeni am 'yn ened i ma 'ddi, 'na i gyd. Ma 'ddi fel ryw *surrogate* mam-gu i fi. Ofan i fi gael 'yn llygru gan fenwod drwg.'

Brathodd Ielena ei thafod rhag holi a oedd hi'n arferiad ganddo fynd â 'menwod drwg' adre. Roedd hi hefyd yn teimlo braidd am nad oedd Simon wedi'i chyflwyno i'w gymdoges, ond hwyrach nad oedd hynny'n syniad da o dan yr amgylchiadau − ar hyn o bryd o leia. Cofiodd amdano'n rhoi ei law am ei cheg wrth iddyn nhw garu, a chochi. Beth petai'r hen wraig wedi'i chlywed, yn udo ac ubain fel rhyw gath wyllt yn cathrica?

'Sori os 'nes i ormod o sŵn neithiwr,' meddai mewn llais bach, a'i bochau'n fflamio.

'Hei, sdim isie i ti ymddiheuro 'ychan. O'n i'n *flattered* − cyn belled bo ti ddim yn jocan cael orgasm fel y fenyw 'na yn *When Harry Met Sally...*'

'Nag o'n!' meddai Ielena'n chwyrn.

'Wy'n gwbod, bach,' meddai Simon gan gydio yn ei llaw a chusanu'i thalcen, ac yn sydyn teimlai Ielena'n hapus unwaith eto, a'i hansicrwydd wedi diflannu. Roedd y tu mewn i'w chluniau yn bnafyd yn braf ar ôl yr holl garu, a'i hwyneb yn teimlo'n gignoeth ar ôl gymaint o gusanu, a thybiai fod pawb o'u cwmpas yn medru synhwyro'r seratonin – yr hormon hapus, rhywiol – yn ffrydio trwyddi.

Ar eu ffordd yn ôl o ben draw'r harbwr, roedd hi ar fin awgrymu eu bod yn cerdded at y fainc ble'r oedden nhw wedi cyfarfod am y tro cynta, pan gerddodd cwpwl canol-oed, parchus yr olwg heibio iddynt yn eu dillad dydd Sul. Edrychodd y dyn arni am eiliad fel petai'n ei hadnabod, ond dim ond ar ôl iddo basio y cofiodd Ielena pwy ydoedd.

'Ti'n gwbod y bachan 'na basodd ni jest nawr?' gofynnodd Simon.

'Mmm?' meddai Ielena'n niwlog, gan gymryd arni nad oedd hi wedi sylwi arno. Roedd hi wedi siarad â Simon am lawer o bethau – Steff, ei rhieni, ei gwreiddiau Pwylaidd – ond doedd hi heb sôn wrtho am Edward a'r holl helynt oedd wedi digwydd yn ddiweddar. Yn bennaf am fod yr heddlu (a hithau) yn awyddus i gadw'r peth yn dawel, ac yn rhannol am nad oedd hi am i Simon feddwl ei bod hi'r fath o ferch oedd yn denu trwbwl, a hynny'n peri iddo redeg milltir oddi wrthi.

'Un o'r *top knobs* 'da'r heddlu yn Aber,' atebodd Simon ei gwestiwn ei hun. 'Tam' bach o *Bible basher* yn 'i amser sbâr.'

'Sut ti'n gwbod?'

'Wedes i wrthot ti pwy ddwrnod. Ma'n wncwl i'n dditectif.'

'O ie, dwi'n cofio rŵan. Ydi o'n eitha uchel yn yr heddlu?' holodd, gan feddwl y byddai'n andros o gyd-ddigwyddiad petai Iestyn yn ewythr iddo.

'Ditectif Sarjant. Ditectif Sarjant Cecil Jones.'

'O.' Am eiliad hollt, pylwyd rhywfaint ar atyniad Simon.

'Beth, ti'n 'i nabod e?' holodd Simon gan arafu.

'Gwranda Simon,' meddai Ielena, gan droi i'w wynebu cyn iddi gael cyfle i newid ei meddwl. 'Ma gen i rwbeth i'w ddeud wrthat ti…'

Roedd Simon wedi bod yn wych ynghylch yr holl beth, meddyliodd Ielena wrth iddi gyrraedd adre a mynd yn syth fyny staer i orffen pacio'i bag dros-nos. Yn llawn cydymdeimlad a rhyfeddod ei bod hi wedi bod trwy gymaint mewn cyn lleied o amser – 'fel rwbeth mas o ffilm', chwedl yntau.

Cynigiodd fynd â hi i ffwrdd am noson er mwyn cael hoe fach o Aber a derbyniodd hithau'n llawen, er y byddai wedi bod yn berffaith fodlon aros yn hafan glyd ei dŷ ef eto. Felly heno roedden nhw'n mynd i aros yng Ngwesty'r Harbwrfeistr ar y cei yn Aberaeron. Mynnodd Simon mai ef fyddai'n talu – roedd wedi cael *special offer* munud ola – a chynigiodd Ielena yrru yno yn ei char hi, yn enwedig gan nad oedd wedi gwneud unrhyw ddefnydd ohono ers dechrau'r tymor.

Byseddodd y dillad isa drud yr oedd hi newydd eu prynu yn y siop dillad isa crand yn Stryd Chalybeate, y *balconette bra* lliw cwrel a wthiai ei bronnau llawn yn uwch, a'r *French knickers* o lês tryloyw na fedrai ddychmygu eu gwisgo o ddydd i ddydd.

'So – ti off am dy *dirty weekend* 'te, wyt ti?'

Neidiodd Ielena wrth sylwi ar Meryl yn sefyll yn y drws.

'Noson. Fedran ni ddim fforddio penwythnos.'

'Allech chi fod wedi mynd i gampo. Fydde fe'n lot tsiepach i chi.'

'Efo Simon ydw i rŵan, diolch yn fawr, ddim efo'r cybudd crintachlyd 'na o'n i efo fo cynt.'

'*Touché*… Lico'r *lingerie*, gyda llaw.'

Caeodd Ielena zip ei bag cyn i Meryl gael ei bachau

busneslyd arnynt.

'Be sy gen *ti* ar y gweill y penwsnos 'ma?'

''Run peth ag arfer, sbo. Mynd mas... cwrdd â Tirion yn y Llew nes mlân...' tynnodd wyneb.

'Ti'm yn swnio'n cîn iawn.'

'*Ma* fe braidd yn blentynnedd.'

Teimlai Ielena fel dweud wrthi fod hynny braidd yn amlwg o'r dechrau, ond daliodd ei thafod.

'Dim cinio yn y Conrah i ti fory, felly?'

'Sa i'n credu,' meddai Meryl. Plygodd ei phen i bigo fflyff dychmygol oddi ar ei siwmper er mwyn cuddio'i bochau fflamgoch.

Ar ôl i Ielena ddychwelyd o dŷ Simon nos Sul diwetha, cafodd andros o sioc pan ddywedodd Meryl wrthi fod ei thad wedi galw amser cinio a'i bod wedi gorfod dweud wrtho fod Ielena efo'i chariad newydd yn rhywle.

'Be ddeudodd o? Pam na fyse fo wedi'n ffonio i ar 'yn *mobile*?' gofynnodd Ielena mewn fflwstwr.

'O'dd e'n hollol cŵl am y peth. Wedodd e nad o'dd e moyn dy ddistyrbo di a tithe 'da dy sboner. Dod 'ma ar y *spur of the moment* nath e, medde fe, ar 'i ffordd nôl i Gaerdydd... Wedyn ofynnodd e os licen i fynd mas am gino 'da fe, gan bo ti ddim 'ma...'

'Be?! 'Nest ti'm mynd, naddo?'

'Do. Pam lai? Nage pob dydd ma stiwdents tlawd yn cael gwadd mas am gino i westy posh,' meddai'n amddiffynnol.

Roedd yr holl beth yn od iawn, yn nhyb Ielena, na fyddai wedi breuddwydio am fynd allan am ginio efo tad un o'i ffrindiau ar ei phen ei hun. A beth ddaeth dros ei thad yn gwadd Meryl yn y lle cynta? Ond pan gododd y pwnc mewn galwad ffôn at ei thad rai nosweithiau'n ddiweddarach, gwneud yn ysgafn o'r peth wnaeth yntau.

'Waeth i mi dretio Meryl gan bo ti ddim adre,' meddai, cyn newid y pwnc. 'Roedd dy fam a finne – a Steff, wrth gwrs – wedi bwriadu dod draw i Aber y penwythnos nesa 'ma...'

'Ym...'

'Ond 'den ni'm am ddod rŵan gan fod 'na ryw ddawns mlaen yn Llanarmon nos Sadwrn, a dy fam wedi bwcio tocynne i fynd i honno.'

'O, iawn. Dio'm ots,' meddai Ielena mewn rhyddhad, gan ei bod hi a Simon eisoes wedi trefnu mynd i ffwrdd am noson.

''Swn i'n gallu dod 'yn hun, wrth gwrs...'

'Ym, na, mae'n iawn... A deud y gwir, fydda i ddim o gwmpas nos Sadwrn. Dwi'n mynd am dro i Aberaeron efo Simon.' Gwnâi hynny iddyn nhw swnio fel hen gwpwl yn mynd am spin yn y car, meddyliodd gan wenu.

'O, neis iawn. Jyst gwna'n siŵr bo ti ddim yn esgeuluso dy waith coleg rŵan bo gen ti gariad newydd, 'na eneth dda...'

''Na i ddim siŵr,' meddai Ielena'n bifis, gan wybod ei bod hi'n euog o wneud hynny'n ddiweddar. Ond roedd hi'n casáu clywed ei thad yn ei galw'n 'eneth dda' yn y ffordd nawddoglyd yna.

'Ddeudodd Meryl ma plwmwr ydi'r Simon 'ma, felly does geno fo ddim pwyse gwaith coleg fel ti, cofia...'

'Gwranda, Dad, chdi 'di'r un sy o hyd yn rhedeg ar stiwdants. A ti'n iawn, blydi *wasters* ydi lot ohonyn nhw, ond mae Simon yn weithiwr caled sy'n gwybod fod yn rhaid i mi ganolbwyntio ar 'y ngwaith i hefyd. Ti'm yn disgwyl i mi weithio ar nos Sadwrn, nag wyt?'

'Nadw siŵr. Ddim tan yr arholiade, beth bynnag.'

Ffarweliodd â'i thad yn ddigon swta, yn corddi at ei safonau dwbwl – roedd gweithwyr coleri gleision yn iawn cyn belled â bod ei ferch ef ei hun ddim yn canlyn un ohonynt, yn amlwg. Roedd hi hefyd yn flin wrthi hi'i hun am adael i'w gwaith coleg ddiodde. Bu'n gweithio fel slecs am weddill yr wythnos, gan addo y byddai'n cael y cydbwysedd cywir rhwng gweithio a chanlyn o hyn ymlaen. Y canol teg hwnnw oedd mor anodd dod o hyd iddo.

Ond yn awr roedd nos Sadwrn wedi cyrraedd a hithau ar drothwy antur ramantus efo'r Hyfrydbeth.

'Wela i di nos fory!' galwodd ar Meryl, a honno wrthi yn y gegin erbyn hyn yn berwi sbageti a saws Dolmio ar gyfer ei swper unig.

'Joia!' galwodd Meryl yn ôl.

Teimlodd Ielena drosti am funud wrth feddwl am y wledd oedd o'i blaen hi a Simon heno, gan ddifaru bod yn od efo'i ffrind.

'Siŵr o neud! A bihafia! Dim mynd allan efo dynion priod canol oed!'

'Dim shwt lwc!' atebodd Meryl fel siot.

Gwenodd Ielena a chamu allan i'r noson fwyn. Gewin disglair-wyn oedd y lleuad heno, er y gellid gweld y gweddill ohoni yn gysgod o gylch o'i chwmpas. Byddai'n eu dilyn i Aberaeron, yn wincio arnynt wrth iddynt gerdded ar hyd y cei ar ôl swper, yn sbecian arnynt trwy ffenest y gwesty, yn dyst i'w noson o wynfyd.

— 7 —

EISTEDDAI LILI o flaen drych ei bwrdd gwisgo yn ymbincio. Roedd gloÿnnod byw yn siffrwd ym mhwll ei stumog, eu hadenydd yn goglais ei nerfau, a chydiodd yn dynnach yn y bensel cohl rhag i'r llinell siarcol o amgylch ei llygaid igam-ogamu.

Nid oedd hi wedi teimlo fel hyn ers ei haffêr efo Dave Novak flynyddoedd maith yn ôl, meddyliodd. Y cynnwrf disgwylgar wrth edrych ymlaen at weld rhywun na ddylai goleddu'r fath deimladau tuag ato, y dyheu cyfrin, yr ias chwerw-felys o euogrwydd.

Roedd ei charwriaeth efo Garmon wedi bod yn wahanol am y rheswm syml ei bod yn un dderbyniol, ac felly heb feddu ar yr un awch a chyffro â charwriaeth odinebus neu gyfrinachol. Neu hwyrach mai'r holl flynyddoedd o fod yn briod ag o oedd wedi pylu'r atgofion gorau.

Roedd hi wedi disgwyl i Garmon wylltio pan ffoniodd i ddweud wrtho na fedrai fynd i Aber y penwythnos hwnnw wedi'r cyfan, gan ei bod am fynd i'r *Pheasant Plucker's Ball* yn Neuadd Llanarmon. Roedd ganddi docynnau'n barod, ond wedi anghofio mai'r nos Sadwrn yma oedd y ddawns.

'Mae'n iawn. Paid poeni,' meddai, gan dorri ar draws ei hesgusodion. 'Gewn ni ddigon o gyfle i gwarfod yn Aber rywbryd eto.'

'Sori'r un fath,' meddai Lili, er na fyddai wedi ymddiheuro petai Garmon wedi bod yn swta neu'n sarcastig efo hi am y peth. 'Pam na ddoi di adra i'r ddawns?' gofynnodd wedyn, dros ysgwydd, gan wybod y byddai'n gwrthod.

'*Not my scene*,' atebodd, a rhoddodd Lili chwerthiniad bach i gydnabod y jôc.

188

'*Not my scene,*' ddywedai Nerys bob tro pan nad oedd arni eisiau mynd i rywle. 'Ewch chi, mi wna i warchod. *Not my scene.*' Er y byddai'r ddawns-ginio yma'n sicr o apelio at ei chwaer-yng-nghyfraith efo'r pryd tri chwrs a'i win a'r cyfle i gymdeithasu. Ond gan nad oedd at ddant ei gŵr Kev, câi Steff fynd ato fo heno – os na fyddai Dani'n galw eto i arwain ci mab ar gyfeiliorn, meddyliodd Lili gyda gwên.

Edrychai Lili ymlaen at gael torri ar draws Betsan Brysur y Barbecue Queen wrth i honno ei byddaru efo hanesion coleg a chanlyn ei mab, Mabon, oedd yr un oed â Steff, ac at weld gwep yr het wirion yn disgyn mewn syndod pan fyddai'n dweud wrthi fod Steff wedi cael swydd *a* chariad yn ddiweddar. Credai fod hanesion plant pobol eraill yn ddiflas ar y gorau – eu llwyddiannau'n enwedig – ond roedd diffyg tact maleisus Betsan yn eu gwneud yn anoddach fyth i'w goddef.

Ar wahân i Betsan a'i cheiliog dandi o ŵr, byddai llu o Gymry Cymraeg eraill o bob cwr o'r dyffryn yn y ddawns, ac roedd dau aelod o'r grŵp a fyddai'n eu diddanu'n Gymry lleol. Ond yr apêl penna i Lili oedd y ffaith y byddai Iestyn yno – yn rhinwedd ei swydd, mae'n wir, er y byddai'n dal yn gyfle iddi wisgo i fyny a'i swyno efo'i dengarwch a'i dawnsio.

'Yr unig beth ma Lili wedi'i etifeddu gen i – yn anffodus – ydi ei dawn i ddawnsio,' meddai Dora dros ginio y dydd Sul cynt. 'Ond ches i mo'r cyfla i neud y gora o'r ddawn honno fel y cafodd hi, am fod 'y nhad – heddwch i'w lwch – yn meddwl ma dawn y diafol oedd dawnsio.'

'Hynny a chanu pop ac actio, yr hen Fethodist sychdduwiol iddo fo,' ategodd Lili.

'Paid â lladd ar y meirw, Lilian!' siarsiodd ei mam. Roedd Lili'n casáu cael ei galw'n Lilian, a gwyddai ei mam hynny'n iawn.

''Swn i'n deud run fath amdano fo tasa fo'n dal yn fyw! A dwn i'm pam dach chi'n cadw arno fo, ac ynta wedi'ch rhwystro chi rhag gneud be oddach chi isio'i neud.'

'Parch 'te, Lilian. Parcha dy dad a'th fam, medda'r Beibl, a dyna o'dd plant *yn* 'i neud ers talwm.'

Rowliodd Lili ei llygaid ar Iestyn. Cododd yntau ei aeliau y mymryn lleia a phlyciodd congl ei geg mewn ystum o wên.

'Ma'r Beibl yn un o'r llyfra mwya *politically incorrect* erioed, yr Hen Destament yn enwedig,' meddai Lili, gan wybod y dylai dewi ond yn awyddus i fwrw'i bol. 'Mae'n beio merched am bob dim, hyd y gwela i. Wyddoch chi fod yna adnod yn Ecclesiasticus sy'n deud: "Paid ag oedi yng nghwmni dawnsferch, rhag iti gael dy ddal gan ei hystrywiau hi"?'

'Bydde 'mòs i'n browd ohonot ti, yn dyfynnu o'r Beibl,' meddai Iestyn dan wenu, cyn i Dora gael cyfle i geryddu'i merch am gablu.

'Be, ydi dy fòs di'n efengýl?' holodd Lili mewn arswyd.

'Ma fe'n grefyddol iawn, ond 'nelen i mo'i alw fel'n efengylwr. Nag yw e mor unllygeidiog â 'ny. A gweud y gwir, ma fe'n fachan call a chytbwys iawn.'

'Fel chitha, ddeudwn i,' meddai Dora, gan wenu'n fursennaidd-swil arno.

Fel yr oedd Lili wedi rhag-weld, roedd ei mam wedi dotio at Iestyn. A hyd yn oed os nad oedd yntau wedi dotio ati hi yn yr un modd, roedd o'n sicr wedi gwirioni ar ei tharten fwyar duon.

'A deud y gwir, 'dach chi'n fy atgoffa i o 'niweddar ŵr. Y *strong and silent type* – ac yn ŵr bonheddig.'

Bu bron i Lili dagu ar ei phwdin. Beth oedd ar y ddynes yn rhagrithio a fflyrtio efo dyn oedd yn ddigon ifanc i fod yn ŵyr iddi – neu'n fab iddi, o leia?

'Dyna pam na fedrwn i byth brodi eto...' aeth Dora yn ei blaen, ac awgrym o felancoli yn ei llais.

'Ond ddudsoch chi...'

'Ia, dwi'n gwbod ma Peredur dorrodd yr *engagement*, ond mi nath o hynny am 'i fod o'n sylweddoli na fysa fo byth bythoedd yn medru cymryd lle Kaz...'

Tagodd Lili go iawn ar ei phwdin y tro hwn. Roedd hi ar fin taeru efo'i mam, pan ddaliodd Iestyn ei llygad ac erfyn arni â'i lygaid huawdl i frathu'i thafod. Os oedd credu hynny'n mynd i wneud i'w mam deimlo'n well, oni fyddai'n garedicach gadael iddi gredu hynny? Ac yna sylwodd Lili bod yna debygrwydd rhwng Iestyn a'i thad wedi'i cyfan – yr un dwyster a 'run natur ffeind. Gwenodd arno'n ddiolchgar.

'Mi *o'dd* Dad yn ddyn sbesial,' meddai, gan droi at Dora. 'Yn toedd, Mam?'

'Oedd,' cytunodd Dora, ond ni fedrodd ddal llygad ei merch.

Edrychodd Lili i fyw ei llygaid ei hun yn y drych a dychryn wrth weld y galar ynddynt. Bob tro y gwelai ei mam, fe ddwysâi ei hiraeth am ei thad.

Pam na fasai'i mam wedi marw yn lle'i thad?

Roedd hynny'n beth ofnadwy i'w feddwl, cystwyodd ei hun. Ac eto, nid dyna'r tro cynta iddi feddwl hynny, er y gwyddai y byddai ei thad wedi dweud y drefn wrthi am feddwl y fath beth. Ond hwyrach mai ei gamgymeriad mawr oedd y modd yr oedd o'n mygu popeth tu mewn, a hynny wedyn yn gwneud iddo droi at y botel.

Gwyddai Lili er pan oedd yn blentyn am y fodca a gadwai ei thad yn ei gwt yng ngwaelod yr ardd. Y gwirod oedd yn ei atgoffa o Wlad Pwyl, chwedl yntau, er mai dim ond plentyn oedd o pan ddaeth i Gymru. Gadawodd iddi gael llwnc ohono i'w flasu un tro, gan chwerthin a churo'i chefn pan dagodd hithau wrth i'r hylif tanllyd losgi'i ffordd i lawr i'w chylla.

'Gobeithio na chei di fyth flas arno fo chwaith,' meddai wrthi, gan lowcio gweddill y ddiod ar ei ben.

Dihangfa arall ei thad oedd ei gwch, a byddai'n mynd allan

arno'n aml i bysgota a myfyrio. Âi â Lili i'w ganlyn weithiau, draw i gyfeiriad Moelfre a Thraeth Lligwy ac ambell dro i'r cyfeiriad arall, i Benmon. Ymddangosai Penmon yn sinistr iddi rywsut efo'i draeth caregog a'r tai gwynion digroeso'r olwg â'u simneai tal, rhyfedd a edrychai draw dros y swnt peryglus at Ynys Seiriol. Ac eto fe'i cyfareddwyd gan y lle, yn fwy felly na chan fae bach cerdyn post Moelfre a bae tywodlyd, llydan Traeth Coch.

Roedd yr heli yng ngwaed Kaz Lowalski, a aned yn nhre lan môr Sopot ar arfordir ddeheuol Môr y Baltig yng Ngogledd Gwlad Pwyl. Ond er iddo sôn yn aml am y ddinas hardd honno wedi'i hamgylchynu gan fryniau coediog – dinas a froliai'r sba-iechyd a'r pier pren hiraf yn Ewrop, ni fu erioed yn ei ôl yno.

Erbyn diwedd yr Ail Ryfel Byd, roedd ei deulu wedi setlo yng Nghymru, ac yn ddealladwy yn gyndyn o ddychwelyd i'r fangre oedd wedi cael ei hysbeilio gan y Natsïaid ac yna gan Fyddin Goch yr Undeb Sofietaidd, a ble'r oedd gymaint o'u cydnabod, eu teuluoedd a'u ffrindiau wedi cael eu herlid, eu carcharu a'u difa.

Roedd Lili wedi bwriadu mynd ag o yno pan fyddai hi'n hanner cant, gan fod swm bach taclus yn ddyledus iddi o bolisi gwaddol bryd hynny. Byddai wedi bwcio lle iddynt yn y Grand Hotel *art nouveau* hanesyddol a edrychai dros y traeth a bae Gdánsk, a byddent wedi cael gwyliau bythgofiadwy yno efo'i gilydd – hi a'i thad, ac o bosib Ielena. Câi Garmon aros adre efo Steff, a châi ei mam fynd i ganu, gan nad oedd hi erioed wedi dangos unrhyw ddiddordeb ym mamwlad ei gŵr.

Ond ni wireddwyd y freuddwyd, gan i'w thad farw pan oedd Lili'n ddeugain a dwy. Sylweddolodd yn rhy hwyr y dylai fod wedi mynd ag o yno ynghynt yn hytrach na gwneud rhyw gynlluniau mawreddog flynyddoedd o flaen llaw gan gymryd yn ganiataol y byddai pawb yn dal i fod yn fyw ac yn iach.

'*Live large man, and dream small*,' dyfynnodd, gan roi minlliw ar ei gwefusau a'u blotio ar ei phecyn sigaréts.

Rhoddodd y sigaréts yn ei bag llaw a chymryd un cip arall arni hi'i hun cyn gadael. Edrychai'n ddeniadol yn y ffrog *halterneck* o sidan lliw siocled a amlygai ei breichiau cyhyrog a'i chefn llyfn, ac roedd ei hwyneb yn loyw gan golur a chynnwrf.

'Dos amdani, Liliana,' meddai wrth ei hadlewyrchiad, ond roedd cysgod o dristwch yn dal yn ei llygaid, a'i chalon heb fod mor ysgafn ag yr oedd gwta awr ynghynt.

— 8 —

I LAWR YR hewl yn ei stafell yn yr Hand, roedd Iestyn mewn cyfyng-gyngor ynglŷn â'r noson o'i flaen. Nid oedd yn greadur cymdeithasol ar y gorau, ond heno roedd disgwyl iddo gymryd arno fod yn rhan o hwyl y criw yn y gobaith o glywed ychydig o glecs a allai fod o fudd i'w ymchwiliad. Nid oedd pobol mor wyliadwrus o blismyn *off-duty*, yn ôl DCS Harris, ac roedd eu tafodau'n dueddol o lacio pan oedd yna gwrw yn eu boliau.

Nid oedd Iestyn ei hun mor siŵr, ac yn sicr nid oedd yn edrych ymlaen at ddrifftio o gwmpas fel drychiolaeth yn y wledd tra byddai pawb arall yn mwynhau eu hunain. Byddai Paxo, er enghraifft, yn gweld trwyddo'n syth, a hynny'n mynd yn groes i fwriad yr holl ymarfer, gan mai Paxo oedd yr un mwya tebygol o fod â rhywbeth i'w guddio.

Roedd Iestyn wedi synhwyro fod Paxo'n cuddio rhywbeth pan fu'n ei holi'n ddiweddar. Daliai i dyngu ei fod wedi cadw draw oddi wrth Tony Skinner ers y tro hwnnw pan roddodd ddyrnod iddo, ac roedd Iestyn yn ei gredu. Ond beth petai Skinner wedi dod i chwilio amdano ef? Roedd Iestyn wedi sylwi ar y llygedyn o fraw yn fflachio yn llygaid Paxo pan awgrymodd hynny iddo, ond ailfeddiannodd ei hun ar ei union a gofyn i be ddiawl fyddai Skinner eisiau codi nyth cacwn i'w ben eto? Bu'n rhaid i Iestyn ei gadael hi yn y fan honno, gan wybod na châi fwy allan o groen Paxo – am y tro, beth bynnag.

Wrth gwrs, roedd y ffaith ei fod wedi sathru ar gyrn Paxo o'r dechrau yn anfantais fawr, er nad oedd wedi gwneud hynny'n fwriadol. Nid arno ef oedd y bai fod Steff wedi cymryd ato, ac wedi ochri gydag ef ar ôl i Paxo droi arno. Ac roedd y ffaith fod Lili wedi cymryd ato hefyd yn amlwg yn gwneud i'r creadur gorddi mewn cenfigen.

Roedd Lili wedi esbonio i Iestyn fod yna dri math o bobol ym myd Steff: 'Pobol mae o'n eu lecio; pobol tydi o ddim yn eu lecio, a phobol 'di o'n cymryd affliw o ddim sylw ohonyn nhw. Ti'n freintiedig iawn o fod yn y categori cynta, er nad ydi hynny heb ei anfanteision chwaith, gan ei fod o'n medru bod drostach chdi i gyd wedyn.'

Anwybyddu'i nain a wnâi Steff, sylwodd Iestyn, ac er nad oedd ef ei hun wedi treulio llawer o amser yn ei chwmni, ni allai weld bai ar y bachgen. Er iddi ffoli ar Iestyn yn y ffordd yna oedd gan rai hen wragedd, sylwodd yntau'n syth bron ar y fenyw foslyd, galed o dan yr wyneb siwgwrllyd, ac ar y modd yr oedd hi'n gwthio Lili i ben ei thennyn fodfedd wrth fodfedd bryfoclyd. Roedd Lili ar fai hefyd, yn mynnu dadlau gyda'i mam bob gafael yn hytrach na'i hanwybyddu, ond gwyddai Iestyn y byddai'n llawer haws ganddo ddiodde tymer ymfflamychol Lili na natur oddefol-ymosodol ei mam. Roedd *control freaks* yn gallu troi'n llawer casach pan nad oedden nhw'n cael eu ffordd, fel y gwyddai o brofiad gyda Rita.

'Shwt nath dy dad farw?' gofynnodd wrth Lili ar ôl i'w mam adael. Byddai dagrau crocodeil Dora wedi mynd ar ei nerfau pe bai wedi gofyn y cwestiwn yn ei gŵydd hi.

'Roedd o'n ymylu ar fod yn alcoholic, ond ddim dyna'i lladdodd o.'

'Beth laddodd e 'te?'

'Lewcemia. Doedd ganddo fo ddim gobaith, roedd y canser mor ffyrnig. Maen nhw'n deud fod pobol dan straen yn fwy tebygol o gael canser na phobol sy ddim, a dwi'n meddwl fod hynny'n wir yn achos Dad. Tasa fo'n perthyn i genhedlaeth iau, hwrach y bysa fo wedi gadal Mam, neu hwrach y bysa hi wedi'i adal o...'

'Ne falle ddim,' meddai Iestyn, gan feddwl am ei pherthynas ryfedd hi a Garmon.

'Neu ella ddim,' cytunodd Lili. 'Ond yn sicr toeddan nhw

ddim yn hapus efo'i gilydd.'

'Wyt ti'n hapus?'

'Yn hapusach nag oedd 'yn rhieni. Ond ella 'i fod o'n help fod Garmon i ffwr' mor amal,' gwenodd. 'Be am dy rieni di?'

'Nath Mam farw o ganser y stumog pan o'n i'n ddwy ar bymtheg,' meddai Iestyn yn y llais mater-o-ffaith a siarsiai pobol i beidio â thosturio wrtho.

'A be am dy dad?' holodd Lili, gan wrthsefyll yr ysfa i gydio yn ei law mewn cydymdeimlad.

'Adawodd e Mam am fenyw arall pan o'n i'n fabi. Wedyn adawodd e'r fenyw honno am fenyw arall, ac yn y blân. *Commitment-phobe*, ys gwedon nhw – a merchetwr. Er, ma fe 'di bod 'da'r un wraig nawr ers dros ddeng mlynedd, sy'n eitha record iddo fe!'

'Ti'n dal mewn cysylltiad efo fo?'

'Odw. Wrthodes i symud i fyw ato fe ar ôl i Mam farw, ond ry'n ni wedi tyfu'n agosach dros y blynydde... ti'n gwbod beth ma'n nhw'n 'i weud am wâd a dŵr...'

'Be amdanach chdi? Wyt ti rioed 'di cael gwraig neu gymar?'

'Odw i'n *commitment-phobe* 'fyd, ti'n feddwl?'

Gwadodd Lili dan gochi.

'Falle 'mod i, sa i'n siŵr. Ro'n i wedi dyweddïo tan yn gymharol ddiweddar, ond yn falch ar y jiawl pan gwplodd hi 'da fi...'

'Pam 'nest ti ddim dod â'r berthynas i ben dy hun, 'ta?'

'Sa i'n gwbod. Ofan 'mod i'n mynd i droi mas fel 'y nhad, falle?'

Sylweddolodd yn sydyn mor wir oedd hynny, ac mai dyna a barodd iddo aros gyda Rita ymhell ar ôl iddo sylweddoli nad oedd yn ei charu. Soniodd wrth Lili am yr atyniad corfforol oedd wedi pylu'n berthynas ddi-sbarc, yr arferiad oedd wedi troi'n ddiflastod, a'r ffaith fod Rita'n dal i'w blagio er mai hi oedd wedi dod â'r berthynas i ben i bob pwrpas.

'Mae'n rhaid fod 'na rywbeth arall yn arfer bod rhyngoch chi heblaw atyniad corfforol?'

Oedd yna? meddyliodd Iestyn, gan ddarganfod na allai gofio am unrhyw apêl ar wahân i'w chluniau llaethog a'r brychni'n bupur dros ei thrwyn a'i bronnau. Yna cofiodd â phang o arswyd euog am ei ymateb i gusan Ielena. Efallai fod ganddo'r un broblem â'i dad wedi'r cyfan... gweld merched fel gwrthrychau rhywiol a methu cynnal perthynas...

'Iestyn?'

'Allwn ni newid y sgwrs, plîs?' gwenodd ar Lili er mwyn cuddio'i anesmwythyd. Ac eto, dyma fenyw ddeniadol y gallai siarad â hi'n rhwydd a theimlo'n gwbwl gyfforddus yn ei chwmni. Yr unig broblem oedd ei bod hi'n briod (ynghyd ag ambell faen tramgwydd arall, er nad oedd Steff na'r ffaith ei bod yn hŷn nag ef yn ei boeni), ond efallai fod hynny hefyd yn nodweddiadol: ei fod yn cael ei ddenu ati am ei fod yn gwybod nad oedd hi ar gael?

Ond er y bwriadai gadw'i bellter oddi wrthi heno yn y ddawns, nid oedd yn bwriadu cadw draw oddi wrthi hi a Steff yn llwyr. Yn rhannol (ac yn bennaf, petai'n bod yn berffaith onest am y peth) am ei fod yn mwynhau bod yn eu cwmni, ond yn rhannol hefyd am y credai ei fod yn dysgu pethau trwy fynd i Drothwy'r Berwyn. Yno, er enghraifft, yr oedd wedi cwrdd â Dani, ffrind newydd Steff, a theimlai'n sicr ar ôl y cyfarfyddiad hwnnw ei bod hi ar ryw berwyl amheus.

Dros ginio dydd Sul, bu Dani'n sôn am ei diddordeb mewn gwyddoniaeth fforensig, er i Iestyn geisio'i darbwyllo fod cyrsiau fel yr un yr oedd hi'n bwriadu'i astudio yn rhai camarweiniol yn aml, gan nad oedd myfyrwyr yn cael eu paratoi ar gyfer gwaith fforensig yr heddlu.

'Ma lot o'r cyrsie 'ma'n bodoli yn sgil cyfresi teledu

poblogedd fel *Silent Witness* a *CSI*,' meddai wrthi.

'*So?*'

'*So*, jyst elwa ar y ffaith fod lot o bobol ifanc *gullible* moyn bod yn *forensic scientists* ma lot ohonyn nhw.'

'Pwy sy'n deud?'

'Fi'n un. Dirprwy Brif Gwnstabl Heddlu Gogledd Cymru yn un arall.'

Tynnodd Dani wyneb.

'Dyw e ddim yn waith *glamorous*, chi'n gwbod,' aeth yn ei flaen, wedi'i brocio gan ei hymateb pwdlyd. 'Ma fe'n waith gwyddonol, manwl ar gyfer gwyddonwyr go iawn...' *Nid ar gyfer criw o armchair detectives,* meddyliodd.

Cododd Dani'i hysgwyddau'n ddi-hid cyn troi at Steff.

'Ti'n barod, Steff? Well i ni'i throi hi os 'den ni'n mynd.'

'Lle 'dach chi'n mynd 'lly?' gofynnodd Lili.

'I Lanwddyn,' atebodd Steff, gan lowcio gweddill ei fwyd.

Taflodd Dani edrychiad rhybuddiol arno, er mai Iestyn oedd yr unig un a sylwodd.

''Den ni'n mynd am dro i weld y llyn,' meddai'n frysiog. 'Mae'n neis 'no'r adeg yma o'r flwyddyn...'

''Sach chi'n lecio mynd efo nhw am dro, Mam?' holodd Lili.

Gwibiodd golwg o banig dros wyneb Dani.

''Den ni ar dipyn o frys, deu' gwir,' meddai.

'Pam, 'lly?'

'Fydd hi'n t'wyllu cyn hir...'

''Dyn nhw'm isio hen wreigan fatha fi o gwmpas i sbwylio'u hwyl nhw, siŵr iawn!' meddai Dora.

'Nag oes,' atebodd Steff yn ddidaro, ac ymdrechodd Iestyn i gadw wyneb syth.

'Wel ewch 'ta, yn lle sefyllian fan'na fatha geifr ar d'rana,' meddai Lili, ac i ffwrdd â nhw, er i Dani gofio'i chwrteisi a throi'n ôl cyn mynd trwy'r drws:

'Diolch am y cinio, Mrs Davies, o'dd o'n lyfli. Neis eich cwarfod chi, Mrs Lowalski... A chithe, *Detective*,' ychwanegodd, a thybiodd Iestyn iddo glywed pwyslais bach sarhaus ar y gair olaf.

'So 'ddi'n rhy ffond ohona i, sa i'n credu.'

'Sneb yn lecio cael eu dadrithio,' meddai Lili, ac aeth y cerydd i'r byw, er gwaetha'i thôn ysgafn.

'Jest trial helpu'r ferch o'n i,' meddai'n amddiffynnol.

'Ia siŵr,' meddai Dora gan gadw arno. 'Dydi hi'm yn joban *ladylike* iawn beth bynnag, nadi? Stwna o gwmpas ryw *crime scenes* mewn siwt Michelin Man.'

'Peidiwch â siarad yn wirion, newch chi Mam!' meddai Lili'n ddiamynedd. 'Dwi jyst yn falch fod gan Steff ffrind yr un oed â fo'i hun am chênj!'

Dyna pryd y sylweddolodd Iestyn na ddylai sôn wrth Lili am ei amheuon ynglŷn â Dani. Nid ar hyn o bryd, beth bynnag. Os oedd yna rywbeth ar droed, a hwyrach nad oedd yna unrhyw beth o gwbwl, tybiai y byddai Dani a Steff yn mynd i Lanwddyn eto'n o fuan. Trwy'r wythnos tra bu ef yn cadw golwg ar bethau y pen yma, bu Stella McNally ac un o dditectifs Wrecsam yn cadw golwg allan amdanynt yn Llanwddyn, yn benodol ger y drofa i fyny i westy'r Vyrnwy View a'r fynedfa i'r lôn a arweiniai at gartref Edward.

Nid oedd dim wedi digwydd eto, ac eithrio'r gêm aros oedd yn ddigon i drethu amynedd sant, yn enwedig i'r ddau dditectif oedd yn gorfod cicio'u sodlau yn Llanwddyn. Gêm a arweiniai at ddim byd yn aml iawn, ac eto roedd gan Iestyn deimlad yn ei ddŵr fod rhywbeth am ddigwydd cyn bo hir.

Cymerodd un cip arall arno'i hun yn y drych – yr wyneb cadarn, cyfarwydd a'r trwyn mawr mymryn yn gam rhwng y llygaid llwydion – cyn gadael ei stafell a mynd i ymuno â'r rhialtwch.

— 9 —

Roedd Meryl ar fin eistedd i lawr i fwyta pan ganodd cloch drws y ffrynt. Yn gwmws fel petai rhywun wedi bod yn ei gwylio o'r tu allan, meddyliodd, gan ddewis tarfu arni ar y foment fwyaf anhwylus.

Aeth i agor y drws, gan feddwl yn erbyn pob rheswm efallai taw Tirion oedd yno, wedi penderfynu hepgor nos Sadwrn 'da'r bois er mwyn mynd â hi mas am bryd o fwyd. Neu'n fwy tebygol criw o ferched Panty wedi dod i alw amdani'n gynnar...

Rhythodd mewn sioc wrth weld Garmon yn sefyll arno'n gwenu arni, yn drawiadol o drwsiadus mewn siwt bîn-streip a thei llachar gyda phatrwm blodau haul drosto. Roedd ei wallt tywyll wedi'i slicio'n ôl y tu ôl i'w glustiau a thybiai Meryl y gallai weld ei llun yn sglein ar ei sgidiau duon. Spif, meddyliodd, ond spif secsi iawn serch hynny.

'O, Garmon, shw ma'i?' meddai, gan geisio swnio'n ddidaro wrth frwydro'n erbyn y gwrid oedd yn bygwth ymledu dros ei hwyneb. 'Chi newydd golli Ielena – ma ddi newydd fynd i Aberaeron.'

'Yndi siŵr iawn! Dwi'n cofio rŵan,' meddai Garmon, er na swniai fel petai llawer o ots ganddo. Daliai i wenu arni, a'i lygaid brown yn pefrio'n chwareus.

Rhuthrodd y gwaed i wyneb Meryl. 'So chi 'di dod yr holl ffordd 'ma i'w gweld hi, nag y'ch chi?'

'Ddim yn un swydd, naddo. Dwi 'di bod yn gneud tipyn o waith ymchwil yn y Llyfrgell Genedlaethol. Hanes Steddfode a gynhaliwyd yn Lloegr ac ati...'

'O ie. Rwy'n cofio chi'n sôn am y peth wythnos dwetha. Ma'n flin 'da fi – dewch miwn. Gymrwch chi ddishgled, neu rwbeth i fyta? 'Da fi basta os chi moyn...'

'Llai o'r "chi" 'na, plîs Meryl. Dwi'n gwbod 'mod i'n
hen, ond dwi'm isio cael 'yn atgoffa o'r peth o hyd,' meddai
Garmon wrth ei dilyn i mewn i'r tŷ. 'Sori – dwi 'di torri ar
draws dy de di.'

'Ma'n iawn,' meddai Meryl, gan gario'r plataid o fwyd
stiwdantaidd trwodd i'r gegin. 'Do'dd dim 'i whant e arna i
beth bynnag.'

'Pam na ddoi di allan am bryd o fwyd efo fi, 'te?'

'Ym...' meddai Meryl, gan gofio siars Ielena iddi cyn gadael
– '*dim mynd allan efo dynion priod canol oed!*' – er mai cellwair
oedd hi ar y pryd. Cellwair, am nad oedd hi'n meddwl am
eiliad y byddai ei thad yn dod yn ei ôl i wadd Meryl allan am
yr eildro. Cripiodd rhyw gynnwrf trwyddi wrth feddwl efallai
fod Garmon wedi cynllunio hyn yn fwriadol, a'i fryd ar ei
sediwsio.

'Sori, ddylwn i ddim bod wedi gofyn...' meddai Garmon,
gan edrych mor benisel nes i Meryl orfod dal ei hun yn ôl rhag
cydio'n dyner yn ei wyneb a'i gusanu.

'Wrth gwrs bo fi'n moyn dod!' meddai. 'Jyst ffaelu deall
odw i pam fod dyn smart fel chi'n moyn mynd â stiwdent
sgryffi fel fi mas am swper?'

Edrychodd Garmon arni, a'r sêr bach yn ôl yn ei lygaid.

'Am fod yn well gen i fynd â stiwdent sgryffi allan na byta ar
ben 'yn hun,' tynnodd ei choes. 'Ond y gwir amdani ydi 'mod
i'n lecio dy gwmni di. *A* ti'n eneth bropor iawn, wrth gwrs...'

Slapiodd Meryl ei ysgwydd yn chwareus gan wenu a gwrido
wrth ei bodd, er y gwyddai na ddylai deimlo mor hapus
ynglŷn â'r ffaith fod tad ei ffrind gorau'n fflyrtio mor agored
gyda hi. Ond pam ddylai hi gael amser diflas tra oedd Ielena
yn mwynhau'i hunan gyda'i sboner newydd? Roedd noson
yng nghwmni'r hyfryd Gari D yn apelio llawer mwy na noson
ddiddrwg-ddidda o gwmpas y dre, a'r syniad o gwrdd â chlown

anaeddfed fel Tirion ar ei diwedd yn ddigon i hala'r cryd arni.

'Lle chi – sori, ti – moyn mynd heno 'te?' gofynnodd.

'Rwle yn Aber ei hun? Ga i lymed wedyn heb orfod poeni am ddreifio.'

Roedd e'n bwriadu aros dros nos felly, meddyliodd Meryl a'i chalon yn cyflymu.

'Croeso i chi sefyll man 'yn os chi moyn.'

'Diolch.'

Gwenodd Meryl yn ôl arno cyn mynd lan lofft i newid, ac anfon negeseuon testun at ei ffrindiau a Tirion i ddweud na fyddai'n eu gweld nhw allan heno wedi'r cyfan. Dim ond gobeithio na fyddai'n taro i mewn iddynt yn y dre, er bod hynny'n annhebygol cyn belled ag y byddai'n osgoi eu llwybr arferol wrth iddynt droedio fel defaid o gwmpas yr un hen dafarnau.

Roedd yn fore clir ac awel iach yn chwythu'n ysgafn o'r môr. Tywynnai'r haul ar y tai Sioraidd amryliw a chylchynai'r gwylanod fry uwchben yr harbwr, yn gwawchian yn fodlon wrth iddynt weu trwy'i gilydd yn yr awyr las.

Teimlai Ielena ar ben ei digon, yn gynnes a meddal i gyd gan ryw, dedwyddwch a blas o'r bywyd moethus. Yn ogystal â'r pryd tri chwrs neithiwr, roedden nhw newydd loddesta ar frecwast bendigedig, er i Ielena ddewis yr eog mwg a bara brown yn hytrach na'r plataid traddodiadol o facwn, wy a selsig.

Roedd llygaid Simon wedi gloywi pan welodd y bara lawr ar ei blât, gan annog Ielena i'w flasu, ond tynnu wyneb wnaeth hi wrth brofi blaen fforc o'r stwnsh di-flas, llysnafeddog.

'Well na'r *oysters* 'na gest ti neithwr,' meddai wrthi, a chwarddodd Ielena wrth gofio'r olwg ar ei wyneb wrth i un o'r wystrys a gafodd ganddi lithro i lawr ei lwnc.

'Maen nhw'n dda i chdi – yn llawn *zinc*,' atebodd hithau, 'ac yn affrodisiac.'

'Shwt 'ny 'te?' gofynnodd Simon, gan godi'i aeliau cystal ag awgrymu nad oedd angen y fath beth arni. A siawns nad oedd wedi sylwi mor debyg oeddynt i *genitalia* benywaidd.

'Am fod Aphrodite, y dduwies Roegaidd, wedi codi o'r môr ar gragen wystrys...'

'Fel Ursula Andress yn *Dr No?*'

'*The Birth of Venus* Botticelli yn nes ati,' meddai, gan daflu edrychiad siarp arno. 'Beth bynnag, mi nath Aphrodite roi genedigaeth i Eros, sef duw serch a chariad, ac o fan'no ma'r geirie erotig ac affrodisiac yn dod.'

Edrychodd Simon arni mewn edmygedd.

'Roedd y Rhufeinied yn arfer byta llwythi ohonyn nhw yn eu *Roman orgies*,' aeth yn ei blaen, gan fwynhau dangos ei hun. Byddai Edward wedi wfftio at y fath wybodaeth ddi-fudd.

'*Perverts*. Y boi Caligula 'na'n enwedig.'

Gwenodd Ielena, gan deimlo'r pyls yn dechrau pwyo rhwng ei chluniau eto. Ond gan eu bod eisoes wedi pacio'u bagiau yn y stafell a mynd â nhw i'r car, ni allent fynd yn ôl i'r gwely'n hawdd iawn.

Ond unwaith yr oedden nhw allan yn yr awyr iach, teimlai Ielena'n falch wrth deimlo'r heulwen egwan ar ei hwyneb a'r gwynt ysgafn yn chwarae â godrau'i gwallt. Yn falch o fod yn fyw, yn y fan honno ar yr eiliad honno efo Simon wrth ei hochor yn gafael yn ei llaw. Mor agos ati, ac eto'n fod cwbl ar wahân, na fedrai byth gamu i mewn i'w gorff a'i feddwl ac ymdeimlo ag ef yn llwyr. Dim ots pa mor agos oeddech chi at unrhyw un – eich mam, tad, plentyn, brawd, chwaer, cariad, cymar, ffrind gorau – nid oedd modd i chi byth wybod yn union sut yr oedden nhw'n teimlo, na sut beth oedd bod yn nhw.

Cerddodd y ddau dros y bont-droed bren a groesai geg yr afon a sefyll arni am sbel, yn edrych o'u cwmpas mewn distawrwydd diddan, heb deimlo rheidrwydd i siarad na hyd yn oed gyffwrdd am rai munudau. Roedd y diwrnod cyfan o'u blaen, i'w dreulio yn y dref dlos hon a arferai – yn ôl un hen bysgotwr a gododd sgwrs efo nhw mewn tafarn neithiwr – fod yn borthladd pysgota penwaig llewyrchus.

Roedd yr hen ŵr wedi'i hatgoffa o'i thaid, i raddau; arferai yntau fynd i bysgota yn ei amser hamdden. Roedd ganddi gof ohono'n dal ysbinbysg tra oedden nhw'n aros yn Sir Fôn un tro, ond gan nad oedd ei nain yn medru diodde gwynt pysgod yn y tŷ, roedd ei thaid wedi grilio'r pysgodyn ar y barbeciw yn yr ardd gefn, a daliai i gofio'r blas cryf, amheuthun hyd heddiw. Atgoffai'r hen ŵr hi o Billy Winslet hefyd, ac addawodd iddi'i hun y byddai'n mynd i weld ei hen gyfaill yn yr ysbyty ar ôl iddi ddychwelyd i Aber, gan deimlo pang o euogrwydd nad oedd hi wedi bod yn ymweld ag o ynghynt.

'Does 'na'm brys arnon ni i fynd yn ôl heddiw, nag oes?'

'Nag o's, bach,' atebodd Simon, gan gydio am ei chanol a'i thynnu ato. 'Ma drw'r dydd 'da ni.... *shit!*'

Rhegodd wrth i gnul anghwrtais ei ffôn symudol dorri ar ei draws.

'Anwybydda fo,' awgrymodd Ielena.

'Alla i ddim, sori... Helô? O, Mrs Jenkins, shw ma'i? Beth?' Rhowliodd ei lygaid ar Ielena wrth iddo wrando. 'Wel, os yw e'n *emergency*, fydda i 'da chi mewn...' cymerodd gip ar ei oriawr, 'obeutu awr? Wy'n Aberaeron, ch'weld. Olreit? Wela i chi whap.'

Diffoddodd ei ffôn yn araf, cyn troi pâr o lygaid edifar ar Ielena.

'*Famous last words,*' meddai. 'Sa i'n credu hyn – bydd raid i fi fynd nôl. Ro'dd oil Mrs Jenkins Penrhyn-coch wedi rhedeg yn sych, a nawr dyw e ddim yn llifo o'r tanc i'r boiler am fod y peips yn llawn *airlocks.*'

'Ellith rhywun arall ddim 'i sortio fo allan iddi?'

'Fi yw 'i phlwmwr hi. Sa i'n moyn iddi fynd at neb arall, rhag ofan i fi golli busnes. Ma'n flin 'da fi, Ielena...'

'Mae'n iawn,' meddai Ielena, gan deimlo rhuthr o gasineb pur tuag at y ddynes esgeulus yma oedd newydd ddifetha'i diwrnod hi.

'Ma ddi'n siŵr o dalu *extra* i fi am y jobyn 'ma,' meddai Simon ar y ffordd adre, yn ymwybodol o Ielena yn mud-ferwi wrth ei ymyl ac yn gyrru'n gyflymach nag y dylai. 'Af i â ti mas i rwle neis i neud lan am y peth, wy'n gaddo.'

'Mae'n iawn,' meddai Ielena am y canfed tro, yn flin efo fo am grafu gymaint ac efo'i hun am fod mor afresymol o bwdlyd.

'Ti newydd fod â fi i rwle neis. Dwi ddim mor *high maintenance* â hynny, ti'n gwbod. Rŵan cau dy geg am y peth, 'nei di.'

Ar ôl distawrwydd annifyr o ryw funud neu ddau, aeth Ielena yn ei blaen:

'Jyst cofia fod yn rhaid i fi weithio weithe hefyd. Jyst achos 'mod i'n stiwdant, 'di hynny ddim yn golygu 'mod i'n barod i dy roi di cyn 'y ngwaith i bob amser.'

'Sa i'n dishgwl i ti neud 'ny,' meddai Simon, yn amlwg wedi'i glwyfo.

'Iawn, 'den ni'n deall ein gilydd felly.'

'Odyn.'

Er hynny, roedd yr awyrgylch rhyngddynt yn dal yn llawn tensiwn am weddill y siwrnai, a'u mân siarad nawr ac yn y man yn annaturiol o ffurfiol.

'Diolch Iel, a sori eto,' meddai Simon wrth iddi'i ollwng y tu allan i'w dŷ. 'Ffôna i di nes 'mlân, olreit?'

Nodiodd Ielena a gwneud ei gorau i wenu. Plygodd Simon i mewn i'r car i roi cusan ffarwél iddi, gan fethu'i cheg a tharo'i ben yn ffrâm y drws wrth gamu'n ôl allan.

'Watsia dy ben,' dedpaniodd Ielena. 'A diolch am noson fendigedig.' Nes i wir fwynhau.'

Gwenodd Simon mewn rhyddhad a gyrrodd Ielena i ffwrdd, gan roi bib-bib bach ar y corn i ddangos nad oedd hi'n dal dig. Ai dyma sut beth oedd bod â'r llaw uchaf mewn perthynas? meddyliodd. Na – petai ganddi'r llaw uchaf, byddai Simon wedi aros yn Aberaeron efo hi yn hytrach na rhuthro adre i drwsio *airlocks* Mrs Jenkins, a phetai wedi gwneud hynny mae'n bosib y byddai ei pharch tuag ato wedi pylu rhyw gymaint.

Ond beth am ei deimladau o tuag ati hi? A fyddai'n teimlo llai tuag ati rŵan ar ôl iddi ymddwyn fel plentyn pwdlyd? Gobeithio ddim, meddyliodd mewn panig, gan wrthsefyll yr ysfa i droi'n ôl ac ymddiheuro. Câi gyfle i wneud hynny pan fyddai'n ei ffonio heno – os byddai'n ei ffonio heno. Yn y cyfamser roedd ganddi draethawd i'w orffen ac un arall i'w gychwyn. Suddodd ei chalon. Un peth oedd darllen llyfrau; peth arall – llawer llai pleserus – oedd ysgrifennu traethodau amdanynt.

— *11* —

ROEDD YR HAUL yn tywynnu eto drannoeth – y math o ddiwrnod braf na all rhywun sydd wedi bod ar y lysh y noson cynt ei werthfawrogi'n iawn. Deffrôdd Lili'n gynnar o gwsg brwysg gan droi'r gobennydd er mwyn teimlo cotwm oer ochor arall y dudded yn erbyn ei boch. Ond ymhen dim roedd y defnydd wedi cnesu eto, a hithau'n gorfod troi'r gobennydd drachefn.

'*As cool as the other side of the pillow.*' Lle clywodd hi'r disgrifiad hwnnw, ac am bwy? Bron na fedrai deimlo'r olwynion yn gwichian mewn ymdrech wrth iddi drio cofio, ond nogio wnaeth ei chof. Doedd ryfedd chwaith, ar ôl yr holl alcohol yr oedd hi wedi'i lyncu neithiwr, gan ladd cannoedd o gelloedd ei 'mennydd yn y broses, yn ôl y *killjoys* oedd mor hoff o hel bwganod ynglŷn â'r pethau hyn.

Ond roedd yn rhaid iddi gyfadde fod ganddyn nhw bwynt. Roedd ganddi goblyn o gur pen, fel petai ei phenglog a'i gynnwys wedi'u crebachu a'u piclo. Sgil-effeithiau'r ddiod gadarn yn bendant, ynghyd â sigaréts wrth gwrs: baco a chemegau wedi'u rhowlio'n rholiau main, marwol. Priciau canser. Hen bryd iddyn nhw gael eu banio, meddyliodd, gan na fyddai'r demtasiwn yno wedyn i danio'r un sigarét dyngedfennol honno efo'i pheint cyntaf. Dyna'r un yr oedd hi'n ei mwynhau fwyaf mewn gwirionedd beth bynnag – myrrath oedd y gweddill.

Yr eironi oedd ei bod hi wedi yfed a smocio mwy nag a wnaeth hi neithiwr droeon o'r blaen, ac wedi deffro'n teimlo'n weddol y bore wedyn. Yna cofiodd ddarllen yn rhywle fod pobol feddw hapus yn cael llai o *hangovers* na phobol feddw anhapus. A dyma hi wedi profi'r peth yn wir: Lili Lowalski – *guinea pig* dynol, sgut am gosb, claf o blydi cariad, neu beth bynnag oedd y teimlad glaslencynnaidd yma yr oedd hi'n ei deimlo.

'Ti'n tynnu am dy hannar cant, hogan!' meddai gan godi o'r gwely a'i gwallt yn un ffluwch blêr am ei hwyneb. Tybiai y byddai golwg ar hwnnw hefyd, ond o leia roedd ei chorff yn dal i fod mewn siâp go lew, yn wyrth corfforol oedd wedi gwrthsefyll anrheithiau amser a disgyrchiant. Wel, nid gwyrth yn union efallai, o ystyried yr holl ymarfer yr oedd wedi'i gael dros y blynyddoedd ac yn dal i'w gael yn ddyddiol bron.

Gwyddai un peth i sicrwydd: fod golwg well o beth wmbrath arni hi'n noethlymun nag oedd yna ar Nerys. Edrychai honno'n ddel ac eitha rhywiol neithiwr (cyfaddefodd Lili'n gyndyn) yn ei thop coch sbanglog gwddw isel, ond wrth iddi eistedd yn swp yn un o'r cadeiriau esmwyth anodd-dod-allan-ohonyn-nhw, roedd Lili wedi sylwi mewn boddhad ar y rholiau o floneg o dan fronnau ei chwaer-yng-nghyfraith.

Roedd yn well gan rai dynion ferched felly, yn ôl y sôn. Merched â thipyn o afael arnyn nhw. *Rhai* dynion, hynny ydi. Hogia bach heb dyfu i fyny oedd yn dal i flysu cysur clustogau o gnawd meddal a bronnau anferth fel pyrsiau buwch. A oedd Iestyn yn un o'r rheiny?

'Be 'set ti'n 'i newid amdanat ti dy hun taset ti'n ca'l dewis?' gofynnodd Nerys iddi un tro, yn amlwg yn disgwyl i Lili ddweud 'Bronna mwy'. Roedd Nerys yn falch dros ben o'i bronnau cwpan-F, ac yn hoff o o frolio'r edrychiadau edmygus y byddai'n eu cael gan ddynion.

Ond ni fedrai Lili ddychmygu unrhyw beth mwy anghyfforddus ac annymunol na chael dwy chwaren laeth fawr yn bownsio o'i blaen, gan ddenu sylw ambell sglyfath digywilydd. Pan ddywedodd hynny wrth Nerys, roedd honno'n amlwg yn meddwl mai eiddigeddus oedd Lili, gan ddal i fynnu mai bronnau mawr oedd y '*man-magnets*' gorau y medrai unrhyw ferch eu cael.

'Tynnu ar ôl dy Anti Nerys wyt ti, ma raid,' meddai Lili wrth Ielena un tro, gan fod ei bronnau hi'n anghyffredin o fawr i ferch mor fain. Siâp model fronnoeth. 'Dwi fatha dwy aspirin ar fwr' smwddio!'

Nid fod Nerys yn ddim byd tebyg i fodel, er ei bod hi'n amlwg yn meddwl ei hun yn dipyn o bishyn. Gallai Lili fod wedi'i thagu neithiwr wrth iddi fonopoleiddio Iestyn, a hwnnw hyd y gwelai yn ddigon hapus o gael ei fonopoleiddio ganddi. Pwy oedd hi'n feddwl oedd hi beth bynnag, yn fflyrtio efo dynion eraill yr eiliad yr oedd Kev wedi troi'i gefn? Hwyrach ei bod hithau'n briod, ond tybiai fod hynny'n wahanol â Garmon i ffwrdd y rhan fwyaf o'r amser.

Yn ei siom, roedd Lili wedi yfed gormod, gan sgwrsio efo hwn a'r llall gan ddal i gadw llygad ar ei chwaer-yng-nghyfraith fradwrus yn pwyso dros y bwrdd i siarad efo Iestyn nes bod ei bronnau blymonjaidd bron â phlopian allan. Gweodd ei ffordd i gyfeiriad Paxo ar un plwc, ond doedd fawr o hwyliau ar hwnnw chwaith.

'Dy fêt newydd di wedi ffeindio dynes newydd?' meddai'n giaidd. 'Mae o'n lecio merched priod, wrth 'i golwg hi. Rhai sengl yn ormod o her iddo fo, ma raid.'

'T'isio dawnsio?' gofynnodd hithau, gan anwybyddu'i eiriau, er eu bod wedi mynd i'r byw.

'Dio'm yn edrych felly, nadi? Ma Jemima Jên yn fa'ma 'di trio'n llusgo i ar y llawr dwn i'm sawl gwaith – pam na ddawnsiwch chi'ch dwy efo'ch gilydd? *Hey, Mima, go and dance with Lili!*'

Nid oedd Lili eisiau dawnsio efo Jemima, a thybiai na fyddai Jemima eisiau dawnsio efo hithau chwaith. Gwyddai Paxo hynny hefyd, ond mewn pwl o ddiawledigrwydd yr oedd wedi hwrjo'r ddwy at ei gilydd.

'*Hi Lili! You're looking spectacularly stunning as per usual!*' cyfarchodd Jemima hi yn ei llais gor-sionc.

'*So are you,*' atebodd Lili'n anniffuant. Gwyddai fod y dillad haenog, amryliw a wisgai Jemima yn rhai drud – Whistles efallai, neu René Derhy – ond amdani hi roedden nhw'n edrych fel carpiau ail-law wedi'u prynu mewn jymbl sêl. Tybiai Lili y byddai gŵn-ddawns ffurfiol yn gweddu'n well iddi, a'i gwallt lliw gwenith yn edrych yn well wedi'i godi ar dop ei phen yn hytrach nag yn hongian yn llaes a llipa dros ei sgwyddau. Arferai raeadru i lawr ei chefn yn bistyll euraidd, ond erbyn hyn yr oedd wedi colli'i sglein, fel ei berchennog.

'*And where are the rest of your gorgeous family tonight?*'

'*Her sister-in-law's over there, flashing her tits at that dashing young detective you fancy,*' meddai Paxo cyn i Lili gael cyfle i ateb.

'*Isn't he absolutely shaggable?*' meddai Jemima gan daflu cipolwg ar ei gŵr yn y gobaith ofer o'i wneud yn genfigennus. '*Looks like that actor off the telly – David whatsisface...*'

Gwingodd Lili wrth i Jemima yngan '*off*' fel '*oaf*'.

'David Morrissey?'

'*That's the one! Tell you what, Lili – we seem to share the same taste in men, don't you think?*'

Ai *dig* ynglŷn â Paxo oedd hynny? meddyliodd Lili, neu a oedd ei theimladau tuag at Iestyn yn amlwg i bawb? Wrth iddi grafu'i phen am ateb gochelgar, daeth Betsan o bawb i'r adwy a'i harbed rhag gorfod ateb o gwbwl.

'Haia Lili, sut w't ti ers talwm? *Sorry Jemima, I'm not interrupting, am I?* Deryn bach yn deutha i fod Steffan wedi cael joban? Handi iawn, jyst y peth iddo fo yntê. Neis i ti gael mwy o amser i ti dy hun, 'fyd. Rhaid i ti biciad draw am goffi ryw ddiwrnod, neu awn ni'n dwy am *shopping spree* – gen ti lygid da am fargen, yntoes? Fydda i byth yn mynd ar gyfyl siope rhad fy hun, ond dyna fo – ma Primark yn edrych fel Prada amdanat ti! Dyna lle gest ti'r ffrog 'na ma siŵr?'

'Naci. Yn Monsoon.'

'Ar sêl?'

'Naci.'

'Sblashio allan ar gyfer *special occasion*, felly?'

'Rhwbath felly,' meddai Lili dan ei gwynt, yn gyndyn o gyfadde ei bod wedi prynu'r ffrog yn un swydd.

'*You can follow what we're saying, can't you Jemima?*' trodd Betsan ei thrwyn busneslyd at Jemima, a ddaliai i sefyll yno fel llo. '*How long have you been going to Welsh lessons now?*'

'Dwi'n mynd i ddawnsio,' meddai Lili, gan fachu ar ei chyfle i ddianc rhag y ddwy ohonynt. Ond dilynodd Jemima'n dynn ar ei sodlau, a Betsan yn dynn ar sodlau honno, ei dyrnau a'i phenelinoedd yn pwmpio i fyny ac i lawr wrth iddi baratoi i fynd amdani ar y llawr dawnsio. Ond er ei bod fymryn yn brennaidd, o leia roedd ganddi rywfaint o rythm, yn wahanol i Jemima druan, a sgytiai ei chorff yn hollol anghytsain i'r gerddoriaeth gyda'i breichiau'n chwyrlïo i bob man.

Roedd y band yn chwarae 'Stuck in the Middle With You', oedd yn addas iawn i Lili a hithau wedi'i dal rhwng dwy mor afrosgo. Gwnaeth ei gorau i ddawnsio mor ddisylw ag y medrai rhag bychanu mwy arnynt, ond cyn pen dim roedd y rhythm wedi cydio ynddi a'i chorff yn ymateb yn reddfol, synhwyrus i'r miwsig. O gongl ei llygad gwelai Nerys yn tynnu sylw Iestyn ati ac yntau'n edrych arni... Gwenodd iddi'i hun wrth sylwi arno'n sefyll gan feddwl yn siŵr ei fod am ddod ati i ddawnsio, ond suddodd ei chalon pan welodd ei fod yn gadael y neuadd – oedd o'n mynd i'r lle chwech neu adre? Damia'r bastad oriog, meddyliodd, yn chwarae efo'i theimladau fel hyn!

Pan ddaeth y gân i ben, cerddodd yn syth at Nerys i'w thaclo.

'Lle ma dy ffrind newydd di wedi mynd?' meddai gan ffugio gwên.

'Dwn i'm, ddaru o'm deud,' cododd Nerys ei sgwyddau'n ddifater.

'Be, dio jyst wedi dy adal di fela heb ddeud gair o'i ben?'

'Tydi o ddim yn ddêt i mi na dim byd felly,' chwarddodd Nerys. 'Pam w't ti'n poeni gymint amdano fo, beth bynnag?'

'Tydw i ddim.'

'*Could've fooled me...* Paid â sbio rŵan, ond mae o ar 'i ffor' yn ôl 'ma...'

Teimlai Lili ei hun yn cochi, gan ddifaru gwneud ffŵl ohoni'i hun o flaen Nerys.

'Iawn, Lili?' meddai llais Iestyn y tu ôl iddi.

'Iawn diolch,' atebodd hithau'n oeraidd gan droi i edrych arno. 'Ti'n mwynhau dy hun?'

'Odw, diolch. Ma'r band yn dda iawn, ac o'dd y bwyd yn ffein.'

'A'r cwmni?' holodd yn ysgafn, gan drio'i gorau i beidio â sgyrnygu.

'Difyr iawn. Ma Nerys man 'yn wedi bod yn sôn wrtho i am hanes y dyffryn...'

'Clecs neu hanes go iawn?'

'Y ddou... Do'n i ddim yn gwbod fod y pen yma o'r dyffryn bron â chael 'i foddi i neud cronfa ddŵr ar un adeg.'

'Ond bod Lloyd George wedi achub y dydd. Dwi'n gwbod,' meddai Lili, gan gicio'i hun am nad oedd hi wedi sôn am hynny wrtho. 'Beth bynnag, 'ddrwg gen i dorri ar eich traws chi. Dwi am fynd i brynu diod arall a chymdeithasu 'chydig...'

'Bryna i ddrinc i ti. Beth ti moyn?'

'Na, ma'n iawn diolch. Dwi isio gair efo Eifion beth bynnag, mae o wrth y bar rŵan...'

Ac i ffwrdd â hi, heb edrych ar Iestyn na Nerys, yn brifo fel hogan yn ei harddegau ac yn methu actio'n cŵl dros ei chrogi.

'Dow, Lili, s'mae?' cyfarchodd Eifion hi, er y tybiai Lili nad oedd ei gyfarchiad mor gynnes ag arfer. Be haru pawb heno, yn gwneud iddi deimlo fel rhyw barïa cymdeithasol? Gwelodd eisiau Garmon yn fwya sydyn, gan ddifaru na fyddai wedi cytuno ei gyfarfod yn Aber wedi'r cyfan, neu ddwyn perswâd arno i ddod adre i'r ddawns. 'Steff ddim efo ti heno?'

'Mae o adra efo Kev. A ro'dd Garmon yn methu dod adra'r penwythnos 'ma,' ychwanegodd, gan deimlo braidd nad oedd Eifion wedi holi am ei gŵr. Hwyrach fod pobol yn teimlo'n chwithig o wneud hynny o dan yr amgylchiadau, ac yn meddwl efallai eu bod wedi gwahanu i bob pwrpas. 'Ma Steff ni 'di bod yn treulio dipyn o amser efo dy nith di'n ddiweddar.'

'Felly o'n i'n clywed.'

'Er, ffrindia ydyn nhw'n fwy na dim byd arall, am wn i.'

'Gwranda, Lil...'

'Be?' meddai, gan wyro'n nes i wrando arno.

'Ma 'na rwbeth am Dani ddylet ti wbod... dwi'm yn siŵr iawn sut i ddeud hyn...'

'Be?' Dechreuodd ei chalon gyflymu.

'Dwn i'm, mae'n anodd rhoid 'y mys arno fo... Ma hi'n eneth iawn a bob dim, jyst 'i bod hi'n byw yn 'i byd bach 'i hun, ac yn dueddol o neud pethe i fyny...'

'Deud clwydda ti'n feddwl?'

'Ie mewn ffordd, ac eto mae fel tase hi'n credu'r pethe 'ma 'i hun... fel deud wrth bobol 'i bod hi'n mynd i fod yn dditectif...'

'Ddeudodd hi wrtha i 'i bod hi'n mynd i studio *forensic science*.'

'Yn union.'

'Ond tydi hi ddim?'

Ysgydwodd Eifion ei ben. 'Ma 'na ddigon yn 'i phen hi ond ddaru hi rioed allu côpio efo pethe fel gwaith ysgol ac *exams*.'

'Ydi hi wedi cael 'i diagnosio efo rhwbath?'

'Be ti'n feddwl?' edrychodd Eifion arni'n hurt.

'Dwn i'm... beth bynnag ma nhw'n galw pobol sy'n byw yn 'u byd bach ffantasïol nhw'u hunan – *fantastists*, am wn i...' meddai, er mai '*compulsive liars*' oedd y geiriau ar flaen ei thafod.

'Nadi – er, mi awgryma i'r peth wrth Jean 'yn chwaer – mam Dani. Ma hi 'di achosi lot o boen meddwl i'w rhieni dros y blynyddoedd – byth yn gallu cadw ffrindie am 'i bod hi'n rhaffu celwydde wrthyn nhw. Y peth ydi, ma hi'n edrych mor normal...'

'Fatha Steff.'

'Ie mewn ffordd, ond mae hynny'n wahanol, tydi? Ma Steff yn diodde o gyflwr arbennig, tra bod Dani yn – wel, nid normal 'di'r gair...'

'Naci,' cytunodd Lili, oedd yn casáu'r gair 'normal'. 'Mae hi'n swnio'n eitha *disturbed* i mi, Eifion. Taswn i'n lle dy chwaer mi faswn i'n mynd â hi i weld seicolegydd... O'n i'n ama fod 'na rwbath od amdani am 'i bod hi'n yn treulio gymint o amsar efo Steff.'

'Hwrach 'i bod hi'n teimlo'n saff efo Steff – ddim yn teimlo fod yn rhaid iddi greu argraff arno fo efo ryw straeon *far-fetched*...'

'Hmmm,' pendronodd Lili, gan sylweddoli nad oedd ei phen mor glir ag yr hoffai iddo fod. Edrychodd o'i chwmpas, a gweld fod Iestyn yn sefyll wrth ei hymyl â'i gefn ati, yn disgwyl cael ei syrfio wrth y bar. Oedd y bastad powld wedi bod yn clustfeinio ar ei sgwrs hi ac Eifion? 'Er, ella y bysa hi'n gneud plismones dda, sti Eifion.'

'Be ti'n feddwl?'

'Wel ma plismyn yn rhai da am ddeud clwydda, medda nhw – neu am stumio'r gwir, o leia.'

Edrychodd Eifion arni mewn penbleth, yn trio penderfynu ai bod yn wamal neu o ddifri oedd hi.

'Ti'n tynnu 'nghôs i 'to, Lili?' trodd Iestyn i'w hwynebu,

gan wincio ar Eifion.

'Un ddrwg 'di hon,' meddai Eifion mewn rhyddhad. 'Fydd yr *handcuffs* yna allan os na fihafi di!'

Edrychodd Lili ar Iestyn a chael y pleser o'i weld yn cochi. Fflachiodd delwedd yn ei meddwl o Iestyn yn ei gefynnu i'r gwely, a chochodd hithau. Nid am fod sadomasociaeth yn ei chyffroi yn gymaint â'r syniad ohoni hi ac Iestyn yn y gwely. Esgusododd ei hun yn sydyn a mynd i'r lle chwech.

Pan ddychwelodd, wedi rhoi llyfiad ffres o golur ar ei hwyneb a chrib trwy'i gwallt, roedd Iestyn wedi diflannu. Cododd beint arall iddi'i hun a sefyllian wrth y bar am rai munudau yn y gobaith y byddai'n ailymddangos, ond ar ôl sbel sylweddolodd ei fod wedi gadael. Chwaraeodd â'r syniad o fynd ar ei ôl i'r Hand cyn penderfynu nad oedd hi'n ddigon chwil i fentro gwneud ffŵl llwyr ohoni'i hun, ac ar y llaw arall heb fod yn ddigon sobor iddo'i chymryd hi o ddifri petai hi'n gwneud y fath beth.

Edrychodd o'i chwmpas a sylweddoli mewn panig fod Nerys wedi gadael hefyd. Hwyrach fod Iestyn wedi'i cherdded hi adre, a phwy a ŵyr na fyddai'n ei chusanu wrth ddweud nos da wrthi... os na fyddai'r hoedan ddigywilydd yn mynd yn ôl efo fo i'w stafell yn yr Hand, wrth gwrs... ond na, fasen nhw byth yn mentro gwneud rhywbeth felly yng ngwydd pawb, siawns?

Daeth ysictod sydyn drosti. Diffoddodd ei sigarét ar ei hanner a rhuthro allan, gan adael ei pheint heb ei gyffwrdd bron. Fe'i temtiwyd i guro ar ddrws tŷ Nerys wrth iddi nesáu ato, nid yn unig er mwyn gweld a oedd hi yno, ond hefyd er mwyn gwneud yn siŵr fod Steff yn iawn. Ysai am gael edrych ar ei wyneb hardd ynghwsg, a theimlo'r rhuthr o gariad oedd yn gymaint purach pan fyddai o'n cysgu. Dyna'r peth efo Steff: ysai bob hyn a hyn am gael hoe oddi wrtho, ond ar ôl sbel o fod hebddo, ysai am gael ei weld eto, am ei gwmni a'i arferion idiosyncratig.

Roedd tŷ Nerys mewn tywyllwch, felly aeth Lili'n ei blaen am adre. Ystyriodd ffonio Garmon i sôn wrtho am Dani, ond newidiodd ei meddwl pan welodd ei bod wedi un o'r gloch y bore. Ni fyddai'n hapus iawn o gael ei ddeffro yr adeg yna o'r nos gan ei wraig chwil. Onid oedd o'n unig yng Nghaerdydd ar ei ben ei hun? meddyliodd Lili, gan deimlo'i hunigrwydd yn lapio'i hun amdani fel amdo. Neu hwyrach fod ganddo rywun yno wedi'r cyfan? Ond na, doedd o ddim y teip i gael affêr...

Tynnodd Lili ei cholur a glanhau ei dannedd yn ddefodol cyn mynd i'w gwely, yn sicr na fyddai'n medru mynd i gysgu. Ond wrth i'w phen gyffwrdd â'r gobennydd fe blymiodd i bwll o anymwybod, â sŵn y band yn dal i atseinio yn ei chlustiau a'r alcohol yn llifo'n boeth trwy ei gwythiennau.

Roedd Lili wrthi'n 'molchi'i hwyneb pan ganodd cloch y drws. Anwyboddodd hi'r tro cynta, ond pan ganodd yr eildro aeth allan o'r bathrwm a sleifio tu ôl i lenni'i llofft gan edrych i lawr i weld pwy oedd yno.

Iestyn! Llamodd ei chalon a safodd yno mewn cyfyng-cyngor am rai eiliadau: petai'n mynd i lawr i agor y drws byddai'n mentro ei ddychryn efo'i hwyneb di-golur ar ôl noson fawr, ond petai'n ei anwybyddu byddai'n cicio'i hun am y peth trwy'r dydd.

Rhuthrodd i lawr y grisiau cyn iddi gael gyfle i ailfeddwl ac agor y drws iddo. Edrychodd yntau'n syn arni am funud, gan gochi wrth sylwi ar ei choesau noeth o dan ei choban fer.

'Sori, dwi heb gael cyfle i wisgo eto. Tyd i mewn,' meddai, gan gerdded o'i flaen i'r gegin a rhoi'r tegell ymlaen. 'Dwi'm yn teimlo'n rhy sbesh bore 'ma a deud y gwir. Chditha?'

'Ddim yn rhy ddrwg, diolch. 'Nes i ddim yfed gyment â 'ny.'

'Call iawn. Coffi neu de?'

'Coffi, plîs... Grynda, Lili, wedi dod 'ma i ymddiheuro odw i...'

'Ymddiheuro am be 'lly?' Aeth Lili ati i baratoi'r coffi er mwyn osgoi gorfod edrych arno.

'Ces i'r argraff bo ti'n grac 'da fi neithwr.'

'Pam fyswn i'n "grac" efo chdi?'

'Am 'mod i'n dy osgoi di?'

'Pam fysach chdi isio'n osgoi i?'

'Am mai busnes o'dd neithwr, nid pleser... Ac am nad o'n i moyn rhoi lle i bobol siarad.'

'Doedd dim ots gen ti roi lle i bobol siarad amdanach chdi a Nerys, yn amlwg.'

'Siarades i 'da pobol erill ar wahân i Nerys.'

''Nes i'm sylwi.'

'Gormod o gwrw, falle?' meddai'n ysgafn.

'Ti'n swnio fatha Garmon rŵan.'

'Sa i'n deall pam wyt ti'n dala i fod 'da fe...'

'Gwranda, Iestyn. Dwi'm yn siŵr 'mod i mewn unrhyw gyflwr i gael y sgwrs 'ma ar hyn o bryd. Ti'n meindio os a' i am gawod o leia? Dwi'n teimlo dan anfantais braidd yn sefyll fa'ma'n hannar noeth â golwg y diawl arna i...'

'Ti'n edrych yn grêt.'

'Nac'dw tad. Dwi'm yn teimlo'n grêt, beth bynnag. A deud y gwir dwi'n teimlo'n uffernol. 'Nei di edrych ar ôl y coffi 'ma tra dwi'n mynd i folchi a gwisgo? Gawn ni sgwrs wedyn. Jyst paid â diflannu fel nest ti neithiwr, dyna i gyd.'

'Pa bryd?'

'Ar ôl i ni fod yn siarad wrth y bar. Es i i'r lle chwech, a phan ddes i nôl, roeddach chdi wedi mynd.'

'Ro'n i'n meddwl bo ti 'di mynd gatre. Ddiflannest ti am ache.'

'Felly 'nest ti hebrwng Nerys adra?'

'Do.'

'O'n i'n ama.'

'Wedes i bo fi'n gadel, a wedodd Nerys 'i bod hithe'n mynd 'fyd. Allwn i ddim peido â'i cherdded hi gatre...Oet ti'n edrych yn anhygoel neithwr, gyda llaw. O'dd raid i fi gerdded mas pan ddechreuest ti ddanso...'

'Wela i di'n munud,' meddai gan anwybyddu'r compliment. 'Ond os dwi'n hirach na hynny, disgwylia amdana i beth bynnag.'

Gwenodd Iestyn a gwylio'i choesau cyhyrog, siapus yn diflannu i lawr y cyntedd. Roedd wrthi'n estyn dau fyg pan ganodd y ffôn. Gadawodd iddo ganu am sbel cyn penderfynu'i ateb, gan obeithio i'r nefoedd nad Garmon oedd yno.

'Helô?'

'Pwy sy 'na?'

'Ielena, ti sy 'na?'

'Iestyn? Ydi Mam 'na?'

'Ma ddi'n y gawod. Ti'n iawn?'

'Be 'dech chi'n da yn tŷ ni?'

'Ym, jyst galw o'n i, ond o'dd dy fam ar 'i ffordd i wmolch...'

'Fysech chi ddim 'di gallu galw'n ôl nes 'mlaen?'

'Wedodd dy fam wrtho i am neud y coffi.'

'Does na'm byd yn mynd 'mlaen, nag oes?'

'Fel beth? Ielena, be sy'n bod? Ti'n swno'n ypset am rwbeth.'

Rhoddodd Ielena chwerthiniad bach chwerw ar ben arall y lein.

'Ielena? Ofynna i dy fam dy ffôno di'n ôl, olreit?'

'Na, peidiwch. Peidiwch â deud wrthi 'mod i wedi ffonio o gwbwl. Ffonia i nôl rywbryd eto.'

Ac ar hynny fe aeth y ffôn yn farw. Cafodd Iestyn ei demtio

i'w ffonio'n ôl, ond gwyddai na fyddai Ielena'n ei ateb.

'Pwy oedd ar y ffôn?' gofynnodd Lili pan ddaeth yn ei hôl i lawr mewn trowsus combat a chrys-t a'i gwallt yn sychu'n donnau am ei hwyneb.

'Rhif anghywir.'

'Sut ti'n gwbod?'

'Dodon nhw'r ffôn i lawr arno i.'

'Am ma chdi atebodd ma siŵr. Roeddan nhw'n siŵr o feddwl 'u bod nhw wedi cael y rhif anghywir, toeddan?'

Aeth Lili at y ffôn a deialu 1471 cyn i Iestyn gael cyfle i'w hatal.

'Rhif *mobile* Ielena 'di hwn,' meddai Lili gan edrych yn rhyfedd arno.

Cododd Iestyn ei sgwyddau. Deialodd Lili eto.

'Tydi hi'm yn atab… blydi *answerphone*…Ielena, ffonia fi'n ôl, ocê?' Rhoddodd Lili'r ffôn i lawr a throi pâr o lygaid llym ar Iestyn. 'Be sy'n mynd 'mlaen?'

'Be ti'n feddwl?'

'Paid ag actio'n ddiniwad efo fi. Ma Ielena newydd ffonio a ti'n deutha fi ma rywun 'di cael y rhif anghywir o'dd yna, a pan dwi'n trio ffonio Ielena tydi hi ddim yn atab.'

'Wedodd hi wrtho i am beido gweud 'tho ti bod hi wedi ffôno…'

'Pam ffonio yn y lle cynta, felly?'

'Sa i'n gwbod… O'dd hi'n swno braidd yn ypset – sa i'n credu bod hi'n bles iawn taw fi atebodd y ffôn.'

'Pam ddylsa hi fod yn ypset am hynny?'

'Falle'i bod hi'n meddwl bo rwbeth yn mynd mlân rhyngton ni?'

Chwarddodd Lili chwerthiniad bach anghrediniol.

'Ma Ielena yn yr oed pan ma pobol ifanc yn meddwl bod

'u rhieni nhw *past-it* – os oes 'na unrhyw oed pan dydyn nhw ddim yn meddwl hynny… Ti'n meddwl fod 'na rwbath 'di digwydd iddi? Fod 'na rywun wedi ymosod arni eto?'

'Nagw. Fydde hi wedi mynd at yr heddlu tase 'na rwbeth fel'ny wedi digwydd, neu wedi gweud wrtho i.'

Roedd Lili'n dal i edrych arno'n amheus pan ganodd ffôn symudol Iestyn. Cythrodd yntau amdano'n ddiolchgar.

'Helô? Stella?... Beth?... Newydd gyrredd nawr?... Na, gad iddyn nhw fynd miwn gynta, yna ewch i mewn ar eu hole nhw, ond byddwch yn ofalus... Fydda i 'da chi cyn gynted â phosib.'

'Be sy 'di digwydd?'

'Rhaid i mi fynd i Llanwddyn – nawr. Sa i'n moyn rhoi braw i ti, ond wedodd DS McNally fod Dani a Steff newydd gyrredd tu fas i dŷ'r Gomers…'

'Be?! Ond ma Steff drws nesa.'

'Dyw e ddim nawr. Ma'n rhaid fod Dani wedi'i bigo fe lan bore 'ma...'

'Dwi'n dod efo chdi.'

'Sa i'n credu…'

'Dwi'n dod efo chdi! 'Yn hogyn bach i ydi o, a fedrwn i'm byw yn 'y nghroen yn ista fa'ma yn disgwl clywad be ddiawl sy'n mynd ymlaen. Os na cha i ddod efo chdi, mi ddreifia i yno fy hun.'

'Dere 'mlân 'te, glou!' meddai Iestyn, gan wybod nad oedd diben trio'i pherswadio i aros.

'Awn ni yn y Jeep, ond gei di ddreifio,' meddai Lili, gan daflu goriadau'r cerbyd iddo a rhedeg allan ar ei ôl, ei phen mawr ac Ielena wedi mynd yn angof am y tro.

12

GORWEDDAI IELENA YN y gwely diarth, hen-ffasiwn yn
methu'n glir â mynd i gysgu wrth i dameidiau o ddiwrnod
gwaetha'i bywyd droi a throsi yn ei phen.

Hwyrach nad oedd mor frawychus â'r profiad o gael
rhywun yn torri i mewn i'w thŷ a'i bygwth â chyllell, ond eto
roedd y peth yn waeth ar un ystyr gan mai pobol agos ati oedd
wedi'i brifo'r tro hwn.

Ar ôl iddi gyrraedd adre o Aberaeron y bore hwnnw, roedd
hi wedi agor y drws ffrynt yn ddistaw a mynd i fyny'r grisiau
ar flaenau'i thraed rhag ofn iddi ddeffro Meryl. Wrth iddi
gyrraedd landing y llawr cynta, fodd bynnag, cafodd andros o
sioc o weld ei thad yn dod i lawr y grisiau yn ei drôns Calvin
Klein. Rhewodd yntau yn ei unfan gan syllu arni'n gegrwth.

'Be ti'n da yn fa'ma?' gofynnodd Ielena o'r diwedd.

'Ym, 'nes i aros 'ma neithiwr, yn dy lofft di. Ath hi braidd
yn hwyr, felly benderfynes i aros.'

'Ond ddeudist ti bo chdi'm am ddod i Aber…'

'Newidies i'n meddwl. O'dd gen i waith i neud yn y
Llyfrgell Gen.'

Roedd o'n dweud celwydd, roedd hynny'n berffaith
amlwg. Fflachiodd meddwl Ielena'n ôl i'r adeg pan oedd hi
tua saith oed a'i thad yn ei dal yn dwyn pres o bwrs ei mam er
mwyn prynu hufen iâ. Syllai hithau arno â llygaid ofnus llawn
euogrwydd – yn union fel y syllai yntau arni hi'n awr – gan
daeru'n ddu-las nad oedd hi wedi dwyn y darn punt y cydiai'n
dynn ynddo yn ei dwrn bach llaith.

Gwthiodd heibio iddo a rhedeg i fyny'r grisiau i'w lofft.
Roedd y gwely wedi'i wneud a'r llenni ar agor, a dim arwydd
fod unrhyw un wedi aros yno: dim oglau cwsg, dim gwydraid

o ddŵr wrth ymyl y gwely, dim dillad wedi'u gosod ar y gadair. Dim ydi dim. Rhedodd yn ei hôl i lawr y grisiau, heibio'i thad a eisteddai erbyn hyn ar y grisiau yn rhwbio'i wyneb mewn ystum o anobaith, ac i mewn i stafell lwydolau Meryl. Roedd yr oglau mysglyd a'r syniad o beth oedd wedi mynd ymlaen ynddi bron â chodi pwys arni.

Cythrodd i agor y llenni a'r ffenestri cyn troi at Meryl, a eisteddai i fyny yn y gwely'n cydio'r cwilt yn dynn amdani a golwg o arswyd pur yn ei llygaid. Ysai Ielena am gipio'r cwilt oddi arni a'i llusgo i lawr carped garw y grisiau gerfydd ei gwallt. Edrychodd o'i chwmpas a sylwi ar ddillad ei thad wedi'u plygu'n dwt ar y gadair wiail wrth ymyl y silff lyfrau. Ysai am eu rhwygo'n gyrbibion a'u lluchio allan trwy'r ffenest. Ysai am gydio yn llyfrau cyfraith swmpus Meryl a'u lluchio ati hi a'i thad. Ysai am ladd y ddau ohonynt, a thybiai y medrai fod wedi gwneud hynny â'i dyrnau noeth, mor rymus oedd yr atgasedd a ffrydiai trwyddi. Mor rymus fel y gorfododd ei hun i adael, â'r olwg yn ei llygaid yn ddigon o rybudd iddynt adael iddi fynd heb drio'i hatal nac yngan gair o'u pennau.

Cerddodd yn syth i lawr at dŷ Simon, efo'r bwriad o aros tu allan amdano nes y dychwelai o Benrhyn-coch. Â'i theimladau'n corddi, ffoniodd ei mam heb feddwl a chael sioc pan atebodd Iestyn y ffôn – be ddiawl oedd hwnnw'n ei wneud yno ar fore Sul a'i mam yn y gawod? Ond o leia fe roddodd hynny gyfle iddi bwyllo a sylweddoli nad ei lle hi oedd sôn wrth ei mam am anffyddlondeb ei thad. Ei le o oedd gwneud hynny – os nad oedd ganddyn nhw ryw fath o briodas agored, wrth gwrs. Rhedodd ias o ffieidd-dod trwyddi wrth feddwl am y fath beth a diffoddodd ei ffôn: byddai rhywun – ei mam, ei thad neu Meryl – yn siŵr o drio'i ffonio cyn bo hir, ac nid oedd arni awydd siarad â'r un ohonyn nhw.

Roedd hi wedi bod yn sefyll yno'n cicio'i sodlau am tua chwarter awr pan ymddangosodd Mrs Rees yn ei dillad dydd Sul â llyfr emynau yn ei llaw. Dyma'r cwbwl oedd arni'i hangen – hen wreigan sychdduwiol yn edrych i lawr ei thrwyn arni. Plygodd Ielena i ffidlan efo zip ei bag-dros-nos y bu'n ddigon hirben i gydio ynddo wrth iddi adael y tŷ. Yn anffodus, ni fu'n ddigon hirben i feddwl neidio i mewn i'w char a gyrru yno.

'Chi'n ol-reit?'

Edrychodd Ielena i fyny, wedi'i synnu gan y nodyn o gonsýrn yn llais yr hen wraig.

'Yndw, diolch. Aros i Simon ddod yn ôl ydw i.'

'Odi e'n gwbod bo chi 'ma?'

Ysgydwodd Ielena ei phen.

'Y peth yw, falle na fydd e nôl nes bo heno. Ma fe'n mynd gatre am gino at 'i fam ambell waith. So chi am sefyll mas fan 'yn trwy'r dydd.'

Tybiai Ielena fod hynny'n golygu nad oedd yr hen wraig eisiau iddi sefyll allan fan hyn trwy'r dydd, yn iselhau safon y stryd.

''Na i ffonio fo'n y munud. Mae o'n gneud ryw joban yn Penrhyn-coch. Dwi'm isio'i ddistyrbio fo ac ynte'n gweithio.'

'Os 'na rwbeth yn bod, 'te? Chi'n edrych braidd yn ypset.'

'Na, dwi'n iawn diolch.'

'Chi'n siŵr?'

Agorodd Ielena ei cheg i gadarnhau ei bod hi'n berffaith iawn, diolch, ond yn ddirybudd daeth lwmpyn mawr i'w gwddw a dechreuodd grio. Ar Mrs Rees oedd y bai, meddyliodd, yn busnesu a ffysian drosti yn hytrach na gadael llonydd iddi.

'Dewch miwn i gael dishgled,' meddai'r hen wraig a chydio yn ei phenelin.

Ufuddhaodd Ielena a gadael i Mrs Rees ei harwain i mewn i'r tŷ. Er bod cynllun y stafell fyw yr un fath ag un Simon, roedd y decor yn hollol wahanol, efo Artex ar y nenfwd ac ornaments ym mhob man. Roedd y gegin mor hen-ffasiwn nes ei bod yn ffasiynol drachefn, gyda'i hunedau 1950aidd, leino go iawn ar y llawr ac oelcloth patrymog ar y bwrdd fformica. Sychodd Ielena ei dagrau wrth wylio'r hen wraig yn llwyo dail te i debot ag arno orchudd gwlanog, gan adael iddo stiwio am rai munudau wrth iddi estyn dwy gwpan a soser tsieina a phlataid o deisennau cri.

Deuai arogl hyfryd cig yn rhostio o'r popty *kitsch*. Ebychodd Ielena mewn rhyfeddod wrth sylwi ar yr enwau gwahanol fwydydd a phwdinau ar gefn-fwrdd y popty, yn amrywio o Baked Alaska i Toad in the Hole, ynghyd â'r gwres a'r amseroedd ar gyfer eu coginio.

'Ma'r cwcer 'ma 'da fi ers i fi symud miwn 'ma gynta, nôl yn *nineteen-fifty-two*, a dyw e'n dal ddim gwâth,' meddai Mrs Rees yn falch wrth weld Ielena'n edrych arno.

'Ma'n siŵr 'i fod o'n *antique* erbyn hyn.'

'Fel finne. Gymrwch chi damed o gino 'da fi? Bîff sy 'da fi heddi.'

'Ym, dwi'm isio i chi fynd i drafferth...' meddai Ielena'n gwrtais, er bod yr arogl yn tynnu dŵr o'i dannedd.

'Gwna, ma hwnna'n 'i feddwl,' gwenodd Mrs Rees – y tro cyntaf i Ielena ei gweld yn gwenu – gan gadw'r plataid o deisennau cri yn ôl yn y tun heb eu cyffwrdd. 'So chi moyn y pice 'ma nawr rhag ofan iddyn nhw sbwylo'ch cino chi.'

Rhoddodd y sosbenni o datws a llysiau ar yr hob i ferwi, a mynd ati i osod y bwrdd dan hymian o dan ei gwynt i gyfeiliant yr emynau ar yr weiarles – hwnnw hefyd yn grair o'r gorffennol. Cynigiodd Ielena ei helpu, ond gwrthododd Mrs Rees, gan ddweud ei bod yn haws ganddi wneud ei hun a hithau'n gwybod lle'r oedd popeth yn cael eu cadw. Cysurwyd Ielena wrth wylio'r hen wraig yn brysur a bodlon yn ei chegin, gan ryfeddu at ei nerth bôn braich wrth iddi stwnsho'r tatws, y moron a'r panas, a throi'r grefi â garddwrn mor chwim a chryf â chwisg trydan.

'Bydda i wastod yn neud platied o gino i Simon 'fyd,' eglurodd wrth iddi lwytho trydydd plât. 'Bydd e'n ca'l cino 'da fi ambell waith, ond fel arfer bydd e'n 'i gadw fe ar gyfer 'i de nos Lun.'

'Oes gynnoch chi blant eich hun?' holodd Ielena gan estyn am yr halen a'r pupur.

Oedodd Mrs Rees cyn ateb mewn llais didaro. 'O'dd mab 'da fi, ond gas e 'i ladd mewn damwen car yn ddwy ar hugien oed.'

'Mae'n ddrwg gen i,' meddai Ielena, gan deimlo'i phoenau'i hun yn pylu o'u cymharu â'r fath drasiedi.

'*Nineteen-seventy-seven*. Bron i ugen mlynedd yn ôl. Bydde fe'n *fifty-one* heddi tase fe wedi byw, a phlant 'i hunan 'da fe siŵr o fod. Bydden i wedi lico cael bod yn fam-gu, ond 'na fe, do'dd e ddim i fod.'

'Mae'n ddrwg gen i,' meddai Ielena eto, gan rythu ar yr hen wraig yn bwyta fel petai'r fath drychineb heb ddigwydd yn ei bywyd.

'Dewch nawr, ma'ch bwyd chi'n oeri.'

Ufuddhaodd Ielena, a sylweddoli nad oedd ei harchwaeth wedi diflannu wedi'r cyfan. Roedd y bwyd yn flasus tu hwnt a'r cig eidion yn toddi yn ei cheg.

'Ma Simon yn lwcus o'ch cael chi'n byw drws nesa.'

'A finne'n lwcus ohono ynte. Ma fe'n fachan ffein.'

'Yndi.'

'Licen i ofyn i chi beido â rhoi loes iddo fe, er 'mod i'n gwbod taw dyna beth newch chi siŵr o fod...'

Edrychodd Ielena arni mewn syndod. 'Pam dech chi'n deud hynny?'

'Chi'n bownd o neud. Merch bert, glefyr fel chi...'

'Hwrach mai fo neith 'y mrifo i...'

'Falle, ond sa i'n credu. Alla i weld yn 'i lyged e 'i fod e wedi dwlu arnoch chi...'

Roedd Ielena ar fin dadlau ei bod hithau wedi 'dwlu' arno yntau hefyd, pan glywodd gerbyd yn sgrialu i stop y tu allan.

'Ma fe gatre. Rwy'n gweud a gweud 'tho fe ddreifo'n fwy carcus, ond 'na fe, fel'na ma'r dynon ifanc 'ma ondife...'

Am rai eiliadau, roedd llygaid yr hen wraig yn llawn pryder a hiraeth. Teimlai Ielena fel cydio yn ei llaw i'w chysuro, er y gwyddai na fyddai'n gwerthfawrogi'r fath ystum. Cymraes stoicaidd oedd Mrs Rees, nid Eidales emosiynol. Meddyliodd Ielena am Meryl am funud cyn ei bwrw o'i meddwl yr un mor sydyn.

'Diolch am y cinio, o'dd o'n fendigedig. Olcha i'r llestri...' meddai, cyn i Mrs Rees gael cyfle i holi a oedd hi'n iawn.

'Gadewch nhw i fi, bach. Ewch chi at Simon, ac ewch â'r plât 'ma dach chi, a gwedwch wrtho fe am roi ffoil drosto fe ar ôl i'r bwyd oeri – os nag yw e am 'i fyta fe nawr, wrth gwrs.'

Diolchodd Ielena iddi eto.

'Croeso. Joies i'r cwmpeini. Chi'n teimlo tam' bach yn well nawr?'

'Yndw, dipyn, diolch. Rhywun sy 'di 'ngadel i lawr dech chi'n gweld...'

'Sdim rhaid i chi weud 'tho fi, bach. Ond fel'na ma pobol, wastod yn gadel 'i gilydd i lawr. Rhaid i ni ddysgu madde, neu chwerwi'n erbyn pawb a phopeth am byth.'

Nodiodd Ielena, er na theimlai y gallai byth faddau i'w thad na Meryl. Roedden nhw wedi gwneud mwy na'i gadael hi i lawr – roedden nhw wedi'i brifo a'i bradychu. Teimlai'r dagrau'n pigo drachefn wrth iddi guro ar ddrws Simon, a gadawodd i'r llifddorau agor unwaith eto wedi iddo gau'r drws o'i hôl, gan roi'r plât a'r bag i lawr a thaflu'i hun i'w frechiau yn swp dagreuol.

Aeth Ielena a Simon allan y noson honno. Teimlai Ielena'n

aflonydd ac anniddig ar ôl treulio'r prynhawn cyfan yn y tŷ yn stilio. Roedd hi'n gweld eisiau ei stafell olau yn Stryd Penmaesglas, a chael ei phethau a'i llyfrau cyfarwydd o'i chwmpas. Un peth oedd mwynhau bod yn nhŷ Simon pan oedd ganddi ei thŷ ei hun i fynd yn ôl iddo, ond peth arall oedd gwybod mai yno y byddai'n aros am gyfnod amhenodol.

'Croeso i ti aros 'ma cyn hired â ti moyn,' Dyna roedd Simon wedi'i ddweud wrthi.

'Diolch, er, dwi rioed 'di clywed am neb yn symud i mewn at 'i gilydd mor fuan â hyn chwaith,' cellweiriodd Ielena, gan obeithio'n dawel bach na fyddai hyn yn rhoi'r farwol i'w perthynas.

Ganol y prynhawn, aeth chwilfrydedd yn drech na hi a switsiodd ei ffôn symudol ymlaen: roedd Meryl a'i thad wedi anfon negeseuon testun ati. **Sori sori sori sori sori sori** oedd neges Meryl. **Mistec mwya mywyd i. Plis madda i mi a plis paid deud wrth dy fam – dim pwynt brifo hi 'fyd** oedd neges ei thad. **Ffycin cachwr**, dechreuodd hithau destuno'n ôl, cyn dileu'r neges a thestuno **Ryw foi efo mam bore ma – ella dim t dir unig un syn ponsian**, gan wybod y byddai hynny'n ei gorddi'n llawer mwy. **Dad yn deud ma dyna fistec mwya i fywyd** testunodd at Meryl, gan ddileu'r ychwanegiad *who sez chivalrys ded?* gan fod hynny'n swnio'n rhy debyg i'r jôcs yr arferent eu rhannu. **Dod draw i nol peth on stwff fory bore paid bod o gwmpas**, ychwanegodd yn hytrach, a diffodd y ffôn cyn i'r un ohonynt gael cyfle i destuno'n ôl.

Roedd Ielena ar bigau wrth iddi hi a Simon gerdded i mewn i'r Llew Du rhag ofn y digwyddai Meryl fod yno, er na fyddai'r un ohonynt yn mynd allan ar nos Sul fel arfer. Ond bu bron iddi droi ar ei sawdl pan welodd pwy oedd yn eistedd yno wrth y bar yn eu hwynebu: PC Kelly Lewis yn ei dillad ei hun (os nad oedd hi wedi'i menthyg gan ryw hwren, meddyliodd

Ielena), a Rita, cyn-ddyweddi Iestyn.

'Jiw, jiw, shgwlwch pwy sy 'ma,' meddai'r blismones ar dop ei llais. ''Yn *ex* i a "ffrind" dy *ex* di!'

Edrychodd Ielena a Simon ar ei gilydd.

'Ma 'ddi'n neud y rownds, yn amlwg,' atebodd Rita.

'Anwybydda nhw. Beth ti'n moyn i yfed?' gofynnodd Simon.

'Dwi'm yn aros fa'ma i gael 'yn insyltio gan y ddwy wrach yna!' meddai Ielena a throi i adael.

'Hoi – beth alwest ti ni jyst nawr?' galwodd Kelly Lewis yn fygythiol. Edrychodd y barman arni'n anesmwyth wrth i fwy o bobol droi eu pennau'n eiddgar: byddai *slanging-match* rhwng merched yn bywiogi tipyn ar eu nos Sul ddiflas.

'Fyse'n well gen ti gael dy alw'n slag, 'te?' atebodd Ielena'n ddidaro er bod ei chalon yn carlamu. Dyma'r ail ffrae iddi ei chael mewn tafarn y tymor yma, meddyliodd.

'Paid ti galw'n ffrind i'n slag, y shibwchen!' rhoddodd Rita ei phig i mewn.

Shibwchen? Chwarddodd Ielena yn nerfus – sut fath o air oedd hwnnw?

'Pam, be mae'n mynd i neud – 'yn arestio i?'

'Dere, Ielena. So nhw werth e,' meddai Simon gan gydio yn ei phenelin a'i thywys i gyfeiriad y drws.

'O'n i'n ddigon da i ti o'r blân!' galwodd Kelly ar ei ôl.

Trodd Simon yn araf i edrych arni â ffieidd-dod yn llenwi'i lygaid. 'Fuest ti eriôd yn ddigon da i fi, Kelly, a ti'n gwbod 'ny'n net,' meddai'n oeraidd, a sylwodd Ielena arni'n gwelwi o dan ei cholur.

'Ffycin snob!' Rhoddodd y barman ei law ar ei braich er mwyn ei rhybuddio wrth iddi weiddi a hanner codi oddi ar ei stôl. 'Ond neith hi ddim aros 'da ti – dim mwy na'r *student girlfriend* arall 'na o'dd 'da ti! Yr unig reswm ma 'ddi'n mynd mas 'da ti yw er mwyn bragan 'i bod hi wedi bod mas 'da *townie!*'

Dyna'r ail berson i ddweud y byddai'n rhoi'r gorau i Simon, meddyliodd Ielena wrth iddyn nhw gerdded yn gyflym i lawr Stryd y Bont, led braich oddi wrth ei gilydd ar y pafin.

'Fedra i ddim coelio dy fod ti'n arfer mynd allan efo honna!' meddai Ielena heb droi i edrych arno.

'Nag o'n i'n mynd mas 'da hi.'

'Wel o'dd gynnoch chi ryw fath o berthynas, ddeudwn i.'

'Gysges i 'da hi, 'na i gyd.'

''Na i gyd? Ti'm yn ffysi iawn, yn amlwg!'

'So ti eriôd wedi cysgu 'da rhywun a difaru neud 'ny wedyn?'

'Naddo,' meddai'n hunangyfiawn, cyn cofio am yr un ymbalfaliad brwysg efo llencyn lleol yn ystod ei chyfnod chwil ar ôl i Edward roi'r gorau iddi. 'Wel, unwaith, hwrach...'

''Na fe 'te.'

'Ond Kelly Lewis o bawb! Be ddiawl welest ti ynddi hi?'

'O'n i'n gocls ar y pryd.'

'Jyst unwaith gysgest ti efo hi felly?'

Ochneidiodd Simon cyn ateb. 'Dwyweth.'

'Dwywaith? Ti'n siŵr? Ddim teirgwaith neu bedair gwaith?'

'Dwyweth.'

'Ac oddet ti'n "gocls" y ddau dro est ti efo hi?'

'O'n. O'n i'n mynd drw batshyn drwg ar y pryd... dros flwyddyn yn ôl nawr. O'dd y ferch o'n i'n mynd mas 'da hi ers dwy flynedd newydd gwpla 'da fi ar ôl mynd off i'r coleg.'

Honno oedd y '*student girlfriend*' y soniodd Kelly amdani, felly. 'Be, oeddet ti'n mynd allan efo geneth ysgol?'

'O'dd hi'n ddwy ar bymtheg pan ddechreues i fynd mas 'da 'ddi, a finne'n un ar hugen. Ti'n neud iddo fe swno fel tasen i'n ryw fath o *paedophile*.'

'Ti'n dal mewn cariad efo hi?'

'Nagw. Ti'n dal mewn cariad 'da'r boi 'na o't ti'n mynd mas 'da fe?'

'Nadw.'

Roedd Ielena ar fin holi beth oedd enw'r eneth yma, i ba goleg yr oedd hi wedi mynd, a oedd Simon yn dal i'w gweld hi o gwmpas pan ddeuai adref yn ystod y gwyliau ac ati, ond daliodd ei thafod. Pa ddiben oedd yna mewn arteithio ei hun ynglŷn â chyn-gariad iddo? Dyna'r broblem efo canlyn, meddyliodd; roedd pawb yn cario gymaint o faich emosiynol o'r gorffennol, yn enwedig wrth fynd yn hŷn.

Er hynny, ar ôl iddyn nhw gyrraedd y tŷ, clywodd ei hun yn gofyn: 'Fan hyn gysgest ti efo hi? Yn dy wely di?'

'Ie,' ochneidiodd Simon.

'Sdim rhyfedd fod Mrs Rees yn poeni am dy enaid di os gwelodd hi'r strebog gomon yna'n gadal dy dŷ di'n y bore.'

Arhosodd Simon yn fud, a hynny'n corddi Ielena mwy na phetai wedi dadlau'n ôl efo hi.

'Jyst paid â disgwl i fi gysgu'n dy wely di heno... O'n i wedi sylwi fod y paced condoms 'na wedi'i agor... os nad oes llond gwlad o enethod erill 'di bod yn aros yma hefyd... ?'

'Nag o's! Ielena, ti'n bod yn annheg nawr, yn coethan arno i am bethe ddigwyddodd 'mhell cyn i fi gwrdd â ti... Beth bynnag, beth am y boi 'na soniodd Kelly amboutu, *ex* 'i ffrind hi neu rwbeth?'

'Iestyn?' Teimlodd Ielena ei hun yn cochi. 'Y Ditectif Insbector. Arhoses i yn ei dŷ y noson nath y boi 'na ymosod arna i.'

'Jyst ti a fe yn y tŷ ar eich penne'ch hunan?'

'Doedd gen i nunlle arall i fynd!'

Edrychodd Simon arni'n amheus.

'Digwydd bod, 'nath 'i gyn-gariad o – y gochen 'na o'dd efo dy gyn-gariad di heno – alw heibio'r noson honno'n chwil a chamddeall y sefyllfa'n llwyr; jyst achos iddi 'ngweld i yno yn fy *nressing-gown.*'

'Camgymeriad digon hawdd i'w neud, weden i.'

'Ond camgymeriad yr un fath.'

'Ti'n siŵr?'

'Yn berffaith siŵr.'

'Pam ti'n cochi 'te?'

'Achos 'mod i 'di gwylltio. Dwi wastad yn cochi pan dwi wedi gwylltio.'

'Gwed ti... Ti moyn rwbeth i yfed – te, coffi, rhwbeth cryfach?'

'Ti'n ca'l rhwbeth?'

'Siŵr o fod.'

'Ga i'r un peth â ti, meddai gan obeithio y byddai'n cael joch mawr o wisgi.

'Rho'r tegil 'mlân 'te. Af i neud y gwely yn y llofft sbâr i ti.'

Edrychodd Ielena arno'n syn am eiliad – oedd rhaid iddo'i chymryd hi ar ei gair? Teimlai fel tynnu'i geiriau'n ôl, ond ni fedrai.

Awr yn ddiweddarach, roedd hi'n gorwedd yng ngwely uchel, diarth y llofft sbâr â chysgod y wardrob bren hen-ffasiwn yn llercian yn fygythiol yn y gornel. *'When the wardrobe towers like a beast of prey...'* Fel y drych uwchben y lle tân yn y stafell fyw, mae'n rhaid fod Simon wedi etifeddu'r dodrefn yma gan y perchennog blaenorol, gan na fedrai ddychmygu y byddai'n dewis eu prynu. Doedden nhw ddim hyd yn oed yn *antiques*, dim ond y math o ddodrefn trwm a thywyll a wnâi i stafelloedd gwely tai teras edrych yn llai fyth.

Ceisiodd beidio â meddwl am ei thad a Meryl, ond

mynnai'r olygfa chwarae drosodd a throsodd yn ei phen fel fideo wedi sticio, cyn neidio ymlaen i'r ffrae efo Kelly Lewis a Rita yn y Llew Du. Gwingodd wrth feddwl am y modd y gadawodd iddi'i hun gael ei thynnu i lawr i'w lefel nhw, gan gega a galw enwau ar ei gilydd fel genethod ar iard ysgol.

Oedd, roedd hi wedi cael ei siomi yn Simon, ond roedd hi wedi cael ei siomi'n fwy ynddi hi ei hun, a Simon efallai wedi cael ei siomi ynddi hithau. Dyma gyfnod mis mêl eu perthynas i fod, pan oedd y rhyw yn ffres a'r ddau yn gibddall i feiau'i gilydd. Yn hytrach, roedd Ielena eisoes wedi dangos ochor annymunol ei natur i Simon deirgwaith mewn un diwrnod, a'r ddau ohonyn nhw'n cysgu mewn gwlâu ar wahân yn barod.

Â'i meddwl yn dal i stilio, tynnodd gortyn y golau uwchben y gwely a gorwedd yno'n syllu ar y nenfwd, gan drio gwagio'i phen o'r pethau cas a'i lenwi â phethau dymunol, er nad oedd y rheiny heb eu hanfanteision chwaith. Edrychodd ar y bylb golau egwan yn y lamplen dywyll a meddwl am wres yr haul ar ei hwyneb: anfantais hynny oedd rhychau cynamserol. Edrychodd ar ei dillad ar y gadair a meddwl am yr holl ddillad newydd a chwenychai – ar gyfer partïon y Nadolig yn enwedig: anfantais hynny oedd tolc go hegar yn ei chyfri banc. Edrychodd ar y wal tu ôl iddi a meddwl am Simon yr Hyfrydbeth yn y llofft drws nesa: anfantais hynny oedd y ffaith ei fod yn gorwedd yn ei wely ar ei ben ei hun a hithau'n gorwedd yma'n unig.

Roedd hi ar fin llyncu'i balchder a chripian trwodd ato pan ganodd cloch y drws. Parodd y sŵn sydyn iddi neidio – pwy fedrai fod yno'r adeg hynny o'r nos? Edrychodd ar y cloc larwm wrth ymyl y gwely – nid oedd tician-tocian hwnnw'n ei helpu i gysgu chwaith – a gweld mai dim ond chwarter wedi un ar ddeg oedd hi, er bod hynny braidd yn hwyr i unrhyw un fod yn galw.

Clywodd ddrws llofft Simon yn agor a phitran-phatran ei draed noeth yn brysio i lawr y grisiau. Cododd hithau a'i ddilyn, a chael synnwyr o *déjà vu* wrth iddi sefyll ar ben y grisiau i weld pwy oedd yno, gan gofio'r noson honno yn nhŷ Iestyn a deimlai fel oesoedd yn ôl bellach.

Agorodd Simon y drws ac ebychodd Ielena wrth weld Meryl yn sefyll yno â golwg wyllt arni.

'Odi Ielena 'ma?' gofynnodd â'i gwynt yn ei dwrn.

'Be t'isio?' galwodd Ielena i lawr y grisiau, gan deimlo'i thymer yn ymfflamychu drachefn.

'Grynda Ielena, 'da fi ddou beth pwysig i weud 'tho ti. Allen i ddim dy ffôno di a tithe ddim yn ateb dy ffôn, a nag o'n i'n gwbod beth o'dd rhif ffôn Simon...'

'Be sy mor bwysig, felly?' torrodd Ielena ar ei thraws gan gerdded i waelod y grisiau. 'Os ma jyst wedi dod yma i ddeud sori wyt ti...'

Ysgydwodd Meryl ei phen. 'Sdim ffordd hawdd o weud hyn, ond ffonodd yr ysbyty ryw hanner awr yn ôl i weud... bod Billy wedi marw...'

'Be?!' Teimlodd Ielena'i choesau yn rhoi oddi tani. 'Ond o'n i'n meddwl 'i fod o'n mynd i fod yn iawn... ?'

'Cas e bwl ar y galon, pwr dab. Oe'n nhw'n ffaelu deall pam oe't ti heb fynd i'w weld e'n ddiweddar.'

Claddodd Ielena ei hwyneb yn ei dwylo.

'O'n i 'di meddwl mynd, jyst... dwi'n hen bitsh hunanol, fel ti, yn meddwl amdana fi fy hun cyn neb arall...'

'Paid beio dy hunan nawr,' meddai Simon gan roi llaw ar ei hysgwydd. 'Fel wedest ti, oe't ti wedi bwriadu mynd i'w weld e...'

'Ond 'nes i ddim, naddo?!' meddai'n ddagreuol. 'Achos o'n i'n rhy brysur yn mwynhau fy hun efo ti!'

'Dyna fydde Billy'n moyn i ti'i neud,' meddai Meryl, gan roi llaw betrusgar ar ei hysgwydd arall.

'*Sentimental crap!*' meddai Ielena gan ysgwyd llaw Meryl

oddi arni. 'Mae'n siŵr fod y cradur yn methu deall pam na fues i'n 'i weld o ar ôl y tro cynta hwnnw... Be arall sgen ti ddeud wrtha i 'te? Waeth i mi gael y newyddion drwg i gyd efo'i gilydd mewn un diwrnod...'

'Ffonodd dy fam gynne fach...'

'I ddeud 'i bod hi a Dad yn gwahanu, ma siŵr?' meddai Ielena'n wawdlyd.

'Nage... i weud 'u bod nhw wedi dod o hyd i Edward...'

Cododd Ielena'n sydyn gan rythu ar Meryl am eiliad, yn ofni gofyn y cwestiwn nesa, ond cyn iddi gael cyfle i wneud hynny teimlodd y stafell yn chwyrlïo o'i chwmpas a hithau'n cael ei sugno i drobwll fel dŵr yn troelli i lawr twll plwg.

13

'MAE'N WIR BE maen nhw'n 'i ddeud am ferched, tydi? Eu bod nhw'n ddim byd ond trwbwl.'

Er bod Edward Gomer yn edrych yn syth arni â'r wên fach haerllug yna'n chwarae ar ei wefusau, gwrthododd DS McNally frathu'r abwyd, dim ond edrych yn ôl arno heb drio celu'i diflastod.

'Chi'n moyn ymhelaethu?' gofynnodd Iestyn, a'r diflastod yn amlwg yn ei lais yntau.

'Faswn i ddim yn y twll 'ma i ddechre oni bai i mi gael 'yn hudo gan y blydi ddynes 'na...'

'Pa ddynes, Mr Gomer?'

'Mandy Skinner. Roedd hi wedi bod isio mynd mewn i 'nhrôns i ers talwm.'

Rhowliodd Stella ei llygaid.

'Allech chi fod wedi gweud *Na*,' awgrymodd Iestyn.

'*Red-blooded male* fel fi? Haws deud na gneud!'

'Ry'ch chi 'i weld yn trin yr holl fater 'ma'n ysgafn iawn, Mr Gomer.'

'Alla i fforddio gneud, dyna pam. Dwi heb neud dim byd o'i le.'

'Pam nethoch chi ddim rhoi eich hunan lan, 'te? A chithe'n gwbod fod yr heddlu yn chwilio amdanoch chi.'

'Rhag ofn i mi gael 'yn fframio am rywbeth 'nes i mo'i neud.'

'Sef?'

'Llofruddio Tony Skinner?'

'Pwy wedodd ei fod e wedi cael ei lofruddio?'

'Holi wnes i, dim deud.'

'Ond roedd y *motives* 'da chi. Roeddech chi eiws wedi ymosod arno fe'n gorfforol, a chi newydd gyfadde'ch bod chi wedi cael affêr 'da'i wraig e.'

'Tydi'r ffaith 'mod i wedi ymosod ar Tony Skinner ddim yn deud y baswn i'n 'i ladd o, ac yn sicr faswn i ddim yn 'i ladd o er mwyn cael Mrs Skinner i mi fy hun. Ffling ges i efo hi. Roedd o'n fwy o *sleeping with the enemy syndrome* na *grand passion.*'

'Am faint barodd eich perthynas chi 'da Mrs Skinner?'

'Dim gwerth. Rhyw dair wythnos i fis?'

'Ac roedd hyn pan oeddech chi'n dal i fynd mas 'da Ms Garmon?'

'Oedd, i ddechre. Roedd hynny'n rhan o *thrill* y peth a deud y gwir...' Cilwenodd eto wrth weld Stella'n pletio'i gwefusau'n gysetlyd. 'Ond yn y cyfamser mi ddes i â 'mherthynas i efo Ielena i ben – er, ddim achos 'mod i'n cysgu efo Mrs Skinner chwaith...'

Roedd Edward yn amlwg yn cael gwefr o'i galw'n 'Mrs Skinner', meddyliodd Stella, gan deimlo'i dirmyg tuag ato'n tyfu bob gafael.

'Yna mi orffennes i efo hi hefyd.' Cododd ei sgwyddau cystal â dweud nad ei fai ef oedd y ffaith ei fod yn torri calonnau merched.

'A shwt nath Mrs Skinner ymateb i hynny?'

'Ddim yn dda iawn.'

'Ymhelaethwch, Mr Gomer.'

'Aeth hi'n bananas. Deud y base hi'n deud wrth 'i gŵr 'mod i wedi trio cael hwyl arni, a *watch out* wedyn...'

'A wedodd hi wrtho fe?'

'Do.'

'Shwt y'ch chi'n gwbod?'

'Ffoniodd hi fi'n hollol hysterical yn hwyr un noson, isio i mi fynd draw i'r gwesty, dweud fod rhwbeth wedi digwydd. Roedd hi'n bygwth dod draw i'n tŷ ni taswn i ddim yn mynd i'w gweld hi, felly cytunes i. Ddeudodd hi wrtha i ei bod hi'n disgwyl babi – 'y mabi fi, medde hi, – a'i bod hi wedi deud wrth Skinner a hwnnw wedi'i stido hi. Roedd o am 'y ngwaed i 'fyd...'

'Felly beth nethoch chi?'

'Penderfynu mynd i ffwrdd am sbel.'

'Dianc oddi wrth eich cyfrifoldebau?' meddai Stella, mewn tôn a awgrymai nad oedd hi'n disgwyl dim gwell gan gi drain fel fo.

'Dim ond 'i gair hi oedd gen i am y babi 'ma – os oedd 'na fabi o gwbwl. A beth bynnag, ro'n i wedi bwriadu mynd cyn yr helynt 'ma... Ro'n i am gymryd blwyddyn i ffwrdd i labro...' Cymerodd arno beidio â sylwi ar y coegni yn llygad DS McNally. 'Felly es i i Sir Fôn, at ffrind i mi...'

'Pwy oedd y ffrind 'ma?'

'Llŷr Owen. O Gaergybi.'

'Yr un Llŷr Owen sy'n gyd-aelod o'r Chwith Gymreig dach chi?'

Oedodd Edward cyn penderfynu nad oedd diben gwadu na holi sut oedd yr heddlu'n gwybod hyn. 'Ie.'

'Unrhyw syniad ble ma fe nawr?'

'Ddeudodd ryw dderyn bach wrtha i ei fod o yn jêl.'

'Chi'n gwbod pam?'

'Am drywanu Billy Winslet. Dyna'r cyhuddiad yn 'i erbyn o, beth bynnag.'

'Y'ch chi'n ame'r cyhuddiad?'

Cododd Edward ei sgwyddau.

'Er mwyn y tâp, Mr Gomer, os gwelwch yn dda?'

'Ro'n i'n synnu pan glywes i, oeddwn.'

'Pam? Wedsoch chi wrth Ms Garmon un tro 'i fod e'n...'
edrychodd Iestyn ar y nodiadau o'i flaen, "uffern o foi caled".'

'Tydi hynny ddim yn deud y base fo'n trywanu rhywun
– yn enwedig rhywun fel Billy Winslet.'

'Be chi'n feddwl?'

'Gan fod Billy wedi bod yn aelod o'r *FWA* ro'dd o'n dipyn
o arwr gan Llygs – Llŷr,' cywirodd ei hun.

'Wedsoch chi hefyd ei fod e – "Llygs" – yn "*silent but
deadly*".'

'Ffordd o siarad. Dwi 'di clywed pobol yn disgrifio rhech yn
yr un ffordd.'

'Sa i'n credu y bydde'ch ffrind chi'n rhy hapus 'da'r
gymharieth yna – yn enwedig ar ôl iddo fe fynd i gyment o
drwbwl drosto chi.'

'Be 'dech chi'n feddwl?'

'Torrodd e i miwn i dŷ Ms Garmon a'i rhybuddio hi i gadw
draw oddi wrth yr heddlu...'

'Be?' Eisteddodd Edward i fyny mewn braw, ond nid oedd
yn argyhoeddi.

'Nath y deryn bach ddim sôn wrthoch chi am hynny, 'te?
Nath e fygwth Ms Garmon 'da chyllell...'

'Pam fase fo isio gneud hynny?'

'Am eich bod chi wedi gweud wrtho fe am neud, falle?'

'I be faswn i isio gneud hynny?'

'Am 'i bod hi wedi gwrthod eich helpu chi ar ôl i chi'i
ffôno hi yn gofyn am help, falle? Am eich bod chi wedi ffindo
mas 'i bod hi wedi bod yn siarad 'da'r heddlu?'

'Toedd gen i'm syniad 'i bod hi wedi mynd at yr heddlu, a
hyd yn oed taswn i'n gwbod, fyswn i ddim isio i neb ymosod
arni am neud hynny,' meddai, er bod yr olwg ar ei wyneb yn
dweud fel arall.

'Unrhyw syniad pam bydde Mr Owen moyn gneud 'ny 'te?'

'Dim clem. Oni bai...'

'Beth?'

'Cyn i mi adel Sir Fôn, mi ofynnes i Llygs gadw golwg ar
Ielena i mi. Ond cadw golwg arni o ran edrych ar 'i hôl hi o'n
i'n feddwl, ddim cadw tabs arni... Ma'n rhaid 'i fod o wedi
cam-ddallt.'

'Camddealltwrieth braidd yn drastig, so chi'n credu?'

''Di Llygs ddim yn aelod o MENSA, rhowch hi fel'na.'

'Does gan IQ ddim byd i'w wneud â synnwyr cyffredin,'
meddai Stella'n bedantig.

'Sgenno fo ddim lot i fyny fan hyn, ffwl stop,' meddai
Edward, gan dapio ochor ei ben.

'Pam gofyn iddo fe gadw llyged ar Ms Garmon, 'te? Yn
enwedig a chithe'n gwbod am 'i dueddiade treisgar e.'

''Nes i ddim meddwl y byse fo'n ymosod arni, iawn? Ro'n
i jyst isio rhoi ryw joban fach iddo fo, gneud iddo fo deimlo'n
bwysig... Taswn i'n gwbod 'i fod o'n mynd i fflipio, fyswn i
heb fynd i aros ato fo yn y lle cynta, heb sôn am ofyn iddo fo
gadw llygad ar Ielena...' Oedodd i feddwl, cyn rhythu arnynt
mewn braw: 'Ydi o'n trio deud mai fi ddeudodd wrtho fo am
ymosod ar Ielena?'

'Falle. Falle wedith e unrhyw beth er mwyn arbed tam'
bach ar 'i grôn 'i hunan, yn enwedig nawr...'

'Be 'dech chi'n feddwl, yn enwedig rŵan?'

'Dydych chi ddim wedi clywed?' holodd Stella mewn
ffug-ryfeddod. 'Ma'ch ffrind chi'n wynebu cyhuddiad o
lofruddiaeth.'

'Be?!'

'Bu Billy Winslet farw yn yr ysbyty neithwr, o ganlyniad
anuniongyrchol i'w anafiade,' esboniodd Iestyn.

'A 'dech chi'n siŵr mai Llygs drywanodd Billy?'

'Yn berffeth siŵr.'

Daliai Edward i eistedd yno yn ei gwman â golwg un mewn sioc arno.

'Mr Gomer?' mentrodd Stella ar ôl sbel.

Tynnodd Edward anadl ddofn, fel petai ar fin dweud rhywbeth o bwys. Yna edrychodd ar y cyfreithiwr ar ddyletswydd wrth ei ymyl:

'Dim byd personol, ond fyse'n well gen i gael cyfreithiwr arall – o dan yr amgylchiade. Ma'n rhieni i ar eu ffordd adre, a ma 'nhad yn siŵr o fynnu 'mod i'n cael y gore...'

Cododd y cyfreithiwr ei sgwyddau, gyda mwy o ryddhad nag o siom ar ei wyneb. Roedd yn amlwg ei fod yn teimlo allan o'i ddyfnder beth bynnag.

'Mae'n gwneud synnwyr, a chithau'n aelod o'r Chwith Gymreig,' meddai Stella.

Cochodd Edward wrth glywed y sylw coeglyd, ond ni wnaeth ateb.

'Ar yr amod eich bod chi'n gweud popeth wrthon ni wedyn,' meddai Iestyn, gan wybod na allai sicrhau y byddai Edward yn gwneud hynny, ond yn gwybod hefyd na allai ei orfodi i siarad yn awr.

Cytunodd Edward, a daethpwyd â'r cyfweliad i ben am y tro.

Yn ôl yn ei gell, gorweddai Edward ar y fatres denau ar y slabyn concrit yn hel meddyliau.

'Pan oeddwn i mewn carchar tywyll du...'

Carchar golau magnolia yn nes ati, meddyliodd, a'r bali golau ymlaen drwy'r nos er mwyn iddyn nhw allu cadw golwg arnoch chi ac ychwanegu at yr artaith o gael eich cloi mewn cell fach foel heb sinc na hyd yn oed dolen i dynnu dŵr y toiled. Roedden nhw'n gwneud hynny drosoch chi, a hynny hefyd yn rhan o'r gosb mae'n debyg, yn ogystal â bod yn fesur diogelwch arall.

Ni fyddai gymaint o ots ganddo petai yno am reswm mwy clodwiw – rhyw aberth fawr dros yr Iaith, er enghraifft, neu'n garcharor gwleidyddol wedi'i gipio gan derfysgwyr. Ond roedd bod yno am ei fod yn gysylltiedig â ryw *crime passionnel* bach sordid yn ddigon i godi'r felan arno go-iawn. Hynny a'r ffaith ei fod wedi bradychu'i ddaliadau sosialaidd er mwyn achub ei groen ei hun.

Roedd DS McNally wedi gweld trwyddo, ac roedd hynny'n brifo hefyd. Gwyddai'n iawn beth oedd yn mynd trwy'i meddwl: ei fod yn *typical little rich boy* oedd yn lecio meddwl amdano'i hun fel sosialydd gwerinol, ond yn mynnu cael pa bynnag *hotshot lawyer* y byddai ei dad yn talu amdano pan âi pethe i'r pen. Teimlai fel cyfiawnhau ei hun a dweud wrthi ei bod hi'n naill ai hynny neu fodloni ar gael ei amddiffyn gan ryw gyfreithiwr bach dwy a dime a mentro cael ei garcharu am flynyddoedd maith. Ond gwyddai beth fyddai ei hymateb: dweud ei fod yn lwcus fod dewis ganddo o gwbwl, a bod pobol llai breintiedig yn gorfod cymryd beth oedden nhw'n ei gael.

Tybed a ddylai ofyn i'w dad gael cyfreithiwr da i Llygs hefyd? meddyliodd. Ond efallai y byddai cyfreithiwr da yn perswadio Llygs i feio Edward am yr hyn yr oedd wedi'i wneud. Oedd, roedd Llygs wedi rhoi lloches iddo ar ôl i Ielena ei wrthod, ond nid dyna'r pwynt: y pwynt oedd fod Llygs yn amlwg yn seico ac yn beryg bywyd mewn cymdeithas wâr.

Pe bai Ielena wedi cytuno i'w helpu, ni fyddai wedi gorfod troi at Llygs am help, meddyliodd Edward yn afresymol. Ond un peth oedd gwrthod ei helpu, peth arall oedd cario straeon at y moch amdano, y bitsh fach ddialgar iddi. Am eiliad, teimlai'n falch fod Llygs wedi ymosod arni. Ond yna atgoffodd ei hun ei fod yn credu'n gryf mewn dulliau di-drais, er gwaetha'r tro hwnnw pan gollodd ei dymer efo Tony Skinner, pan ddisgynnodd y tarth coch dychrynllyd hwnnw drosto – pan sylweddolodd mor hawdd fyddai lladd rhywun...

Roedd y Ditectif Insbector yn iawn: dylai fod wedi ildio'i hun ar unwaith yn hytrach na mynd ar ffo fel y gwnaeth. Yn sicr, ni ddylai fod wedi mynd ar ofyn rhywun mor ansad â Llygs. Nid oedd wedi mynd ar ofyn Mici gan fod hwnnw'n dychmygu ei fod yn gweld yr heddlu a'r heddlu cudd ym mhob twll a chornel. Tybiai y byddai Menna wedi'i groesawu â breichiau agored, ond beryg y byddai ei defosiwn ci-wedi-dotio wedi mynd ar ei nerfau ar ôl sbel – naill ai hynny neu byddai wedi troi'n ei erbyn fel y merched eraill yn ei fywyd. Ac ni fyddai wedi medru ymddiried yn Siôn Idwal i gadw'i geg fawr ar gau...

Roedd hynny'n gadael Llygs. Dyn caled y criw. Un o'r werin: hogyn caib a rhaw efo cydwybod wleidyddol. Roedd y syniad wedi apelio at Edward. Wrth gwrs, bu'n rhaid iddo stumio tipyn ar y stori pan ffoniodd i esbonio'i strach: dweud ei fod wedi rhoi stid i Sais rai misoedd yn ôl, a bod yr heddlu ar ei ôl am fod gwraig y Sais yn amau fod ganddo rywbeth i'w wneud â diflaniad ei gŵr. A chan fod Llygs yn casáu Saeson a'r heddlu â chas plentynnaidd, perffaith, roedd wedi bod yn fwy na pharod i roi lloches iddo.

Arhosodd yn nhwlc o fflat Llygs am bron i dair wythnos cyn penderfynu ei fod wedi cael llond bol a'i throi hi am adref; oddi yno medrai gadw o'r golwg nes i'w rieni ddychwelyd, yn y gobaith gwallgo y byddai'r holl helynt yn cael ei ddatrys yn y cyfamser. Dywedodd Llygs ei fod am fynd am dro i Aber i weld sut oedd y gwynt yn chwythu yn y fan honno, a dyna pryd y gwnaeth Edward y camgymeriad dybryd o ofyn iddo gadw golwg ar Ielena.

Bu bron iddo â chael ffit pan ffoniodd Llygs i ddweud wrtho ei fod wedi 'dysgu gwers' iddi.

'I be ddiawl oeddet ti isio gneud hyn'na?!' gwaeddodd arno.

'Ma'r bitsh 'di bod yn sbragio amdanach chdi wrth y ffycin moch, dyna pam!' protestiodd Llygs.

'Go brin. Nhw sy 'di bod yn 'i holi hi, siŵr o fod.'

'Hy, choelia i fawr. 'Nes i rioed drystio'r hogan, deud gwir 'tha chdi. Ro'n i'n arfar meddwl ma sbei o'dd hi pan o'dd hi'n dŵad i gyfarfodydd y gell efo chdi...'

Ielena'n sbei! Roedd y peth yn chwerthinllyd. Ond er iddo geisio darbwyllo Llygs o hynny a'i gael i adael Aber, roedd hwnnw'n amlwg wedi cael chwilen yn ei ben ac wedi parhau â'i fendeta yn erbyn Ielena a phwy bynnag a safai yn ei ffordd – yr hen filwr drama Billy Winslet yn yr achos yma.

Ni ddylai fod wedi cyfaddef wrth yr heddlu ei fod yn gwybod fod Billy wedi cael ei drywanu. Er, gallai fod wedi arbed hynny rhag digwydd petai wedi cysylltu â'r heddlu ar ôl i Llygs ymosod ar Ielena. Roedd y rhestr o bethau y dylai ac na ddylai fod wedi'u gwneud wedi gweu eu hunain amdano fel gwe pry cop. Ni ddylai fod wedi ymosod ar Tony Skinner. Dylai fod wedi bodloni ar Ielena'n hytrach na mynd i fela efo Mandy Skinner. Ond aeth ei chwilfrydedd rhywiol yn drech nag o, ynghyd â'r wefr o gnychu gwraig bastad gwrth-Gymreig yr oedd yn ei gasáu.

Rhuthrodd ei feddwl ymlaen at y senario ola, pan laniodd Dani a Steff yn nhŷ ei rieni'n ddirybudd. Dylai fod wedi gofyn iddyn nhw fynd ag o i swyddfa'r heddlu agosaf yn hytrach na chymryd mantais o'u diniweidrwydd. Ond hwyrach nad oedden nhw mor ddiniwed â'u golwg: hwyrach mai cynllwyn oedd y cwbwl a'u bod nhw wedi arwain yr heddlu ato...

Roedd paranoia'n cau amdano, a hynny, ynghyd â'r nerfusrwydd a deimlai ynglŷn â gorfod wynebu ei rieni, yn gwneud iddo deimlo'n sâl. Meddyliodd am y modd yr oedd Lili wedi rhedeg yn syth at Steff a'i gofleidio ar ôl iddi gyrraedd efo'r Ditectif Insbector, a theimlai bang o eiddigedd o wybod na fyddai'i fam byth yn dangos y fath gariad tuag ato fo.

Hwyrach y byddai gan y cyfreithiwr ddiddordeb yn hynny, meddyliodd: y rhieni ocraidd a oedd wedi rhoi popeth i'w mab, popeth hynny yw, heblaw am y cariad sydd ei angen ar bob plentyn i dyfu'n oedolyn cytbwys a chyfrifol... Gwenodd yn chwerw iddo'i hun. Hwyrach ei fod mewn dyfroedd rhy ddyfnion i ddod allan ohoni yn ddigyhuddiad, ond byddai'n gwneud popeth o fewn ei allu i sicrhau na fyddai'r cyhuddiadau yn ei erbyn yn rhai rhy ddifrifol, hyd yn oed os oedd hynny'n golygu pardduo ei rieni ei hun yn y broses.

'Nid fi laddodd Tony Skinner. Mandy laddodd ei gŵr, mewn *self-defence*. Ar ôl iddi ddeud wrtho 'i bod hi'n disgwyl 'y mabi i, aeth o'n wallgo a'i dyrnu hi yn 'i stumog. Weles i'r cleisie...' Llyncodd Edward yn galed a gwyro'i ben. Rhoddodd y gyfreithwraig law sympathetig ar ei ysgwydd.

Taflodd Stella gipolwg ar Iestyn a chododd yntau ei aeliau y mymryn lleia. Ai Edward oedd wedi penderfynu rhoi'r act yma iddyn nhw, neu ai'r gyfreithwraig oedd wedi'i gynghori i ymddwyn mewn modd a fyddai'n ennyn cydymdeimlad? Yr ail, mae'n debyg, tybiai Stella, gan rowlio'i llygad yn fewnol wrth feddwl am y *charade* o'u blaen.

'Dwi'n iawn,' meddai Edward, gan edrych yn ddiolchgar ar ei gyfreithwraig cyn mynd yn ôl at ei stori. 'Roedd Mandy'n hysterical pan ffoniodd hi fi, felly es i draw yno ar fy union...'

'Ar ôl iddi fygwth dod draw i'ch tŷ chi pe byddech chi'n gwrthod?' prociodd Iestyn.

'Mi fyswn i wedi mynd beth bynnag, er ei bod hi wedi hanner nos,' atebodd yntau fymryn yn sorllyd, fel petai'r Ditectif Insbector wedi amau ei foneddigrwydd. Teimlai Stella awydd chwerthin yn ei wyneb, ond rhewodd ei thu mewn pan glywodd ei eiriau nesaf.

'Pan gyrhaeddes i, roedd Mandy'n gafel mewn procar, a hwnnw'n waed i gyd, efo darnau o wallt arno fo...' Am eiliad edrychai fel petai'n mynd i gyfogi, ac os mai dal i actio oedd o, roedd yn haeddu Oscar.

'Gwaed a gwallt pwy, Mr Gomer?'

'Tony Skinner. Roedd o'n gorwedd yn gelen ar lawr y lolfa – lolfa'u fflat nhw ar y llawr uchaf. Roedd hi wedi gafel yn y procar a'i hitio fo – un clewten dros ei ben a dyna fo – lawr fel sach o datws, medde hi... Ofynnes i iddi a oedd hi wedi ffonio'r heddlu, ond doedd hi ddim, a phan ddeudis i y dylen ni neud mi waeddodd hi arna i i beidio.'

'A nethoch chi wrando arni?'

'Roedd ganddi brocar yn 'i llaw. Roedd hi newydd ladd un dyn – sut o'n i fod i wbod na fase hi'n 'yn lladd inne hefyd? Doedd hi'n amlwg ddim yn ei iawn bwyll ar y pryd.'

'Wedodd hi pam nad o'dd hi'n moyn ffôno'r heddlu?'

'Rhag ofn na fasen nhw'n coelio'i bod hi wedi lladd 'i gŵr mewn *self-defence*...'

'Ond wedsoch chi fod ganddi gleisie ar ei stumog?'

'Oedd, ond roedd hi'n dal i wrthod gadel i mi ffonio. Ddeudodd hi y base hi'n ffonio Mike Jenkins ar ôl iddi ddod ati'i hun chydig bach...'

'PC Mike Jenkins?'

'Ie. Mae o'n blismon, dydi, ac roedd o'n ffrindie efo'r Skinners, felly ro'n i'n teimlo'n dawelach 'yn meddwl wedyn.'

'Yn dawelach eich meddwl?!' meddai Stella mewn anghrediniaeth. 'A chithau newydd weld corff dyn oedd wedi cael ei llofruddio?'

'Roedd Mandy'n mynd i riportio'r peth, medde hi, ac ro'n i'n 'i chredu hi,' meddai gan wgu ar Stella, cyn cofio nad dyna'r rôl yr oedd i fod i'w chwarae. Trodd i edrych yn druenus drachefn. 'Ro'n i mewn sioc – do'n i ddim yn meddwl yn strêt.'

'Ond beth am wedyn, pan ddaeth hi'n amlwg nad oedd Mrs Skinner wedi riportio'r digwyddiad i'r heddlu, neu 'i bod hi a Mike Jenkins wedi penderfynu cael gwared ar y corff? Pam nethoch chi ddim cysylltu 'da'r heddlu wedyn? Yn enwedig pan glywsoch chi fod yr heddlu'n moyn siarad 'da chi?'

'Roedd hi'n eitha amlwg erbyn hynny eu bod nhw wedi penderfynu trio rhoi'r bai arna i... a gan i mi fod yn y gwesty'r noson honno mae'n debyg y base'n *fingerprints* i ar hyd y lle, tra basen nhw wedi cael gwarcd ar unrhyw beth fase'n eu incriminetio nhw...'

'Ond hyd yn oed wedyn...'

'Dwi wedi clywed yr holl *horror stories* 'ma am y bobol rong yn cael eu harestio a'u carcharu ar gam, yn enwedig pan mae 'na ryw blismon bechingalw yn gysylltiedig â'r peth...'

'Shwt allech chi fod mor siŵr fod gan Mike Jenkins rwbeth i'w neud â'r peth?'

''Dech chi newydd awgrymu hynny eich hun, a ddeudodd Mandy wrtha i ei bod hi'n mynd i'w ffonio fo. No wê fyse hi wedi gallu cael gwared ar y corff 'na ar ben ei hun...'

'Ond pa reswm y'ch chi'n meddwl fydde gan Mike Jenkins dros ei helpu hi?'

'Roedd o ar ôl Mandy, dyna pam. Ro'n i'n medru deud yn ôl y ffordd oedd o'n 'i llygadu hi, a'r ffordd roedd o'n sbio'n ddu arna i pan oedd hi'n fflyrtio efo fi,' cilwenodd. Ceisiodd y gyfreithwraig ddal ei lygad, ond roedd yr Edward go iawn yn ei ôl. Byddai'n rhaid ei hyfforddi'n well cyn yr achos llys os oedd am ennyn cydymdeimlad y rheithgor, meddyliodd Stella. 'Roedd hi'n amlwg 'i fod o'n fy nghasáu i, rhwng hynny a'r ffaith 'mod i'n 'Welsh nash'. Synnwn i ddim tase fo wedi cytuno i helpu Mandy ar yr amod 'i bod hi'n cysgu efo fo, ac awgrymu wedyn 'u bod nhw'n trio rhoi'r bai arna i. Dyna'r math o foi ydi o – crîp diegwyddor.'

Roedd yn rhaid i Stella gytuno ag o yn hynny o beth.

'Ond beth am Mandy Skinner?' holodd. 'Ydych chi'n meddwl y byddai hi wedi cytuno i roi'r bai arnoch chi a chithau'n ddieuog?'

'Yndw. Ro'n i wedi rhoi'r gore iddi. Wnes i ddim cynnig 'i helpu hi i gael gwared ar y corff. Wnes i ddim meddwl holi a oedd hi'n meddwl fod y babi'n ocê tan ar ôl i mi adel... a hyd yn oed taswn i wedi gofyn, ro'n i'n gobeithio i dduw nad y fi oedd y tad...' Daliodd y gyfreithwraig ei lygad. 'Ar y llaw arall, os oes 'na fabi, ac os mai fi ydi'r tad, mae hynny'n wahanol. Mi fydd angen rhiant ar y plentyn os bydd 'i fam o'n mynd i'r jael.'

Gwenodd y gyfreithwraig fel petai'n credu'r sbîl sentimental yma. Hwyrach ei bod hi'n un arall i gael ei maglu gan swyn Edward Gomer, meddyliodd Stella, er nad oedd hi ei hun yn deall beth oedd yr atyniad. Er hynny, credai fod Edward yn dweud y gwir. Roedd o'n dal i fod mewn trwbwl dros ei ben a'i glustiau, wrth gwrs, ond gyda lwc, cymorth ei gyfreithwraig ac ychydig mwy o wersi actio, tybiai y byddai'n dod allan ohoni â chosb gymharol ysgafn.

— *14* —

FEL CYNIFER O famau eraill, nid oedd Lili'n or-hoff o gariad ei mab – os oedd Steff a Dani yn gariadon, wrth gwrs. Ond hyd yn oed os nad oedden nhw'n gariadon fel y cyfryw, roedd hi'n amlwg fod Steff wedi closio at Dani'n arw yn ystod y cyfnod byr yr oedd wedi'i hadnabod.

Ar ôl i Edward Gomer gael ei arestio, roedd Steff wedi cael ei holi gan yr heddlu, er mai ei holi am wybodaeth wnaethon nhw yn hytrach na'i gyfweld fel troseddwr, oherwydd ei gyflwr. Roedd Dani wedi cael ei holi hefyd, ond penderfynwyd peidio â dod â chyhuddiad yn ei herbyn o 'gynorthwyo ac annog' person yr oedd yr heddlu'n chwilio amdano nes iddi gael ei hasesu gan seicolegydd. Byddai darganfod fod Dani yn dioddef o ffantasïaeth neu anhwylder meddwl arall yn ddigon drwg, meddyliai Lili, ond byddai darganfod nad oedd dim yn bod arni yn waeth, gan y byddai hynny yn golygu'i bod yn gymeriad ystrywgar oedd wedi arwain Steff ar gyfeiliorn yn fwriadol.

Gan fod Dani adref o'r gwaith am gyfnod, roedd Steff yn gweithio oriau ychwanegol yn y *launderette*. Roedd hynny'n beth da ar un ystyr gan ei fod yn rhoi mwy o gyfrifoldeb ac annibyniaeth iddo, ond ar y llaw arall golygai ei fod yn blino mwy, a hynny – ynghyd â'r ffaith nad oedd yn cael gweld Dani – yn ei wneud yn flin a rhwystredig.

'Ma Steffan isio gweld Dani!' gwaeddodd un noson, gan luchio plât fel petai'n lluchio ffrisbi ar draws y gegin nes iddo dorri'n deilchion ar y teils cochion. Cyfrodd Lili i ddeg wrth fynd ati i sgubo'r darnau.

'Ffonia hi 'ta,' meddai o'r diwedd, yn erbyn ei hewyllys.

'Dwi isio'i gweld hi, ddim jyst siarad efo hi. Ond tydi hi ddim yn cael iwsio'r car.'

'Sut ti'n gwbod?'

'Ddeudodd hi wrtha i ar y ffôn – mae hi'n *grounded.*'
Ynganodd y term diarth yn falch.

Edrychodd Lili arno'n syn, gan wrthsefyll y demtasiwn i'w
holi pa bryd y bu'n siarad â Dani ar y ffôn. Roedd ganddo
ffôn symudol erbyn hyn, felly mae'n debyg ei fod wedi bod yn
siarad â hi ar hwnnw. Edrychodd yntau ar ei fam yn obeithiol,
yn ffyddiog y medrai wireddu ei ddymuniad o gael gweld
Dani. Petai'n ei siomi, beryg y byddai rhywfaint o'i ffydd
ynddi'n pylu...

'Ga i air efo mam Dani...' meddai Lili'n betrus, gan wybod
nad oedd modd darbwyllo Steff y dylai gadw draw oddi wrthi
am sbel.

Goleuodd ei wyneb, ac aeth Lili ar ei hunion i ffonio cyn
iddi newid ei meddwl.

Lai nag awr yn ddiweddarach, roedd Lili'n cael paned efo
Jean, mam Dani, yn y stafell haul oddi ar y stafell fyw, tra aeth
Dani a Steff am dro i lawr at Eglwys Llansilin.

'Ydech chi'n meddwl 'i fod o'n syniad dda iddyn nhw weld
'i gilydd?' holodd Jean yn betrus. Roedd ganddi wallt cringoch
cwta a gwyneb gwelw, plaen a wnâi i Lili ysu am roi mymryn
o golur arno.

'Nac'dw, ond does 'na'm pwynt i ni drio'u cadw nhw ar
wahân fatha Romeo and Juliet, nag oes? Neu dim ond mynd
yn fwy styfnig wnân nhw.'

'Ydyn nhw'n mynd allan efo'i gilydd go iawn 'te?' holodd
Jean, a'r syniad yn amlwg braidd yn wrthun iddi.

'Dim clem. O'n i'n meddwl ella y bysa gynnoch chi fwy o
syniad na fi.'

'Ond ma Steff yn... w'ch chi...'

'*Autistic*? Yndi, a ma Dani'n... beth bynnag sy'n bod arni hi,'
meddai Lili'n bigog. 'Tydi hynny ddim yn eu stopio nhw rhag
cael teimlada fatha pawb arall.'

'Ond o'n i'n meddwl fod pobol *autistic* yn *loners*?'

'Maen nhw i gyd yn wahanol. Fatha ni – 'dan ni i gyd yn wahanol, tydan? Wel ma mwy o wahaniaeth rhwng pobol *autistic* a'i gilydd os rwbath, gan nad ydyn nhw mor barod i blygu i gonfensiwn ac arferion cymdeithas.'

Edychodd Jean arni'n hurt.

'Ydach chi wedi clywad rhwbath gan y seicolegydd?' holodd Lili.

'Do... Ddeudodd hi hwrach y base'n syniad i Dani fynd i'w gweld hi fel *patient*...'

'A be 'dach chi'n feddwl o hynny?'

'Lot o lol. Dyna be ma Len – y gŵr – yn 'i feddwl. Does ganddo fo fawr o ffydd yn y *shrinks* 'ma, nac yn eu trystio nhw rhyw lawer chwaith.'

'Be 'dach chi'n feddwl?'

''Dech chi'n gwbod fel ma'n nhw, yn holi pawb am eu plentyndod ac yn trio deud eu bod nhw wedi cael eu cam-drin os gawson nhw ambell chwip din...'

'Go brin,' meddai Lili, heb fawr o argyhoeddiad. Roedd yr hanesion am rieni'n cael bai ar gam am gam-drin eu plant – a'r plant yn cael eu cipio oddi arnynt mewn rhai achosion   yn ddigon i fferru calon unrhyw riant. 'Seicolegydd ydi hon, ddim *social worker*. Ydi'ch gŵr chi'n sylweddoli y basan nhw'n medru mynnu fod Dani'n mynd i weld seicolegydd beth bynnag, heb eich caniatâd chi?'

''Dech chi'n meddwl?' holodd mewn braw.

'Mi fasa hynny'n well na'i gweld hi'n mynd i'r jêl, 'yn bysa?'

'Pam ddylse hi fynd i'r jael a'ch bachgen chi'n cael mynd yn *scot free*?!' holodd Jean yn chwyrn.

'Achos 'i fod o'n *autistic*, ac achos ma syniad Dani oedd helpu Edward Gomer. Mi ddylia hi fod wedi mynd at yr heddlu'n syth yn lle mynd i brynu bwyd a ballu iddo fo. Mi lasa fo fod wedi medru bod yn llofrudd, am y gwydda hi.'

'Ond Steff aeth â hi yno yn y lle cynta! Fo oedd yn 'i nabod o ac yn gwbod lle'r oedd o'n byw! Roedd o wedi siarad ar y ffôn efo fo, medda Dani!'

Roedd hynny'n wir, a chyfaddefodd Steff wrth Iestyn fod Edward wedi ffonio Trothwy'r Berwyn y noson yr aeth Ielena'n ôl i Aber, 'yn swnio'n drist ac yn deud 'i fod o ar goll'. Pan ofynnodd Iestyn iddo pam nad oedd wedi sôn wrth ei rieni am y peth, dywedodd yn syml 'am fod Edward wedi gofyn i mi beidio'. Mae'n debyg mai ar ôl hynny yr oedd Edward wedi ffonio Ielena ar ei ffôn symudol yn gofyn am help.

'Gwrandwch, dwi'm yn meddwl y bydd yna unrhyw *charges* yn erbyn Dani,' meddai Lili, gan ailadrodd yr hyn yr oedd Iestyn wedi'i ddweud wrthi. Dim cyhuddiadau rhy ddifrifol beth bynnag, er na ddywedodd hynny wrth Jean. 'Hi a Steff nath arwain yr heddlu at Edward, wedi'r cyfan.'

Ar hynny, daeth Steff a Dani yn eu holau, â golwg hapus ar y ddau.

'O'dd yr eglwys ar agor! A ges i hwn – yli!' meddai Steff yn gyffrous, gan ddangos cerdyn post o'r eglwys i'w fam.

'Tyd i weld y cwningod,' meddai Dani wrtho, gan gydio yn ei law a'i arwain allan i'r ardd gefn. Fel plant yn union, meddyliodd Lili.

'Geith Dani ddod draw ryw ddwrnod i weld Steff?' clywodd ei hun yn gofyn.

'Gewn ni weld be ddeudith Len,' atebodd Jean yn swta.

'Dad?!' Daeth gwaedd anghrediniol o'r drws, ac edrychodd y ddwy i fyny'n syn wrth weld Dani'n dod yn ei hôl i mewn trwy ddrws y patio. 'Ers pryd ma Dad yn cael rhoi ei farn am *bugger all*? Chi ydi'r bòs yn y tŷ yma. Wastad wedi bod. Dwn i'm pam 'dech chi'n esgus fel arall!'

Cochodd Jean hyd fôn ei gwreiddiau cringoch, gan wneud

i Lili sylweddoli fod Dani'n dweud y gwir. Doedd ryfedd fod y ferch fel yr oedd hi os oedd y fam mor barod i daflu llwch i lygaid pobol, meddyliodd Lili.

'Jyst gofyn i dy fam o'n i rŵan os fasach chdi'n cael dod draw i weld Steff rywbryd,' meddai Lili'n ddiniwed, gan gymryd arni nad oedd wedi sylwi ar anesmwythyd Jean. 'Os ti isio, wrth gwrs...'

''Swn i wrth 'y modd. Ond dwi'n *grounded*,' meddai Dani yn bwdlyd, gan wgu i gyfeiriad ei mam.

'Syniad pwy oedd hynny – yr heddlu neu'r seicolegydd?' gofynnodd Lili, gan ddal ymlaen â'i hact ddiniwed.

'Syniad Mam. Ond dwi am sôn wrth Carla – hi 'di'r *psychologist*, mae'n cŵl – am y peth...' Edrychodd yn heriol ar ei mam.

'Fydda i yno i gadw golwg arnyn nhw,' meddai Lili. 'Ond dwi'm yn meddwl yr ân nhw i drwbwl eto rywsut.'

'Well iddyn nhw beidio,' meddai Jean, gan ddal i drio swnio'n awdurdodol.

'Ga i fynd, felly?' gofynnodd Dani'n obeithiol.

'Siŵr o fod,' meddai Jean yn anfoddog. 'Os neith dy dad gytuno.'

'Bril! Diolch Mam!' meddai, cyn mynd allan drachefn i dorri'r newyddion da i Steff, a safai yng ngwaelod yr ardd yn dangos mwy o ddiddordeb yn y teclynnau troi – gan gynnwys un o fuwch goch gota ar gefn beic – nag yn y cwningod. Safai'n stond yn syllu arnynt wrth iddynt chwyrlïo yn yr awel, gan ddal i syllu wrth i Dani nesáu ato a sleifio'i llaw i'w law ef, cyn i'w fysedd gyrlio'n dynn am ei bysedd hi.

Y nos Sadwrn ganlynol, daeth cnoc gyfarwydd ond annisgwyl ar y drws cefn.

'Helô, *stranger*. Tyd i mewn,' meddai Lili wrth weld Paxo'n sefyll yno, yn falch o'i weld ac eto'n chwithig oherwydd y dieithrwch a fu rhyngddynt yn ddiweddar.

'Dim *visitors* gen ti heno, felly?' gofynnodd Paxo, gan edrych o'i gwmpas fel petai'n hanner disgwyl i rywun fod yn cuddio yn y pantri neu o dan y bwrdd.

'Na. Ma Dani newydd fynd adra ryw hannar awr yn ôl.'

'*Love's young dream?*'

'Rhwbath felly... Sut wyt ti beth bynnag? Stedda... Ti'n edrach fatha tasa chdi 'di colli pwysa.'

'Dwi wedi colli pwyse, dyna pam.'

'Unrhyw reswm?'

'Ar wahân i gwcio Jemima ti'n feddwl?'

'Ha ha. Ond o ddifri rŵan, ti'm yn edrach yn chdi dy hun.'

'Wedi arfer efo dynion ifanc, deliach wyt ti ma raid.'

Anwybyddodd Lili'r sylw a mynd ati i wneud paned. Ar amrantiad, newidiodd ei meddwl ac estyn dau gan o gwrw o'r oergell, gan sodro un o flaen Paxo ac eistedd gyferbyn ag o.

'Be sy, Paxo bach? Deuda wrth Anti Lili.'

Cododd Paxo'i sgwyddau a chymryd dracht o'i gwrw.

'Fydda i'n falch pan fydd yr holl helynt 'ma drosodd a'r ditectif 'na'n bygro'n ôl adre unwaith ac am byth, yn un peth,' meddai, heb drio celu'r chwerwder yn ei lais. 'Dwi'n teimlo 'mod i wedi cael 'y ngwthio i'r neilltu ers i'r bastad yna ddod ar y sîn.'

'Paid â siarad yn wirion.'

Taflodd Paxo edrychiad sinigaidd arni.

'Gwranda, Paxo. 'Dan ni'n ffrindia, chdi a fi. Tydi'r ffaith fod Iestyn wedi bod o gwmpas yn ddiweddar yn newid dim ar hynny.'

'Mae o wedi troi Steff yn fy erbyn i.'

'Nacdi tad. Chdi sy 'di bod yn ddiarth, dyna i gyd.'

'To'n i'm yn lecio galw draw â hwnnw'n hofran o gwmpas y lle fel ryw aderyn corff. Ond dyna fo, fydd o ddim o gwmpas am lot hirach, na fydd?'

'Be sy'n gneud i chdi ddeud hynny?'

'Wel, ma'n nhw wedi arestio Mandy Skinner a Mike Jenkins, tydyn? Ac wedi dod o hyd i Edward Gomer...'

'Yndyn, ond heb gorff fedran nhw ddim profi dim byd, na fedran?'

Rhoddodd Paxo ei gwrw i lawr â chlec.

'Ti'n trio deud y basen nhw'n gallu cael eu rhyddhau?'

'Digon posib. Heb gorff does 'na ddim tystiolaeth, 'mond gair Edward Gomer yn eu herbyn nhw. Rhyngtha chdi a fi, maen nhw'n bwriadu mynd ati i chwilio am y corff yn Llyn Fyrnwy yn o fuan...'

Gwelwodd Paxo.

'Ti'n iawn?' holodd Lili'n bryderus.

'Ym, yndw. Newydd gofio...' edrychodd ar ei oriawr. 'Dwi 'di gaddo mynd â'r plant i rwle. Diolch am y cwrw, alwa i draw eto...'

A chyda hynny roedd Paxo wedi mynd, gan adael Lili'n eistedd yn syfrdan wrth y bwrdd, yn meddwl tybed beth oedd wedi dod drosto i wneud iddo ymddwyn mor od. Er ei bod wedi arfer â'i hwyliau mympwyol, nid oedd hi erioed wedi'i weld fel hyn o'r blaen.

Sôn am y corff oedd wedi tarfu arno, meddyliodd. Rhedodd ias trwyddi. Doedd bosib fod gan Paxo rywbeth i'w wneud â diflaniad Tony Skinner wedi'r cwbwl? Nag oedd, ceryddodd ei hun, dim ond awyddus i weld yr achos yn dod i ben oedd o. Ac eto, roedd yr olwg nychlyd yna arno wedi aflonyddu arni, gan beri iddi feddwl fod rhywbeth mwy na chenfigen tuag at Iestyn wrth wraidd ei gyflwr.

— 15 —

CERDDAI IELENA AR ei phen ei hun ar hyd y prom, ei chôt wedi'i chau at ei gên a'i het wedi'i thynnu i lawr dros ei chlustiau i gadw'r gwynt a llygaid busneslyd allan. Plygodd ei phen wrth weld ffigwr cyfarwydd yn cerdded tuag ati, ond yn rhy hwyr: roedd Angharad Befan wedi sylwi arni ac yn anelu'n syth amdani. Rhegodd Ielena dan ei gwynt.

'Shw ma'i, Ielena?'

'Iawn diolch,' atebodd yn swta.

'Rwy ar 'yn ffordd i ddarlith... Y ffrigin Gododdin.' Tynnodd wyneb. 'Er, fydd dim rhaid i ti boeni am bethe fel'ny am sbel fach.'

'Na fydd.'

'Clywed bo ti'n cymryd gweddill y flwyddyn bant?'

'Yndw.'

'Beth ti'n mynd i neud 'te?'

'Mynd i Efrog Newydd am chwe mis.'

'Efrog Newydd? Neis iawn. Be ti'n mynd i neud fan'ny?'

'Gweithio yn y *New York Public Library* yn Manhattan.'

Lledodd llygaid Angharad. 'Shwt 'nest ti wanglo 'ny 'te?'

'Trio am ysgoloriaeth. Fydda i'n sgwennu traethawd yn cymharu'r llyfrgell yn fan'no efo'r Llyfrgell Gen fan hyn.'

'Jami iawn. Ond braidd yn ddibwrpas, so ti'n credu? Fydde dim gwell 'da ti fynd i Affrica ne rwle i helpu pobol mewn angen?'

'Na fydde.' A hyd yn oed petai wedi dewis gwneud hynny, gwyddai mai dim ond ei chyhuddo o fod yn *do-gooder* fyddai Angharad. Doedd dim modd ennill efo pobol fel hi.

'O. Beth bynnag, ti'n siŵr o fod moyn brêc ar ôl y busnes ofnadw 'ma 'da Nedw.'

'Sgen hynny ddim byd i neud efo'r peth,' atebodd Ielena'n gelwyddog.

'Clywed bo ti a Meryl wedi cwmpo mas, 'fyd?'

'Sdim rhyfedd fod 'y nghlustie i 'di bod yn cosi gyment yn ddiweddar, nag oes?'

'Wel ma fe'n itha sgandal, on'd yw e? Nedw'n ca'l 'i ddala yn y *murder trial* 'ma? Beth yw'r cyhuddiad yn 'i erbyn e – *obstructing police enquiries?*'

'Ymhlith pethe erill.' Ond roedd o allan ar fechnïaeth; ei dad wedi cael gafael ar gyfreithwraig tan gamp a fyddai'n siŵr o'i gael oddi ar y bachyn. Nid yn llwyr, wrth gwrs, ond mae'n debyg y byddai'r ddedfryd yn ei erbyn yn un dipyn ysgafnach nag y byddai fel arall. 'Synnu bo ti heb fod yn 'i weld o a chithe'n gyment o fêts.'

'Ti 'di bod yn 'i weld e, 'te?'

'Do.' Roedd ei grib wedi torri, yn sicr, er bod olion o'r hen draha yn dal i ddod i frigo i'r wyneb, fel pan ymddiheurodd wrthi am fod yn anffyddlon iddi efo Mandy Skinner. 'Atyniad rhywiol oedd o, dyna i gyd,' meddai â thinc o falchder yn ei lais. 'Roedd o'n rhy gry i mi fedru'i wrthsefyll o.'

Roedd Ielena wedi dweud wrtho ei bod yn gwybod yn union sut roedd o'n teimlo gan ei bod hithau wedi cael ei denu'n yr un modd at ei chariad newydd, Simon. Yr unig wahaniaeth oedd ei bod hi'n lecio Simon fel person hefyd. Ac wrth gwrs, nid llofrudd mohono, yn wahanol i Mandy Skinner. Roedd y pleser a gafodd o weld wyneb Edward yn disgyn yn amhrisiadwy.

'So ti'n gorffod rhoi tystioleth ne rwbeth, 'te?'

Ysgydwodd Ielena ei phen. Byddai wedi gorfod rhoi tystiolaeth yn erbyn Llygs, yn sicr, oni bai iddo gael ei ddarganfod yn crogi yn ei gell gerfydd llinyn ei drôns. Roedd Ielena wedi chwerthin a chwerthin pan dorrodd DS Jones y newydd iddi, a'r hysteria'n tonni trwyddi, nes iddo glapio'i ddwylo'n galed o flaen ei hwyneb. Hwyrach y byddai wedi gorfod rhoi clusten iddi pe na bai hynny wedi gweithio.

'Y cachwr uffern,' meddai ar ôl iddi ddod ati'i hun, a DS Jones wedi rhythu'n syn arni am eiliad cyn sylweddoli ei bod yn cyfeirio at Llygs. 'Ie,' cytunodd. 'Ond o leia fydd dim rhaid i chi fynd i'r cwrt nawr.'

'Rwy i wedi'n siomi ynddo fe, 'fyd,' torrodd llais Angharad ar draws ei meddyliau, a sylweddolodd Ielena ei bod hi wedi bod yn meddwl yn uchel. Nid oedd amynedd ganddi egluro mai Llygs yr oedd hi'n ei alw'n gachwr ac nid Edward, yn enwedig gan fod yr enw'n addas iddo yntau.

'Ond beth am dy sboner newydd di?'

'Fyddi di'n hwyr i dy ddarlith,' meddai Ielena a cherdded yn ei blaen, gan adael Angharad yn syllu'n syn ar ei hôl.

EPILOG
Mandy Skinner a Mike Jenkins

GWADU POPETH WNAETH Mandy Skinner i ddechrau. Gwadu iddi erioed gael affêr efo Edward Gomer. Gwadu ei bod yn feichiog. Gwadu iddi ladd ei gŵr. Gwadu iddi gael gwared ar y corff gyda chymorth Mike Jenkins. Gwadu wnaeth yntau hefyd. Ac wrth gwrs, heb gorff nid oedd modd eu gwrthbrofi.

Archwiliwyd cerbydau'r ddau, ac yn naturiol ddigon roedd olion Tony Skinner ym mhob man yn ei gerbyd 4x4 ei hun, er na ddaethpwyd o hyd i'r un dafn o waed. Daethpwyd o hyd i olion sment hefyd: roedd gan Jenkins beth dros ben ar ôl adeiladu ei bortsh, felly roedd wedi cytuno i wneud patio bach i Mandy Skinner.

Roedd larymau wedi canu ym mhennau Iestyn a Stella pan glywson nhw'r gair 'patio'. Ond a fyddai unrhyw un yn claddu corff mewn lle mor ystrydebol – y lleoliad hwnnw oedd mor boblogaidd gan lofruddion mewn operâu sebon? Nid oedd ond un ffordd o ddarganfod, a gorchmynnwyd y cloddwyr fforensig i fynd ati i godi pob slaben a phalu'n ddwfn i'r pridd oddi tanodd.

Yn ofer. Gan hynny, chwedl Iestyn, roedd hi'n amser iddyn nhw 'chware'n frwnt'.

Gwneud pric pwdin o Carys Jenkins oedd y cam cynta. Awgrymu iddi fod ei gŵr wedi bod yn caru efo Mandy Skinner. Pam arall y byddai wedi mynd allan o'i ffordd i wneud patio am ddim iddi? Pam arall y byddai'n honni iddo fod yn dyst i'r ffrae honno rhwng Tony Skinner ac Edward Gomer yn y Vyrnwy View, tra bod Ielena ac Edward Gomer yn honni fel arall? Pam arall bod yna sïon amdanyn nhw o gwmpas y lle? (er mai dim ond Edward Gomer oedd wedi awgrymu hyn mewn gwirionedd).

'Mae o'n gwneud ffŵl ohonoch chi, Mrs Jenkins,' meddai Stella. 'Yn cerdded drosoch chi fel *doormat*. Ond dyna fo, maen nhw'n dweud mai'r gwraig yw'r un olaf i clywed bob amser.'

'Ro'n i wedi ame,' meddai Carys o'r diwedd. 'Ro'n i'n meddwl mai fi o'dd yn dychmygu pethe. Nath 'y ngŵr cynta yr un peth – cael affêr a 'ngadel i am ddynes arall. Ddeudis i na fyswn i byth yn trystio'r un dyn eto, ond yna 'nes i gwarfod Mike. Ofynnodd o i mi'i briodi o – *fynnodd* o'n bod ni'n prodi. Er, fi nath y trefniade i gyd, a gneud y ffrog a'r bwyd fy hun, er mwyn arbed pres. Wedyn, mynnodd o'n bod ni'n cael *joint bank account* a conffisceitio 'ngherdyn banc i rhag ofn i fi wario gormod fel y gwnaeth 'i wraig gynta fo.'

'*Control freak*,' porthodd Stella, heb drio cyfieithu'r term i'r Gymraeg am unwaith.

'Dyna ddeudodd 'yn ffrind gore i 'fyd. Bob tro o'n i'n mynd allan am *night out* heb Mike mi fyse fo'n fy ffonio i ryw ddwy neu dair gwaith a mynnu dod i nôl fi'n gynnar bob tro. Ro'n i'n reit *flattered* a deud y gwir, nes i'n ffrind i ddeud ma trio'n rheoli fi o'dd o. Ond ro'n i'n meddwl ma jelys o'dd hi, yn enwedig a hithe'n *divorcee*. Wedi'r cwbwl, ma Mike yn ddyn *handsome* iawn, tydi?'

Cododd Stella'i sgwyddau, a'i stumog yn troi wrth feddwl amdano.

'Ro'dd Mandy Skinner yn amlwg yn meddwl 'i fod o,' meddai Carys, fel petai'n ddig am nad oedd Stella'n cytuno fod ei gŵr yn olygus.

'Tydw i ddim mor siŵr o hynny. O beth glywais i, fo oedd ar ei hôl hi.'

'Hwrach eich bod chi'n iawn,' cytunodd Carys yn gyndyn. 'Ro'dd Mandy'n rhy brysur yn tynnu ar Edward Gomer i dalu lot o sylw i Mike, er bod hwnnw'n ddigon ifanc i fod yn fab jyst iawn...'

'Beth am y noson honno pan wedodd e 'i fod e wedi gweld

Edward Gomer yn ymosod ar Tony Skinner, 'te?' holodd Iestyn.

'Deud celwydd oedd o. Ddaeth o adre efo fi. Dwi'n gwbod y dylwn i fod wedi deud wrth yr heddlu, ond ro'dd arna i ofn be fase Mike yn 'i neud i mi...'

'Oedd eich gŵr yn eich curo chi, Mrs Jenkins?'

Ysgydwodd Carys ei phen. 'Dwtsiodd o rioed ben 'i fys yno i.'

'Ond mae 'na fathau eraill o gam-drin. *Mental cruelty, manipulative behaviour...*'

'Mynd 'da menwod erill,' ychwanegodd Iestyn.

'Ddeudis i wrtha i'n hun tro dwytha na fyswn i byth yn rhoi i fyny efo hynny,' meddai Carys, fel petai modd maddau popeth arall iddo.

Y cam nesa oedd chwarae Mandy Skinner a Mike Jenkins yn erbyn ei gilydd. Awgrymu fod y naill a'r llall wedi cyfaddef eu bod yn cael affêr, gan ofyn i Jenkins a oedd yn gwybod bod ei feistres wedi cael affêr efo Edward Gomer hefyd? Awgrymu wrth Mandy Skinner fod Jenkins yn fwli oedd wedi'i pherswadio nad oedd diben iddi fynd at yr heddlu er mwyn iddo gael ei fford ei hun efo hi. Awgrymu wrth Jenkins mai'r unig reswm y cytunodd hi i gysgu gydag o oedd er mwyn achub ei chroen ei hun. Dweud wrth Mandy Skinner fod merched sy'n lladd gwŷr sy'n eu cam-drin yn aml yn cael eu harbed rhag mynd i'r carchar.

Hwyrach y byddai'r tactegau hyn wedi gweithio yn y pen draw – yn sicr roedd Jenkins yn ffromi a Mandy Skinner yn cnoi cil ynghylch yr hyn a ddywedwyd – ond yr hyn a ddaeth â'r cyfan i fwcwl yn gynt na'r disgwyl oedd galwad ffôn ddienw at yr heddlu yn honni fod rhywun wedi gweld yr hyn a dybient oedd yn gorff yng nghronfa ddŵr Pen-y-gwely oddi ar ffordd Selattyn uwchben Dyffryn Ceiriog. Gwrthododd y person ar ben arall y ffôn fanylu, er i'r heddwas a atebodd y ffôn geisio'i demtio i aros ar y lein trwy awgrymu y gallai gael gwobr ariannol am ei drafferth. Aeth y lein yn farw.

Trodd y confoi o gerbydau oddi ar y lôn gul ac i lawr i fuarth fferm Tŷ Uchaf. Boed yr alwad ffôn yn un ddilys neu beidio, roedd yn rhaid i Iestyn ymchwilio. Roedd y buarth ei hun yn farwaidd, a'r hen feudy ar y chwith wedi mynd â'i ben iddo yn llythrennol. Roedd bwrdd a meinciau feinyl yn sownd wrtho – fel y rhai a geir mewn caffis bwyd cyflym – wedi'i sodro yng nghanol y rwbel. Er hynny, nid oedd golwg wedi'i esgeuluso ar y tŷ carreg ei hun, ac roedd ôl gofal ar yr ardd derasog y tu ôl iddo. Ar y dde i'r tŷ, roedd ffrâm bren uchel, lydan wedi'i gosod yno am ryw reswm annelwig.

'Digon o le i grogi mwy nag un troseddwr ar hwnna, syr,' meddai Stella gan giglan yn nerfus, cyn mynd i guro ar ddrws y tŷ.

Dim ateb. Tŷ haf oedd o'n amlwg. Gan adael gweddill y criw yn y buarth, cerddodd Iestyn a Stella rownd y gornel ac i olwg y gronfa: llyn trionglog bychan wedi'i amgylchynu gan binwydd. Roedd y dŵr yn llonydd, ac eithrio'r cwysi llyfn a gâi eu torri gan y ddwy hwyaden a nofiai arno. Ym mhen cula'r gronfa, ble'r oedd y dŵr yn fasach a mwy tryloyw, daliwyd eu llygad gan gip o rywbeth du yn fflapian. Wrth symud yn nes i lawr at ymyl y dŵr, gwelsant mai sach blastig ddu oedd yno, a choes yn sticio allan ohoni.

Rhedodd Stella yn ôl i'r buarth ar ei hunion i alw'r fforensics, a chyn pen dim roedd y corff wedi'i dynnu o'r dŵr – Tony Skinner, mewn jîns a chrys ac yn nhraed ei sanau, ei gorff wedi chwyddo a'i lygaid yn syllu'n bŵl fel pysgodyn mawr marw. Roedd olion sment o amgylch ei fferau, a awgrymai fod ei sgidiau yno'n rhywle yng ngwaelod y gronfa, wedi'u llenwi â sment yn y gobaith y byddent yn ei suddo yntau. Mae'n rhaid fod y pwysau wedi peri iddynt ddisgyn oddi ar ei draed, gan adael i'w gorff gael ei lepian yn ara deg i'r lan.

Er bod yna lwybr arall yn arwain heibio'r gronfa, y ffordd rwydda yr oedden nhw wedi'i dewis yn amlwg, ar ôl gwneud yn siŵr nad oedd neb adref yn y ffermdy, na chŵn ar gyfyl y lle i gyfarth na tharfu arnynt ar eu perwyl anfad yn oriau mân y borc. Wedi i'r corff gael ei ddarganfod, a chan fod pob darn o dystiolaeth yn pwyntio bys atynt, nid oedd diben i Mandy Skinner na Mike Jenkins wadu mwyach, er eu bod nhw'n fwy na pharod i daflu bai ar ei gilydd.

Honnai Mandy Skinner iddi ffonio Jenkins yn rhinwedd ei swydd fel heddwas, ond ei fod ef wedi dweud wrthi y byddai'n siŵr o gael blynyddoedd o garchar, hyd yn oed pe bai wedi lladd ei gŵr wrth ei hamddiffyn ei hun. Bod Jenkins wedyn wedi mynd ati i'w blacmeilio – rhyw fel tâl am gael gwared ar y corff a chadw'i geg ar gau. Yntau'n dweud ei fod wedi cytuno i'w helpu am ei fod yn gwybod mor annheg oedd y gyfraith tuag at wragedd a gâi eu cam-drin – wfftiodd Stella'n uchel at hyn – a hefyd bod arno ofn rhag iddi ymosod arno yntau petai'n gwrthod ei helpu.

'*And what about the baby?*' gofynnodd Stella i Mandy Skinner. '*Apparently you told Edward Gomer that you were pregnant with his baby.*'

'*I lost it after Tony punched me in the stomach,*' meddai, gan agor tap ei dagrau unwaith eto. '*Though at the time I was desperate to keep it. I couldn't bear the thought of going to prison and having to give up me baby...*'

Unrhyw beth i gefnogi ei phle iddi ei ladd wrth ei hamddiffyn ei hun, er bod y ffaith iddi fynd allan o'i ffordd i gael gwared ar y corff mewn modd mor ddichellgar yn hytrach na ffonio'r heddlu ar unwaith – 999, hynny ydi, ac nid y ffrind amheus oedd yn digwydd bod yn blismon – yn farc du iawn yn ei herbyn.

Iestyn a Lili

EISTEDDAI IESTYN A Lili wrth fwrdd y gegin, yn chwithig a swil dros eu mygiau coffi. Roedd Iestyn wedi dod i ffarwelio â hi cyn dychwelyd i Aber, a'r naill na'r llall yn gwybod yn iawn beth i'w wneud na'i ddweud.

'Ma dy wylia di drosodd, felly?' gwenodd Lili, gan ffidlan efo'r llwy yn y bowlen siwgwr.

'Odi, gwaetha'r modd... wel, ar un ystyr ta beth... er, falle na fydden ni wedi ffindo'r corff am amser maith oni bai am yr alwad ffôn 'na...'

'Pen-y-gwely,' ysgydwodd Lili ei phen. 'Pwy 'sa'n meddwl? Reit glyfar, a deud y gwir – dympio'r corff mewn cronfa fach ddiarffordd yn hytrach nag yn y gronfa fawr reit ar eu stepan drws nhw.'

'Ti di bod 'na eriôd – yn Pen-y-gwely?'

'Do, es i am dro yno efo Paxo – ha' dwytha dwi'n meddwl o'dd hi. Cychwyn o Spring Hill, i lawr drwy'r caea at y gronfa, yna drwy fuarth Bwlchydonge yn ôl i fyny am Llechrydau. Ma Paxo'n mynd ffor'na'n reit amal efo'i gŵn...'

Tawodd yn sydyn wrth sylweddoli'r hyn yr oedd hi newydd ei ddweud, gan syllu ar Iestyn mewn braw, yn enwedig o gofio ymateb Paxo i'r hyn a ddywedodd wrtho'n ddiweddar am y corff.

'Ti'm yn meddwl ma fo... ? Na, fysa fo byth...' Er bod ei thôn yn awgrymu fel arall. 'O damia, i be o'n i isio agor 'y ngheg fawr?'

'Sdim ots os taw fe ffonodd neu beido. *Os* taw fe o'dd e, ma'n siŵr na wedodd e pwy o'dd e rhag ofan i'r heddlu feddwl bod ganddo fe rwbeth i'w neud 'da'r peth... Nid fe fydde'r unig un i gael bai ar gam gan yr heddlu,' meddai, gan ategu geiriau Edward Gomer.

''Nei di mo'i holi fo am y peth, felly?' erfyniodd Lili.

'Na. Sdim pwynt nawr ta beth... Shw ma Steff erbyn hyn?' holodd, gan newid y pwnc.

'Rêl boi. Garmon gafodd y sioc mwya dwi'n meddwl. Mae o 'di penderfynu chwilio am swydd yn nes at adra – teimlo'n euog 'i fod o wedi'n hesgeuluso ni dros y blynyddoedd, medda fo. Ma 'na swydd yn mynd yn y coleg yn Wrecsam – cyfarwyddwr marchnata. Gynno fo jans reit dda o'i chael hi.'

'Ti'n falch?'

Cododd Lili'i sgwyddau. 'Dwi'm yn siŵr. Fydd hi'n od 'i gael o o gwmpas ac ynta 'di treulio gymint o amser yn gweithio i ffwr', ac eto, mi fydd hi'n reit braf bod yn deulu bach crwn eto. Ar wahân i Ielena, wrth gwrs.'

'Ei di i'w gweld hi yn Efrog Newydd?'

'Tria di'n stopio fi! Ma Garmon am aros adra efo Steff er mwyn i mi gael mynd ar ben 'yn hun. Dwi'n haeddu gwylia, medda fo.'

'Ond ti 'di dechre gadel Steff ar ben 'i hunan yn y tŷ erbyn hyn?'

'Do, ond 'swn i'm yn 'i adal o am ddyddia, na hyd yn oed dros nos ar hyn o bryd. Ddim hyd yn oed efo Nerys a Kev yn byw dros ffor' i gadw golwg arno fo. Ma'r petha 'ma'n cymryd amser. Newydd gael 'i ddeunaw mae o, a mae o'n datblygu'n arafach na phobol ifinc erill.' Ac o leia roedd Garmon wedi rhoi'r gorau i sôn am yrru Steff i ffwrdd i ryw goleg arbennig.

Nodiodd Iestyn. 'Cofia fi ato fe, beth bynnag. Treni nad yw e 'ma i weud *so long*...'

Cododd ar ei draed yn ddisymwth, a chododd Lili i'w ganlyn.

'Ddoi di'n ôl i'n gweld ni rywbryd?'

'Tria di'n stopo fi!'

Gwenodd y ddau ar ei gilydd, gan wybod efallai mai dyma'u ffarwél olaf, er gwaetha'i eiriau. Agorodd Iestyn ei freichiau a chamodd Lili i mewn iddynt gan gydio'n dynn amdano, yn ofni'r eiliad y byddai'n rhaid iddi ei adael e i fynd ac yntau'n camu allan o'i bywyd. Gallai fod wedi'i gusanu er mwyn gohirio'r eiliad, a'r gusan yn anorfod yn arwain at rywbeth arall, ond dim ond cymhlethu pethau fyddai hynny. Diau y byddai'n difaru dal yn ôl ar ôl iddo adael, ond gwyddai ei bod hi'n well i bethau orffen fel hyn: yn ddiwair a thaclus ac ar delerau da. Carwriaeth fawr ei bywyd, am iddi ddod i ben cyn iddi ddechrau.

Roedd ei llygaid yn llaith wrth iddyn nhw wahanu.

'Fydda i'n meddwl amdanach chdi bob tro ma 'na leuad lawn,' gwenodd Lili arno trwy ei dagrau. 'Ac yn meddwl bod yr un lleuad yn sbio i lawr arnan ni'n dau.'

'Tom Waits?' dyfalodd Iestyn.

'Naci, Steff. Ma gynno fo galon bardd, 'sti.'

'A mam anhygoel,' meddai Iestyn, cyn cusanu'i thalcen am y tro olaf. 'Cymer ofal, bach; fydda i'n meddwl ambwytu ti, hyd yn o'd pan fydd hi ddim yn lleuad lawn....'

A chyda hynny roedd o wedi mynd, gan adael Lili'n sefyll yno'n stond, yn ewyllysio'i hun i beidio â rhedeg ar ei ôl.

Ni chlywodd y curiad ysgafn ar ddrws y gegin wrth iddi eistedd yn swp wrth y bwrdd â'i phen yn ei dwylo, a neidiodd wrth deimlo llaw dyner ar ei hysgwydd. Edrychodd i fyny a theimlo siom a rhyddhad yn gymysg wrth weld Nerys yn edrych i lawr arni â chonsýrn yn ei llygaid.

'Mae o wedi mynd, Ner,' meddai, gan wybod nad oedd diben taflu llwch i lygad ei chwaer-yng-nghyfraith.

'Dwi'n gwbod, calon,' meddai Nerys, a wyddai hefyd fod mwy i hyn oll na fo. Symptom o wewyr Lili oedd Iestyn, nid ei achos.

'Sori, a chditha'n chwaer i Garmon. Ond ddaru 'na'm byd

ddigwydd rhyngthon ni, wir...'

'Dwi'n gwbod,' meddai Nerys eto. 'A hyd yn oed tase 'na rwbeth wedi digwydd, welwn i ddim bai arnat ti. Mae Garmon 'di bod ar fai, yn dengid oddi wrth 'i gyfrifoldebe, ac yn ffŵl i adel geneth bropor fel ti ar dy ben dy hun... Gwranda, awn ni allan heno, iawn? Jyst ti a fi. Geith Steff gysgu acw. Mae o'n licio hynny, dydi? Mae o a Kev yn deall 'i gilydd yn iawn. Gewn ni feddwi'n chwil beipen a mwydro am ddynion a secs ac ystyr bywyd... Ocê?'

'Ocê,' cytunodd Lili, gan deimlo'n well yn barod, er ei bod yn dal i gywilyddio wrth feddwl am ei hymddygiad glaslencynnaidd ar noson y ddawns.

'Gwranda Ner, sori am y noson o'r blaen, am fod yn genfigennus bo chdi'n siarad efo Iestyn...'

'Twt, anghofia fo. Siarad amdanat ti oedden ni'r rhan fwya o'r amser beth bynnag.'

'Be oeddach chi'n ddeud 'lly?'

'Dim byd drwg, dwi'n gaddo. Hwyrach ddeuda i 'tha ti nes 'mlaen pan fydd 'na lymed neu ddau wedi llacio 'nhafod i! Rŵan dos i neud dy hun yn barod. Neith Kev roi pàs i ni i Llan ar ôl i Steff ddod adre, yna gewn ni dacsi'n ôl i fa'ma cyn stop tap.'

Ufuddhaodd Lili, yn falch o gael rhywun i ddweud wrthi beth i'w wneud. Fel arall byddai wedi ymdrybaeddu yn ei hiraeth drwy gyda'r nos, yn hel meddyliau ar ei phen ei hun. Cododd a mynd i fyny'r grisiau i'r bathrwm. Roedd ei llygaid yn bwfflyd a choch gan grio, er y gwyddai y byddai'n berson gwahanol ar ôl cael cawod, coluro a newid.

Ychydig nosweithiau'n ddiweddarach, cafodd Lili y freuddwyd amdani hi a'i thad eto.

Hi yn y sedd flaen ac yntau'n gyrru, er na feiddiai dorri gair ag
o na throi ei phen i edrych arno rhag ofn iddo ddiflannu a llithro
o'i gafael hi eto. Ond fel gwraig Lot aeth chwilfrydedd yn drech na
hi yn y diwedd, yr ysfa i weld ei wyneb eto, y llygaid perffaith las
yn pefrio yn yr wyneb ac ôl byw arno. Trodd ei phen i edrych arno
a gweld… neb. Dim hyd yn oed ysbryd anweledig a'r ogla baco
cyfarwydd, cysurlon, nad oedd yn ymwybodol ohono nes iddo chwalu.
Yna'n sydyn dechreuodd y car sgrialu o ochor i ochor, fel petai newydd
sylweddoli nad oedd neb wrth y llyw, gan ei sgytian yn ddiseremoni fel
doli glwt. Ymbalfalodd i agor ei gwregys a chydio yn y llyw afreolus,
ond ni fedrai. Yna, o gwmpas y gongl nesa, gwibiodd car i'w cwfwr,
a chyn i'r ddau gerbyd fynd benben i'w gilydd, agorodd ei llygaid a
gweld… Iestyn yn ei Ford Probe, yn brêcio'n galed, jyst mewn pryd.
'Iesgob, o'dd hynna'n agos,' meddai ei thad wrth ei hymyl, a'r tar
yn rhuglo'n braf yn ei sgyfaint wrth iddo chwerthin. Chwarddodd Lili
hefyd, a'r hapusrwydd yn byrlymu tu mewn iddi fel ffynnon. Ond
wrth iddo droi i wenu arni fe ddiflannodd eto…

…a deffrodd hithau, yn hapus a thrist yr un pryd. Yn hapus
o weld ei thad eto, hyd yn oed mewn breuddwyd, ac yn drist
am y gwyddai na fyddai byth eto'n cael y freuddwyd yna gan
ei bod yn awr yn gwybod pwy oedd gyrrwr y car arall.

Ielena

WEDI PRYNU DEG cerdyn post am $3 yn siop swfenîrs yr Iddew
surbwch gyferbyn â Macy's ar 34th Street, aeth Ielena i mewn
i'r *diner* agosaf i'w hysgrifennu. Yma ar Broadway nid oedd
y bwyd cystal ag yr oedd yn rhannau llai twristaidd y ddinas.
Archebodd wyau a bacwn wrth y cownter a'u cael ar blât
papur gyda chyllell a fforc blastig, a choffi mewn bîcer â chaead
arno.

Roedd hi wedi bod yno ers mis bellach, ac yn dechrau
teimlo'n llai fel twrist ac yn fwy fel un o'r trigolion, yn mynd o
gwmpas ei bywyd bob dydd heb stopio i syllu bob dau gam ar
ryw ryfeddod neu'i gilydd – neu dyna'r argraff yr hoffai ei rhoi
beth bynnag. Tu mewn roedd hi'n dal i gael ei chyfareddu'n
ddyddiol gan Efrog Newydd a chan y ffaith ei bod hi, Ielena
Lowalski Garmon, o bentre bach gwledig yng Nghymru – yn
byw ac yn gweithio mewn lle mor fawr a byrlymus a rhyfedd o
gyfarwydd â hwn.

Yng nghanol mis Chwefror fel hyn, ni chodai'r tymheredd
fawr uwch na'r rhewbwynt; eto, tywynnai'r haul yn isel yn
yr awyr las, ac roedd yn llawer gwell gan Ielena'r tywydd oer,
glân hwn na'r tywydd llaith, llwyd Prydeinig. Hiraethai am
bethau eraill, wrth gwrs, fel ei theulu a'i ffrindiau a chlywed
Cymraeg o'i chwmpas, yn ogystal â phethau mwy annisgwyl fel
pobol yn smocio mewn tafarnau.

Rhannai apartment yn East Village efo Siobhan, myfyrwraig
a weithiai ambell noson ym mar a bwyty Connolly's ar East
47th Street, ble byddai Ielena'n dechrau gweithio cyn bo hir
hefyd. Pres poced yn unig a gâi am ei swydd yn y llyfrgell,
ac nid oedd arian yr ysgoloriaeth yn ddigon i'w chynnal yn
gyfforddus am chwe mis. Mewn pwl o ewyllys da, yn gymysg
ag ysfa i frolio'r ffaith fod ganddi ffrind newydd a bywyd

newydd cyffrous, ysgrifennodd Ielena ei cherdyn post cyntaf at
Meryl:

*Cyfarchion o East Village, ddim yn bell o Little Italy, er nad efo
Eidales dwi'n rhannu (diolch byth!) ond efo Gwyddeles – Siobhan,
sy'n hollol laid-back a hawdd iawn byw efo hi. NY yn 'awesome' a'r
llyfrgell yn anhygoel. Dim hiraeth am Aber o gwbwl, heblaw am S.
wrth gwrs! Ciao, Ielena.*

Er bod llawer o ddicter yn ffrwtian rhwng y llinellau, tybiai
y byddai Meryl yn falch o dderbyn cerdyn post ganddi ar ôl yr
hyn ddigwyddodd. Ysgrifennodd yr ail gerdyn at ei rhieni a
Steff:

*NY yn dal i blesio. Ambell hafan yng nghanol y bwrlwm, fel
Central Park a Washington Square (lle gwelais yr eira'n chwyrlïo fel
yng nghân Joan Baez – dim golwg ohoni hi na Bob chwaith!). Times
Square ar y llaw arall byth yn cysgu. Y Chinese Laundry rownd y
gongol yn f'atgoffa i o Steff! Edrych ymlaen i ti ddod yma, Mam,
gewn ni lot o hwyl. Swsus a chariad, Ielena, XXX.*

Ni chyfeiriodd at ei thad na'i holi ynglŷn â'i swydd newydd.
Câi'r bastad stiwio am sbel eto, er y tybiai na fedrai byth
faddau iddo'n llwyr. Wrth feddwl yn ôl at y diwrnod ofnadwy
hwnnw, penderfynodd ysgrifennu'r trydydd cerdyn at Mrs
Rees:

*Mwynhau yma yn Efrog Newydd ond yn hiraethu am bethau fel
pice ar y ma'n a chinio dydd Sul go iawn (a Simon, wrth gwrs!).
Capel Cymraeg yma'n rhywle – heb fod eto ond yn bwriadu mynd
rhyw ben. Diolch am eich caredigrwydd, Ielena X*

Beth oedd hyn'na am gapel Cymraeg? Rhyw awydd

ymgreiniol i blesio hen gapelwraig? Ie'n rhannol, meddyliodd Ielena, ac eto byddai'n braf cyfarfod â Chymry eraill yn ystod ei harhosiad yma, hyd yn oed Cymry alltud, sentimental. Cyn belled â'u bod nhw ddim yn efengylwyr nac yn ffans o'r Arlywydd Bush, fe ddylen nhw fod yn iawn.

Wedi gorffen ei 'brunch' (y melynwy'n rhy slwtshlyd a'r bacwn yn rhy galed, ond o leia roedd y coffi'n dda), tyrchodd Ielena yn ei bag am y cerdyn post yr oedd hi wedi'i brynu'n arbennig i Simon, â llun 'The Birth of Venus' Botticelli arno.

Cofio fi'n sôn am hon? Heb gael oysters eto, a sneb yn gwneud 'eggs over easy' cystal â ti! Pryd ti'n dod i aros? Lucinda Williams yn y Radio City Music Hall mis nesa – ga i fwcio tocyn i ti? Mae hyd yn oed plwmwrs yn haeddu gwyliau, cofia! Cariad etc., Ielena XXX

Cyn i Ielena adael am Efrog Newydd, roedd Simon a hithau wedi cytuno mai'r peth doethaf fyddai rhoi eu perthynas i'r naill ochor am y tro yn hytrach na cheisio cynnal carwriaeth o hirbell. Hyd yn hyn roedd Ielena wedi anfon cwpwl o negeseuon testun ac ebost ato yn dweud fod croeso iddo ddod i aros ati unrhyw adeg, ac yntau wedi anfon atebion gochelgar, lled-frwdfrydig yn ôl.

Mae'n debyg mai felly y byddai hithau'n teimlo pe bai'r esgid ar y droed arall, er nad dianc oddi wrtho fo yr oedd hi wedi'i wneud, naci? Roedd y gwahoddiad yno iddo beth bynnag – os oedd o'n mynnu bod yn blwyfol a phwdlyd, ei golled o fyddai hynny. Hwyrach mai dim ond rhyw a chwaeth gerddorol oedd ganddyn nhw'n gyffredin wedi'r cyfan, neu felly y byddai'n cysuro'i hun pe bai pethau'n mynd yn ffliwt rhyngddynt...

Rhoddodd weddill y cardiau'n ôl yn ei bag, a rhoi ei hambwrdd yn y bin llestri papur cyn cerdded allan, â brath iach yr oerfel yn gwneud iddi ddal ei gwynt a gwenu. Arhosodd am eiliad i gau strap yr het Rwsiaidd o dan ei gên a gwisgo'i menig cyn cerdded yn ei blaen. Ffrydiodd ton o hapusrwydd trwyddi wrth edrych i fyny ar y *billboards* a'r arwyddion neon, gan deimlo'n un â'r dorf ac eto ar wahân, yn annibynnol a rhydd a'i bywyd o'i blaen.